MARGARET MURPHY

Das stumme Kind

Buch

Ein Ganovenpärchen torkelt grölend durch die nächtlichen Straßen von Liverpool. Die euphorische Stimmung der beiden wird erst gedämpft, als ihnen plötzlich wieder ein Bild ins Gedächtnis kommt: Eine Frau liegt blutend auf dem Fußboden ihrer Wohnung – mit durchgeschnittener Kehle. Szenenwechsel: Ein kleiner Junge im Schlafanzug irrt verwirrt durch die Nacht. Er wird von der Polizei aufgegriffen und der Kinderpsychologin Jenny Campbell anvertraut, die den Kleinen für unbestimmte Zeit mit zu sich nach Hause nimmt. Offensichtlich ist er unter Schock, und weder Jenny noch ihrem Chef, Dr. Max Greenberg, gelingt es, einen Ton aus dem Verstörten herauszulocken. Langsam, aber sicher wird jedoch deutlich, dass der Junge Zeuge einer Gewalttat gewesen sein muss. Jenny möchte seine Blockade lösen und versucht hinter sein Geheimnis zu kommen. Ihre Recherchen bringen sie auf die Spur einer bösen Geschichte, und bald kann sie niemandem mehr trauen – selbst ihrem Mann Fraser nicht, der immer häufiger panisch das Haus verlässt und erst nach Stunden ohne Kommentar wieder auftaucht. Als Jenny merkt, dass sie in Gefahr ist, steht der Mörder schon vor ihrer Haustür …

Autorin

Margaret Murphy ist diplomierte Umweltbiologin und hat mehrere Jahre als Biologielehrerin in Lancashire und Liverpool gearbeitet. Sie lebt auf der Halbinsel Wirral im Nordwesten Englands. Ihr erster Roman *Schlafe sanft, mein Engel* wurde von der Kritik begeistert aufgenommen und mit dem »First Blood Award« als bester Debüt-Krimi von 1996 ausgezeichnet.

Von Margaret Murphy sind außerdem folgende Romane bei Goldmann erschienen:

Schlafe sanft, mein Engel (43714)
Wie Motten das Licht (44106)
Der Rest ist Schweigen (44447)

Margaret Murphy

Das stumme Kind

Roman

Aus dem Englischen von
Christine Heinzius

GOLDMANN

Die Originalausgabe erschien 1999 unter dem Titel
»Past Reason«
bei Macmillan, London.

Umwelthinweis:
Alle bedruckten Materialien dieses Taschenbuches
sind chlorfrei und umweltschonend.

Der Goldmann Verlag
ist ein Unternehmen der Verlagsgruppe Bertelsmann.

Deutsche Erstausgabe 6/2000

Umschlaggestaltung: Design Team München
Umschlagfoto: Pictor
Satz: deutsch-türkischer fotosatz, Berlin
Druck: Elsnerdruck, Berlin
Titelnummer: 44657
BH/MC · Herstellung: Peter Papenbrok
Made in Germany
ISBN 3-442-44657-0
www.goldmann-verlag.de

3 5 7 9 10 8 6 4 2

In Erinnerung an meinen Vater,
Harry Wright

Erster Teil

Prolog

Der Junge stand unentschlossen neben dem Auto. Er sog an seiner Unterlippe und kaute auf ihr – eine neue Angewohnheit. *Steig niemals in ein fremdes Auto.* Wie oft ist ihm das gesagt worden? Zu Hause, in der Schule, bei Beavers und zuletzt erst bei Cubs.

»Komm jetzt, um Himmels willen!«

Aber er würde nicht in das Auto eines Fremden steigen. Er war ja nicht blöd.

»Ich hab' nicht den ganzen Tag Zeit.«

Der Junge warf einen Blick über seine Schulter und verdrehte unbewusst seine Füße.

»Ich werde langsam böse …«

Er war nicht gerne unartig, aber wenn er *nicht* in das Auto stieg, war er ungehorsam, und *wenn* er einstieg –

»Hör mit den Dummheiten auf und steig ein!«

Der Junge stolperte, fiel fast hin, fing sich aber gerade noch rechtzeitig. »Mami hat gesagt …«, brachte er hervor.

»Mami hat gesagt. Mami hat gesagt. Wo ist Mami denn jetzt?«

Der Junge runzelte die Stirn. Er liebte seine Mami, und er wollte, dass sie ihn liebte, aber sie schrie ihn ständig an und zog ihn auf, wenn er weinte. Er blickte noch mal zum Haus zurück, in der Hoffnung, dass sie wie von Zauberhand erschiene und ihm die Entscheidung aus den Händen nahm, aber sie kam nicht. Sie kam nie.

»Komm jetzt! … Hör mal, wenn du dir solche Sorgen machst, rufen wir deine Mutter an, wenn wir in – Wir rufen deine Mutter später an, damit sie sich keine Sorgen macht. O. K.?«

Der Junge schlurfte vorwärts und kratzte dabei mit seinen Zehen über den Kies.

Die Küche war makellos; alle Oberflächen gewischt und desinfiziert, der Edelstahl zu mattem Glanz poliert. Aus einem Hahn tropfte Wasser mit gemessener Feierlichkeit in eine einzelne Tasse, die sich langsam füllte. Eine Hummel flog durch die geöffnete Tür, untersuchte desinteressiert und geistesabwesend den Raum, stieß sich an den Glastüren der Vitrinenschränke, flog weiter zu den bunten Bildkacheln an den Wänden und schließlich denselben Weg hinaus, den sie hereingekommen war; dabei ignorierte sie die regungslose Form einer auf dem Boden liegenden Frau.

Eine Zeit lang – vielleicht eine Stunde –, nachdem sie blutend auf den Boden gefallen war, hatte sie das Tap Tap Tap des Wasserhahns gehört und es für ihr eigenes im Hals pulsierendes Blut gehalten, das neben ihr auf dem Boden eine Pfütze bildete. Als das Tropfen des Wasserhahns langsamer wurde, spürte sie auch ihren Puls langsamer und unregelmäßig werden, er stolperte, als ob ihr Herz den Rhythmus vergessen hätte. Aber sie hatte keine Kraft mehr, sich selbst zu retten: Sie hatte alle Kraft aufgebraucht, um ihn zu retten.

Plötzlich kamen immer schneller werdende systolische Krämpfe, um es zu Ende zu bringen, um ihr Leiden zu beenden. Es hörte auf. Der Tod kam leicht, nach dem Schmerz, dem ersten Schock der Gewalt, ihrem hilflosen Kampf gegen solche Wut. Sie wusste nicht, dass sie sterben würde, sie fühlte nur Erschöpfung, Müdigkeit. Sie war sich des langsamen Dunklerwerdens am Rande ihres Gesichtsfeldes nicht bewusst, sie musste nicht einmal ihren Mut zusammennehmen, um der Angst ins Gesicht zu sehen. Es war ein ruhiges Sichergeben, ein stilles Weggehen. Kein himmlischer Chor, kein strahlendes Licht, kein warmes Willkommen, niemand, um sie zu begrüßen und ihr den Weg zu weisen. Nur Dunkelheit, Leere. Die Pfütze um ihren Kopf und Hals hörte auf, größer zu werden, und begann zu gerinnen, und das Tap Tap des Wassers veränderte langsam seinen Klang, wurde dunkler, bösartig.

1. Kapitel

Sie rannten wie die Verrückten brüllend durch die Nacht, ihre Schuhe hallten in den leeren Straßen wie die lauten Schritte eines Mörders in einem Film der vierziger Jahre.

Ein wenig unterdrücktes Bellen war zu hören – halbherziges Gejaule größtenteils; die Wut der Hunde wurde durch die unüberwindlichen, verschlossenen Türen und hohen Gartenmauern der Reichen gemildert.

Lobo sah ein Licht angehen und schrie zum Fenster hoch. »Wonach guckst du, neugierige alte Kuh?« Lee-Anne griff nach seinem Arm, sie lachte immer noch und rang nach Luft. »Du bringst uns noch in Schwierigkeiten, du bekloppter Scheißkerl!« Sie stand vornübergebeugt, beide Hände auf den Knien, und versuchte, zu Atem zu kommen. Das brachte Lobo auf eine Idee. Er zog an seinem Gürtel, ließ die Hose herunter und streckte seinen nackten Hintern der erschreckten Hausbesitzerin entgegen. Sie rannten den ganzen Weg hinunter bis zur Aigburth Road und winkten einem Taxi. Sie ließen sich hineinfallen und waren immer noch am Kichern.

»Ich kann nicht glauben, dass du wirklich deine Hosen runtergelassen hast! Ich dachte, die Alte kriegt 'nen Herzinfarkt!«

»Da hatte sie was zum Glotzen, nicht wahr? Verdammte neugierige Schlampe!«

Lee-Anne stieß auf. »O Gott, Lobo, ich glaube, ich muss kotzen.«

»Hey, hey!« Der Taxifahrer hatte sie in seinem Spiegel beobachtet, aber bisher noch nichts gesagt. »Kübel bloß nicht in mein Taxi.«

»Warum?«, fragte Lobo. »Ist ihre Kotze nicht gut genug für dich?« Er hatte das im Fernsehen bei Harry Enfield gesehen. Er war der Boss.

Lee-Anne machte würgende Geräusche, und der Fahrer sagte wieder: »Hey, hey.« Sie machten ihn nach und lachten sich dann kaputt. Es war toll, dass sie genau denselben Humor hatten.

Lee-Anne sah auf, vor Lachen rannen ihr Tränen übers Gesicht. »Keine Angst«, sagte sie, »ich werde nicht kotzen. Ich glaube, ich werde mich stattdessen bepissen.«

Genialer Humor. Sie könnte im Fernsehen auftreten, dachte Lobo. Plötzlich wollte er sie. »Hey, komm schon«, sagte er. »Mach keinen Scheiß. Wir wollen heute noch nach Hause.«

»Es wäre vielleicht hilfreich, wenn ihr mir sagen würdet, wo ihr hin wollt«, sagte der Fahrer.

Lobo nannte eine Adresse ungefähr eine viertel Meile von ihrer Wohnung entfernt und fummelte an einer fremden Haustür, bis das Taxi verschwunden war – sie wollten schließlich nicht, dass die Polizei sie zu Hause aufspürte. Und an Lobo konnte man sich leicht erinnern: dunkles, fast schwarzes Haar, das aggressiv und unkontrolliert in alle Richtungen von seinem Kopf abstand, einen großen, roten Mund und einen verrückten Blick, an dem er seit seiner Schulzeit gearbeitet hatte. Lee-Anne war klein, rothaarig – sie sah zart aus, aber doch hübsch. Bring beide zusammen, und die Leute mussten sich einfach an den bekloppten bösen Buben und das dürre Mädchen erinnern.

Als das Taxi um die Ecke verschwand, steckte Lobo seine Hände in die Taschen und machte sich auf den Weg nach Hause, er hielt an, als er sah, dass Lee-Anne nicht folgte. Sie lehnte gegen die Wand des Hauses, an dem sie das Taxi abgesetzt hatte.

»Ich muss echt kotzen«, sagte sie kläglich.

Sie war tatsächlich grün im Gesicht. Lobo zerrte an ihrem T-Shirt und sah über seine Schulter.

»Komm jetzt«, sagte er. »Es ist vorbei.«

»Wie sie aussah, Lobo: Du hättest mich nicht dahin bringen dürfen. Ich wünschte, wir hätten nie ... Ich will so etwas nie wieder sehen. Nie wieder!« Anstatt sich zu übergeben, überraschte sie ihn damit, in Tränen auszubrechen.

»Komm schon«, sagte er. »Wir gehen zum Bankautomaten. Wollen mal sehen, ob eine von den Zahlen funktioniert. Das wird dich aufmuntern.«

Sie heulte wieder, und er wurde nervös: Jeder, der sie so sah, würde Rückschlüsse ziehen, wenn es in den Nachrichten kam. Ihm war klar, dass Reden nichts bringen würde, also griff er sie am Genick und zog sie weinend die Straße hinunter. Das Bellen war in diesem Stadtteil schärfer, als ob die Hunde wirklich aus ihren Hinterhöfen kommen könnten, jedenfalls mit ein bisschen Glück und ein paar verrotteten Holzplanken auf ihrem Weg; von der Vorstellung bekam Lobo vor Aufregung ein nervöses Kribbeln in der Magengrube.

2. Kapitel

»Er ist vielleicht nur spazieren gegangen.« Es sollte beruhigen, aber Mrs Harvey war nicht in der Stimmung, beruhigt zu werden.

»Er ist seit Stunden weg, verdammt! Er würde niemals so lange weggehen.« Mrs Harvey lief im Wohnzimmer hin und her und rückte Nippes zurecht, dann blieb sie abrupt stehen, um sich eine Zigarette anzuzünden. »Er fährt jeden Morgen mehr als zwanzig Meilen mit dem Bus zur Schule. Die meisten seiner Schulfreunde wohnen in Chester. Wo, zum Teufel, *kann* er denn hin sein?«

District Commissioner Lisa Calcot verstand, was sie meinte. Zwischen den einzelnen pittoresken und mit Reet gedeckten Häusern in Hale Village lag jeweils eine halbe Straßenlänge und dann eine belebte Straße zu den bescheidenen Reihenhäusern weiter oben. Und Lisa Calcot konnte sich nicht vorstellen, dass Mrs Harvey ihrem Sohn den Umgang mit den Bewohnern dieser minderwertigen Wohnungen erlaubte.

»Einen Freund besuchen?«

Vi Harvey sah aus, als ob ihr die Vorstellung, dass ihr Sohn Freunde hatte, völlig fremd wäre. »*Er* hat ihn geschnappt. Dieser Mann. Der vor der Schule. Er muss zurückgekommen sein. Er muss dem Schulbus gefolgt sein – er muss rausgekriegt haben, wo wir wohnen …«

»Mrs Harvey«, unterbrach Commissioner Weston, »das müssen Sie uns erklären.«

Vi sah von dem Polizisten zu seiner Kollegin. »Sprecht ihr denn überhaupt nicht miteinander? Er hat's schon mal versucht!«

»*Wer* hat *was* versucht?«, fragte Lisa Calcot.

»Der Entführer! O Gott, er wird mich umbringen, wenn er es herausfindet! Sie müssen ihn finden!«

Weston schloss die Augen. Als er sie wieder öffnete, hatte Lisa Calcot Mrs Harvey am Ellbogen gepackt und führte sie zu einem Stuhl. »Sie müssen es uns von Anfang an erzählen, sonst können wir Ihnen nicht helfen«, sagte sie.

Vi sah zu ihr auf, öffnete und schloss ihren Mund ein paar Mal und brach dann in Tränen aus. Lisa Calcot schnappte ein Papiertuch aus einem polierten Metallständer auf dem Couchtisch und nahm ihr die Zigarette weg, um sie auszudrücken. Sie warteten, bis sie sich beruhigt hatte.

Mrs Harvey hatte Freitagnachmittag den Notruf gewählt und gesagt, dass jemand ihren kleinen Jungen entführt hätte. Als sie zwanzig Minuten später ankamen, hatte sie ihre Geschichte dahingehend geändert, dass sie ihnen sagte, er sei ›verschwunden‹. Eine Suche in der Umgebung hatte nichts gebracht.

Vi tupfte mit dem Papiertuch ihre Augen und versuchte, ihre hoffnungslos verschmierte Wimperntusche zu retten. Ihre Armreifen klingelten im Rhythmus ihrer Aufregung. Sie glänzte vor Metall – Gold vor allem; ihre Gürtelschnalle glitzerte golden, ihre schwarzen Pantoffeln hatten goldene Paspeln, und ihre Jackenmanschetten waren golden bestickt. Es hing in teuren Schlingen von ihren Ohrläppchen und lag als passende Kette auf ihrem gebräunten Dekolletee. Sogar ihre Haare schienen einen Goldschimmer zu haben; sie war von einem diskreten Glanz umgeben, als ob sie Edelmetall aus ihren Poren schied.

Sie beendete ihre Make-up-Korrekturen und starrte die beiden Polizisten traurig an. »Das Kindermädchen hatte sich krank gemeldet. Ich musste eine Verabredung zum Mittagessen absagen.«

Sie sagte dies in einem sehr bestimmten Ton. »Er spielte oben –«

»Ihr Sohn?«

Sie runzelte verärgert die Stirn. »Wer sonst? Er war in seinem Zimmer –«

»Sein Name?«

»Wessen Name?«

»Der Ihres Sohnes«, sagte Weston und wechselte einen müden Blick mit Lisa Calcot. »Wie heißt er?«

»Das habe ich doch alles schon …«, sagte sie ärgerlich. »Connor.« Dann, als ob sie es einer langsamen und eher unterbelichteten Sekretärin diktierte: »Sein Name ist … Connor. Ich habe mich fünf Minuten abgewandt – *fünf Minuten.*«

»Abgewandt?«, fragte Weston.

Lisa Calcot sah, wie Vi schuldbewusst rot wurde. *Abge-*

wandt! Wohl eher ihre Bräune aufgefrischt. Im Garten eingenickt.

»Er war weg, bevor ich etwas gemerkt habe«, fuhr Vi fort. »Bill wird es mir nie verzeihen. Er sagte, er würde es vielleicht noch mal versuchen.« Sie spürte, dass sie die Geduld der Polizisten bis aufs Äußerste strapaziert hatte, und versuchte daher eine Art zusammenhängender Erklärung zu geben. »Jemand hat letzte Woche versucht, Connor zu entführen. Aus der Schule. Connor kam frei, aber … O *Gott!*« Sie schlug die Hände vors Gesicht. »Was soll ich bloß Bill sagen?«

»Bill ist Ihr Ehemann?«, fragte Weston. Vi nickte. »Wo ist er jetzt?«

»Woher, zum Teufel, soll ich das wissen?«, sagte sie schnippisch, in einem Augenblick wechselte sie von Verzweiflung zu Aggressivität. »In irgendeiner langweiligen Besprechung wahrscheinlich – und redet über die Wunder der Klarsichtfolie oder irgendein anderes faszinierendes Thema.«

Lisa Calcot interpretierte diese Schärfe automatisch als eine seit Jahren angesammelte Bitterkeit. »Wo können wir ihn erreichen?«, fragte sie.

»Er ist viel unterwegs.«

»Haben Sie seine Handynummer?«

»Hier.« Vi kritzelte die Nummer auf einen Zettel aus einem (ebenfalls goldenen) Ständer neben dem Telefon. Ihre Armreifen stießen aufgeregt aneinander. »Sie werden ihn nicht erreichen. Sein Telefon ist ausgeschaltet.« Sie schien plötzlich zu bemerken, dass sie keine Zigarette mehr in den Fingern hielt, und ging zum Couchtisch, um sich eine zu nehmen. Als sie sie anzündete, sagte sie: »Würden Sie jetzt bitte aufhören, hier herumzuhängen, und endlich meinen Sohn suchen!«

Weston starrte sie an und fragte sich, ob Connor nicht einfach ein bisschen von dieser hohen, ziemlich unangenehmen Stimme wegwollte. »Ein Foto wäre hilfreich«, sagte er.

Für einen Augenblick sah sie aus, als ob sie ihn anfallen wollte, dann legte sie ihre Zigarette mit übertriebener Sorgfalt in den Aschenbecher und ging zum Bücherregal am anderen Ende des Zimmers. Sie nahm ein Bild aus einem Album, das zu einer ganzen Reihe gehörte, die aufwendig wie ledergebundene Bücher aufgemacht waren, und gab es Lisa Calcot.

»Und jetzt verschwinden Sie aus meinem Haus!«

»Was denkst du?«, fragte Weston. Lisa wählte zum vierten Mal Mr Harveys Handynummer.

»Mit einem hatte sie jedenfalls Recht – er hat es ausgeschaltet.«

Sie hatten es bereits bei der Fabrik versucht, aber das Creative Plastics Management hatte seinen Boss seit dem Morgen nicht mehr gesehen.

»Sie schien sich größere Sorgen darüber zu machen, dass er es erfährt, als dass dem Kind etwas passiert ist.«

Weston sah sie von der Seite an. »Glaubst du, es ist was Familiäres?«

Lisa Calcot lächelte. Sie hatte diese gewisse Art, einen Mundwinkel hochzuziehen, so dass sich ein Grübchen bildete, das zu sagen schien: Mich kann nichts überraschen.

»Das passt nicht zu dem vorherigen Versuch, oder?« Castel Esplanade hatte sich um den ersten Vorfall gekümmert, da Connors Schule in der Nähe vom Zentrum Chesters lag; das Polizeipräsidium hatte bestätigt, dass weder er noch sonst jemand, der die versuchte Entführung beobachtet hatte, den Angreifer erkannt hatte.

Lisa Calcot zuckte mit den Schultern. »Ich hasse Frauen wie sie. Viel Geld, viel Haar, viel Ego.«

Weston lachte. »Danke, Professor Cantor.«

»Wer?«

»Weißt du nicht, wer Professor Cantor ist?«

»Sollte ich?«

»Du solltest deine Allgemeinbildung auffrischen, Lisa.«

Sie waren auf dem Weg zur Wohnung des Kindermädchens. Lisa stieg vor ihm aus dem Auto, und Weston schaute ihr anerkennend dabei zu. Ihr Gesicht war vielleicht ein bisschen zu kantig, ihre Schultern waren durch zu enthusiastisches Krafttraining sehr breit geworden, aber Lisa Calcot hatte wunderschöne Beine – und sie versteckte sie nicht in Hosen.

»Kommst du?«, fragte Lisa.

Weston riss seinen Blick von ihren Beinen los, sah über ihre Hüften nach oben und schließlich in ihr Gesicht. Sie lächelte – nur ein bisschen, gerade so viel, um ihm zu zeigen, dass sie sein Spielchen verstand, gerade genug, um ihn wissen zu lassen, dass die Zweideutigkeit beabsichtigt war. Er wurde leicht rot, und sie drehte sich um und ging die Stufen zur Eingangstür hoch.

Das Kindermädchen antwortete nicht. Schließlich reagierte der Bewohner der vorderen Wohnung, ein verschlafener Mann um die vierzig, der meckerte, dass er, verdammt noch mal, die blöde Klingel ausschalten würde, falls noch ein Idiot ihn wecken sollte, man könnte nachts nicht pennen, und es war ihm egal, wer sie seien, er hätte jedenfalls ein Recht auf ein paar Stunden Ruhe und Frieden. Sie gingen die Treppe hinauf zu Miss Halliwells Wohnung und klopften an die Tür. Eine schwache Stimme fragte, wer da sei.

»Die Polizei, Miss Halliwell, machen Sie auf.«

Das tat sie, soweit es die Kette erlaubte. »Sie übertreibt es mit ihren Arbeitgeberrechten aber ein bisschen, wenn sie die Polizei kontrollieren schickt, oder?« Lisa Calcot lächelte und wechselte einen Blick mit Weston. Miss Halliwell wollte ihren Ausweis sehen. Lisa gab ihr ihren durch den schmalen Türspalt. Sie schloss die Tür, während sie ihn las, und Weston, der seinen Ärger nicht länger verbergen konnte, sagte: »Wir verlieren Zeit,

Miss Halliwell. Connor Harvey wird vermisst, und wir brauchen Ihre Hilfe.«

»Connor –?« Sie hörten die Kette klicken, dann öffnete sie die Tür. »Connor vermisst? Ist es derselbe Mann? Der vor seiner Schule?«

Weder Lisa noch Weston antworteten. Sie starrten ihr Gesicht an. Selbst im schwachen Flurlicht konnte man sehen, dass es durch unregelmäßige, erhabene, tiefrote Striemen entstellt war. Als sie sich plötzlich ihrer musternden Blicke bewusst wurde, schüttelte sie ihre Haare vors Gesicht und zog ihren Morgenmantel enger um den Hals.

»Es ist nicht ansteckend«, beruhigte sie sie. »Eine Art Allergie, hat der Arzt gesagt.« Sie ging durch den Flur in das kleine Wohnzimmer und sprach dabei über ihre Schulter. Das Sofa war zu einem improvisierten Bett umgebaut, und auf dem Boden daneben lagen lauter Zeitschriften. Sie schien sich für die Unordnung entschuldigen zu wollen, änderte dann aber ihre Meinung und bot ihnen Platz an. Lisa Calcot sah sich um; außer dem Sofa gab es nur einen Schaukelstuhl und ein paar Esszimmerstühle an einem Ausziehtisch. Sie nahm einen der Esszimmerstühle, Weston setzte sich in den Schaukelstuhl.

»Sie haben sich krank gemeldet«, sagte Lisa Calcot. Das Kindermädchen strich sich eine mausgraue Haarsträhne aus dem Gesicht, und Lisa bemerkte, dass die roten Flecken auch ihre Hände befallen hatten.

»Ich habe kaum geschlafen«, sagte sie. »Ich konnte doch nicht hingehen, so wie ich aussehe. Und überhaupt, ich fühle mich schrecklich …«

»Niemand beschuldigt Sie«, sagte Weston, als er sah, dass sie kurz davor war, in fiebrige Tränen auszubrechen. »Wir versuchen nur, alle Fakten zu sammeln.«

Miss Halliwell nickte, versuchte tapfer zu sein. »Während der Ferien bin ich normalerweise um halb neun dort, so dass sie sich nicht um ihn zu kümmern braucht. Sie ist so leicht genervt – und er ist wirklich so ein lieber Junge. Ich rief um halb acht an. Ich konnte einfach nicht ...« Sie unterbrach sich: »Glauben Sie, es geht ihm gut?«

Schön zu wissen, dass sich jemand Sorgen macht, dachte Lisa. »Sie wohnen nicht dort?«, fragte sie.

»Früher, als er kleiner war, schon. Aber er ist meist im Internat, jetzt, wo sein Vater mehr zu tun hat, deshalb brauchen sie mich nicht mehr so oft.«

»Was ist mit seiner Mutter?«

»Mit seiner Mutter?«

»Könnte sie sich nicht um ihn kümmern?«

Miss Halliwell lachte. »Sie ist *viel* zu beschäftigt.«

»Arbeiten Sie schon lange für sie?«, fragte Weston.

»Achteinhalb Jahre. Seit Connor ein Baby war. Es war meine erste Arbeitsstelle nach dem College.«

Dann, als ob sie ihre Ungläubigkeit vorwegnehmen wollte, dass sie Mrs Harveys selbstherrliches Regime so lange hatte ertragen können, setzte sie hinzu: »Sie ist nicht so oft da. Und wenn sie da ist, gehen wir ihr aus dem Weg.«

»Kommen Sie mit Mrs Harvey aus?«, fragte Weston.

Sie sah Weston mit einem Blick an, den sie sonst wohl bei nervösen Fünfjährigen benutzte: »Kamen Sie mit ihr aus?«

»Aber Sie blieben.«

»Connor ist ein Schatz. Ich konnte ihn nicht verlassen. Und Mr Harvey passte auf, dass sie mich nicht feuerte.« Ihr Gesicht fiel plötzlich ein, und sie sagte: »Es ist alles meine Schuld, nicht wahr? Wenn ich da gewesen wäre –«

»Seine Mutter war da«, sagte Lisa Calcot.

Miss Halliwell verschränkte ihre Arme vor der Brust und jammerte leicht vor Unbehagen. »Sie wissen nicht, wie sie ist.«

»Dann sagen Sie es uns«, sagte Weston.

»Sie benimmt sich wie ein verwöhntes Gör. Nimmt Connor

die meiste Zeit überhaupt nicht wahr. Oh, er wird auf Partys und Ähnlichem für eine halbe Stunde vorgeführt, so dass sie mit ihm angeben kann – um ihre Freunde mit ihrer Hingebungsvolle-Mutter-Show zu beeindrucken –, dann wird er in sein Zimmer abgeschoben, und Gott gnade ihm, wenn er ihre Unterhaltung stört.«

»Was ist mit Mr Harvey?«

Ihr Gesicht entspannte sich. »Er tut, was er kann, aber seine Arbeit … Er macht so viele Überstunden.«

»Wissen Sie, wo er jetzt ist?«

Miss Halliwell wurde rot, was die Flecken auf ihrem Gesicht zu einem matten Leuchten brachte. Sie überhörte die Anspielung. »Natürlich nicht. Ich meine … Ich weiß, dass er bis spät heute Abend weg sein wird – ich sollte dort übernachten, aber …«

»Also wissen Sie nicht, wie wir ihn erreichen können?«

»Nein! Mein Gott, *was* wollen Sie damit andeuten?«

»Was wolltest du damit andeuten?«, fragte Lisa, als sie wieder im Auto waren.

»Ich weiß nicht. Glaubst du, sie schwärmt für Mr H.? Natürlich ist sie noch ein halbes Kind –«

Lisa lächelte. »Siebenundzwanzig – vielleicht älter. Fliegen Männer mittleren Alters nicht angeblich auf so was?«

»Warum fragst du mich?«

Lisa lachte kurz und rau. Weston sah missmutig und wütend aus und fuhr quietschend vom Bordstein los.

3. Kapitel

Jenny Campbell blieb stehen. Max Greenberg saß der Treppe gegenüber, auf der anderen Seite der glänzenden Marleyfliesen in der sogenannten Lobby des dritten Stocks der Verwaltung. Er sah cool aus in seinem hellgrünen Sommeranzug, wenn auch etwas fehl am Platz. Er saß auf einem schäbigen Plastikstuhl – entspannt, aber selbstsicher –, bereit loszulegen. Ein kleiner Junge mit dunklen Haaren und leuchtenden Augen saß neben ihm. Selbst aus dieser Entfernung konnte Jenny seine Angst spüren: Seine Augen glitzerten eher, als dass sie glänzten. Er trug den Schlafanzug und den rotbraunen Bademantel, in dem er angekommen war, ab und zu zupfte er an den Paspeln der Etiketten und Taschen.

Jenny lächelte den Jungen an, es war eine reflexartige Reaktion und der instinktive Wunsch, ihm die Befangenheit zu nehmen. Obwohl er ins Leere schaute und abwesend wirkte, schien ihn dieser Kontaktversuch nervös zu machen; er sah nach unten, weg, seine Augen blickten in der Lobby umher, um ihr auszuweichen.

Jenny dachte daran, sich einfach umzudrehen und wegzugehen, aber laut den Krankenhausregeln durfte das Pflegepersonal das Gebäude nicht in Arbeitskleidung verlassen, und ihre Autoschlüssel lagen sowieso in ihrem Spind. Der einzige Weg zum Umkleideraum führte sie an Dr. Greenberg vorbei. Das gerissene Funkeln in seinen Augen brachte die Entscheidung; sie atmete tief ein, versuchte die in ihr aufsteigende Wut zu unterdrücken und ging los.

Max kam ihr entgegen; an der einen Seite seines Revers trug er das Namensschild des Krankenhauses, welches ihn als Facharzt für Kinderpsychologie auswies, an der anderen Seite trug er einen Button aus seiner Sammlung – heute war es ein Clown. Jenny hatte ihn schon einmal gesehen: Wenn man auf seine Nase drückte, leuchteten nacheinander in einem Halbkreis kleine LED-Lichter auf, die der Clown zu jonglieren schien, dabei lachte er.

Jenny mochte Max: Sie hatten sich das erste Mal getroffen, als er sie aufgesucht hatte, um ihren Artikel in der *Counselling News* über Pflegeeltern als Sozialberater zu loben. Er hatte sie ermutigt, über Pflegekinder zu schreiben, hatte ihr Textmaterial besorgt und seinen Einfluss geltend gemacht, um sie mit bedeutenden Autoren und Ärzten des Fachgebiets zusammenzubringen.

Sein modischer Kleidungsstil und seine Schlagfertigkeit schienen nicht zu seiner Arbeit mit kranken und emotional gestörten Kindern zu passen, aber er strahlte eine solche Wärme und einen tiefen Respekt vor den Kindern in seiner Obhut aus, dass diese mit instinktivem Vertrauen auf ihn reagierten.

Max fing Jenny auf halbem Weg ab; trotz ihrer stärker werdenden Empörung konnte sie nicht umhin zu bemerken, dass der Junge überhaupt nicht besorgt darüber wirkte, dass ihn sein Aufpasser verlassen hatte. Er saß völlig teilnahmslos auf seinem Stuhl, seine Arme hingen herab, seine Hände waren in den Ärmeln seines Bademantels versteckt, sein Rücken war rund, und seine Augen hatte er auf den Boden geheftet.

Max lächelte Jenny reuevoll an.

»Was für ein Scheißtrick«, brachte Jenny leise hervor.

»Ah-ah. Pas devant l'enfant«, antwortete Max mit einem breiten Grinsen.

Der Junge regte sich, als ob er aus einem Tagtraum erwachte, blinzelte und sah auf. Jenny, die ihm gegenüber stand, spürte die volle Kraft seiner strahlenden, braunen Augen. Sie schloss ihre eigenen einen Moment.

»Warum tust du mir das an, Max?«, klagte sie.

Sie hatten vorher bereits darüber gesprochen, auf der Station, während Jenny versucht hatte, ihre Patientenbeobachtungen der Nacht aufzuschreiben. Sie hatte zu viel zu tun. Nicht nur hier im Krankenhaus. Ihre Vortragsreise für den Nationalverband der Pflegeeltern sollte in zwei Wochen beginnen, und sie hatte ihre Unterlagen und Vorbereitungen noch nicht fertig. »Ich habe dir doch gesagt, dass ich viel zu tun habe. Sylvia von der Notaufnahme hat es auch versucht. Ich habe ihr dasselbe gesagt: Ich werde nicht die Zeit haben, mich so um ihn zu kümmern, wie er es braucht.«

Werde nicht, nicht würde nicht. Max sah, dass Jennys Entschlossenheit einen Augenblick lang schwankte, und handelte sofort. Er sah sich um, um sicherzugehen, dass der Junge nicht weglief, dann packte er Jenny am Ellbogen und lenkte sie zur anderen Seite der Lobby. Unbewusst stellten sich beide so, dass sie das Kind im Auge behalten konnten. Ein ständiger Strom von Krankenschwestern kam und ging, die Verwaltung war zwar geschlossen, aber die Umkleideräume waren auf derselben Etage. Es war vor allem die Nachtschicht, die Feierabend machte, die Frühschicht hatte bereits vor einer Stunde angefangen, damit noch Notizen gelesen sowie Informationen und Anweisungen ausgetauscht werden konnten. Die meisten sagten etwas zu dem Jungen, der so offensichtlich teilnahmslos dasaß, und doch glaubte Jenny, dass er den Geräuschen und Bewegungen seiner Umgebung gegenüber ungewöhnlich sensibel war. Er sah ab und zu verstohlen zu ihnen herüber, wich ihrem Blick dabei aber aus.

Er reagierte auf die freundlichen Grüße der Schwestern, indem er noch mehr in sich zusammenkroch und sich weigerte aufzusehen, bis sie schließlich unzufrieden mit den Schultern zuckten und an ihm vorbei in den Umkleideraum gingen.

»Ich kann ihn nicht irgendwem anvertrauen, Jen«, sagte Max. »Du hast die Ergebnisse seiner Untersuchungen gesehen.«

Jenny kämpfte gegen die emotionale Bedeutung der Beweislage, die ihr Kollege detailliert aufzeigte und gewissenhaft darlegte: Verschlossen, still und ängstlich hatte der Junge die Untersuchungen über sich ergehen lassen, aber er hatte Narben, die vermuten ließen, dass er irgendwann einmal misshandelt worden war. Die Verhaltensauffälligkeiten bestätigten diese Einschätzung. Ein direkterer und zwingender Beweis waren die Röntgenaufnahmen seiner Hände, die gezeigt hatten, dass alle Finger an beiden Händen bei einem traumatischen Zwischenfall in der Vergangenheit gebrochen worden waren.

Jenny runzelte die Stirn: »Ich könnte mich nicht genug um ihn kümmern, Max.«

Könnte nicht, nicht kann nicht. Sie war einen Schritt weiter, was die Wahrscheinlichkeit anging, den Jungen anzunehmen.

»Fraser hat bald Ferien, oder?«

»Er würde dich dafür lieben«, sagte Jenny. »Drei Wochen allein auf einen schwer gestörten Jungen aufzupassen, während ich zu meiner Vortragsreise abhaue.«

»Nicht so lange, das verspreche ich ...«

»Sieh mal, Max, wir waren uns doch einig über eine kleine Atempause, nachdem Luke zu seinen Adoptiveltern gezogen ist ...«

Max überlegte, ob er Jenny erzählen sollte, dass Luke auf seine Adoptiveltern ziemlich verstört reagierte. Verstört und störend. Er entschied sich dagegen. Jenny und Fraser hätten ihn in null Komma nichts zurückgeholt, aber Luke hatte eine zu starke Beziehung zu ihnen entwickelt, was auch der Grund für seine Weigerung war, seine neuen Eltern zu akzeptieren. Es würde die Situation nur verschlimmern, wenn er zu Jenny und Fraser zurückkehrte, nur um in ein paar Monaten zu jemand anderem geschickt zu werden.

Luke war fast zwei Jahre bei ihnen gewesen, und sie hingen mehr an ihm als an irgendeinem anderen ihrer vorherigen Kinder. Sie litten unter seinem Verlust.

Max sah seine Freundin direkt an. »Ich weiß, wenn irgendjemand ihn aus der Reserve locken kann, bist du das. Auf der Station sind sie zu beschäftigt, selbst wenn ein Bett frei wäre, und das ist es nicht«, sagte er bestimmt, um Jennys Einsprüchen zuvorzukommen. »Es gibt keinen körperlichen Grund für ihn, im Krankenhaus zu bleiben – seine Verletzungen sind alt. Er braucht persönliche Betreuung, Jen.« Keine Antwort, also fuhr er fort: »Der Sozialdienst versucht verzweifelt, einen Platz für ihn zu finden. Sie würden ihr Bestes tun, um dich zu unterstützen, wie Notfallbetreuung, falls du sie brauchst ... Komm schon, Jenny, du weißt, wie es ist, wenn man an einem Wochenende einen Platz für einen Notfall braucht. Es wäre nur für ein, zwei Wochen, bis seine Eltern auftauchen. Keine Sorge«, fügte er hinzu, als er sah, dass Jennys Gesichtsausdruck von Trotz zu Sorge um den Jungen gewechselt war. »Wir werden schon sicherstellen, dass er ohne Gefahr zurückgehen kann.« Er fühlte sich plötzlich schuldig – Jenny war so leicht zu überreden. Manchmal schockierte ihn seine Bereitschaft, Erwachsene im Dienste der ihm anvertrauten Kinder zu manipulieren.

Jenny beobachtete eine weitere misslungene Unterhaltung zwischen einer Krankenschwester und der winzigen Person, die ein paar Meter weiter saß. Sie seufzte. »Wie alt ist er?«

Max kannte sie zu gut, um zu glauben, dass er sie bereits rumgekriegt hätte – Jenny hatte noch nicht zugestimmt, das Kind aufzunehmen –, und trotz ihrer Großherzigkeit konnte sie stur sein, wenn sie das Gefühl hatte, in eine Situation gebracht zu werden, die sie nicht mochte. »Ich würde ihn auf sieben oder acht schätzen.« Er runzelte die Stirn und maß den Jungen im Geiste an einer Skala der Größe, körperlichen Merkmale und des Verhaltens all der Tausende von Kindern, die er in den fünfzehn Jahren seiner Arbeit als Kinderpsychologe im Krankenhaus betreut hatte. »Meiner Einschätzung nach ein kleiner Achtjähriger.«

Sie schauderte. »Was erschreckt ein Kind so sehr, dass man es nicht einmal zum Sprechen bringt?«

Max zuckte mit den Schultern. »Es bringt nichts, darüber zu spekulieren, was passiert ist. Er könnte ein Zigeunerkind sein. Er hat die richtige Hautfarbe dafür. Sie bringen ihren Kindern bei, nicht mit Vertretern der Obrigkeit zu sprechen. Falls ihm beigebracht wurde, den Mund zu halten ...« Er zog die Augenbrauen hoch. »Kinder in diesem Alter können Sachen sehr wörtlich nehmen.«

»Spar dir deine Piaget-Theorien für deine Studenten.«

Max grinste. »Es wäre nur für eine Woche – höchstens zwei. Vielleicht ist er weggelaufen, und sie haben es erst gemerkt, als es schon zu spät war. Sie werden ihn holen kommen.«

Jenny sah ihn misstrauisch an. »Wenn du wirklich glauben würdest, er wäre ein Zigeunerkind, wärst du nicht so scharf darauf, dass ich ihn nehme.« Die Kleidung des Jungen deutete nicht auf Zigeuner hin, sondern auf Geld, und seine große Angst ließ etwas Schlimmeres als simples Weglaufen vermuten.

Max zögerte. Es nutzte nichts, Jenny etwas vormachen zu wollen: Sie durchschaute jeden Versuch, an der Wahrheit herumzudeuten, und war darüber zu erbost, um den Ärger zu rechtfertigen.

»O. K. Mein Gefühl sagt mir, dass seine Reaktionen Besorgnis erregend waren. Ich möchte ihn irgendwohin bringen, wo er sich sicher fühlt.«

»Gibt's denn *niemand anderen*?«

»Der einzige andere freie Platz ist eine unruhige Familie mit älteren Pflegekindern. Es wäre nicht das Richtige für ihn.«

»Wo hat man ihn gefunden?«

»South End, Garston, aber er ist vielleicht ein gutes Stück weit von zu Hause weggelaufen.«

Jenny schüttelte den Kopf. »Ein Achtjähriger, der in den

frühen Morgenstunden in seinem Schlafanzug und in Pantoffeln durch die Stadt läuft. Ihm hätte alles Mögliche passieren können.«

Max fuhr fort: »Die Polizei befragt die Anwohner, ob sie irgendwas gesehen haben. Morgen oder übermorgen wollen sie ein paar Fotos machen, vielleicht antwortet jemand auf eine Anzeige im *Liverpool Echo* oder im regionalen Fernsehen. Die Kontaktperson ist Mike Delaney«, fügte er hinzu, er wusste, dass Jenny schon mit Sergeant Delaney gearbeitet hatte und ihn mochte.

Jenny seufzte noch einmal, dieses Mal tiefer, und Max glaubte einen vielversprechenden Ton der Resignation darin zu hören.

»Wie nennst du ihn?«, fragte Jenny.

»Ich dachte vielleicht Paul«, schlug Max vor, immer noch sehr vorsichtig, da er noch nicht glauben konnte, dass Jenny endgültig kapituliert hatte.

In diesem Moment war plötzlich die Hölle los. Jarmon Willis, ein Stationsleiter und alter Studienkollege von Jenny, hatte den Jungen angesprochen, so wie es seine Kolleginnen getan hatten, aber anstatt zurückzuweichen und zu schweigen, war der Junge plötzlich aufgesprungen und schreiend zur Treppe gelaufen. Jenny fing ihn ab und hob ihn hoch; er trat und schrie: wortlose, unwirkliche, schreckliche Laute, die an den kahlen Wänden abprallten und das Treppenhaus hinunterhallten.

»Es ist alles in Ordnung«, sagte sie, »du bist in Sicherheit.« Sie wiederholte es immer und immer wieder, hielt dabei seine Hände, damit er ihr Gesicht nicht zerkratzte, sie hielt ihn sanft fest und drehte sich von Jarmon weg. Sie winkte den geschockten Stationsleiter fort, und er verschwand durch die Tür rechts neben dem Frauenumkleideraum. »Siehst du, er ist weg.« Das Kind starrte wild über ihre Schulter und ließ sich dann abrupt in ihre Arme fallen, wieder völlig teilnahmslos.

Max hielt sich zurück, wie vorhin, als der Junge so heftig reagiert hatte, in der Hoffnung, dass Jenny, wenn sie einmal den Kontakt aufgebaut hatte, es unmöglich finden würde, ihn wieder zu verlassen. Max musste den Jungen in guten Händen wissen, bei jemandem, dem er vertraute. Er empfand viel für dieses Kind, er war besorgt, fühlte sich unwohl bei der ganzen Sache. Jenny war die Beste dafür, sich um den Jungen zu kümmern, und er konnte sehen, dass sie jetzt eine Entscheidung fällte.

Jenny stellte das Kind behutsam auf den Boden, sie hatte fast Angst, dass er hinfallen würde, aber das tat er nicht. Er stand neben ihr, sah auf den Boden, atmete ein wenig stärker, während ihm Tränen ungehindert die Wangen herunterrannen und seine Nase lief. Sie fischte ein Papiertaschentuch aus ihrer Tasche, wischte ihm die Nase ab und hockte sich dann neben ihn. Der Junge wurde daraufhin unnatürlich ruhig, so dass die Luft um ihn herum stillzustehen schien. Jenny erinnerte das an den Reflex der Rehe, sich tot zu stellen, und fühlte eine Art ehrfurchtsvolle Scheu.

Sie drehte sich zu dem Jungen und senkte den Kopf so, dass er ihr ins Gesicht sehen konnte, wenn er sie denn mit einem seiner flüchtigen, verstohlenen Blicke beehren wollte.

»Ich heiße Jenny Campbell«, sagte sie. »Ich weiß nicht, wie du heißt.« Die Stille des Jungen schien größer zu werden. Sie gab ihm genug Zeit, einen Namen zu nennen, dann nickte sie, als Zeichen, dass sie seine Entscheidung, ihn ihr nicht zu sagen, akzeptierte. »Ich dachte, wenn es dir nichts ausmacht, werde ich dich erst einmal Paul nennen. Wäre das in Ordnung?« Der Junge schien sich ein klitzekleines bisschen zu entspannen, und Jenny nahm dies als Zustimmung.

»Max findet, es wäre das Beste, wenn du mit zu mir nach Hause kämst, für eine Weile, nur bis wir deine Mami und deinen Daddy gefunden haben.« Eine Bewegung am Rande ihres

Gesichtsfeldes sagte ihr, dass der Junge einen Blick auf sie geworfen hatte.

Sie stand langsam auf. »Wirst du mit mir kommen, Paul?« Sie hielt ihm ihre Hand hin. Der Junge brauchte eine halbe Minute, um zu reagieren, und legte dann seine kleine, kalte Hand in ihre. Die Hand des Jungen wurde von der der Frau gewärmt. Ihr Haar glänzte und war ein bisschen durcheinander. Auf ihrer rechten Wange hatte sie einen Leberfleck in der Farbe und Form eines Teeblatts. Ihre Stimme klang wie eine Windorgel: zart und musikalisch. Als sie seine Nase abgewischt hatte, hatte ihr Taschentuch nach Minze gerochen. Sein Bewusstsein war im Moment auf das rein Sinnliche beschränkt. Farben und Krach waren seine ersten Eindrücke nach der bitteren Kälte der letzten Nacht gewesen. Er hatte bereits das Haus der anderen Lady vergessen, das kleine rote Haus mit seinem Geruch nach Toast und Kohl und Feuchtigkeit und dem Geräusch einer langsam tickenden Uhr, aber er erinnerte sich an das Blaulicht, die heulende Sirene. Das Innere des Krankenwagens roch nach den Ärzten – Metall und einer Spezialseife und dem kalten Zeug, das sie auf dich reiben, bevor sie dir eine Spritze geben.

Dann Bilder, Spielzeug, silberne Fische, die an Fäden von der Decke hingen. Stimmen, Stimmen. Da waren vielleicht auch Worte, aber er konnte keinen Sinn in ihnen erkennen. Farben-Lärm und Geräusch-Lärm. Gerüche, ein bisschen wie Hustenbonbons und Kampfer, aber nicht so beruhigend wie zu Hause.

Er wimmerte ein wenig bei den Bildern in seinem Kopf. Er wollte nicht an zu Hause denken, also konzentrierte er sich auf die Geräusche um ihn herum, bis alle Gedanken, ja sogar alle Erinnerungen an zu Hause weg waren. Die Geräusche hier waren dünnes Metall gegen scharfe Kanten: feilend, hart, scheppernd, unfreundlich. Es war ein kaltes Geräusch, welches ihn an Schmerzen erinnerte, er wollte seine Hände verstecken, er wollte sich verstecken, irgendwo, wo es eng ist, weit weg, wo ihn niemand finden würde. Er fühlte das alles ohne Worte, denn Worte – das wusste er, ohne dass es ihm jemand gesagt hätte –, Worte waren gefährlich.

4. Kapitel

Jenny schloss die Tür zwei Mal ab. Er sollte keine Gelegenheit haben, noch mal davonzulaufen. Auf der Fahrt nach Hause hatte er zusammengesunken auf dem Beifahrersitz neben ihr gesessen, ohne Interesse für die Umgebung, ohne Anzeichen für ein Wiedererkennen. Es war fast neun Uhr, als sie schließlich alle notwendigen Formulare ausgefüllt und sich umgezogen hatte. Der Morgenverkehr hatte die Stadt bereits in einen bräunlichen Dunst aus Stickstoffmonoxid gehüllt. Es würde heiß werden. Jenny sah ab und zu zu dem Jungen hinüber. Er starrte vor sich hin, die Augen auf der Höhe des Armaturenbretts, die Augenlider halb geschlossen, er vergaß sie mehr, als dass er sie ignorierte.

Jenny und Fraser wohnten in einem großen, viktorianischen Haus am Rand von Sefton Park, welches sie vor zehn Jahren gekauft hatten. Die einzelnen Apartments darin hatten sie wieder zu einer zusammenhängenden Wohnung umgebaut. Das Haus war warm und einladend. Nach dem leichten Schnarchen zu urteilen, das man sogar im Eingang hören konnte, war Fraser noch im Bett.

Der Junge stand neben ihr, reglos, wie ohne eigenen Antrieb, aber er akzeptierte Jennys Vorschläge und folgte ihr in die Küche, wo er sich an den Tisch setzte und etwas Müsli aß. Danach gab sie ihm ein Glas warme Milch und einen Keks. Obwohl es nicht so aussah, als ob er sie verstehen würde, erklärte sie ihm, dass ihr Ehemann oben schlafen würde und dass nur sie drei im Haus wären. Sie machte eine Pause und beobachtete ihn, um eine Reaktion zu sehen, aber der Junge behielt denselben hübschen, nichtssagenden Ausdruck bei. Sie hätte ihn für taub halten können, hätte Max ihr nicht gesagt, dass das Gehör des Jungen normal schien, ja, er wirkte sogar besonders geräuschempfindlich.

Nach seinem Frühstück zeigte sie ihm das Badezimmer, das Spielzimmer, das Gästezimmer und ihr Schlafzimmer, aus dem man Frasers Schnarchen nun noch lauter hörte. Der Junge drückte sich mit dem Rücken zur Wand an der geschlossenen Tür vorbei, und sie gingen weiter zu seinem Schlafzimmer, das bis vor kurzem Lukes Zimmer gewesen war. Sie hatten es in Pastellfarben gestrichen, da die Kinder, die zu ihnen kamen, die kräftigen, leuchtenden, typischen Kinderzimmerfarben meist zu unruhig fanden.

Jenny öffnete und schloss die Schranktüren, vorgeblich um ihm zu zeigen, was darin war, das Spielzeug und die Spiele, mit denen sie spielen würden, wenn er sich eingelebt hatte, aber ihre eigentliche Absicht war, dem Jungen zu versichern, dass nichts – niemand – darin versteckt war, nichts, wovor man sich fürchten müsste.

»Denkst du, du könntest dir die Zähne putzen, bevor du ins Bett gehst?«, fragte Jenny.

Er ging zur Tür und wartete dort, er starrte sie mit diesen großen, verletzten Augen an. Er folgte ihr ins Badezimmer. Ein Micky-Maus-Becher – von Luke – stand noch auf dem Regal über dem Waschbecken und in ihm immer noch die Zahnbürste, so wie er sie vor vier Wochen stehen gelassen hatte. Keiner der beiden hatte es übers Herz gebracht, sie wegzuwerfen.

Lukes Adoptiveltern hatten zugestimmt, ihn bis nach seinem fünften Geburtstag bei Jenny und Fraser zu lassen. Sie waren liebe, ruhige Leute, die ihm den Übergang von einer Pflegestelle zu einer richtigen Familie so leicht und schmerzlos wie möglich machen wollten. Die Geburtstagsfeier war eine Katastrophe gewesen: Luke hatte sich geweigert, die Kerzen auf seinem Geburtstagskuchen auszublasen, und war weinend nach oben geflohen, während seine Freunde Happy Birthday gesungen hatten.

Jenny schluckte und griff dann nach dem Becher. Der Junge zuckte bei der plötzlichen Bewegung zusammen, und sie sagte ein paar beruhigende Worte, erklärte ihm, was sie tat, während sie eine neue Zahnbürste aus dem Schrank nahm und sie auspackte.

Er putzte seine Zähne ohne Hilfe und stellte die Zahnbürste von allein wieder in den Becher. Er hielt Jenny seine Hand hin, und sie nahm sie lächelnd. »Du kannst so lange schlafen, wie du willst, Paul.« Sie fühlte sich unwohl mit dem Namen, den Max ihm der Bequemlichkeit halber wegen der Formulare gegeben hatte; sie glaubte, er müsse ihn durcheinander bringen, und entschied, ihn nur zu benutzen, wenn es nicht anders ging – vielleicht würde er dann seinen eigenen Namen eher nennen.

Sie gingen vom Badezimmer in den Flur.

Fraser stand in ihrer Schlafzimmertür. Er sah aus, als ob er gerade erst wach geworden wäre. »Wer –?«, fragte er. Die nächtlichen Bartstoppeln sahen auf seiner furchtbar weißen Haut sehr schwarz aus.

O Gott, dachte Jenny. Armer Fraser! Halbwach hatte er den Jungen gesehen und gedacht, Luke wäre zurückgekommen. Sie fühlte den Griff des Jungen fester werden, er atmete erschreckt ein. »Paul«, sagte sie ruhig und wusste, dass sie damit schon ihren Vorsatz gebrochen hatte, »das ist mein Mann, Fraser. Er wird mir dabei helfen, mich um dich zu kümmern.«

Fraser stand am Geländer, als ob er sich daran festhalten müsste. »Das ist Paul«, fuhr sie fort. »Es ist nicht sein richtiger

Name, aber den wissen wir noch nicht. Er wird eine Weile bei uns bleiben.« Sie erinnerte sich an den schnellen, nervösen Blick, als sie vorher seine Mutter und seinen Vater erwähnt hatte, und entschied, seine Eltern nicht mehr zu nennen, bis der Junge richtig sprach.

»Paul geht zu Bett, weil er gestern Nacht überhaupt nicht geschlafen hat.« Sie ging weiter, an ihrem Mann vorbei, und der Junge verkroch sich hinter ihr. Er ließ Fraser den ganzen Flur entlang nicht aus den Augen, sondern hielt Jennys Hand ganz fest, drehte sich herum und starrte Fraser an, bis sie bei seinem Schlafzimmer waren, hineingingen und Fraser nicht mehr zu sehen war. Jenny zog ihm den Bademantel aus und schlug das Bett auf. Der Junge kletterte ins Bett, es war das zweite Mal, dass er etwas ungefragt tat: seine Zahnbürste wegstellen und ins Bett gehen; Jenny verspürte daraufhin einen unvernünftigen Anflug von Optimismus.

Er starrte die Decke an, ohne zu blinzeln, hellwach. Ab und zu warf er einen Blick zur Tür.

»Möchtest du, dass ich sie zumache?«, fragte Jenny und strich ihm die Haare aus den Augen.

»Weißt du was«, sagte sie, als sie aufstand. »Ich werde draußen dieses Schild aufhängen, dann kann niemand reinkommen, außer du erlaubst es.« Es hatte bei Luke funktioniert, als er Alpträume über das Monster im Flur hatte. Sie nahm das *Bitte-nicht-stören*-Schild, das sie für Luke gemacht hatte, und hängte es außen hin, dann schloss sie fest die Tür. Sie glaubte einen Schimmer der Erleichterung bei dem Jungen gesehen zu haben.

Das Zimmer lag in der Morgensonne und wurde im Julisonnenschein schnell warm. Jenny ging durch das Zimmer, um das Fenster zu öffnen, und der Junge stieß einen kehligen Schrei der Panik aus. Sie drehte sich zu ihm um.

»Möchtest du, dass ich es zu lasse?«

Der Junge starrte wild. Jenny zog die Jalousien herunter. Seine Augen waren weit aufgerissen, voller Panik.

Ich verspreche es. Ich habe gesagt, ich wäre brav. Schließ die Tür, schließ die Fenster. Sichere alles.

Jenny saß neben ihm, hielt seine Hand und sang in ihrem süßen Sopran ein Schlaflied, und innerhalb weniger Minuten ließ der Griff des Jungen nach, und sein Kopf fiel zur Seite. Sie sang noch ein bisschen weiter, schlich dann zur Tür und sah sich nach ihm um.

Sein Gesicht war etwas gerötet, und sein Pony, der ein wenig zu lang war, fiel in einem umgekehrten Fragezeichen über seinen Nasenrücken. Er seufzte, drehte sich zum Fenster, und warme Farbflecken flossen von den Vorhängen auf seine schlafende Figur.

Blumen. Das Haus roch nach Blumen. Es war ruhig. Sogar die Farben waren ruhig. Er hatte alles gesehen: den korallenroten Teppich in der Diele; die Schale mit Rosen auf dem Küchentisch; die glitzernden Töpfe mit Keksen, Nudeln, Linsen und Reis auf der warmen Oberfläche der Schränke. Und er hatte die blassgelbe Spinne gesehen, deren Farbe so gut zu den gelben Rosenblättern passte, in denen sie sich versteckte. *Er würde nichts sagen.* Die Spinne beobachtete ihn aus ihrem Versteck, und ihre langen Vorderbeine zitterten vor Anspannung – er hatte das schon mal bei einer Katze gesehen. Es war auf dem Rasen, sie saß da, fett, wie diese Spinne, halb geduckt, sie zitterte, bis sie ihm Leid tat, weil sie Angst zu haben schien, sich zu bewegen. Und dann sprang sie los, rannte auf das Beet zu und fing einen Vogel, den sie dann nachlässig im Maul trug, sie starrte blicklos zum Fenster, und da verstand er mit elender Sicherheit, dass das Zittern kein Zeichen von Angst, sondern von

Aufregung war. Er hatte das alles gesehen, bis ihm die Augen vom Hinschauen wehtaten und er es ignorieren wollte.

Der Junge döste, wachsam auf jedes Geräusch horchend, er wachte oft auf, immer voller Angst und orientierungslos in der neuen Umgebung. Die Frau mit dem glänzenden Haar roch nach Handcreme. Er mochte den Mann nicht. Der Kopfkissenbezug fühlte sich kühl an seinem Hinterkopf an, und er drehte sich um, um ihn mit seinem Gesicht anzuwärmen. Das Kissen roch nach Bügeln und dem Wäscheschrank. Er sah im Geiste das Gesicht des Mannes, seltsam, kränklich, und es machte ihm Angst. *Ich mag ihn nicht!* Dieser Gedanke hatte keine klare Form, keine Kontur, er fühlte es mehr wie eine innere Furcht. Er schloss seine Augen ganz fest und stellte sich vor, wie die Frau den Mann wegjagte.

Fraser war wach und wartete auf sie. Sie zog sich aus und schlüpfte in ein weites T-Shirt. Er sah sie unverwandt an, ohne zu zwinkern.

»Alles in Ordnung?«, fragte sie. Sie kroch unter die Bettdecke und legte eine Hand auf seine Brust. Er fühlte sich klamm an, sie stützte sich auf einen Ellbogen, um ihn anzusehen. »Ich weiß«, sagte sie. »Wir hatten abgemacht, keine Kinder mehr bis zum Herbst.« Sie zog entschuldigend die Schultern hoch. »Max hat mich regelrecht überfallen, er hat mir die Pistole auf die Brust gesetzt. Es tut mir Leid, Fraser.«

Später, bei Toast und Tee am Küchentisch, brachte er das Thema noch einmal auf. »Eine Woche Vorbereitung, dann auf deine Vortragsreise, hast du gesagt. Ich sollte die Zeit nutzen, um alles für das nächste Semester klarzumachen und um dann noch ein paar Reparaturen zu erledigen.«

»Und dann würden zwei Wochen für eine gemeinsame Reise übrig bleiben, ich weiß.« Die Sonne schien durchs offene Fenster, Vogelgesang drang in verstümmelten Wellen hinein.

»Du hältst dich also nicht an die Spielregeln«, warf er ihr vor.

Als sie ihn das erste Mal traf, lange bevor die siebzehn Jahre in England seinen Dialekt zu einem brummenden Tonfall abgeschliffen hatten, war Frasers Glasgower Akzent für Jenny nahezu unverständlich gewesen. Es war das zweite Jahr ihres Studiums der Krankenpflege und Psychologie, und sie war gerade erst zurückgekehrt, nachdem sie sechs Wochen im Sommer in den Staaten gearbeitet hatte. Sie war mit einem Hochgefühl heimgekehrt, das mehr auf Erleichterung denn auf Selbstvertrauen gründete. Sie war noch nie so weit weg gewesen, sogar die Hochschule hatte sie so ausgewählt, dass sie nahe bei Freunden und der Familie sein konnte; und obwohl es ihr gut gefallen hatte, war es schön, wieder in heimischen Gefilden zu sein.

Das Semester hatte mit einem Nebel angefangen, der den öffentlichen Nahverkehr zum Stillstand brachte, aber Jenny und ein paar Freunde wollten lieber zu Fuß gehen, als den ersten Tag verpassen. Es war nicht so weit von ihrer Wohnung in Wavertree zur Hochschule, sie lachten und redeten den ganzen Weg über, taten geheimnisvoll und fühlten sich in der alles einhüllenden Düsternis geborgen.

Jenny trennte sich nach der Vorlesung von der Gruppe, weil sie vor dem Mittagessen noch etwas in der Harold Cohen Bibliothek nachschlagen wollte. Der Weg zur Bibliothek war ein kurzer Gang vom Biologiegebäude, am Hof vorbei und durch einen Torbogen; einfach an einem klaren Tag, wenn man mit dem Grundriss der Gebäude und den Wegen und Sackgassen vertraut war, aber dieser Teil der Universität war eine Mischung aus viktorianischem Stil, Art Déco aus den vierziger Jahren und funktionalen Glas- und Betongebäuden aus den Sechzigern. Es schien kein verbindendes Schema zu geben, und die Ansammlung von Geländen mit und ohne Zaun, Untergeschossen und Sackgassen war im Dunst, der vom Mersey aufzog, besonders verwirrend.

Rechts von ihr konnte Jenny den Verkehr auf dem Brownlow Hill wie ein langes, monotones Dröhnen hören und nicht wie sonst einen Dopplereffekt aus den hohen und tiefen Tönen der schnell fahrenden Autos um die Mittagszeit.

Aus dem braunen Mief links von ihr hörte Jenny ein deutliches und leidenschaftliches »Scheiße!«. Dann stolperte eine dunkle und sehr gut aussehende Person von links aus einem Weg.

»Ist alles in Ordnung?«, fragte sie und sah ihn mit unverhohlenem Interesse an. Der Fremde murmelte etwas Unverständliches.

Sie zog die Augenbrauen hoch und lächelte. »Wie bitte?«

»Ich habe schon genug von diesem Rattenloch, dabei ist es gerade mal mein erster Tag.«

Ihre Ohren fingen an, sich an den Akzent zu gewöhnen, so dass sie ihn ohne allzu große Schwierigkeiten verstehen konnte.

»Ich weiß, was du meinst«, sagte sie, »ich komme aus diesem Rattenloch.«

»Oh, entschuldige, es ist bloß …« Er sah in den dreckigen Dunst um ihn herum.

Sie lachte. »Es ist nicht immer so. Ich heiße übrigens Jenny.«

Fraser kam zu spät zu seiner ersten Vorlesung, nachdem er sich bei dem Versuch, nur mit Hilfe eines Straßenführers zu Fuß vom Wohnheim in Mossley Hill zur Universität zu kommen, hoffnungslos verlaufen hatte.

»Warum hast du nicht auf den Bus gewartet?«

»Im Radio hieß es, dass sie nicht fahren.«

»Das betrifft nur die Mersey Busse. Die Wohnheime haben ihre eigene Busflotte, um die zarten Lieblinge von A nach B zu bringen, ohne dass sie neben dem bösen, dreckigen Volk stehen müssen.«

»Warum weißt du so viel darüber?«, fragte er, als sie gemütlich bei einem Bier und zwei Tüten Chips im Pub Augustus John saßen.

Jenny zupfte an ihrem Schal. »Erkennst du die Unifarben nicht?«, fragte sie.

»Wie ich gesagt hab …«

»Du bist erst gestern Abend angekommen und kennst dich noch nicht aus.« Er grinste, und Jenny musste die Zähne zusammenbeißen, um nicht zu stöhnen. Er war wirklich *wundervoll.* »Du wolltest nicht wirklich mit dem ersten Zug wieder heimfahren, oder?«

Er guckte ein bisschen verlegen.

»Sieh mal, sie wirken vielleicht wie eine Menge Snobs und Privatschulidioten, aber das liegt nur daran, dass du die Einführungswoche verpasst hast und keine Gelegenheit hattest, die Guten von den Bescheuerten zu trennen. Sie sind nicht alle schlecht.« Er sah sie zweifelnd an, und sie fügte hinzu, »meistens ist es nur Fassade. Sie haben genauso viel Panik wie du oder ich.«

Er nippte an seinem Bier, immer noch unsicher. »Glaubst du?«

Sie machte das Pfadfinderehrenwortzeichen. »So. Was studierst du?«, fragte sie.

Er wurde rot und nahm einen großen Schluck Bier.

»Ich studiere Psychologie und Krankenpflege«, sagte sie. »Im zweiten Jahr«, fügte sie hinzu und grinste angesichts der unwürdigen Selbstgefälligkeit, die ihr die zusätzliche Erfahrung eines Jahrs gab. »Also?«

Er rutschte unwohl herum. »Ich studiere auch zwei Fächer«, sagte er.

»Welche?« Sein ausweichendes Gerede nervte langsam.

»Soziologie und –«, er zuckte die Schultern und wurde noch etwas stärker rot –, »Geographie.«

Jenny grinste und hob dann die Hände auf seine gegrummelte Antwort hin. »Ich verspreche, dass ich es keiner Menschenseele sagen werde«, sagte sie.

Sie hatte ihn davon überzeugt, da zu bleiben, und während des Studiums wurden sie, etwas enttäuschend für Jenny, gute Freunde. Nach dem Abschluss waren sie in Kontakt geblieben und hatten sich manchmal mit anderen Kommilitonen getroffen, aber dann immer öfter allein. Ohne die Ablenkung der üblichen Clique stellten sie fest, dass ihre Freude an der Gesellschaft des anderen mehr als nur platonisch war. Fraser hatte ihr an dem Tag einen Antrag gemacht, an dem er seine erste Lehrerstelle bekam, und Jenny hatte ohne Zögern ja gesagt.

»Wir werden eine Woche wegfahren, das verspreche ich. Mindestens eine Woche – zwei, wenn ich es einrichten kann.« Sie nahm seine Hand. »Max denkt, dass es nur ein paar Wochen dauern wird, seine Eltern zu finden. Er denkt, es könnten Roma sein, die weitergezogen sind und ihn versehentlich zurückgelassen haben –« Ein Anflug von Panik, den Jenny schon vorher in Frasers Gesicht bemerkt hatte, war wieder da, und Jenny erinnerte sich an etwas, das Max ihr einmal gesagt hatte: »Es ist leicht, die Monster der Kindheit zu verjagen – man braucht nur ein bisschen Magie und viel Vertrauen; die Teufel der Erwachsenen sind viel zäher.«

»Fraser«, sagte sie. »Ist alles in Ordnung? Vorhin, im Treppenhaus – du hast furchtbar ausgesehen.«

»Es war der Schock, das ist alles. Ich dachte –«

»Du hast gedacht, Luke wäre nach Hause gekommen.« Sie schüttelte den Kopf. »Es tut mir wirklich Leid.« Sie stand auf und beugte sich über den Tisch, um Fraser zu küssen. Er ging darauf ein, berührte ihre Wange mit seinem Handrücken, streichelte ihren Nacken und zog sie an sich.

Jenny machte sich zärtlich los. »Ins Bett?«, fragte sie. Er nickte, und sie sah, dass er ihr verziehen hatte.

»Du siehst aus, als ob du ein paar Stunden Schlaf vertragen könntest.«

Jenny lächelte. »Wer hat was von Schlafen gesagt?«

Sie bekam ein bisschen Schlaf – ungefähr zwei Stunden. Sie lag gemütlich an Frasers warmer Schulter und träumte von dem Jungen, der in ihrem Traum ganz selbstverständlich ein Konzertpianist war. Sie wachte auf, als jemand auf die Bühne stürmte und den Klavierdeckel auf seine Finger schlug.

Sein Herz schlägt stark, er starrt zur Tür.

Ich hab' versprochen, brav zu sein. Ich hab's versprochen.

Aber die Figur an der Tür – hinter der Tür – zerrt an ihm.

Nein ... bitte nicht.

Fraser wachte erschreckt auf. Der Junge stand in der Schlafzimmertür. Seine Augen waren weit geöffnet, und er murmelte etwas, das er nicht richtig hören konnte.

»Bleib liegen«, flüsterte Jenny, »er schlafwandelt.« Draußen hörte sie das Knirschen und Krachen des Müllwagens. Sie hatten ihre Quote am Freitag um fünf noch nicht erreicht, und Privatisierung bedeutete, dass es nicht ungewöhnlich war, dass die Müllabfuhr in ihrer Gegend erst am Samstag kam.

»Die blöden Müllmänner haben ihn gestört.« Sie griff nach ihrem Bademantel, der über dem Stuhl neben dem Bett hing, und zog ihn mit so viel Würde und so wenig Entblößen von nacktem Fleisch wie möglich an.

Plötzlich atmete der Junge flach und schnell. Er machte leise jaulende Geräusche, die zu ausgewachsenen Angstschreien wurden. Jenny ging langsam auf ihn zu, vorsichtig, darauf bedacht, ihn nicht noch mehr zu erschrecken, und beruhigte ihn, sprach ruhig auf ihn ein und lenkte ihn sanft zurück zum Bett.

Fraser starrte auf ein Foto auf der Kommode und dann wieder auf den Jungen. Es war ein Foto von ihm selbst als Neun-

oder Zehnjähriger, mit einem Fisch in der einen Hand und einer Angel in der anderen, blinzelte er scheu und stolz zugleich ins Licht. Sein erster Fang. Eine Sprotte, mehr nicht, aber sein Vater hatte damit bei seinen Freunden angegeben, als ob er einen Hecht gefangen hätte, der groß genug gewesen wäre, ihn zu verschlucken.

Als sie eine halbe Stunde später zurückkam, saß Fraser im Bett. Sie kroch neben ihn und küsste den Fleck schwarzer Haare auf seiner Brust. »Siehst du jetzt, warum ich es nicht ablehnen konnte, ihn zu nehmen?«, sagte sie.

Er seufzte. »Was kann ich tun?«

»Ich werde dich ihm vorstellen, wenn er richtig wach ist. Spiel mit ihm – das heißt, wenn er es zulässt –, er scheint nichts mit Männern zu tun haben zu wollen. Sprich mit ihm, versuch sein Vertrauen zu gewinnen. Aber versuch nicht, ihn dazu zu bringen, über das, was passiert ist, zu reden. Wir müssen vorsichtig sein, um ihm keine falschen Ideen in den Kopf zu setzen. Er wird uns sagen, was passiert ist, wenn er soweit ist.«

»Okay.« Er war einen Moment lang ruhig, dann fragte er: »Was ist, wenn ich sein Vertrauen nicht gewinne?«

»Du könntest immer noch ausziehen ...«, sie sah es an Frasers Anspannung, dass sie zu weit gegangen war. »Ein Witz, Fraser. Nur ein Witz. Ein schlechter Witz, ich weiß, aber ich bin müde.«

Er küsste sie auf den Kopf. Ihr Haar glänzte im Sonnenlicht, das durch die hastig zugezogenen Vorhänge schien. »Hat er irgendwas mitgekriegt?«

Sie schüttelte den Kopf, kuschelte sich an ihn und küsste ihn am Kinn. »Findest du, er gleicht dir?« Das war ihre Standardfrage gewesen, seit ihr erstes Pflegekind Daniel O'Hare vor acht Jahren für einen Kurzaufenthalt zu ihnen gekommen war. Es war ein Running Gag, der sie zum Lachen bringen und, was wichtiger war, sie davon abhalten sollte, bei jedem neuen Fall darüber nachzudenken, warum es nicht ihr eigenes Kind sein konnte.

Meistens lachten sie, aber dieses Mal nicht. Jenny runzelte die Stirn. Es hatte Kinder mit ihrer Augenfarbe oder seiner Haarfarbe gegeben, Kinder, die lange genug bei ihnen gewesen waren, um ihre Angewohnheiten zu übernehmen. Einmal hatten sie sich um einen Jungen gekümmert, dessen Mutter ins Krankenhaus musste, ein paar Tage nachdem sie von Glasgow nach Liverpool gezogen waren. Jamie hatte sich supergut mit Fraser verstanden, und sie hatten stundenlang in einem obskuren Dialekt miteinander geredet, bis sich Jenny ausgeschlossen fühlte.

Dieses Kind, dieses dunkeläugige, dunkelhaarige kleine Reh sah wirklich aus wie Fraser. Er hatte sogar die leicht fahle Hautfarbe, von der Fraser behauptete, er verdanke sie seinen kontinentaleuropäischen Vorfahren.

Fraser küsste Jenny noch mal auf den Kopf und starrte auf die Stelle auf der Kommode, an der das Foto gestanden hatte. Die Schlafzimmertür stand offen, und ein blasser, grünlicher Lichtstrahl fiel aus dem Treppenhaus auf die Kommode: Ein Scheinwerfer auf die Täuschung.

Jelängerjelieber. Die Luft war voll davon. Als Kind hatte ich die langen, schmalen Blüten am Ansatz abgebrochen und das bisschen Nektar darin ausgesogen. Süß, duftend – ein verbotenes Vergnügen, denn wer wusste schon, welcher Dreck und welche Keime in den Falten der Blütenblätter verborgen waren.

Licht schien durch ein Fenster an der Rückseite des Hauses. Die Küche. Sie trank ihren Kaffee aus und stellte die Tasse in die Spüle. Und dann war er da. Er rannte ins Zimmer. Rannte zu ihr. Umarmte sie. Lachte mit ihr.

Eine tief fliegende Fledermaus kreiste über mir, gerade ihre Stille forderte Aufmerksamkeit. Ich blieb stehen, sah hin und hörte der Stille zu; es beruhigte mich. Die Vorderseite des Hauses wäre am besten – weniger auffällig.

Ich klopfte an, und er kam in die Eingangshalle. Ich konnte seinen Schatten sehen, vage, unscharf hinter dem Glas. Ich konzentrierte mich still auf ihn, forderte seine Aufmerksamkeit.

5. Kapitel

»Jen, hörst du mir zu?«

Jenny schüttelte sich und nippte an ihrem Orangensaft. »Tut mir Leid, Max, es ist …« Sie hatte daran gedacht, dass zu Hause irgendetwas nicht in Ordnung war. Nicht nur wegen Frasers Reaktion auf den Jungen, sondern eine Atmosphäre, irgendwas, das sie nicht genau definieren konnte. Und heute Nachmittag beim Putzen war irgendetwas in ihrem Schlafzimmer anders gewesen. Ein Einrichtungsgegenstand, den sie sonst kaum beachtete, war verrückt worden oder einfach nicht mehr da …

»Machst du dir Sorgen wegen Paul?«

»Ja.« Aber, ehrlich gesagt, waren es nicht Sorgen wegen Paul, die ihre Gedanken im Moment beschäftigten. Die Nachtschicht hatte sich als bestes Arrangement herausgestellt; sie hatten die Bedeutung solcher Dinge während ihrer anderthalb Jahre mit Luke fast vergessen, der sie beide gleich und eindeutig geliebt hatte und der so ruhig und umgänglich wie keines ihrer anderen Kinder gewesen war. Paul hatte fast während ihrer gesamten Abwesenheit Samstagnacht geschlafen und dann wieder am Sonntag; er schlief eigentlich mehr, als es in seinem Alter gesund war, aber Max hatte ihr versichert, dass dies nur zu erwarten war, bei einem Kind, das irgendein Trauma erlebt hatte, wie es in Pauls Fall immer wahrscheinlicher schien.

»Ich sollte dich damit nicht belasten.« Sie hatten die Probleme des Syndroms falscher Erinnerungen diskutiert, ein Thema von Jennys Vorträgen und ein Nebenfach, ja sogar ein Hobby von Max. Manchmal hielten sie bei denselben Konferenzen Vorträge, einmal hatten sie sogar ein gemeinsames Referat vor einer Gruppe Studentinnen gehalten.

Sie versuchte sich zu konzentrieren. »Wenn jemand, der behauptet, sich wieder an einen Missbrauch zu erinnern, seine Behauptung höchstwahrscheinlich nicht widerruft, solange er noch unter dem Einfluss des Therapeuten ist, bei dem er die Entdeckung überhaupt erst gemacht hatte, dann bedeutet das doch, dass ihm fast nicht mehr zu helfen ist, wenn man endlich zu ihm durchkommt?«

»Es macht es bestimmt nicht leichter. Denn sie haben sozusagen eine Art Vertrag mit ihrem Therapeuten geschlossen, indem sie das brave Missbrauchsopfer spielen, und er gibt ihnen die positive Bestätigung seiner Aufmerksamkeit. Es ist keine bewusste Entscheidung – sie wollen niemanden betrügen –, sie sind fest davon überzeugt, missbraucht worden zu *sein.* Die Leute, die ich kenne, stellen den Wahrheitsgehalt der furchtbaren Geschichten erst dann in Frage, *nachdem* sie den Therapeuten oder die Gruppe verlassen haben, die ihre Einbildung unterstützt hatten. Manche gehen sogar durch eine Psychose, bevor die Heilung endlich beginnt.«

Jenny nickte, nahm es auf und überlegte, wie sie es in ihrem Vortrag über Kindesmissbrauch einarbeiten könnte.

Max ließ sie eine Weile nachdenken und beobachtete sie: Ihr goldblondes Haar glänzte sogar in der nebligen Atmosphäre von Bierdunst und Zigarettenrauch im Pub. Ab und zu schaute sie auf und starrte in die Ferne, er war beeindruckt von dem bläulichen Weiß ihrer Augen und den grauen Flecken in ihrer olivgrünen Iris. Jenny Campbell, das wusste er seit langem, war keine Schönheit, aber sie strahlte. Vor Güte? Vor Glück? Was immer es war, es machte sie blendend und unwiderstehlich attraktiv.

»Es ist schwierig, das richtige Gleichgewicht zu finden«, sagte sie. »Ich will die zerstörerische Wirkung des Missbrauchs nicht bagatellisieren, aber ich will die Leute davor warnen, dass nachlässig formulierte Fragen Kinder dazu bringen können, sich an einen Missbrauch zu erinnern, der nie stattgefunden hat.«

»Das Gedächtnis ist trickreich«, stimmte Max zu. »Wenn eine Idee einmal eingepflanzt wurde, entwickelt sie Wurzeln und wächst. Ich weiß von Leuten, die komplexe und verwickelte Geschichten erfunden haben – pure Phantasie –, und doch glauben sie daran als die reine Wahrheit.«

»Und wenn man diese Überzeugungen anzweifelt?«

»Die unmittelbare Reaktion? ›Sie nennen mich einen Lügner. Ich habe das alles durchgemacht, und sie glauben mir nicht. Sie traumatisieren mich ein zweites Mal, indem sie mir das Gefühl geben, ich müsste etwas beweisen, von dem ich weiß, dass es stimmt.‹«

Jenny seufzte.

»Also«, Max' Augen waren voller Lachfältchen, als er sich zu ihr beugte, um ihr ins Gesicht zu sehen. »Lass uns auf das zurückkommen, worüber du dir Sorgen machst.«

Jenny lächelte. »Du würdest deinen reichen Patienten mindestens achtzig die Stunde hierfür berechnen.«

Max Greenberg zog seine Augenbrauen zusammen und schüttelte ein bisschen den Kopf. »Mindestens. Und nicht allen würde ich eine Sitzung in einer so förderlichen Umgebung erlauben.« Sie hatten sich im Knotty Ash eine Stunde vor Jennys Schichtbeginn verabredet. Er wartete, nippte an seinem kleinen Guinness und beobachtete sie über den Rand seiner Brille hinweg.

Sie sah ihm in die Augen, konnte aber seine kühle Anerkennung nicht aushalten; um also seinem stetigen, ruhigen und aufmerksamen Psychiaterblick auszuweichen, betrachtete sie seine Gesichtszüge genau, bis hin zu seiner breiten, intelligenten Stirn und dem Ansatz von dünnem, braunem Haar. Nicht, dass sie Max nicht vertraute – sie vertraute ihm fast so sehr wie Fraser –, aber sie wollte seine Zeit nicht verschwenden, es sah alles so harmlos aus, von weitem betrachtet. Sie konnte ihm jedoch ansehen, dass er sie nicht in Ruhe lassen würde, also seufzte sie noch einmal und begann zu erzählen: »Ich wurde gestern angerufen.«

Max' ganzer Körper signalisierte Interesse und Aufmerksamkeit.

»Zuerst dachte ich, es wäre ein obszöner Anruf, aber ich glaube, er zögerte – überlegte, ob er auflegen sollte.«

»Er?«

»Ganz sicher ein Er.«

Sie wurde still, und Max fragte: »Hat er schließlich was gesagt?«

»Am Ende, ja.« Sie holte tief Luft und dachte an die Wirkung, die die Frage des Anrufers auf sie gehabt hatte: kriechende, kalte Angst, gefolgt von einer Leere in der Magengrube. »Max, er hat gefragt, ob ich Kinder hätte.« Sie schluckte. »Er wollte wissen, ob ich ein Kind adoptiert hätte.«

Max wusste, welchen Effekt so eine Frage bei Jenny hatte. Er legte für einen Moment seine Hand auf ihre und fragte dann: »Was hast du ihm gesagt?«

»Ich habe ihn gefragt, wer er sei. Er nannte sich Mr Hunter. Er sagte, er wäre Privatdetektiv, ich weiß, kein besonders originelles Pseudonym, nicht wahr? Er behauptete, er würde für einen Klienten arbeiten, der adoptiert worden war und der jetzt nach seinen Eltern sucht.«

Sie lachte etwas unsicher und fuhr mit den Fingern durch ihr Haar. »Zuerst dachte ich, es wäre ein Witz – jemand aus dem Krankenhaus – keine Ahnung. Ich habe ihm gesagt, dass ich keine Kinder habe – klar *hätte* ich fragen sollen, für welche Agentur er arbeitet, ich hätte irgendeinen Identitätsnachweis verlangen sollen, aber es war alles so unwirklich. Er hatte wieder aufgelegt, bevor ich meine Sinne beisammen hatte und wusste, was ich ihm sagen sollte. Ich habe versucht, seine Nummer über die Telefongesellschaft herauszufinden, aber er hatte die Nummer blockiert.«

»Macht es dir Sorgen?«

»Das kannst du glauben. Wie hat er meine Nummer bekommen?«

»Aus dem Telefonbuch? Weißt du, du warst in letzter Zeit ein paar Mal in der Zeitung –›*Schreibende Krankenpflegerin verarztet die Vergangenheit*‹ –, und dann war da noch das Radiointerview. Solche Dinge beschäftigen die Leute. Vielleicht hat er ein Foto von dir gesehen und eine Ähnlichkeit zu entdecken geglaubt.«

»Das hat Fraser auch gesagt.« Jenny war überrascht und geschmeichelt, dass Dr. Greenberg so genau über die Berichterstattung über sie Bescheid wusste. Sie hatte die Veröffentlichung von *Der vergiftete Kelch* vor drei Wochen fast vergessen; ausgehend von dem kontroversen Thema des Buches, hatte es ein unerwartetes, wenn auch kurzlebiges Medieninteresse gegeben, welches sich auf ein einzelnes Kapitel über die Diskussion über falsche Erinnerungen/wiederentdeckte Erinnerungen konzentrierte. Der Text richtete sich an akademische Leser im Bereich Pflege und soziale Berufe, aber der Brandon-Report hatte sehr viel Interesse geweckt, sogar in der Boulevardpresse, so dass sie für einen Moment berühmt war. Es war eine momentane Ablenkung von der Trauer über Lukes Verschwinden, zu vergänglich, um mehr als eine kurzfristige Ruhepause zu sein.

»Du hast vielleicht Recht«, fügte sie hinzu. Trotzdem war der Anruf beunruhigend. Frasers Reaktion hatte sie auch aufgeregt. Er war einkaufen gewesen, als der Anruf kam, und seine erste Antwort, als sie ihm davon erzählte, war: »Er hat *dich* gefragt, ob du Kinder adoptiert hast?«

»Es steht mir nicht auf die Stirn geschrieben, Fraser«, hatte sie gesagt, »ich war nicht immer so, weißt du.«

Natürlich wusste Fraser das. Er wusste es, weil er bei ihr war, als die furchtbaren Schmerzen anfingen. Er hatte ihre Hand gehalten, als sie sich auf einer Liege in der Notaufnahme im Royal Hospital in Qualen wand und schrie. Er hatte die Einverständniserklärung für die lebensrettende Operation unterschrieben, weil sie bereits im Delirium und unfähig zu rationalen Entscheidungen war, als festgestellt wurde, dass sie eine ektopische Schwangerschaft und innere Blutungen hatte. Nicht, dass Frasers Entscheidung völlig rational gewesen wäre. Bis zu dem Zeitpunkt hatte er nicht einmal gewusst, dass sie schwanger gewesen war.

Fraser hatte sich verletzt zurückgezogen, und Jenny hatte sich stillschweigend verflucht. Sie schwenkte den Rest Orangensaft in ihrem Glas. »Ich befürchte, ich war Fraser gegenüber ein bisschen kurz angebunden, und er ist auf einem seiner taktischen Rückzüge.« Sie lächelte. »Die Einzige, die in unserem Haus im Moment spricht, bin ich. Es ist ein bisschen gruselig, all diese einseitigen Gespräche.«

»Ich nehme also an, dass der Junge immer noch nicht kommuniziert.« Max hatte dieselben Vorbehalte wie Jenny, dem Jungen einen anderen Namen als seinen eigenen zu geben.

»Nein – na ja, schon, ich denke, er kommuniziert auf seine eigene Weise, aber er spricht halt nicht.«

»Welche Kommunikationsart?«

»Gesten, Gesichtsausdrücke, Körpersprache.«

»Hat er die Farben und Stifte benutzt?«

Max hatte empfohlen, Paul zum Malen oder Zeichnen anzuhalten.

»Er malt immer wieder dasselbe. Ein Haus mit einer Ziegelmauer vorne dran. Dann malt er schwarze Gitterstäbe vor alle Fenster und ein Schloss an die Haustür.«

»Um sich einzuschließen oder jemand anderes auszuschließen, frage ich mich.«

»Ich weiß es wirklich nicht, Max.« Sie erinnerte sich an das *Bitte-nicht-stören*-Schild und erzählte Max, dass der Junge es jetzt jedes Mal, wenn er in sein Zimmer ging, außen an die Tür hängte. »Er scheint es beruhigend zu finden.«

»Wie versteht er sich mit Fraser?«

Jenny dachte einen Moment darüber nach, hin und her gerissen zwischen Loyalität zu Fraser und dem Wohlergehen des Jungen. »Er toleriert ihn. Ich weiß nicht, ob er weiß, dass ich nachts nicht da bin – ich bringe ihn zu Bett, bevor ich gehe, und bin normalerweise wieder zurück, bevor er aufwacht – aber er schlafwandelt, und er ist unruhiger, wenn Fraser ihn zu beruhigen versucht, als wenn ich da bin.« Sie sah Max verwirrt und besorgt an. »Ich will ihn nicht drängen – ich weiß, es ist am besten, wenn er das Tempo bestimmt. Ich weiß, du hältst es nicht für dringend, Max, aber …«

»Du bist nicht sicher?«

Sie nickte. »Glaubst du, ich hab Unrecht?«

Max seufzte auf. »Fragen stellen scheint die Dinge in Bewegung zu bringen, aber was, wenn es die falsche Richtung ist? Wir bringen unsere eigenen Vorurteile, unsere eigenen Komplexe, unsere eigenen Alpträume und Dämonen mit in diese Situation. Selbst wenn du ihn dazu bringen könntest, den Kopf zu schütteln oder zu nicken, deine Möglichkeiten zu fragen wären sehr eingeschränkt – ein simples Ja oder Nein ist oft nicht die Antwort, die wir gerne geben möchten –, das Leben ist zu komplex für solch ein einfaches System. In seinem Kopf könnte er seine Antworten als richtig oder falsch ansehen.«

»Du sagst, ich sollte meinen eigenen Rat befolgen.« Sie lächelte, und er lächelte zurück.

»Ich nehme an, er versucht ein braver Junge zu sein, das Richtige zu tun, und wenn du ihn dazu bringst, Fragen aus deinem eigenen Fragenkatalog zu beantworten, könntest du feststellen, dass er so antwortet, dass es zu deinen Erwartungen passt.«

»O. K.«, sagte sie, »verstanden. Wir wollen keinen Fall von falschen Erinnerungen, richtig?«

»Ganz genau. Weißt du jetzt eigentlich, was du über falsche Erinnerungen in deinen Vorträgen sagen willst?«

Jenny zeigte ihr Notizbuch. »Ich werde das morgen, wenn ich zu Hause bin, abtippen. Dann werde ich ein paar Vorschläge notieren und voll bewaffnet und gefährlich in Nottingham ankommen.« Sie hatte noch einen einzelnen Vortrag bei einer Konferenz für Sozialarbeiter, den sie als Generalprobe für die Reise nehmen wollte. »Ich muss in der Universitätsbibliothek einiges nachlesen, wenn ich wieder da bin – ich suche nach Bestätigung in der neuesten Forschung.« Der Brandon-Report hatte eine ganze Welle von Artikeln zu wiederentdeckten Erinnerungen ausgelöst. »Ich werde so viel wie möglich in meinen Nottinghamvortrag einbauen und den Rest für die Tour verwenden.«

Max nickte zustimmend. »Werden die zwei den ganzen Tag miteinander auskommen, wenn du weg bist?«

»Max«, Jenny lachte, »du hast an alles gedacht. Das Sozialamt schickt eine weibliche Kraft, um die vierundzwanzig Stunden, die ich weg bin, bei ihnen zu sein.« Sie sah auf die Uhr, trank den Rest Orangensaft und stand auf, um zu gehen. »Noch mal danke.« Sie beugte sich hinunter, um ihn auf die Wange zu küssen, und er ergriff ihre Hand, als sie sie von seiner Schulter nahm.

»Jenny –« Sie sah ihn mit großen Augen erschreckt an. Er drückte verlegen ihre Hand, ließ sie dann los. »Sei vorsichtig.« Max sah ihr nach, eine gepflegte 35-Jährige, die auch als 25-

Jährige durchginge. Schwarze Jeans, weißes T-Shirt, goldblondes Haar, das zottelig über ihre Schultern fiel; er fühlte eine Welle fast väterlichen Stolzes, gefolgt von einem Moment der Besorgnis um ihre Sicherheit. »Lächerlich«, murmelte er, nahm einen kühlen Schluck Guinness und wischte das cremige Schaumbärtchen mit Zeigefinger und Daumen von seiner Oberlippe. Es war unwahrscheinlich, dachte er, dass seine verrückten Anrufe und ihrer etwas miteinander zu tun hatten. Bei seinen Anrufen war ein Stimmenverzerrer benutzt worden, so dass er nicht sicher sein konnte, ob es eine Frau oder ein Mann war. Jennys Anrufer war ganz bestimmt männlich – sie schien sich dessen ziemlich sicher –, und er hatte sie nicht konkret bedroht. Nein – es gab keinen Grund, sie unnötig zu beunruhigen.

»Wie klappt's mit dem kleinen Kerl?«

»Aaahh!« Jenny sprang wie eine erschreckte Katze auf. Sie hatte niemanden in den Umkleideraum kommen hören. Es waren noch zwanzig Minuten bis zum Beginn ihrer Schicht, und sie war als Erste da.

»Shona«, sagte sie, während sie nach Luft schnappte und versuchte, ihr Herzklopfen unter Kontrolle zu bekommen.

»Geht's ihm gut?«, fragte Shona, ohne bemerkt zu haben, dass sie Jenny furchtbar erschreckt hatte.

»Er ist so weit in Ordnung.« Shona hatte angefangen, sich für den Jungen zu interessieren, seit seine Geschichte im örtlichen Radio gekommen war.

»Sie werden sein Bild im *Echo* bringen und auf *Granada TV.*«

»Woher weißt du das?« Mike Delaney hatte eine Fotografin für Dienstagmorgen um sieben zu ihrem Haus bestellt, so dass die Bilder in der Mittwochsausgabe des *Echos* und von *Granada News* kämen.

Shona klopfte an die Seite ihrer hübschen kleinen Nase. »Man hat nicht viele Vorteile, wenn man in der Zentrale arbeitet, außer …« Sie lächelte, wobei leicht schiefe Zähne zum Vorschein kamen. »Es war sowieso am Nachmittag auf Radio Merseyside.«

Es schien, als ob Shona ihre ganze Freizeit mit dem örtlichen Radio und den Fernsehnachrichten, Seifenopern und dem Lesen des *Liverpool Echos* verbrachte.

»Was machst du so spät noch hier?«, fragte Jenny. Es war zwanzig vor acht, und die Büros schlossen um acht, danach blieb nur noch eine Notbesetzung in der Zentrale.

»Oh, weißt du«, sagte Shona und zuckte ihre knochigen Schultern, »die Bösen ruhen nie.«

Jenny zog sich weiter um, während Shona unentschlossen herumlungerte, sie saß, dann stand sie, und dann lief sie unruhig auf und ab. Sie hatte die leicht eckigen Bewegungen eines Teenagers, obwohl sie Mitte zwanzig sein musste. Sie trug einen kurzen Jeansrock und ein enges Baumwolltop mit Spaghettiträgern. Ihre dunkelbraunen, widerspenstigen Haare waren aus dem Gesicht nach hinten gekämmt, ein kleines Büschel wurde von einer Spange gehalten, die nicht an ihrem Platz blieb, sondern zur Seite wegrutschte, so dass sie sie ständig zurückschob, bis ein Bündel verknoteter Haare hinter ihr hing.

»Hat er schon was gesagt?«

»Paul? Nein. Warum fragst du?«

»Na ja, sie werden seine Mama und seinen Papa wohl nicht finden, wenn er nichts sagt, oder?«

»Ich glaube, die Polizei hofft, dass sich jemand melden wird, wenn sie sein Foto im Fernsehen und im *Echo* zeigen.«

Shona klatschte besorgt ihre Hände zusammen. »Aber sie werden sicherstellen müssen, dass es wirklich seine Eltern sind und, na ja, dass es okay für ihn ist.«

Jenny lächelte. »Ich bin sicher, das werden sie. Ehrlich gesagt, kann ich nicht verstehen, warum sich seine Eltern noch nicht gemeldet haben.«

»Weißt du, was ich glaube?« Sie machte eine Pause, und Jenny sah, dass sie sehr betroffen war. »Shona –«

Shona zuckte mit den Schultern. »Ist ja auch egal, was ich denke. Du musst dir nur sein Gesicht anschauen, um zu sehen, dass der kleine Kerl gelitten hat.«

»Ich denke, wir sollten keine voreiligen Schlüsse ziehen«, sagte Jenny, während sie ihr T-Shirt und ihre Jeans zusammenfaltete und auf dem Regal in ihrem Spind verstaute. Eigentlich stimmte sie Shona zu, aber die Telefonistin reagierte auf die kleinste Andeutung und hatte eine starke Phantasie.

»Das sind keine voreiligen Schlüsse, wenn ein Kind herkommt und so traumatisiert ist, dass es nicht einmal sprechen kann!«

»*Traumatisiert*«, wiederholte Jenny.

Shona erwiderte ihren Blick. »Ich gehe zu dieser Therapeutin«, sagte sie als Erklärung. »Sie sagt, wir müssen all die in uns angestaute Wut rauslassen, sonst frisst sie uns innerlich auf.«

»Shona«, sage Jenny, »Wut auf diese Weise rauszulassen kann gefährlich sein. Sie verstärkt sich selbst. Wütend *sein macht* uns wütend.« Sie hätte sich den Atem sparen können.

»Du musst ihn zum Sprechen bringen, Jen.«

»Er wird sprechen, wenn er dafür bereit ist.«

»Er verdrängt das, was ihm passiert ist.«

»Ich weiß, Shona.«

»Er muss sein Gedächtnis wiederfinden, sonst entwickelt er sich nicht weiter.«

Jenny seufzte. »Ich denke, das Problem ist, dass er nicht vergessen kann. Er möchte es, aber er kann nicht.«

Shonas Lächeln war mitleidig. »Ich weiß, wovon ich spreche, Jen.«

»Ich werde mich an den Expertenrat halten.«

Shona zuckte zurück, als ob sie sie geschlagen hätte, und Jenny merkte, dass sie zu scharf gesprochen hatte. »Wir müssen sehr vorsichtig sein, Shona. Wir müssen darauf achten, dass alles, was er sagt – wenn er sich dazu entschlossen hat, mit uns zu reden –, wahr ist. Es ist ein Risiko, Kinder dazu zu bringen, aus sich raus zu gehen: Du kannst ihnen versehentlich Ideen in den Kopf setzen – Dinge, die nie passiert sind.«

»Und was ist mit seinen Händen? Die Verletzungen sind wohl kaum beim Spielen entstanden, oder?«

Jenny zuckte zusammen. »Woher weißt du von seinen Händen?« Es waren alte Verletzungen, und solange es keine plausible Erklärung dafür gab, hatte Max entschieden, sie zu verschweigen. »Seine Unterlagen sind vertraulich, Shona«, ermahnte sie sanft.

»O ja, mach mir Vorwürfe, bloß weil ich Interesse zeige«, sagte Shona beleidigt. »Ich versuche nur zu helfen, oder?«

Jenny starrte sie an, bis sie rot wurde. Sie hatte nicht die Nerven, sich einfach umzudrehen und hinauszugehen, also war es unvermeidlich, dass sie aufgab. »Hey, Jen. Du wirst mich doch nicht verpfeifen? Ich habe nur kurz über Trishs Schulter geschielt, während sie sie getippt hat.« Trish war Max' Sekretärin.

»Lass die Polizei ihre Arbeit machen«, sagte Jenny in der Hoffnung, dass eine unklare Antwort Shona etwas vorsichtiger werden ließ, wenn es darum ging, sich vertrauliche medizinische Unterlagen anzuschauen – schielend oder anders.

Trotzdem, dachte Jenny, als sie die drei Treppen zu Station A2 hinunterging, Shona hat nicht ganz Unrecht. In den drei Tagen, seit er zu ihnen gekommen war, hatte der Junge wirklich Zeichen eines Traumas gezeigt. Jenny hatte, wie Max es wollte, Notizen gemacht.

Am Samstag hatte sie ihm Hamburger und Pommes serviert, bei allen anderen Kindern, die sie gehabt hatte, eine sichere Wahl.

Paul starrte seinen Teller ganze fünf Minuten mit diesem

Ausdruck unergründlicher Traurigkeit im Gesicht an, und als sie ihn leise fragte: »Magst du keine Pommes frites?«, fing er abrupt an, hastig ein paar Mund voll zu essen, dann brach er in Tränen aus, hustete, würgte und wand sich, als ob sie ihn gezwungen hätte, rohe Leber zu essen. Er versuchte zu essen. Aber der Mann beobachtete ihn. Er versuchte nicht an das letzte Mal zu denken –

»Kotze, und du wirst die Kotze essen! Ich werde dir einen Scheiß-Strohhalm besorgen, und du kannst sie schlürfen.«

– er schloss sogar seine Augen, um die Erinnerung zu verjagen. Aber man kann seine Augen nicht vor einer Erinnerung verschließen. Sie wird dann nur stärker.

Shona setzte sich in den Pub mit einem Glas Cider und einer Packung Chips als Abendessen. Sie suchte in ihrer Schultertasche herum, bis sie die Fotokopie fand, die sie von Jennys Verhaltenstagebuch über Paul gemacht hatte. Es hatte den ganzen Tag auf Trishs Schreibtisch gelegen, um an Max Greenberg weitergegeben zu werden, und es wurde in den fünf Minuten, die es gedauert hatte, es zu kopieren, nicht vermisst. *»Er sieht mich oft an«*, las Shona in einer Kopie von Jennys Notizen, *»aber er schaut schnell weg.«*

Er fing im obersten Stockwerk an, im Spielzimmer, und arbeitete sich bis zur Diele vor. Er überprüfte, ob das Fenster in seinem Zimmer geschlossen war, obwohl es heiß und sonnig war. Dann öffnete er die Schränke und berührte jeden Gegenstand – Spielzeug und Kleider –, schloss sie wieder und machte dann mit dem Bett weiter, der Truhe, dem Stuhl, dem Heizkörper.

Ich vermutete, dass er mit seinen schnellen, schüchternen Seitenblicken nach Informationen fragte, also fing ich an zu kommentieren: wofür jedes Zimmer war, wem die Kleider in den Schränken und Schubladen gehört hatten. Ein oder zwei Mal schien er zu nicken, als ob er sagen wollte: »Erklärung akzeptiert«, aber meistens ging er einfach weiter zu der nächsten Sache, fasste sie an, hob sie hoch, manchmal roch er daran. Er knuddelte ein paar der Spielsachen, stellte sie aber immer wieder dahin zurück, wo er sie gefunden hatte.

Im Arbeitszimmer ging er wieder durch das Ritual, die Fenster zu überprüfen, dann drehte er sich mit dem Rücken zum Fenster und betrachtete das gesamte Zimmer. Ich sagte ihm, dass wir es als Büro nutzten, und er interessierte sich für den Computer, den Schreibtisch und meine Unterlagen. Das einzige, das er nicht anfassen wollte, war der Aktenschrank. Er drehte sich davon weg, so dass er außerhalb seines Gesichtsfelds lag. Schließlich fasste ich den Schrank an und benannte ihn, er erbleichte und versteckte seine Hände hinter seinem Rücken.

Shona zuckte zusammen. Sie spürte einen mitfühlenden, stechenden Schmerz in ihren eigenen Händen; als sie hinuntersah, stellte sie fest, dass ihre Finger so verkrampft waren, dass ihre Nägel das Papier zerrissen hatten.

Er checkte flüchtig das Gästezimmer und überprüfte das Fenster, aber an unserem Schlafzimmer blieb er stehen, berührte die Tür und verdrehte seinen Kopf, als ob er unsicher wäre.

»Das ist Frasers und mein Schlafzimmer. Du kannst reingehen, wenn du willst.«

Stattdessen ging er in sein eigenes Zimmer zurück, nahm das Bitte-nicht-stören-*Schild innen vom Türgriff und hängte es an unsere Tür, nachdem er sie zugezogen hatte.*

Ich sagte: »Du hast dein Bitte-nicht-stören-*Schild an unsere Schlafzimmertür gehängt.« Er klopfte an die Tür und ging weiter.*

Fraser saß im Wohnzimmer, als wir hineingingen. Er legte seine Zeitung weg und tat so, als ob er intensiv Fernsehen schaute. Der Junge richtete seine Aufmerksamkeit auf Fraser – er beobachtete seine Reaktion, wenn er Sachen anfasste. Er berührte die Fernbedienung, als ob sie eine lebendige Schlange wäre, dann, als eine Reaktion ausblieb, noch mal. Schließlich hob er sie auf und beobachtete Fraser genau. Ich fragte ihn, ob er etwas anderes sehen wollte, aber er legte die Fernbedienung wieder dahin, wo er sie gefunden hatte, und machte dann mit seinem Berührungscheck weiter.

In der Küche kletterte er auf einen Barhocker und öffnete jedes Glas und roch an ihm. Er räumte sie um, die einzigen Gegenstände, die er nicht wieder an ihren ursprünglichen Platz stellte. Kaffee, dann Tee, Zucker, Pfefferminztee, dann die Nudeln: Tagliatelle, Penne, Vermicelli, Spaghetti. Die Kräuter und Gewürze räumte er in alphabetischer Reihenfolge ins Gewürzregal.

Ich saß da und beobachtete ihn, kommentierte wie vorher, hieß seine Aktionen aber weder gut noch schlecht. Es muss alles in allem eine Stunde gedauert haben. Er stellte den Barhocker wieder an die Theke, kletterte auf meinen Schoß und legte seinen Kopf gegen meine Brust. Zuerst dachte ich, er hörte meinem Herzschlag zu, aber er weinte still, viele lautlose Tränen, bis ich dachte, sein kleines Herz müsste brechen.

»Alles in Ordnung, Mädchen?« Die Bedienung stand über ihr, Besorgnis und Neugierde im Gesicht.

Shona nahm ein Papiertaschentuch und wischte sich die Augen. »Wünschen Sie sich nicht auch manchmal, Sie könnten jemand anderem den Schmerz nehmen?«, fragte sie.

»Ich hab genug mit meinem eigenen zu tun, vielen Dank.« Die Bedienung sammelte die ersten leeren Gläser der Nacht ein und ging mit den klirrenden Gläsern zurück hinter die Theke.

Shona glättete das verknitterte Papier, bevor sie es wieder in die Tasche steckte. Der Schmerz in ihren Händen ließ nach, wurde zu einem dumpfen Pochen, während sie trank, aber ein tieferer, sehnsüchtigerer Schmerz zerrte an ihrem Herz.

6. Kapitel

Lee-Anne hob die Handtasche auf. »Kreditkarten«, sagte sie. »Geldbeutel.« Sie gab beides Lobo. »Scheiße!«

»Was?«

»Sie hat sich bewegt.«

»Nein, hat sie nicht. Es war das –«

Blut. Es kam wie die Flut, drohte über ihre Schuhspitzen zu fließen, wogte und seufzte. Sie trat entsetzt zurück. Lobo öffnete mit einem Klick den Geldbeutel und riss die Augen auf. Blut blubberte und wirbelte, stieg und fiel wie der qualvolle Atem der sterbenden Frau. Dann floss es über den Verschluss, über das grüne Leder und an Lobos Arm entlang, wo es von seinem Ellbogen tropfte. Er warf seinen Kopf zurück und lachte.

Sie spürte noch eine Bewegung und sah hinunter. Die Frau war auf den Rücken gerollt. Ihr Hals war aufgeschlitzt, und aus der klaffenden Wunde floss noch mehr Blut, schäumend, hellrot aus ihren Lungen. Ihr Mund formte Wörter, aber der Ton, grauenvoll, ein wässriges Flüstern, kam aus der offenen Wunde in ihrem Hals.

»Helfen Sie mir …«

Lee-Anne schrie und saß kerzengerade. Sie keuchte entsetzt, sah Blut von der Decke die Wände hinunterlaufen, in Klumpen gerinnen, langsamer werden und anhalten. Lobo schlief neben ihr weiter.

Sie wimmerte, ihr Herz hämmerte in ihrer Brust. »Es ist ein Traum«, sagte sie sich, »nur ein Traum.«

Aber das Blut floss weiter und formte Rinnsale, wie Regen auf Glas. Sein Geruch füllte das Zimmer – ein Metzgertisch, metallisch, schwer, abstoßend. Sie stand auf und ging zur Wand, streckte eine Hand aus, überwand ihre Abscheu und berührte sie.

Sie war trocken. Eine hubbelige, unebene Rauhfasertapete, rot gestrichen. Keine Unmengen Blut, kein kupferner Geruch. Doch nur ein Traum.

»Ist es das jetzt? Hast du genug?«

Lee-Anne sah auf den Berg Taschen auf ihrem Tisch und kicherte. Sie hatte kaum angefangen, aber Lobo war hungrig, und sie wusste, sie sollte ihn jetzt besser nicht hetzen. »Ist es nicht toll?«, fragte sie.

»Was?«

»Zu kaufen, was man will, und nicht das, was man sich halt leisten kann.«

Lobo stopfte einen Mund voll Steakpie in sich rein. »Was wir wollen und was wir uns leisten können, ist jetzt dasselbe, Lee.«

Sie fühlte ein warmes Glühen direkt unterhalb ihrer Rippen. Er nannte sie nur dann Lee, wenn er in guter Stimmung war. »Wenn ich heimkomme, schmeiße ich alle meine alten Klamotten weg – jeden einzelnen Fetzen.«

Er lachte und stopfte sich noch eine Gabel voll Pie und Pommes frites in den Mund.

»Ich hätte im *Leben* nicht gedacht, dass ich mir mal Hugo Boss und Calvin Klein Jeans kaufen würde.«

»Jetzt kannst du jedenfalls zwischen einem halben Dutzend wählen.«

»Ich kann es kaum erwarten, dass du diesen Anzug noch mal anprobierst – du siehst fantastisch in diesem Anzug aus.«

Lobo zuckte mit den Schultern. Er hatte ihn nur gekauft, damit sie den Mund hielt; wenn es nach ihm gegangen wäre, hätte er sich noch mehr Sportklamotten gekauft, aber sie hatte Recht, nächstes Jahr bringen sie ein neues Liverpooler Trikot heraus, und seins wäre veraltet gewesen. Na ja, falls der Anzug Lee-Anne dazu brachte, ihn anzusehen, als ob er Leonardo DiCaprio wäre, war er es wert.

»Es tut einem Leid, wieder zu all den gammeligen Möbeln in der Wohnung zurückzukommen«, fügte Lee-Anne mit gespieltem Ekel hinzu. »Staubiger, alter Ramsch.«

Sie kaute an ihrem Thunfischsandwich, während sie darauf wartete, dass Lobo genau auf die Idee kam, die sie hatte. Er war fast fertig mit Essen, und die extra Kalorien und der starke Tee hatten seine gute Laune wiederhergestellt.

»Was hält uns davon ab, das ganze Zeug wegzuschmeißen?«, fragte er und winkte der Kellnerin.

»Der Vermieter zum Beispiel«, sagte Lee-Anne und tat schockiert, da sie wusste, dass das Gefühl, gegen alle Regeln zu verstoßen, genau das war, was Lobo zum Weitermachen brachte. »Worauf würden wir sitzen?«

Er lachte. »Worauf würden wir sitzen ...« Die Kellnerin kam, und er konzentrierte sich ganz auf sie. »Haben Sie Apfelkuchen mit Sahne?«

»Massenweise«, sagte die Kellnerin. »Wie viel wollen Sie?«

»Zwei.« Die Kellnerin notierte es und ging. »Und wie viel haben wir seit Sonntag ausgegeben?«, fragte er. »Zweitausend? Mehr? Keiner hat mit der Wimper gezuckt. Sie muss scheiß viel Kohle haben.«

Gehabt haben, dachte Lee-Anne. Vergangenheit. Sie wünschte, Lobo würde sie nicht immer wieder erwähnen. Es nahm den Dingen ihren Glanz, an sie zu denken.

»Was ist los mit dir?« Lobo hatte die Nase voll von ihren Launen – mal ist sie gut drauf, gibt Geld aus wie ein Popstar, benimmt sich wie ein Spicegirl, im nächsten Moment heult sie sich die Augen aus und sagt, sie kann nicht schlafen – alles wegen einer Tussi, die sie nicht mal gekannt hatte.

»Die dämliche Fotze hatte ihre Geheimnummern bei ihren Karten – sie hat richtig darum *gebeten*, ausgenommen zu werden.«

»Sag so was nicht, Lobo.« Es schien nicht richtig zu sein, ihr Geld zu nehmen und sie dann zu beschimpfen.

»Nur weil sie Geld hat, ist sie nicht besser als du und ich.«

»Sie hat keins mehr, oder?«

»Nein. Wir haben's. Es war ihres, jetzt ist es unseres. Also, geben wir es aus, oder flennen wir deswegen?«

Lee-Anne biss sich auf die Lippe. Sie fühlte sich wirklich schlecht deswegen, aber es sah so aus, als ob Lobo den Köder geschluckt hätte. Sie sah auf die Einkaufstaschen. »An was hattest du noch gedacht?«, fragte sie.

»Etwas Ordentliches zum Draufsitzen. Ein Bett, das mir keine Löcher in den Rücken bohrt, wenn ich drauf liege. Ein neuer Boden für die Küche, einen Teppich fürs Schlafzimmer.«

Lee-Anne runzelte die Stirn. »Das würde Renovieren bedeuten.«

»Ich werde Kyle und die Jungs fragen, ob sie uns helfen. Es würde nur ein paar Tage dauern.«

Blau, dachte sie. Ich will ein blaues Schlafzimmer, um jeden Rest von Rot und Schwarz zu verdecken, wie Lobo das Zimmer ursprünglich gestrichen hatte. Blau und gelb. Sonne und Himmel. Sie hatte diesen Traum seit drei Tagen jede Nacht, manchmal sogar mehr als einmal in einer Nacht. Ein bisschen blaugelbe Tapete würde die Albträume zwar nicht verschwinden lassen, aber wenigstens würde sie beim Aufwachen nicht mehr denken, sie würde sie erleben.

»Es wäre schön …«, sagte Lee-Anne mit genau der richtigen Mischung aus Zweifel und schüchterner Zustimmung.

»Iss auf«, sagte Lobo. »Wir müssen Zeugs einkaufen.«

Mr Wood saß in einem Sessel neben dem leeren Bett seiner Tochter. Er war mit einer verzweifelten Energie eine halbe Stunde lang den Flur auf und ab gelaufen, nachdem Jarmon, der Stationsleiter, ihn gebeten hatte, die Stationsräume zu verlassen, weil seine Ausrufe und sein Stöhnen die Kinder unruhig werden ließen.

Jarmon sah von seinen Notizen auf, als Jenny ins Büro kam. »Wie geht's ihm?«

»Er wetzt das Linoleum nicht mehr ab, aber er verkraftet es nicht gut.«

Jarmon schüttelte den Kopf. »Als ich ihm vorschlug, spazieren zu gehen, meinte ich *außerhalb* des Gebäudes.«

»Wann soll Carla zurück sein?«

»Sie ist noch im OP. Könnte eine Stunde dauern oder länger.«

»Ich werde ihm eine Tasse Tee machen, wenn ich einen Moment Ruhe habe«, sagte Jenny.

Sie ging auf ihre Runde, hielt dann an, um Georgies Temperatur und seinen Puls zu messen: Er war wegen einer ungünstigen Reaktion auf die Narkose in der ersten Hälfte der Nacht alarmierend unregelmäßig geworden. Ihre Mutter war nach Hause gegangen, nachdem sie aus dem OP gekommen war – sie hatte sich um vier andere zu kümmern, und ihr Mann hatte Nachtschicht. Das Pflegepersonal hatte darüber diskutiert, sie wieder zurückzuholen, aber das Mädchen hatte sich in der letzten Stunde erholt, und es sah aus, als ob alles in Ordnung wäre.

Sie war eine winzige, dünne, kleine Vierjährige, und der Verband über ihrem linken Auge verstärkte den Eindruck der Verletzlichkeit noch. Sie stöhnte, als Jenny eine Decke über sie zog. Ihr nicht verbundenes Auge öffnete sich halb. »Mami ...«

Jenny streichelte das Gesicht des kleinen Mädchens. »Alles in Ordnung, Mäuschen« – das war Georgies Kosename – »alles ist gut.« Georgie murmelte etwas und schlief dann wieder ein. Als Jenny aufsah, wischte Mr Wood sich die Augen. Carlas Donald Duck saß auf seinen Knien, und er streichelte ihn zwanghaft. Jenny ergänzte Georgies Krankenblatt und setzte sich dann neben Mr Wood.

»Es kann noch eine Weile dauern«, sagte sie.

Mr Wood nickte, presste seine Lippen aufeinander und verzog das Gesicht wie in körperlichem Schmerz.

»Ich mache Ihnen eine Tasse Tee, O. K.?«

Er nickte wieder, sah dann verwirrt auf. »Wie bitte?«

Jenny fing an zu wiederholen, was sie gerade gesagt hatte, aber er unterbrach sie, ergriff ihre Hand und flüsterte: »Sie ist so ein hübsches Mädchen. Wenn sie ihr Auge verliert, was soll ich machen? Was soll ich ihr sagen?«

»Wem sagen? Carla?«

Er stieß Jennys Hand weg. »Sie wird mir die Schuld geben! Ich habe ihr gesagt, wenn sie sich so viele Sorgen macht, sage ich Carla, sie soll nicht im Hof spielen, bis ich ihn aufgeräumt habe.« Seine klaren, hellblauen Augen waren am Rand rot und geschwollen. »Aber es war so ein schöner Tag – und ich kann sie bei dem Verkehr nicht vor dem Haus spielen lassen ...« Er hielt inne und seufzte. »Es sollte eine Überraschung werden. Sie hatte mir seit Monaten wegen Carlas Schlafzimmer in den Ohren gelegen. Ich dachte, ich renoviere ihr Zimmer und räume dann den Garten auf, damit er gut aussieht, wenn Sue – das ist meine Frau –, wenn sie zurückkommt.«

»›Carla‹, habe ich gesagt, ›bleib vom Müll weg!‹ Ich *hab's* ihr gesagt ...« Er drückte das Spielzeug fest an seine Brust, er sah sowohl wütend als auch trotzig aus. Dann veränderte sich sein Gesicht, und Jenny sah nur noch Angst und Sorge um sein Kind.

»Sie wird ein hübsches neues Schlafzimmer haben, wenn sie zurückkommt, nicht wahr?«, sagte Jenny sanft.

Mr Wood schüttelte den Kopf. »Ich habe ihr Leben ruiniert.«

»Mr Wood«, fragte Jenny, »weiß Ihre Frau, was mit Carla passiert ist?«

Er nickte, verzweifelt. »Sie ist auf dem Weg hierhin. Sie war nur ein paar Tage bei ihrer Schwester.«

Die Leute benutzten in solchen Situationen immer eine Abschwächung: »Sie ist nur –«; »Ich war gerade ...«; »Ich habe nur eine Minute nicht aufgepasst ...« Als ob die Kürze des Augenblicks die Sicherheit ihres Kindes gewährt hätte. Bei manchen änderte die Nähe des Todes ihre Lebenseinstellung, so dass Sicherheit, Ordnung und Zuverlässigkeit flüchtig und vergänglich wurden und jeder Moment voll war mit der Bedrohung durch eine potentielle Katastrophe. Was, dachte Jenny, würden Pauls Eltern wohl sagen, wenn man sie gefunden hatte? Freitag- bis Montagnacht ohne ein Wort. Hatten sie Angst vor der Polizei – oder hatte etwas anderes sie davon abgehalten, sich zu melden?

7. Kapitel

Es war überraschend, wie einfach es gegangen war. Eine Sauerei, ja, aber erstaunlich schnell. Ein Stück Stahl hatte zerstört, was bis zu dem Moment, in dem es zu existieren aufhörte, unbesiegbar erschienen war. Es war bemerkenswert, Ehrfurcht einflößend. Hass war die treibende Kraft gewesen: Sie hatte das Erreichen eines Ziels verhindert. Sie hatte im Weg gestanden, war ein Hindernis geworden, das es zu überwinden galt. Hinterher war da sogar eine Art Trauer, eine Art Reue. Aber der

Tod war hässlich, er verbannte echtes Mitleid, und so verstummten sowohl Trauer als auch Reue, und alles, was übrig blieb, war pochende Wut.

Das Gedächtnis des Jungen war wie ein Video in Farbe und mit Nicam Surround-Sound. Er versuchte es zu stoppen, aber die Bilder verschwanden nicht.

»*Iss* den Scheiß-Burger. Du wolltest ihn, jetzt iss ihn. *Wage* es bloß nicht zu kotzen, du kleines Schwein. Kotze, und du wirst die Kotze essen! Ich besorge dir einen Scheiß-Strohhalm, und du kannst sie aufschlürfen!«

Jennys Gesicht starrte auf ihn hinunter. Ihre Augen hatten denselben Grünton wie die der Katze. Ihr Mund war leer, aber hinter der dumpfen Leblosigkeit ihrer Augen blitzte tödliche Gerissenheit. Er versuchte zu essen, aber er konnte seinen Magen nicht beruhigen, er würgte.

Er erwachte von seinen eigenen, dünnen Schreien. Der Traum hatte ihn verwirrt: Alles war durcheinander – das Jetzt und das Damals. Sogar die Leute. Jenny war nett, oder? Jenny mit dem hellen Leuchten im Gesicht und der Stimme wie eine Windorgel. Sie schrie nie. Sie würde ihm nie wehtun. Oder? Er war sich über nichts mehr sicher. Vertrauen, Sicherheit, Liebe, alles schien so vergänglich, so leicht wieder weggenommen. Wie der große, stabile, lustige Schneemann, den er mit Aprilschnee gebaut hatte; mittags war er weg, hinterließ nur ein Durcheinander aus Schal, Karottennase und Schirm in schmutzigem, geschmolzenem Schnee. Die Knopfaugen fand er nicht mehr, sie waren ganz verschwunden.

Er trug die Plüschtiere zusammen: Teddybären, Esel, Löwen und Eisbären, Eulen, Affen, Pinguine (die Schweine nicht – *nicht die Schweine*) und setzte ein paar an die Tür, so dass sie hinaussahen. Zwei andere bewachten das Fenster. Er behielt den Eisbären und einen Löwen bei sich, steckte sie rechts und links von sich unter die Decke und wartete, ohne zu schlafen, auf den Morgen.

Paul sah für die Fotositzung am Dienstagmorgen zu müde aus, aber die Fotografin versprach, dass es nicht länger als zwanzig Minuten dauern würde, und Jenny überlegte, dass Paul wahrscheinlich eher mitmachen würde, solange sie dabei wäre; es bis zu ihrer Rückkehr aus Nottingham am Mittwoch zu verschieben würde bedeuten, zu viel wertvolle Zeit zu verlieren.

Sergeant Mike Delaney war unerwartet gekommen; er war gerufen worden, als man den Jungen gefunden hatte, und er war es gewesen, der polizeilichen Schutz für ihn beantragt hatte, deshalb fühlte er eine gewisse Verantwortung für das Kind, und er wollte dabei sein, wenn Diane Seward die Fotos machte.

Die Wärme, die seltsame Mischung aus Ruhe und Dynamik, die er mit dem Haus der Campbells verband, war durch irgendetwas zwischen Jenny und Fraser gestört. Er spürte Zurückhaltung – ja sogar eine Spannung – in Frasers und Jennys höflicher Konversation, deshalb war es auch nicht überraschend, dass Fraser, als die Fotografin Paul wegen des besseren Lichts in den Garten mitnahm, sagte: »Sieh mal, ich tappe genauso im Dunkeln wie du.«

Jenny schaute zu Mike.

»Beachtet mich nicht«, sagte er, wohl wissend, dass es schwierig war, einen kräftigen 1,90-m-Mann *nicht* zu beachten. Mike war Ire der zweiten Generation; er gehörte zum ständigen Strom irischer Auswanderer, die die Heimat verlassen hatten, zuerst während der Hungersnot um 1840, und später, als die Depression in den dreißiger Jahren ganze Familien vom Angesicht Irlands gewischt hatte. Seine Eltern waren 1935 herübergekommen, in der Hoffnung, Arbeit und eine ordentliche Wohnung zu finden; was sie fanden, waren die erbärmlichen, rußigen, Rücken an Rücken gebauten Slums in der Scotland Road und Everton Brow.

Sie hatten eine Familie mit fünf Mädchen und einem Jungen in einer winzigen Wohnung mit einem Außenklo und ohne Badezimmer großgezogen. Mike dachte an die Gasglühstrümpfe, und obwohl seine Schwestern ihm erzählten, dass sie lange vor seiner Geburt schon außer Betrieb waren, könnte er schwören, dass er sich an das gelbblaue Licht erinnerte, an das gurgelnde Gas unten in der Leitung und an einen leichten Geruch nach Kohlenteer. Badeabend war einmal pro Woche: Eimer voll Wasser, das auf dem Herd erhitzt wurde, wurden in eine Zinkwanne vor dem Feuer im Hinterzimmer gegossen. Mike war der Jüngste, er wurde geboren, als Eileen vierzig war und sie die Hoffnung auf einen Jungen, um ihre Familie zu vervollständigen, eigentlich schon aufgegeben hatten. Er war auch ihr Liebling gewesen – abgöttisch geliebt von seiner Mutter, von seinem Vater mit stolzer Distanz beobachtet und von den Mädchen verwöhnt, bewundert wegen seiner Locken, die während der Pubertät von aschblond zu hellbraun nachdunkelten. Seine Mutter, heute schon über achtzig, sah in ihm immer noch ihren Jungen, auch wenn er jetzt so alt war wie sie, als sie ihn bekam. Er hatte sich um die Besoffenen samstagnachts gekümmert, um die Unruhen der achtziger Jahre und zuletzt um die Drogenabhängigen und ihre bewaffneten Dealer, aber die Hauptsorge seiner Mutter war, dass er sich erkälten könnte, wenn er sich nicht warm genug anzog, und ständig machte sie Theater, weil sie dachte, dass er nicht genug zu essen bekam; sie steckte ihm immer Käsebrote zu, wenn er auf einem Streifengang mal bei ihr vorbeikam. Eileen glaubte, dass der Rosenkranz ihn vor allem Bösen beschützte, und, ihr zu Gefallen, trug Mike einen bei sich, wenn er Dienst hatte, obwohl er den Glauben bereits vor ungefähr fünfzehn Jahren aufgegeben hatte.

»Kann das nicht warten?«, fragte Jenny.

»Ich glaube nicht«, sagte Fraser.

»In Ordnung«, sagte Jenny, entschlossen, nicht verlegen zu wirken. »In Ordnung. Du bekommst von demselben Bekloppten wie ich einen Anruf und sagst mir nichts. Was soll ich da denken? Warum hast du mir nichts gesagt?«

»Ich wollte dich nicht beunruhigen.«

Es klang lahm; das hörten sie alle, und Mike war es an Frasers Stelle peinlich.

»Sehr rücksichtsvoll«, sagte Jenny; dann, sie bereute den starken Sarkasmus ihrer Antwort bereits, fragte sie: »Was hat er gesagt?«

»Mehr oder weniger, was er dir gesagt hat.«

»Mehr – oder weniger?«

»Dasselbe – okay?«

Mike fühlte, dass es an der Zeit war, sich einzuschalten. »Ein anonymer Anruf oder was?«

Jenny atmete tief ein und fuhr sich durchs Haar.

»Entschuldigung, Mike. Ich hatte einen Anruf von jemandem, der behauptete, Privatdetektiv zu sein. Er fragte, ob ich Kinder adoptiert hätte, und legte auf, nachdem ich nein gesagt hatte.«

Fraser nickte, um anzudeuten, dass sein Anruf nach demselben Muster abgelaufen war.

»Und du denkst, es könnte was mit dem kleinen Paul zu tun haben?«

Sie zögerte, schreckte davor zurück, den Namen zu benutzen, zuckte dann mit den Schultern. »Ich weiß es wirklich nicht, aber es jagte mir einen Schrecken ein.«

Mike dachte einen Moment nach. »Falls er noch mal anruft ...«

»Hat er gemacht«, sagte Jenny. »Kurz bevor du kamst. Ich habe abgehoben. Er wollte mit Fraser sprechen.«

Sie hatte sofort gewusst, dass es nicht das erste Mal war, dass Fraser mit dem Mann, der sich Mr Hunter nannte, gesprochen hatte. Und angesichts der Art und Weise, wie Fraser seine Schultern hochgezogen und sich von ihr weggedreht hatte, fragte sie sich, was er noch vor ihr verbarg.

»Ich habe versucht, die Nummer herauszubekommen«, sagte Fraser. »Er hatte sie aber blockiert.«

»Vielleicht. Oder er hat von einem Handy oder einem Funktelefon aus angerufen. Wann kam der erste Anruf?«

»Sonntag, soweit ich weiß«, sagte Jenny.

Fraser sah verlegen aus.

»Fraser?«

»Ich weiß nicht, Mike. Früher in der Woche. Mittwoch, nein Dienstag.« Er sprach weiter, nicht laut, aber mit fester, klarer Stimme als Reaktion auf Jennys Zeichen der Entrüstung. »Zwei Anrufe. Ich dachte, es wäre einfach ein Bekloppter, Jen – dass er aufhören würde, wenn wir ihn ignorieren.«

»Hört mal«, sagte Mike, »es könnte nur ein Verrückter sein, wie du gesagt hast. Irgendjemand von hier, der zwischen den Nachrichten und dem Auftauchen des kleinen Jungen in eurem Haus eine Verbindung zieht –«

»Glaubst du, sie könnten das Haus beobachten?« Während Jenny das fragte, schaute sie hinaus in den Garten, um nachzusehen, ob der Junge außer Hörweite war. Diane Seward, die Fotografin, brachte ihn sanft in Position, überprüfte das Licht, redete mit ihm und versuchte vergeblich, eine Antwort zu bekommen.

Er hatte gelernt, still und sehr ruhig zu sein.

Versteck dich. Versteck dich vor den scharfen Augen und den wütenden Stimmen, mach dich klein, geh weit weg, und sie werden dich nicht sehen; sie werden dir nicht wehtun.

Der Junge sah links an der Fotografin vorbei. Sie ließen ihn sich nicht verstecken. Sie hatten ihn gefunden und ihn hierher gebracht. Er wusste – instinktiv –, dass es andere Wege gibt, sich zu verstecken, eine Zuflucht zu finden. Er zieht sich zurück, verschließt die Türen und verrammelt die Fenster zu sich selbst, flieht einen Weg hinunter, verirrt sich in einem Labyrinth, bis sogar er selbst nicht mehr weiß, wo er ist. Und trotzdem fühlt er sich immer noch nicht sicher.

»Kein Grund, voreilige Schlüsse zu ziehen«, sagte Mike. »Wir werden sehen, was die Medien bringen werden. Wenn wir keinen Erfolg haben und ihr noch mal einen Anruf bekommt, werden wir eine Fangschaltung legen, O. K.?«

Diane war fertig und beschäftigte den Jungen, indem sie ihn auf der Schaukel hinten im Garten anstieß. Sie beobachteten ihn eine Zeit lang durch die geöffnete Tür, seine Teilnahmslosigkeit selbst war ein Ausdruck seiner extremen Traurigkeit, und dann sagte Mike: »Fallbesprechung am Freitag, ja?«

»Ja«, antwortete Jenny. »Hoffentlich wissen wir dann, wer seine Eltern sind. Ich werde bis spät morgen Abend weg sein, aber Fraser wird sich um alles kümmern, was bei den Medien rauskommt.«

Mike fuhr Diane zum Merseyside Polizeihauptquartier zurück, durch die Schlaglöcher und die dunklen Straßen, die die grüne Mittelstands-Parkgemeinde umgaben wie die krümelige äußere Kruste einer Geode.

»Nett aussehendes Kind«, kommentierte Mike.

»Es übertrifft sogar noch Schnappschüsse von Leichen.«

Mike verzog das Gesicht. Diane war bei der Spurensicherung, ihre Stärke war forensische Fotografie.

»Entschuldige«, sagte sie. »Galgenhumor gefällt nicht jedem. Er ist wundervoll.« Sie tätschelte ihre Kameratasche. »Wenn die hier sie nicht in Scharen raustreiben, um ihn abzuholen, werde ich die Fotografie aufgeben und Kfz-Mechanikerin werden.«

Mike zuckte zusammen. »Hier geht es nicht um ausgesetzte Haustiere, Di. Wenn seine Eltern sich melden würden, wäre ich glücklich.«

Diane sah ihn von der Seite an. »Ich würde keine Hoffnungen auf eine glückliche Zukunft setzen, wenn ich du wäre«, sagte sie. »Vor ein paar Jahren habe ich als Freiwillige in Bosnien gearbeitet. Für eine Wohlfahrtsorganisation, die versuchte, Familien wieder zusammenzuführen, die durch den Krieg auseinander gerissen worden waren. Dieser Junge sieht aus wie die Kinder, die ich fotografiert habe. Ein Blick des Schreckens, den man sich nicht vorstellen konnte, geschweige denn ergründen. Ich glaube nicht, dass er das Gefühl hat, sich je wieder sicher fühlen zu können.«

Die meisten Kinder, die Jenny und Fraser in Pflege hatten, waren Schulkinder, so dass, von den Ferien abgesehen, Jenny viel Zeit zum Schreiben blieb. Sie hatte nie viel Schlaf gebraucht – ihre Mutter hatte sie ›Jumping Jenny‹ genannt –, und seit sie durch die Eileiterschwangerschaft ihr Kind und mit ihm alle Hoffnung auf Mutterschaft verloren hatte, war das Schreiben für sie die Verbindung zur geistigen Gesundheit während der langen Stunden der Nacht.

Sie hatte Freitag- bis Montagnacht gearbeitet und die nächsten vier Tage frei, was ihr die Möglichkeit gab, ihren Vortrag schon vor der eigentlichen Tour zu halten, und zwar zweimal, damit die Schicht arbeitenden Pflegerinnen zwischen einem Termin vormittags und einem nachmittags wählen konnten. Sie sah die Fahrt nach Nottingham als eine Generalprobe für die Vortragsreise; sie würde den Inhalt je nach der Reaktion des Publikums ändern und Teile hinzufügen oder weglassen, je nach Art der Gruppe, vor der sie sprechen sollte.

Sie hasste es, Fraser mit dem Jungen allein zu lassen, besonders weil *Granada News* am Mittwoch einen Aufruf bringen würde, jeder, der glaubte, den Jungen zu kennen, solle sich an die Polizei wenden; aber ihr Vortrag war schon seit Monaten geplant und würde wegen ihrer Vortragsreise und dem Urlaub, den sie Fraser versprochen hatte, vor dem Herbst nur schwer zu verlegen sein.

Sie hatte wegen der Fotografin nicht ihre üblichen vier Stunden Schlaf bekommen, aber die Zugfahrt schien das angenehme Versprechen von drei Stunden Dösen zu beinhalten, gefolgt von einem guten Abendessen und einer frühen Bettzeit.

Die Sozialarbeiterin kam. Amy war eine große, freundliche Frau, extrovertiert und lebhaft. »Hi, Paul«, sagte sie und wuschelte sein Haar. Paul schreckte zurück, aber das schien ihr nichts auszumachen. »Wir werden heute Abend viel Spaß haben, nicht wahr? Hat er schon gegessen?«

»Nein«, sagte Jenny.

»Wir werden uns in null Komma nichts was zaubern, was, Liebling?«

Sie hatten Glück gehabt, Amy zugeteilt bekommen zu haben: Sozialarbeiter wurden selten gebeten, Kinder zu Hause zu betreuen, oft hatten sie ohnehin einfach zu viel zu tun, aber Jenny hatte Roz, ihren Ansprechpartner beim Sozialamt, kontaktiert und ihm ihre Sorgen in Bezug auf Paul erklärt: Er war offensichtlich misstrauisch Männern gegenüber, und sie befürchtete, dass er die vierundzwanzig Stunden ohne weibliche Gegenwart nicht durchstehen würde. Normalerweise hätte sie eine andere Pflegemutter, mit der sie ein gegenseitiges Abkommen hatte, gefragt, aber Phyllis konnte ihre eigenen Pflegekinder schlecht allein lassen, und sie wollte Paul eine Nacht in einer unbekannten Umgebung ersparen.

Paul schlang seine Arme um Jenny und weigerte sich loszulassen. »Amy ist hier, um sich um dich zu kümmern«, sagte

Jenny und fügte hinzu: »Fraser wird auch hier sein.« Pauls Umarmung wurde fester, und ihr wurde klar, dass das das Falsche gewesen war.

Jenny trug ihn zu einem Stuhl; sie saß da, während er sich an sie klammerte, und erklärte ihm trotz seines gejammerten Protests, wohin sie fahren und was sie da tun würde. Fraser sah mit einem verletzten, verwirrten Gesichtsausdruck zu.

Sie geht weg, und ich werde wieder allein sein, dachte Paul. Er hatte sich gerade an Jenny gewöhnt, und jetzt würde sie ihn verlassen. Was wenn –

Ein aufblitzendes Licht, ein Funkeln von Stahl –

Er hob seine Hände, schlug um sich, verteidigte sich. Jenny hielt ihn fest, bändigte ihn sanft, und er drehte sich um, um sie anzusehen. Sie sah blankes Entsetzen in seinen Augen. Er klammerte sich noch einmal an sie, und sie erklärte, dass sie nur einen Tag weg sein würde. Dann sagte sie: »Ich werde das ganze Haus überprüfen, um sicher zu sein, dass alles in Ordnung ist, bevor ich weggehe. Wirst du mir helfen?«

Erschöpfung hatte den Griff des Jungen lascher werden lassen, aber für einen Moment hielt er sie fester, dann stieg er von ihrem Schoß, nahm ihre Hand und führte sie in die Küche. Er ging zu dem kleinen Schrank, in dem der Boiler hing, öffnete ihn und nahm den Schlüssel zur Hintertür heraus. Er war erst seit vier Tagen bei ihnen, aber er kannte alle Türschlüssel, Fensterschlüssel, Haken, Schlösser und Riegel im Haus.

Er machte mit Jenny einen Rundgang und sicherte jedes Schloss, aber er zögerte vor Jennys und Frasers Schlafzimmer. Sie wusste, dass er sich nicht sicher fühlen würde, bis er nicht durch das gesamte Haus gegangen war, also sagte sie: »Ich glaube, dass *alle* Schlösser überprüft werden müssen, findest du nicht?« Jenny ging voran, aber Paul überprüfte die Schlösser selbst. Sie machte es zu Pauls Pflicht, hinter ihr die Haustür abzuschließen, und das Letzte, was sie von ihm sah, war sein Gesicht, wie er ihr ernst nachschaute, bevor er die Tür mit seinem Gewicht zuschlug.

Etwas Stoisches war in seinem Gesichtsausdruck gewesen, als sie ihm winkte und er zurückstarrte, regungslos, die Hände an seiner Seite. Als ob er nicht erwartete, dass sie wiederkam.

Der Rhythmus des Zuges wirkte einschläfernd, sie nickte ein und erwachte mit einem Schreck, als die Lautsprecheranlage klickte, und der Schaffner den nächsten Halt ankündigte. Irgendetwas hatte sie vom ersten Tag an, als sie Paul nach Hause gebracht hatte, gestört. Es war nicht greifbar, sie konnte nicht sagen, »das ist nicht richtig« oder »das beunruhigt mich«, es war mehr eine freie Stelle, eine Leere. Sie überlegte angestrengt. War irgendetwas mit Fraser ... Gott weiß, er benimmt sich seltsam. Irgendetwas mit Fraser ... Die vage Idee eines Bildes verhöhnte sie für einige Minuten, und sie spielte noch einmal den Tag durch, an dem sie Paul heimgebracht hatte. Fraser geschockt, blass, Pauls Albträume. Sie war zu ihm gegangen, und als sie zurückgekommen war, war irgendetwas verändert. Etwas Greifbares, Reales ...

Das Bild! Das auf der Kommode. Es war weg. Hatte Fraser es versteckt? Warum würde er das tun? Die Art, wie er den Jungen anschaute, beunruhigte sie. Er sah aus wie jemand, der versucht, etwas Verlorenes wiederzufinden, ein wirrer, zerstreuter Blick.

Amy sollte über Nacht bei ihnen bleiben und den ganzen nächsten Tag, bis Jenny wieder da war. Sie saßen in der Küche, der tragbare Fernseher als Hintergrundgeräusch. Fraser stand halb auf und fiel dann in seinen Stuhl zurück. Der Junge auf dem Bildschirm war dunkelhaarig und blass. Er war vor seinem eigenen Zuhause entführt worden. Die Polizei suchte nach ihm.

Amy hörte den Namen – Connor irgendwas. Fraser sah von dem Jungen, der, um sich sicher zu fühlen, am Küchentisch Bilder von einem Haus mit stabilen Gittern malte, zum Fernseher. Amy spürte seine Anspannung, und als sie von den Pfannkuchen, die sie gerade buk, aufschaute, sah sie, wie er die beiden Bilder vor sich verglich.

»Fraser?«, sagte sie und folgte seinem Blick, aber das Bild des Jungen war weg, und der Moderator war bereits bei einer neuen Nachricht.

Das Telefon klingelte, und Fraser sprang auf. »Ich gehe im Wohnzimmer dran«, sagte er. »Ich erwarte einen Anruf von der Schule.«

Er nahm den Hörer beim vierten Klingeln ab. Zuerst dachte er, der Anrufer hätte aufgelegt; als er sprach, erkannte Fraser Hunters Stimme sofort.

»Würdest du ihn erkennen?«

Keine Zeit zum Nachdenken, nur eine Frage, und dann war die Leitung tot. Sinnlos, den Anruf verfolgen zu wollen. Er versuchte es trotzdem.

Der Anrufer hatte seine Nummer blockiert.

Er legte den Hörer auf, seine Hand zitterte. Als er noch dastand und das Telefon blöd anstarrte, klingelte es noch mal. Fraser riss den Hörer hoch. »Treffen Sie sich mit mir«, bat er, ohne darauf zu warten, ob der Anrufer etwas sagte. »Bitte – sprechen Sie wenigstens mit mir.«

Als er wieder in die Küche kam, sah Amy befriedigt zu, wie der Junge die Pfannkuchen, die sie mit Marmelade und Sahne gefüllt hatte, verschlang.

»Mein Gott! Was ist passiert?«, rief sie.

»Ich ... muss weg«, sagte er. »Ich weiß nicht, wie lange es dauern wird ...«

»Du siehst furchtbar aus – setz dich, und bekomm erst mal wieder etwas Farbe.«

Fraser schüttelte den Kopf. Er guckte eine oder zwei Sekunden lang den Jungen an, streckte dann seine Hand aus, um ihn zu berühren, aber Paul zuckte zurück und starrte mit wütender Konzentration auf seinen Teller, bis Fraser sich umdrehte und aus dem Zimmer ging.

Es regnete in der Heide. Rechtecke aus orangefarbenem Licht vermischten sich mit den schimmernden Spiegelungen der grauweißen Sicherheitslichter in den Pfützen aus Öl und Schlamm, die sich in Schlaglöchern auf dem Parkplatz des Cafés sammelten. Fraser wartete.

Er war Hunters Beschreibung gefolgt und, ihm war fast schlecht vor Angst, zum kalten, triefnassen Kamm der Pennines gefahren, wo er zusammengekauert im Wagen neben dem plumpen, einstöckigen 60er-Jahre-Gebäude wartete. Dessen Fensterrahmen waren aufgeweicht, weil sie ständig von innen beschlagen und draußen dem konstanten Heidedunst ausgesetzt waren; an den Fenstern hingen fettige Spitzengardinen, so dass er nur wenig vom Innenraum sehen konnte. Er beobachtete die Gäste, wie sie kamen und gingen, während die Dämmerung zunahm.

Durch mehrere Schichten aus Nikotin und Fett warfen die Neonröhren des Cafés ein paar Meter neben den Fenstern einen unscharfen Kreis aus gelblichem Licht, und Fraser beobachtete, wie die Kunden herauskamen, Jackenreißverschlüsse zumachten, Mäntel zuknöpften und rechts und links schauten, bevor sie zu ihren Autos gingen. Ein- oder zweimal sahen Männer, die den schäbigen Komfort des Cafés verließen, zufällig in seine Richtung, er war sofort angespannt und bereitete sich auf den Kontakt vor, aber keiner kam zu ihm.

Nach einer halben Stunde war die Windschutzscheibe beschlagen, und Fraser hatte deshalb ein Fenster geöffnet. In den Bäumen am Rande des Parkplatzes hatten sich Stare versammelt, ihr ständiges blubberndes Zwitschern hörte sich wie ein andauerndes unzufriedenes Gemurmel an. Das beharrliche Brummen des Verkehrs auf der nahen Hauptstraße, nur ein paar Meter entfernt, überdeckte das Geräusch. Die Luft roch nach Frittenfett, gebratenem Bacon und dem süßen einsamen Geruch der feuchten Heide. War Hunter hier, versteckt in der dichter werdenden Dämmerung? Beobachtete er ihn?

Hunter hatte am Abend, bevor Jenny Paul mit nach Hause gebracht hatte, wieder angerufen – und als Paul auf dem Treppenabsatz erschienen war, hatte er gedacht ... Einen Moment lang war er sicher gewesen, und er hatte das Aufeinanderprallen entgegengesetzter Gefühle gespürt: Hoffnung und Furcht.

Die Hintertür steht auf. Ist er wieder da? Ist das möglich? Ich weiß nicht, warum ich hier bin, außer vielleicht, um einen Hinweis auf seinen Aufenthaltsort zu bekommen – ich kann ihn nicht finden. Ich *muss* ihn finden. Ihr Blut klebt an meiner Kleidung. Könnte es der Junge sein? Nein – sie würden ihn natürlich nicht hierher zurückbringen. Aber sie hätten den Platz abgesichert. Falls sie hier gewesen wären. Falls sie sie gesehen hätten.

Sie ist immer noch da. Ich kann sie riechen, aber ich kann sie nicht mehr ansehen. Das werde ich nicht.

8. Kapitel

»Shona.« Die Stimme der Therapeutin klang warm und mitfühlend, aber Shona hörte den Anflug von Enttäuschung darin. »Hast du uns nichts zu sagen?«

Shona warf einen flüchtigen Blick auf die anderen. Sie erwiderten ihren Blick, alle vier, mit undurchschaubarem Gesichtsausdruck. Erst als sie wegsah, spürte sie ihre Feindseligkeit. Sie traf sie wie Regen, der auf einen Mantel fällt; große Tropfen – wie Spucke –, die auf sie klatschten. Sie verlangten ihre absolute Treue, das Verschwinden von Grenzen. Hingabe und Eingliederung konnten nicht ohne Ehrlichkeit erreicht werden, nicht ohne Schmerzen.

Sie hatte es schon seit Wochen versucht, hatte versucht, ihre Wut rauszulassen. Zuerst hatte sie gesagt, dass sie etwas, das sie nicht fühlte, nicht rauslassen könnte. Jetzt gab sie zu, dass sie ihre Wut unterdrückt hatte, und obwohl sie es versuchte, konnte sie sie nicht fassen.

Pam sagte ihr, sie mache Fortschritte, sie ginge auf die Befreiung zu. Und dann: nichts. Die anderen hatten sich nach und nach an furchtbare Erlebnisse erinnert – nicht auf einmal, eher so wie bei einer Geschichte in einer Fernsehserie mit sporadischen Rückblenden zu dem ursprünglichen Erlebnis. Meistens begannen sie mit vagen Unglücksgefühlen, aber mit Pams Hilfe wurden diese Gefühle klarer und reell, und sie fingen an, die furchtbaren Dinge zu durchleben, die sie so lange vor sich selbst versteckt hatten. Pam gab ihnen die Erlaubnis, ihren Zorn auszudrücken, ihre Verletzungen, die überwältigenden Verlustgefühle, und sie war bereit, die Gruppe voranzubringen. Außer Shona. Shona hatte sie enttäuscht. Sie hatte sich an nichts erinnert, und sie fing an, wieder die Verzweiflung zu fühlen, die sie zwei Jahre zuvor zu einem Selbstmordversuch getrieben hatte.

»Vielleicht«, schlug Pam mit ihrer sanften, versöhnlichen Stimme vor, »fühlst du, dass du dich nicht mit dem Rest der Gruppe identifizieren kannst?«

Pitsch, patsch – Shona fühlte den Regen hasserfüllter Blicke.

»Das ist es nicht«, sagte sie. »Ich hab's versucht, ehrlich, aber –«

»Vielleicht wäre es am besten, wenn du und ich auf einer individuellen Basis weitermachen würden.«

»Aber ich will ...« Was wollte sie? Bleiben, sicher. Akzeptiert werden, Vertrauen. Sie wollte gewollt werden.

»Du könntest in eine andere Gruppe gehen, wenn du merkst, dass du besser teilen kannst.«

Ein zustimmendes Murmeln ging durch die Gruppe, und Shona begann zu weinen. »Bitte gebt mir noch eine Chance!« Sie konnte es nicht ertragen, ausgeschlossen zu werden.

»Wir wollen dich nicht verletzen, Shona, aber du kannst nicht geheilt werden, wenn du dich nicht dem stellst, was dich unglücklich macht.«

»Ich weiß, ich weiß«, schluchzte Shona. Sie waren so nett, und sie schloss sich aus, störte die anderen mit ihrer Distanziertheit, ihrer Zurückhaltung. Sie verdiente es nicht, dazuzugehören. In ihrem Geiste sah sie sich in einer weiten, schwarzen, gesichtslosen Landschaft: allein, unerwünscht.

Pam legte ihre Hand auf Shonas Kopf. Shona spürte die Art Dankbarkeit, die sie erfahren hatte, als der Pfarrer sie bei ihrer Konfirmation gesegnet hatte; dieselbe Autorität lag in Pams Händen: Sie hatte die Kraft, zu vergeben und zu heilen.

Pam ließ ihre Hand dort, während sie sprach: »Ich glaube, dass Shona etwas so Schreckliches erlitten hat, dass sie es tief vergraben hält. Wir müssen ihr helfen, es ans Tageslicht zu bringen. Aber es liegt an der Gruppe ...«

Shona fühlte eine glühende Hitze nach außen strahlen, von ihrer Kopfhaut zu ihrer Gesichtshaut. Sie wusste, was als Nächstes passieren würde. Wusste, dass sie sie ablehnen würden – sie wegstoßen würden, wie es ihre Mutter so oft getan hatte, angeekelt davon, dass sie ihre Gefühle zeigte. Dann passierte etwas Magisches, ein kleines Wunder, und Shona machte ihre erste wirklich spirituelle Erfahrung. Keiner sagte etwas, aber alle vier umringten sie und Pam, umarmten einander, hielten sie und teilten ihre Tränen.

Vi Harvey stand mitten im Wohnzimmer, eine Zigarette in der einen Hand und das schnurlose Telefon in der anderen. »Wo ist er?«, fragte sie. »Ich sollte die Polizei anrufen. Sie wissen, dass er vermisst wird.«

Stille. Sie hörte ihn am anderen Ende der Leitung atmen. »Du hättest es ihnen wirklich nicht sagen dürfen«, sagte er.

Vi zitterte und zog nervös an ihrer Zigarette. »Was hätte ich denn –«

»Sei still«, sagte er scharf. »Sei still und hör mir zu. Ich sage dir, was du tun sollst. Wenn du vernünftig bist, werden wir beide bekommen, was wir wollen.«

Einen Moment danach klingelte es an der Tür. Es waren die zwei Polizeibeamten, die am Freitag da gewesen waren.

»O Gott«, sagte sie. »Ich wollte Sie gerade anrufen. Kommen Sie rein. Es war ein furchtbares Missverständnis.«

Weston und Lisa Calcot wechselten einen misstrauischen Blick. Das hier war nicht die wütende, aggressive Mrs Harvey, die ihnen gesagt hatte, sie sollten nicht länger rumhängen, sondern ihren Sohn suchen. Weston zuckte mit den Schultern, und sie folgten ihr ins Wohnzimmer. Sie drückte ihre Zigarette aus und nahm sofort eine neue aus einer Packung auf dem Kaminsims. Sie hob das Feuerzeug hoch und betätigte es hektisch. Lisa begutachtete das Feuerzeug, und die Tatsache, dass es ein billiges Wegwerffeuerzeug war und kein schweres, vergoldetes Dekorationsstück, ermutigte sie.

»Sie meinten, es gab ein Missverständnis«, sagte sie.

Vi sah zu ihnen auf, ihren Kopf über die Flamme gebeugt, dann zog sie tief, inhalierte dankbar. »Irgendein dämliches, bescheuertes Arschloch hat eine Nachricht nicht weitergeleitet, und nach dem, was letzte Woche passiert ist, ist es wohl nicht überraschend, dass ich voreilige Schlüsse gezogen habe –«

»Lassen Sie uns mit dem Missverständnis anfangen, O. K.?«, sagte Weston.

»Das versuche ich ja, wenn Sie nur …« Vi schien zu bemerken, dass ihre Maske überschwänglichen Bedauerns verrutscht war, und gab sich einen fast sichtbaren Ruck. Sie fing noch einmal von vorne an, mit einem Lächeln, das Eis brechen könnte. »Nehmen Sie doch Platz. Ich fürchte, meine Nerven sind ein wenig angespannt, nach alldem …« Sie machte eine großzügige Handbewegung und bezog alle ihre aktuellen Schwierigkeiten in den majestätischen Schwung mit ein, dann ließ sie sich in einen Sessel fallen, mit Zigaretten und Aschenbecher bewaffnet.

Sie atmete tief ein und versuchte es noch einmal. »Connor geht es gut.«

Lisa und Weston hoben beide den Kopf und sahen Vi durchdringend an. Sie errötete unter ihrer Sonnenbräune und fuhr fort: »Ich hätte eine Nachricht bekommen *sollen*, aber diese inkompetente Angestellte, die mich hätte informieren sollen, vergaß mich anzurufen. Ich meine, sie hat es *völlig* vergessen.«

»Der Inhalt der Nachricht?«, fragte Lisa.

Vi lächelte schuldbewusst. Weder Lisa noch Weston reagierten, außer dass Weston seine Kiefermuskeln anspannte. Sie nahm eine neue Zigarette aus dem Päckchen auf der Sessellehne und zündete sie an der erst halbgerauchten an. »Er ist bei seinem Vater. Die bescheuerte Ziege von einer Sekretärin sollte mich anrufen, um es mir zu sagen. Sie sind im Lake District angeln.«

Lisa starrte sie an, bis sie rot wurde.

»Es tut mir Leid! O. K.? Ich weiß, ich habe Ihre Zeit verschwendet. Ich kann mich wirklich nicht genug entschuldigen.«

»Da haben Sie Recht«, murmelte Lisa.

»Wie bitte?«

»Wann haben Sie erfahren, dass er in Sicherheit ist?«

»Oh, gerade jetzt – gerade bevor Sie kamen. Wirklich!«

Lisa hielt inne, dachte nach. »Ihr Sohn spielt in seinem Zimmer. Im nächsten Moment ist er verschwunden, und Sie wollen, dass wir glauben, sein Vater hat ihn abgeholt?«

Vi sah verwirrt aus. »Es stimmt …«

»Und er hat nicht daran gedacht, seinen Kopf zur Tür reinzustecken, um Ihnen Bescheid zu sagen?«

»Ich habe es Ihnen doch *gesagt*! Er dachte, ich *wüsste* Bescheid.«

Weston machte mit der Geschichte weiter. »Er nimmt also Connor einfach so aus der Einfahrt mit und haut ab.«

»So war es vereinbart. ›Connor soll um halb eins draußen warten.‹ Es war reiner Zufall, dass Connor tatsächlich um die Uhrzeit dort war, und Bill – Mr Harvey – hat natürlich angenommen, dass ich ihn fertig gemacht hätte.«

»Er fand es nicht seltsam, dass Sie ihn nicht verabschiedet haben?«

Sie erstarrte. »Ich war beschäftigt. Ich kann mich nicht vierundzwanzig Stunden lang um das Kind kümmern.«

»Was ist mit einem Koffer?«

»Was?«

»Hätte Mr Harvey nicht erwartet, dass Sie ein paar Kleidungsstücke für ihn eingepackt hätten?«

Vi schien für einen Moment durcheinander. Sie schnippte die Asche in den Aschenbecher, runzelte die Stirn und setzte dann wieder dieses blendende Lächeln auf. »Ein Teil der Nachricht. ›Du brauchst nicht zu packen, wir werden dir neue Sachen kaufen, wenn wir da sind.‹«

»Sie erwarten, dass wir das glauben?«

»Warum nicht?«, sagte sie schnippisch. »Er kann es sich leisten.« Sie zuckte die Schultern, drückte ihre Zigarette aus und versuchte ihre Fassung wiederzufinden. »Connor ist in den letzten Monaten so gewachsen. Fast so, als ob die länger werdenden Tage ihn wie einen Schößling haben in die Höhe schießen lassen.«

Sie klang wie jemand, der versuchte, eine stolze Mutter zu imitieren, und Lisa erinnerte sich an Miss Halliwells verächtliche Bemerkung: *Oh, er wird auf Partys für eine halbe Stunde vorgeführt, um ihre Freunde mit der Hingebungsvolle-Mutter-Show zu beeindrucken.*

Vi wurde nervös angesichts der Befragung durch die beiden Officers. »Haben Sie Kinder, Constable Calcot?«, fragte sie mit unsicherer Stimme.

»Lassen Sie mich Ihnen sagen, was ich denke, was passiert ist, Mrs Harvey«, sagte Lisa, die Frage ignorierend. »Sie waren wütend auf Ihren Mann, weil er vorschlug, Ihre Verabredung zum Mittagessen abzusagen. Sie sagen ihm, dass Sie Ihre Verabredungen nicht durcheinander bringen, nur weil es ihm gerade passt. Sie streiten sich. Vielleicht droht er, Sie zu verlassen. Er rast weg und nimmt Connor mit.«

Vi war blass und geschockt: Offensichtlich hatte Lisa wenigstens mit einem Teil der Geschichte richtig gelegen.

»Dann«, fuhr sie fort, »rufen Sie uns an, erfinden eine Räuberpistole über Ihren entführten Sohn, in der Hoffnung, dass sich die Medien einschalten und Ihr Mann sich in einer größeren Verlegenheit befindet.« Sie machte eine Pause und beobachtete Vi, wie sie mit einer neuen Zigarette hantierte. »Wie mache ich mich bisher?«

»Sie sind im Reich der reinen Fantasie, falls es Sie interessiert.« Vi brauchte ein bisschen, um ihre Zigarette anzuzünden. Sie versuchte es mehrmals ohne Erfolg mit dem Feuerzeug, dann warf sie es frustriert weg, ging zu einem Bücherregal und suchte in einer Schublade nach einem neuen. »Nichts von alldem wäre passiert, wenn dieses blöde Mädchen die Nachricht weitergeleitet hätte.«

Von frech zu bockig, und alles nur wegen eines kaputten Feuerzeugs, dachte Lisa. »Es ist seltsam, dass ein Geschäftsmann sein Handy an einem Arbeitstag ausschaltet, oder?«

»Seine Firma hat den ganzen Nachmittag versucht, ihn zu erreichen«, erklärte Weston.

Ihr Stirnrunzeln wurde stärker. »Dieses verdammte Handy. Er nimmt diese Dinge so grauenvoll genau. Schaltet es in Restaurants aus – er würde nicht im Traum daran denken, es anzuschalten, wenn er auf der Autobahn fährt.«

»Aber er ist im Lake District, nicht wahr? Warum sollte er es dort ausschalten, wo man kilometerweit niemandem begegnet?«

Vi lachte. Der Klang ließ Lisa an zersplittertes Glas denken. »Bill würde eine schöne Landschaft niemals mit einem Telefonklingeln ruinieren. Der Grund dafür, dass ich vor Sorgen halb verrückt bin, liegt weder hier noch da.«

»Heben Sie sich die Theatralik fürs Gericht auf«, sagte Weston, der sich nicht länger zurückhalten konnte.

Vi war sichtbar erschüttert. »Gericht ...«, flüsterte sie und legte eine Hand an ihren Hals.

»Verschwendung der Dienstzeit der Polizei, Mrs Harvey«, sagte Lisa. »Eine sehr ernste Sache.«

Sie gingen, während sie immer noch nach einer passenden Antwort suchte.

Ich sollte glücklich sein, dachte Lee-Anne. Lobo und Kyle waren auf einer Leiter im Wohnzimmer und tapezierten, und seine Kumpel, Beefy und Mazzer, arbeiteten im Schlafzimmer. Sie unterdrückte die Vorstellung von Blut, das von den Wänden tropft, und sagte sich, dass sie am Mittwoch fertig wären und dass am Donnerstag die neuen Teppiche verlegt würden.

Es nutzte nichts, die unruhige, nervöse Energie, die von Anspannung und Schlaflosigkeit herrührte, war unkontrollierbar. Sie warf die *Daily Post* hin, die sie nach Nachrichten über die Frau durchsucht hatte, und stand auf, um eine Suppe zu machen.

Als sie am Radio vorbeiging, wurde die Stimme des Nachrichtensprechers dunkler.

»Eine Frauenleiche wurde heute gefunden –«

Lee-Anne schrie auf und machte lauter.

Lobo und Kyle brüllten gleichzeitig »Oh!« und »Verdammte Scheiße!«.

Lee-Anne hielt ihr Ohr an den Lautsprecher, trotz der ohrenbetäubenden Lautstärke.

»– die Polizei bittet alle Personen, die sich heute Morgen zwischen 2 und 4 Uhr in der Gegend der Dockroad aufgehalten haben, sich zu melden, da sie wichtige Informationen …«

Lee-Anne sah verschämt auf, als Lobo die Leiter runtergestiegen war und leiser gedreht hatte. Kyle beobachtete beide, während er weiter die Tapete, die er gerade angeklebt hatte, glatt strich.

»Was ist denn mit der los?«, fragte er.

Lobo drehte seinem Bruder den Rücken zu. »Wie soll sie schon drauf sein, na?«, fragte er. Seine Stimme klang entspannt, aber seine Augen traten hervor, und sein Gesicht war rot vor Wut. »Niemand wird dir wehtun«, beruhigte er sie, »nicht, solange ich da bin.« Er bückte sich, um ihre Wange zu küssen. »Außer mir selber«, zischte er ihr ins Ohr. Dann, wieder in normaler Gesprächslautstärke: »Komm jetzt, ich helfe dir, Kaffee und Brote zu machen.« Er packte sie am Ellbogen, führte sie in die Küche und machte die Tür hinter sich zu.

»Was, zum Teufel, denkst du, tust du da?«, flüsterte er.

Lee-Anne wich ihm aus. »Ich kann nichts dafür, Lobo. Ich hab ständig diese Träume. Sie kommen immer wieder, und jedes Mal, wenn ich die Augen zumache, sehe ich ihr Gesicht.«

»Es ist ein Traum, richtig?« Er stupste sie fest auf die Brust. »Ein Scheißtraum.«

»Warum war es nicht in den Nachrichten? Sie müssen sie inzwischen gefunden haben. Ich denke immer, sie wissen alles, und sie kommen eines Tages und klopfen einfach an die Tür und ...«

Lobo hielt ihr den Mund zu. »Wenn du weiter so redest, hetzt du uns die Bullen auf den Hals, und wenn du das tust ...« Als er seine Hand wegnahm, waren vier blasse Streifen auf ihrer Wange, die sich schnell mit Blut füllten und zu erhabenen roten Striemen wurden.

»Entschuldigung, Lobo.« Lee-Anne wusste, wann sie auf kleinlaut machen musste, aber Lobos Drohungen nutzten nichts. Sie konnte das Gesicht dieses Mädchens immer noch nicht aus dem Kopf kriegen. Was nutzte es, all dieses Zeug zu haben, die Wohnung zu renovieren und all das, wenn sie immer wieder das schreckerfüllte Gesicht dieses Mädchens sie anstarren sah, wie ein Geist bei einem Fest?

9. Kapitel

»Die Behauptungen, die von den Patienten, die am Syndrom falscher Erinnerungen leiden, gemacht werden, sind absurd.« Nicht schlecht als Eröffnung, dachte Max, und es sicherte ihm ganz bestimmt ihre Aufmerksamkeit. »Ich möchte in meinem Vortrag die Bedeutung der Rolle des Therapeuten beim Einreden von Missbrauchsvorstellungen herausarbeiten.«

Es gab ein Rascheln vor Bewegung, ein sinnbildliches Aufplustern der Federn, sozusagen. Max nickte. Seine Augen schweiften durch den Raum, um das Publikum zu taxieren. Der Veranstaltungsort – der Vorlesungssaal der Bildenden Kunst – war nahe dem Psychologiegebäude, und er hatte eine große Anzahl von Studenten erwartet – trotz der Tatsache, dass es Mitte der Woche war und eine Abendveranstaltung, was den Verlust wertvoller Saufzeit bedeutete. Es saßen auch ein paar da, vor allem im hinteren Teil, nahe bei den Türen und somit auch nahe einem unauffälligen Fluchtweg, es war aber auch eine große Menge älterer Leute anwesend. Dass die Mehrzahl Frauen waren, war nicht sehr vielversprechend: Max' Einstellung zu wiederentdeckten Erinnerungen war bekannt, und mehrere seiner Vorträge waren von Erinnerungstherapeuten gestört worden, die meisten von ihnen waren Frauen. Er fand sich mit der Tatsache ab, dass er heute Abend ein feindlich eingestelltes Publikum hatte. »Für viele wahre Missbrauchsopfer ist die Erinnerung an den Missbrauch – und sie erinnern sich daran, da können Sie sicher sein –, ist die Erinnerung unangenehm, beklemmend, Ekel erregend, vielleicht sogar bestürzend, aber sie ist in keinem Fall so traumatisch wie die Erlebnisse, die einige dieser sogenannten Opfer der wiederentdeckten Erinnerung durchmachen mussten, und das nur wegen genau der Leute, die behaupten, sie wollten ihnen helfen!«

Für einige Minuten wurde es laut; Max konnte sich kein Gehör verschaffen. Er war nicht sicher, ob er weitermachen könnte, aber gerade als er aufgeben wollte, schafften es diejenigen, die wirklich gekommen waren, um seine Ansichten zu hören, ihren Willen auf die Versammlung zu übertragen, und es gab eine unruhige Stille.

»Ich versuche nicht, Sie zu schockieren – dieses Thema ist zu ernst für Effekthascherei«, fuhr er fort. »Aber es ist eine Tatsache, dass viele Leute durch eine Therapie krank gemacht werden.«

Shona sah Pam an. Pam lächelte sie aufmunternd an, aber sie war wütend, Shona konnte das sehen. Wütend und aufgebracht. Sie spürte einen mitfühlenden Stich angesichts der Ungerechtigkeit – Pam war eine Heilerin, sie half Leuten, sie gab viel mehr von ihrer Zeit, als eigentlich nötig war, sie bezog ihre Emotionen mit ein; Pam gab von sich selbst. Sie hatte die Barrieren beseitigt, die es Shona in der Vergangenheit unmöglich gemacht hatten, ein Vertrauensverhältnis zu ihren Therapeuten aufzubauen. Dr. Greenberg war so einer, der seine Patienten aus der luftigen Höhe seiner beruflichen Distanz betrachtete. Und er behauptete, dass Pam die Leute *krank* machte?

Max machte beschwichtigende Handbewegungen, ein Versuch, das Publikum zu beruhigen. »Menschen gehen zur Beratung, zur Therapie oder Ähnlichem, weil sie unglücklich sind. Warum aber sind sie unglücklich? Die Mehrheit der Patienten mit wiederentdeckten Erinnerungen sind mittelständische, erfolgreiche Karrieremenschen. Sie haben allen Grund, glücklich zu sein. Welches Recht haben sie, unglücklich zu sein? Aber Erfolg macht uns nicht automatisch glücklich.« Er zuckte die Schultern. »Materieller Komfort, sogar Sicherheit sind nicht genug – gutes Essen und Wein, Ferien im Ausland, nette Kinder, ein schönes Haus in einer guten Gegend –, ein Auto und ein Handy bringen keine Zufriedenheit. Wenn wir also unglücklich sind, muss es einen Grund dafür geben. Und es ist eine eher trübe Aussicht, danach bei sich selbst zu suchen. Wer könnte sonst noch schuld sein? Natürlich, unsere Eltern. Unsere Erziehung. So gehen diese unglücklichen Leute zum Therapeuten, um eine Erlaubnis für ihr Elend zu bekommen, und der Therapeut bringt sie dazu, diese furchtbaren Dinge, die ihre Eltern ihnen angetan haben, zu entdecken. ›Kein Wunder, dass Sie gestört sind!‹, sagen sie ihnen. ›Es ist erstaunlich, wie gut Sie sich geschlagen haben, mit alldem in Ihnen.‹ Und was machen die Erinnerungstherapeuten dann? Sie unterstützen das Ausdrücken von Wut, das Ausleben aggressiver Gefühle.«

Er schüttelte den Kopf. »Das ist nicht heilen, meine Freunde. Therapeuten ermuntern ihre Patienten dazu, ihren Hass, ihre Galle zu kanalisieren, sie aus sich herauszulassen in verschiedenen kathartischen Handlungen.«

Er zuckte mit den Schultern. »Was soll das? Es gibt keinen Wutvorrat in uns, genauso wenig, wie wir eine bestimmte Menge Liebe haben, die wir vergeben können, kein Kanalsystem für Emotionen – wir brauchen den Vorrat an bitterer Galle nicht zu leeren, aus Angst, der Damm könnte brechen. Wut …« Er ballte seine Hand zur Faust, hob seinen Arm, funkelte die Versammlung an und donnerte schließlich: »Wut wird durch ihr Ausleben erzeugt!«

Er sah ein oder zwei Köpfe nicken und hielt inne, um Atem zu holen, bevor er weitermachte. »Ich bitte Sie, eine statistische Tatsache zu beachten: Erstens, in einer Umfrage unter amerikanischen Ärzten, die, sind wir ehrlich, führend sind auf dem Gebiet der Therapie der wiederentdeckten Erinnerungen –« Es gab einen ironischen Zuruf von den Skeptikern im Publikum. »Die Anzahl professioneller Veröffentlichungen, die die klinischen Psychologen gelesen hatten, war –«, er hielt inne, »– null. Nichts. Eine große – fette – Null. Das bringt mich zu meiner nächsten statistischen Tatsache: Die große Mehrheit der Entscheidungen bei einer Therapie wird intuitiv gefasst. Wir sind uns doch alle über die Probleme im Klaren, die die Parteilichkeit eines Arztes verursachen kann; wir sind alle die Opfer unserer Vergangenheit, nicht wahr?« Er lächelte und spürte positive Reaktionen – kaum eine Welle, aber er kam voran.

»Aber was, wenn diese Vergangenheit durch den sanften Zwang eines Therapeuten neu erfunden wurde?« Er machte eine Pause, schüttelte seinen Kopf. »Wiederentdeckte Erinnerungen! Nennen wir sie beim Namen – täuschen Sie sich nicht, es sind falsche Erinnerungen.«

In diesem Moment fing Shona an, ihn zu hassen. Sie hasste seine Selbstgefälligkeit, seine Sicherheit, die Arroganz, mit der er die ehrliche Arbeit Hunderter – Tausender – abtat; und indem er sie abtat, tat er ebenfalls das Leiden derjenigen, denen sie zu helfen versuchten, als hysterisches Gerede ab.

Max kam um halb elf nach Hause, nachdem er noch geblieben war, um Publikumsfragen zu beantworten. Niemand hatte ihm gedroht, was eine erfrischende Neuerung war, obwohl eine Frau die Leseliste, die er verteilt hatte, zerrissen und ihm ins Gesicht geworfen hatte, nachdem sie ihm gesagt hatte, sie wünsche sich sehr, dass er eines Tages all das, was sie erlitten hatte, selbst durchmachen müsste.

Die Polizei war bereits beim Haus, als Max ankam. Er schluckte eine leichte Gereiztheit hinunter, als er von einem Constable an seiner eigenen Türschwelle angehalten wurde, und erklärte, dass er der Eigentümer sei. In der Hintertür war eine Glasscheibe zerbrochen, ansonsten kein Schaden; dank Miss Bembridges schneller Reaktion waren sie nur bis zur Küche gekommen, als die Polizei eintraf. Max rief einen Glaser-Notdienst, bereit, den Zuschlag für einen Nachteinsatz zu zahlen, und entschied, seiner Nachbarin morgen Blumen zu schicken.

Erst später, als er Zeit gefunden hatte, sich hinzusetzen und nachzudenken, begann er zu überlegen, ob dies ein normaler Einbruch gewesen war oder ob er nicht vielleicht etwas mit dem Jungen, den Jenny und Fraser in Pflege hatten, zu tun haben könnte. Mehrere Anrufer hatten bei der Krankenhauszentrale nachgefragt, wo der Junge zu finden wäre; Shona hatte einen der Anrufe entgegengenommen und war zu ihm gekommen, um ihn zu warnen.

Shona. Sie war diesen Abend bei dem Vortrag gewesen, sie hatte in der Mitte einer Gruppe mit anderen gesessen, und ihr Gesicht strahlte so etwas wie Ehrfurcht für die Frau im Zentrum des kleinen Kreises aus. Shona war seine Patientin gewesen, als sie mit achtzehn, neunzehn einen Zusammenbruch erlitten hatte. Sie war gesund und aus seiner Obhut entlassen worden, aber sie war labil geblieben, was sie leicht beeinflussbar machte. Sie war zu seinen Sitzungen gekommen, strahlend vor Freude über eine neue Organisation, bei der sie Mitglied geworden war, nur um ein oder zwei Wochen später desillusioniert und niedergeschlagen zurückzukommen. Falls sie in die Fänge einer Erinnerungstherapeutin geraten wäre …

Max erstarrte. Er dachte, er hätte etwas gehört. Er horchte – da war es wieder – ein leises, metallisches Quietschen – eine Türangel, vielleicht das hintere Tor. Er stellte sein Whiskyglas auf den Tisch neben seinem Stuhl und schlich zur Wohnzimmertür. Sein Herz pochte, und einen Moment lang dachte er daran, das Vernünftige zu tun und wegzulaufen. Er hob den Telefonhörer hoch und hörte den durchgehenden Ton des Freizeichens. Da war eindeutig jemand draußen, der vorsichtig hinter dem Haus entlangschlich. Vielleicht war der Einbrecher zurückgekommen, in der Annahme, dass die Hintertür über Nacht ungesichert bliebe.

Max erschrak, als die drei Warntöne erklangen und er gebeten wurde, aufzulegen und es noch einmal zu versuchen. »Das ist lächerlich!«, murmelte er. Seine eigene Stimme zu hören machte ihm Mut; er legte den Hörer auf, ging zum Flur und hielt noch einmal an, um zurückzugehen und die Whisky-Flasche als Waffe zu holen, dann ging er in den Flur. Die Küchentür stand offen, und als er näher kam, sah er, wie die Türklinke sich langsam, vorsichtig bewegte. Der Schlüssel steckte, er hatte ihn wegtun wollen, wie der Constable es geraten hatte, aber es war etwas dazwischengekommen. Das Fenster über der Tür war zugestellt, so dass er nicht hinaussehen konnte. Er ging auf Zehenspitzen zur Küche, sein Herz klopfte schneller, er leckte nervös über seine Lippen und griff den jetzt nassgeschwitzten Flaschenhals fester. Ganz schnell drehte er den Schlüssel und stieß die Tür auf, er hielt die Flasche hoch, er war bereit.

Ein helles Licht schien ihm in die Augen, und er machte einen Schritt zurück, die Flasche immer noch über seinem Kopf erhoben. Er hörte einen erstickten Schrei des Erschreckens, gefolgt von Schritten. Er blinzelte in die Dunkelheit und brüllte: »Haut ab! Die Polizei weiß, wer ihr seid, und ich auch!« Nichts davon stimmte, aber er hoffte, dass er überzeugend klang.

Wie viel weiß sie?, fragte Fraser sich. Hat sie einen Verdacht? Er beobachtete Jenny in der Dunkelheit, ihr Gesicht friedlich, ruhig, verletzlich. Sie war spät nach Hause gekommen, erschöpft von ihrem Vortrag und der Fahrt. Ihr Arm lag auf seiner Brust, ihr Puls war ein kaum wahrnehmbares Klopfen an seinem Schlüsselbein.

Warum liebt sie mich? Das war ihm immer ein Rätsel gewesen, vom ersten Tag an, als sie ihm vor die Füße gelaufen war, lächelnd, mit wehendem Mantel wie ein Vogel aus dem Nebel. Wie kann sie mir vertrauen? Ihr war es immer so leicht gefallen zu vertrauen, sie hatte schnell damit begonnen und war nur selten enttäuscht worden, und er, der so vorsichtig und zurückhaltend war, bevor er Vertrauen fasste, hatte so katastrophal falsch gelegen. Er dachte daran, wie zerbrechlich Vertrauen ist, wie schnell es verloren geht. Und es wiederzugewinnen? – er befürchtete, dass sich das als unmöglich erweisen würde.

Warum musste das alles passieren? Er war wütend auf ihre Kinderlosigkeit, auf dieses eine entsetzliche Ereignis, das zu diesem Leben geführt hatte, dem ständigen Übertragen der Gefühle von einem Kind zum nächsten: Ersatz für die Kinder, die sie niemals haben konnten; das erbarmungslose Erscheinen und Verschwinden von Kindern in ihrem Leben, so vergänglich wie Seifenblasen, jeder Verlust ein neues Leid. Obwohl es bis jetzt nicht so gewirkt hatte. Bis jetzt, hatte er geglaubt – hatte er sich eingeredet – waren sie glücklich gewesen, aber das Leben stieß ihn irgendwie von einem ruhigen, ungestörten, betäubten Weg in eine völlig andere Richtung. So wie damals, als er Jenny einen Antrag gemacht hatte, davon überzeugt, dass er sie sonst ganz an Simon verloren hätte. Sie war jung, hübsch – vielleicht nicht schön, aber mit einer Wärme, die sie attraktiv machte, begehrenswert. Ihr war Simon noch nicht aufgefallen, aber Fraser hatte gewusst – er hatte die Zeichen von seiner eigenen Verliebtheit her erkannt –, dass Simon in Jenny verliebt war.

Also hatten sie geheiratet und hätten ein paar Jahre ruhig so weitergemacht, Kinder waren geplant, aber ohne Eile, doch dann hatte Jenny das Baby verloren, von dem sie nicht einmal gewusst hatten, dass sie es erwartete, und war fast gestorben, und plötzlich schienen Kinder von größter Wichtigkeit.

Hätte er Jenny von seinen Sehnsüchten erzählen sollen, seinem Wunsch, ein Kind zu adoptieren? Vielleicht wäre sie dann auch zu seiner Überzeugung gekommen, wenn er es ihr gesagt hätte. Es wirkte so, als ob sie diesen Teil ihres Bewusstseins ausgeblendet hätte, so dass Adoption nie in ihren Diskussionen vorkommen konnte; Pflegekinder sollten die Leere in ihrem Leben ausfüllen. Pflegekinder bedeuteten einen ständigen Wechsel, sich nie festzulegen, nie zuzugeben, dass sie nicht näher an ein eigenes Kind herankam.

Mit der Zeit hatten sie ihre Kinderlosigkeit akzeptiert und dachten, dass sie zufrieden damit waren, anderer Leute Kindern zu helfen. Jetzt war das mit Paul passiert. Er war nicht *gekommen*, er war nicht in ihr Leben *getreten*; dieser Junge, dieser rätselhafte Fremde, war ein Ereignis, ein Phänomen, eine Sensation – und er hatte alles verändert.

Fraser seufzte, und als er sich hinunterbeugte, um ihren Nacken zu küssen, rührte sie sich und seufzte, und in seinem emotionalen Ausnahmezustand fühlte sich sein Kuss wie ein Verrat an.

Donnerstagmorgen standen sie spät auf. Fraser und der Junge hatten schlecht geschlafen, sie hatten Ringe unter den Augen.

Jenny, die nach ihren Vorträgen und der späten Heimkehr Mittwochabend erschöpft war, erwachte mit einem vagen Gefühl des Ärgers über Fraser, welches dummerweise von einem Traum, in dem er unfreundlich zu ihr gewesen war, herrührte.

Bisher hatte der Einsatz der Medien noch nichts Entscheidendes gebracht – Jenny machte das Ganze unsicher, weil sie das Gefühl hatte, die Bilder des Jungen, schön und seltsam beunruhigend, brächten ihn irgendwie in Gefahr. Die Polizei verfolgte Spuren, überprüfte Hinweise. Mike hatte ihnen gesagt, dass er ihnen sofort Bescheid geben würde, sobald sie etwas Brauchbares hätten.

Etwas Brauchbares. Der Ausdruck machte Jenny Angst. Sie hatte eine nagende Vorahnung, dass das, was der Polizei brauchbar erschien, für den Jungen eine Katastrophe bedeutete. Sie spürte eine tief verwurzelte Furcht in ihm; sie lag in den angsterfüllten Seitenblicken, die er nach ihnen warf, in der Stille, die nun schon die ganzen sechs Tage, die er bei ihnen in Pflege war, anhielt. Sie wusste, dass die Sozialarbeiterin genauso wenig Erfolg bei Paul gehabt hatte wie sie selbst, auch wenn Fraser sagte, dass er Paul am vorherigen Tag hinter der geschlossenen Tür in seinem Zimmer, sicher hinter der Barriere aus Holz und geschützt von einem Pappschild-Talisman, einoder zweimal summen gehört hatte; Bruchstücke, die Fraser nicht erkannt hatte, die sich aber wie der Refrain eines Kinderliedes wiederholten.

Das Telefon klingelte. Jenny drückte Fraser sanft in seinen Stuhl zurück. »Frühstücke erst zu Ende«, sagte sie. Sie nahm den Anruf in der Diele entgegen, ihre Hand zögerte einen Moment über dem Hörer, einen Augenblick lang hatte sie Angst, dass es noch eine beunruhigende Nachricht von Mr Hunter sein könnte. Nach Frasers verängstigtem Blick, als sie aus der Küche ging, zu schließen, hatte er denselben Gedanken. Als sie zurückkam, hatte der Junge aufgehört zu malen, um einem Vogel zuzuhören, der im Weißdorn am Ende des Gartens saß, und Fraser beobachtete den Jungen in Gedanken versunken.

Würdest du ihn erkennen? Hunter hatte die Frage als Erster gestellt, und er hatte sie sich hunderte Male wiederholt.

»Das war Max«, sagte Jenny und brach in Frasers Träumerei. Fraser schaute Jenny an, sah den flüchtigen Ausdruck der Verwunderung angesichts seiner intensiven Beobachtung des Jungen, der Gesichtsausdruck veränderte sich jedoch schnell in die ihr momentan dringendere Besorgnis um Max.

Fraser schüttelte sich. »Geht's ihm gut?«

Jenny runzelte die Stirn. »Bei ihm ist eingebrochen worden. Während seines Vortrags letzten Abend oder kurz danach.«

»Viel Schaden?«, fragte Fraser.

»Nein. Eine Nachbarin hat etwas gehört und die Polizei angerufen.«

»Glück gehabt.«

»Er sollte eine Alarmanlage einbauen.«

»Hmm ... Es könnte heute spät werden – die Konferenz – und ich muss auf dem Heimweg noch in die Bibliothek.«

»Fraser?« Jenny war entsetzt, dass er den Einbruch so leicht abtat.

Einen Moment lang sah es aus, als ob Fraser das Thema ihres Gesprächs vergessen hatte, dann sagte er: »Er sollte vorsichtiger sein.«

»Vorsichtiger – wovor?«

»Sicherheit und so was.«

»Hast du noch mal einen Anruf gehabt?«, fragte Jenny, indem sie seine Zerstreuung falsch interpretierte.

»Nein! ... Nein.«

»Weil wir es Mike sagen sollten, wenn.«

»Wie ich gesagt habe, ich bin einfach müde. Das Ende des Schuljahres benebelt einem das Hirn. Im Moment ist alles ziemlich hektisch und durcheinander: Examen, Berichte, die

Sachen im Lehrplan behandeln, zu denen man vorher nicht gekommen ist – die Kinder machen es einem auch nicht leichter – sie werden jeden Tag bockiger.«

»Ich nehme an, sie sind auch müde.« Sie sah ihn an und fragte sich, ob sie es später bereuen würde, Paul mit nach Hause gebracht zu haben. Sie wusste, dass Fraser Luke vermisste; vielleicht erinnerte Paul ihn daran, wie sehr er ihm fehlte: Der große Unterschied zwischen den beiden unterstrich besonders, wie leicht ihnen die Beziehung zu Luke gefallen war, wie liebevoll er war, wie lebhaft und offen. Fraser konnte im Moment gut auf die Erinnerung daran verzichten.

»Wenn du zu Max gehen willst, werde ich mich um den Jungen kümmern«, sagte Fraser.

Paul sah zu Jenny. Sie hatte gedacht, er hörte nicht zu, aber die blanke Furcht in seinem Gesicht bewies ihr das Gegenteil. »Ich denke, das kann bis morgen warten«, sagte sie. »Du kommst sowieso schon zu spät zur Arbeit, und ich würde gerne Pauls Bild sehen, wenn es fertig ist.«

Der Junge sah abrupt weg, er saß ein paar Minuten nur da und starrte das Bild an. Dann faltete er es sorgfältig zusammen, stieg vom Stuhl und warf es in den Mülleimer.

Atme ruhig. Sieh nach vorn, verschließe dein Bewusstsein. Sichere es. Sie beobachten dich! Aber wenn du nicht hinsiehst, werden sie dich nicht übersehen. Werden dir nichts tun.

Jenny hielt dem Jungen eine Hand hin, aber er schreckte vor ihr zurück, faltete seine Arme vor der Brust und vermied Augenkontakt. Viel von seinem Verhalten war auf diese Art widersprüchlich. Er benutzte das *Bitte-nicht-stören*-Schild jedes Mal, wenn er in sein Zimmer ging, aber ein- oder zweimal, als Jenny nach oben gegangen war, war seine Tür offen, als ob er lauschen würde, oder vielleicht wollte er sicher sein, dass sie immer noch da waren, obwohl er selbst grundlegenden Kontakt mit ihnen verweigerte.

»Er schien besorgt, Fraser«, sagte Jenny. Sie hatte den Jungen dazu gebracht, ein bisschen zum Frühstück zu essen, und ihn überredet, in den Garten zu gehen, so dass sie ungestörter weiterdiskutieren konnten.

»Er ist eher einer von den Wiederentdeckte-Erinnerungs-Typen, glaubst du nicht?«

»Du findest Max' Methoden nicht gut, oder?«

Sie konnte Paul durch die geöffnete Tür sehen. Er starrte die Schaukel und die anderen Spielgeräte an, als ob er vergessen hätte, wozu sie da waren. Oder er hatte es nie gelernt, überlegte Jenny, einen Moment lang von ihrem Gespräch abgelenkt.

»Er hat gefragt, ob wir noch mehr Anrufe bekommen hätten …«

»Jetzt fang nicht wieder damit an, Jenny!«

»Ich fange mit gar nichts an. Er hat gesagt, dass die Telefonzentrale des Krankenhauses ein paar seltsame Anrufe bekommen hätte. Er glaubt, dass sie mit unseren zusammenhängen könnten.«

»Das glaube ich nicht.«

»Warum nicht?«

Fraser fing an, ein paar Teller wegzuräumen, und Jenny griff automatisch nach einem Küchentuch. »Ich glaube es einfach nicht. Können wir es nicht damit gut sein lassen?« Er sah auf seine Uhr. »Verdammt! Ich komme zu spät zur Arbeit.«

»Geh«, sagte Jenny. »Das ist jetzt auch egal.«

Er zögerte, er wusste, dass er sie aufgeregt hatte, weil er die Drohanrufe nicht ernst nahm und Max nicht genug bedauerte. Aber Fraser wusste, dass ihre Anrufe nicht mit denen von Max zusammenhingen.

»Ich habe dir doch gesagt, ich würde da sein, oder?« Vi Harvey zündete ihre vierte Zigarette in Folge an. Es war ein langer, schwieriger Anruf gewesen. »Ich habe doch gesagt, dass ich deine Bedingungen akzeptiere. Du kannst haben, was immer du haben willst, Scheiße. Aber wenn du dein Wort nicht hältst, dann, das schwöre ich dir, werde ich dich verdammt noch mal umbringen – verstehst du mich? Ich werde dich finden und dich umbringen.«

Es war ihr Ernst. Die Rage ihrer Wut und Frustration war trotz des Schutzwalls der Entfernung und des Telefonkabels zwischen ihnen heftig, kraftvoll.

»Ich halte mein Wort. Wenn du deins hältst«, sagte er.

10. Kapitel

Jenny sah eine Kontur: einen unscharfen, verschwommenen, massigen Schatten jenseits des Milchglases der Haustür. Einen Augenblick lang spürte sie eine Welle der Angst und drehte sich um, um nachzusehen, ob Paul ihr nicht aus der Küche gefolgt war. Er malte gerade eines seiner Hausbilder, aber dieses war ganz rot. Die Wände, Türen, Fenster, sogar die Gitterstäbe waren alle knallrot.

Es klingelte. Fraser war in der Arbeit. Sie überlegte, ob sie die Klingel einfach ignorieren sollte, verwarf die Idee aber als eine übernervöse Reaktion, weil sie schlecht geschlafen hatte. Sie öffnete die Tür und trat fast einen Schritt zurück, als sie den aggressiven Blick des Mannes auf der Türschwelle sah.

»Hat ein bisschen gedauert, was?« Er war groß; er hatte die Art Muskeln, die einen Mann in einem Anzug fett aussehen ließen.

Ihr erster Impuls war, die Haustür zuzuknallen und zu dem Jungen zu laufen. Dann zeigte der Mann ihr eine Dienstmarke. Jenny starrte sie ungläubig an. Commissioner Douglas. Wie konnte dieser glatzköpfige Schlägertyp ein Polizeibeamter sein?

Er drehte sich zur Seite und wies mit dem Kopf zu einem kleineren Mann hinter sich. »Können wir reinkommen?«, fragte er.

»Nein.« Es gab keinen Verhandlungsspielraum bei dieser klaren Verneinung. Jenny begann die Tür zu schließen, und der zweite Mann trat vor.

»Einen Moment, Fräulein«, sagte er. »Sie können sich nicht einfach weigern, mit uns zu sprechen, wissen Sie!«

Jenny sah an Douglas vorbei zu dem zweiten Mann; ihn schien ihre Reaktion zu überraschen. Er fasste in seine Jackentasche und zeigte seine eigene Dienstmarke.

»Commissioner Sallis.«

Jenny sah über ihre Schulter ins Haus. Sie hatte Angst, dass das Gespräch Paul aus der Küche anlocken würde, und sie wusste, dass Douglas ihm Angst machen würde.

»O. K., Sie haben unsere Ausweise gesehen«, sagte Sallis.

»Mike hat versprochen, selbst zu kommen, falls es irgendwas Neues gibt«, sagte Jenny.

»Was für ein Mike?«

»Ich weiß, er ist gestresst – aber man kann sich normalerweise auf ihn verlassen. Er hätte wenigstens eine Polizistin schicken können. Der Junge ist so schon verschreckt genug.«

Jenny bemerkte einen überraschten Blickwechsel zwischen Sallis und Douglas. »Wenn Sie nicht wegen Paul hier sind – o Gott –« Sie legte die Hand an den Mund. »Max. Ist er –?«

Douglas rollte mit den Augen. »Max«, sagte er mit seiner seltsam monotonen Stimme. »Das muss Max Bygraves sein, oder? Max Headroom?« Er schnippte mit den Fingern. »Ich hab's! Mad Max, stimmt's?«

Jennys Verdacht kam wieder. »Geben Sie mir Ihre Dienstmarke«, sagte sie zu Douglas. »Ich werde Canning Place anrufen und mir Ihre Identität bestätigen lassen.«

Douglas neigte seinen Kopf, lehnte sich ein wenig zurück. »Wissen Sie was, Fräulein. Sie können uns reinlassen, oder wir können unseren kleinen Schwatz auf dem Revier halten.«

Sallis erkannte an dem Gesichtsausdruck der Frau, dass sie Ärger machen würde, falls sie versuchen sollten, sie zum Auto zu bringen. »Sie hat nicht ganz Unrecht, Dave«, sagte er. »Es ist ihr gutes Recht. Gib ihr deine Marke.«

Douglas funkelte Jenny zornig an, machte aber keinerlei Anstalten, ihrem Wunsch nachzugeben.

»Gib ihr die Marke, mach schon«, knurrte Sallis.

Douglas nahm seine Dienstmarke mit großem Widerwillen heraus und gab sie Jenny widerstrebend.

»Vielleicht wollen Sie inzwischen mit Mike Delaney sprechen«, sagte Jenny zu Sallis, »er kann Ihnen die Hintergrundinformationen geben.« Sie schloss die Tür.

Douglas blinzelte, dann fragte er: »Glaubst du, sie ist 'ne Lesbe, oder was?«

Sallis grinste. »Lass das Mike nicht hören. Als ob die einzige gut aussehende Tussi, mit der er sich gut versteht, eine Lesbe sein müsste. Sie sieht sowieso nicht aus wie eine Lesbe.«

Douglas sagte verächtlich: »Die tragen nicht alle Netzstrumpfhosen und Stiefel.«

Alle hatten einen Spitznamen, entweder eine Abkürzung oder ein angehängtes ›Y‹: Er war Dougy; Wright war Wrighty; McBride war Macca. Aber Sallis mochte es nicht. Douglas hatte versucht, ihn Sally zu nennen – nur einmal, wohlgemerkt –, und die Erfahrung hatte zu einem dunklen Punkt in seinem Unterbewussten geführt, selbst wenn er dadurch Sallis' Launen gegenüber nicht völlig misstrauisch geworden war, so hatte es doch dazu geführt, dass er Sallis' Namen ganz vermied.

»Klar«, sagte Sallis und wählte, »was haben Lesben denn an?«

»Du weißt schon. *Normale* Klamotten. Wie normale Mädchen.«

Sallis hatte fertig gewählt und runzelte die Stirn. »Und was ist normal?«

Douglas war mitten in einer präzisen Beschreibung der Klamotten normaler Mädchen, als er merkte, dass Sallis ihn verarschte, der blöde Klugscheißer hatte inzwischen Mike Delaney erreicht, und Douglas konnte ihm deshalb nicht einmal deutlich klar machen, was er von seinem Witz hielt.

Als Jenny fünf Minuten später, nachdem sie mit Inspector Crank im Polizeipräsidium gesprochen hatte, die Tür öffnete, hatten die Männer die Plätze getauscht. Mit Douglas hinter ihm sah Sallis, der einen guten Kopf kleiner war, wie ein leicht schmieriger Geschäftsmann mit seinem Aufpasser aus.

Sallis entschuldigte sich sofort. »Wir wussten nicht, dass Sie auf den kleinen Kerl aufpassen. Kein Wunder, dass Sie ein bisschen nervös sind.«

»Sie sollten es auch nicht wissen«, sagte Jenny und gab Douglas seine Dienstmarke zurück.

Er wartete einen Augenblick, als keine Einladung kam, sagte er: »Keine Chance auf einen kleinen Schwatz im Haus, Fräulein?«

Jenny öffnete die Tür ganz und ließ sie herein. »Ms Campbell. Oder Jenny«, sagte sie.

Douglas gab Sallis einen Stoß in den Rücken, um ihm zu zeigen, was er von Tussis hielt, die sich ›Miz‹ nannten. Sie folgten ihr in das vordere Wohnzimmer, Sallis sah sich unbewusst nach Informationen um. Das Haus war groß, nach seinem Standard; hohe Decken und große Räume – im Winter ziemlich schwer zu heizen, dachte er. Sie pflegten es gut – es war renoviert worden und hatte Parkettboden. Es sah so aus, als ob Jenny sich selbst auch gut pflegte. Langes, blondes Haar, das sich nett bewegte, wenn sie ging, wie ihre Hüften, die gerade genug Schwung hatten, um Interesse zu wecken; ihre Jeans saß überall perfekt. Sie trug ein hellblaues Baumwollhemd und war leicht gebräunt – eher golden als braun.

Sallis schüttelte den Kopf. Seine Frau hatte ihm gesagt, dass er mit dreißig zu einem sabbernden, alten Kauz würde. Er fing an zu glauben, dass sie Recht hatte. Sie hatte aber wirklich eine schöne Haut, Ms Campbell – *Jenny* – und sie trug ein leichtes, nach Zitrus duftendes Parfüm, das ihn an den Sommer denken ließ, an Gärten und frische, saubere Luft. Das Wohnzimmer war auch irgendwie golden: Gelb- und Orangetöne und Pergament. Teppich auf dem Boden, keine Auslegware, was Sallis unpraktisch fand: staubig im Sommer und kalt im Winter. Die Couch war auch etwas simpel, einfaches weißes Leinen. Er hätte gedacht, dass sie eine dunkle Farbe gebrauchen könnte, um die klebrigen Fingertatschen ihrer Pflegekinder zu vertuschen.

»Sie sind waschbar«, sagte Jenny, Sallis' offensichtliche Begutachtung der Einrichtung amüsierte sie. Sie konnte an seiner leicht verlegenen Reaktion sehen, dass sie ihn richtig interpretiert hatte. »Möchten Sie sich setzen?«

Sallis hockte sich auf die Couch, klopfte auf die Armlehne und sagte nicht sehr überzeugend: »Nett.« Douglas quetschte sich wortlos in einen der Sessel. Er schien nach seinem anfänglichen Auftritt ruhiger, zufrieden damit, dass sein Kollege das Sprechen übernahm.

»Ist er in der Nähe? Der Junge?«, fragte Sallis. »Wir haben massenhaft Anrufe wegen der *Granada*-Sache bekommen.«

»Ich habe Paul in sein Zimmer gebracht. Er fürchtet sich vor Männern.« Douglas warf ihr einen Blick zu, der bedeutete: *Da ist er wohl nicht der Einzige, wie?* »Wenn Sie also leise sprechen würden, wäre ich froh.«

Sallis runzelte die Stirn und nickte. Er hatte selbst einen

Sohn, ungefähr im selben Alter, der im Moment wahrscheinlich heulend über den Schulhof rannte. Es schien eine Schande zu sein, den Jungen im Haus zu behalten, wenn er draußen an der frischen Luft sein könnte. »Möchte er nicht draußen spielen?«, fragte er.

»Er möchte eigentlich gar nichts tun.«

Sallis nickte und begriff die volle Tragweite dieser Bemerkung.

»Also«, fragte Jenny, »worüber wollen Sie mit mir sprechen?«

»Oh, ja, richtig«, sagte Sallis und riss sich zusammen. »Fahrerflucht.« Er beobachtete ihre Reaktion. Sie war skeptisch, ein wenig amüsiert.

»Fahrerflucht? Wie bei einem Autounfall?«

»Genau das.«

Sie schüttelte den Kopf. »Ich nicht.«

»Entschuldigung, Fräu – Jenny. Ihr Auto. Muss es sein. Wir haben es auf Video.«

»Wann?«

»Dienstag. Gegen sechs Uhr abends.« Er sah in seinem Notizbuch nach. »Sieben Minuten nach, um genau zu sein.«

Jenny hob die Augenbrauen. »Das ist wirklich genau.«

»Überwachungsvideo. Das zeigt die Zeit an.«

Jenny zuckte mit den Schultern und erzählte Sallis, wann ihr Zug in der Lime Street abgefahren war und wo sie zu dem Zeitpunkt, als sie angeblich einen Unfall gehabt hatte, ungefähr gewesen sein musste.

»Sie sagten, Sie waren auf dem Weg zu einem Vortrag?«, fragte Sallis. »Ich dachte, Sie wären Krankenpflegerin?«

»Bin ich auch. Und Dozentin und Autorin.«

»Oh, ja?« Er verzog seine Mundwinkel und machte sich ein paar Notizen. »Was für Bücher schreiben Sie denn?«, fragte er, seine Neugierde hatte die coole Gleichgültigkeit besiegt.

Jenny hielt inne und überlegte, ob sie die Irrelevanz der Frage kommentieren sollte. Sallis sah sie an, und sie sagte, »Artikel, öfter als Bücher. Über Pflegekinder und so etwas.«

Sallis nickte. »Passt zu dem, was Sie tun –«

»Ich möchte ja nicht stören, aber –«, mischte sich Douglas ein.

Sallis warf Douglas einen vernichtenden Blick zu. Der Mann hatte kein Feingefühl. Er zwang sich, von Douglas wegzusehen, und fragte Jenny: »Wo hatten Sie Ihr Auto geparkt?«

»Im Parkhaus neben dem Bahnhof.« Jenny dachte einen Moment nach. »Ich kann mich nicht genau erinnern, wo, aber ich hatte das Parkdeck auf das Ticket geschrieben. Das Auto war da, wo ich es abgestellt hatte.«

»War der Tank leer?«

»Tut mir Leid«, sagte Jenny, »darauf habe ich nicht geachtet.«

Sallis brummelte und machte sich mehr Notizen. Jenny betrachtete ihn und änderte ihre ursprüngliche Meinung; sie stellte fest, dass nur Douglas' bedrohliche Gestalt hinter ihm, als sie die Haustür zum zweiten Mal geöffnet hatte, zu ihrer Einschätzung geführt hatte. Sallis war penibel, dachte sie, bei seiner Kleidung ebenso genau wie bei seinen Notizen. Ehrgeizig? Ja, dachte sie – ehrgeizig. Aber eher der Typ solider Bänker als schmieriger Geschäftsmann.

»Um wie viel Uhr sind Sie nach Hause gekommen?«, fragte Sallis und sah von seinen Aufzeichnungen auf in schimmernde Augen, er fühlte sich ein wenig unbehaglich, als er ihr Interesse bemerkte.

»Ich war den ganzen Mittwoch dort. Ich habe den letzten Zug nach Hause genommen ... Ich bin so gegen elf Uhr dreißig in Liverpool angekommen, glaube ich. Ist das nicht alles auf Ihrem Video?«

Er sah zu Douglas, es war ihm peinlich, dass sie ihm auf die Schliche gekommen war. »Es ist so«, sagte Sallis, »der Typ, dessen Auto beschädigt wurde, ist erst heute Morgen von seiner Geschäftsreise zurückgekommen. Er hat den Schaden der Sicherheitsfirma des Parkplatzes gemeldet, und die sind die Videobänder durchgegangen, bis sie Ihr Auto beim Rückwärtsrausfahren gesehen haben.« Er zuckte mit den Schultern. »Wir haben es dabei belassen.«

Jenny beugte sich vor, die Unterarme auf ihren Knien. »Dann müssten Sie doch sehen können, dass ich es nicht bin, die vom Parkplatz fährt?«, fragte Jenny. »Ich hatte *wirklich* keinen Unfall.«

Er nickte entschuldigend. »Die Videokamera nahm eine andere Ecke des Parkplatzes auf, als – *wer auch immer* – ins Auto stieg. Alles, was wir haben, ist der Zusammenstoß und wie das Auto wegfährt.«

Jenny nickte nachdenklich. »Wenn Sie Ihr Band weiter vorspulen, müssten Sie sehen, wie *wer auch immer* es wieder zurückbringt. Ich habe das Auto genau da gefunden, wo ich es dienstags geparkt hatte.«

»Das werden wir tun«, sagte Sallis.

»Und Sie könnten bei dem College nachfragen.«

»Ja, ja«, sagte Douglas. »Aber das ändert nichts an den Tatsachen, oder? Da ist immer noch Ihr Auto, wie es in den Laguna fährt und dann abhaut.«

»Ist das Auto hier?«, fragte Sallis.

Jenny ging mit ihnen zur Haustür hinaus. Die Garage befand sich im Keller des Hauses. »Ich bin mir sicher, dass es mir aufgefallen wäre, wenn das Auto beschädigt wäre«, sagte Jenny, als sie das Garagentor öffnete. Die Garage nahm das gesamte Kellergeschoss ein, Backsteinpfeiler hielten das Gewicht des Hauses. Es roch ein bisschen nach Benzin, aber stärker nach Äpfeln, und Sallis bemerkte in einer Ecke gestapelte Obstkisten. Die ganze hintere Wand war voller Regale und Haken für größere Werkzeuge. Sie waren blitzsauber, und alles war ordentlich verstaut. Er fragte sich, wer der Heimwerker war, Jenny oder ihr Mann.

Er widmete seine Aufmerksamkeit dem Auto, ging um es herum, besah sich alles genau auf der Suche nach Kratzern oder Dellen. Es schien tatsächlich unbeschädigt zu sein.

Er hockte sich ans Heck und untersuchte die Stoßstange. »Hier haben wir's«, sagte er und bat Jenny, sich neben ihn zu knien. »Sehen Sie das?« Er zeigte mit einem Stift auf ein paar Kratzer im Metall.

»Wir haben ein Wohnmobil. Die könnten –«

»Und das.« Er nahm eine kleine Plastiktüte und kratzte ein paar Spuren hellblauer Farbe von der Stoßstange ab.

»Ich nehme an, dass das –«

»Die gleiche Farbe, wie das Auto, das beschädigt wurde. Richtig.«

Jenny zuckte mit den Schultern, sie stand wieder. »Ich kann es nicht erklären. Das Auto war Mittwochabend, als ich zurück kam, da. Genau dort, wo ich es abgestellt hatte.«

»Wer benutzt es sonst noch?«, fragte Sallis und versiegelte die Tüte, bevor er aufstand.

»Niemand.«

»Ehemann? Kinder?«

»Wir haben keine Kinder.« Egal, wie oft sie es sagte, es klang immer wie ein Geständnis, das Eingestehen einer geheimen Schuld. »Mein Mann hasst Autos«, fuhr sie schnell fort, »er fährt nicht. Er schwitzt vor Angst, wenn er nur auf dem Fahrersitz sitzt.«

»Wirklich?«

Das kam von Douglas.

»Ja«, antwortete Jenny und reagierte auf seine Aggressivität mit einem kühlen Blick.

Paul stand am Fenster und beobachtete, wie sie wegfuhren, als Jenny nach oben ging. Sie hörte das Geräusch der Autotüren und des Motors. Sie stand neben dem Jungen. Er wartete, bis sie aus seinem Blickfeld verschwunden waren, er presste sogar noch seine Wange an die Fensterscheibe; für einen Moment wunderte ihn der Gegensatz des kalten Glases und der heißen Sonne, er beobachtete, wie durch sein Atem die Fensterscheibe beschlug und wieder klar wurde.

»Das waren Polizisten«, sagte Jenny.

Der Junge glitt an ihr vorbei, auf die ihm eigene Weise, um Körperkontakt zu vermeiden. Er saß auf der Bettkante und summte etwas, wurde aber still, als ihm klar wurde, dass sie zuhörte. Er saß da, sah auf seine Uhr und wartete darauf, dass sie ging. Die Sonne schien ins Zimmer und wurde von seiner Uhr reflektiert, was einen grünen Lichtkringel in seinen Augen produzierte. Er schloss sie fest und öffnete sie dann wieder. Ein goldener Kreis tanzte an der Decke und links von ihm. Er beobachtete den Lichtfleck gebannt und merkte, dass er sich bewegte, wenn er sich bewegte.

Der Schutzengel, dachte er. Wenn du alleine bist, passt der Schutzengel auf dich auf. Sie stehen direkt hinter dir, knapp außerhalb deines Blickfelds, aber manchmal, wenn du dich ganz schnell umdrehst, siehst du ein schwaches Leuchten, oder du hörst das Rauschen der Federn, während sie zum Himmel fliegen. Er seufzte. Schutzengel sind unzuverlässig, das hatte er festgestellt.

Schließlich wurde ihm klar, dass das Licht von seinem Zifferblatt kam. Früher fand er es lustig, dass eine Uhr ein Gesicht haben konnte: ein fröhliches Gesicht war zehn nach zehn oder zehn vor zwei; ein trauriges Gesicht war zwanzig nach acht oder zwanzig vor vier. Seine Uhr hatte im Augenblick ein fröhliches Gesicht.

Er ließ das Licht über die Wand gleiten, zu den Teddybären und Eisbären und Eseln und Pinguinen (er hatte die Schweine im Schrank versteckt). Dann passierte etwas Wundervolles. Ein zweites Licht stieß zu seinem eigenen, flitzte wie eine Fee herum, wie ein Kobold, verfolgte seins und spielte Fangen. Einmal lachte er laut auf, weil er es reingelegt hatte, er hatte es in die völlig falsche Richtung geschickt.

Sie lachte auch. Ihre Uhr musste auch das fröhliche Gesicht haben. Er sah zu ihr hoch, sah ihr in die Augen, und zum ersten Mal akzeptierte er bewusst ihre Anwesenheit, ihre Existenz als eine Person, als ein anderer Mensch.

Jenny und Paul gingen auf den Haupteingang des Krankenhauses zu. Sie schlängelten sich durch die geparkten Autos, Jenny redete die ganze Zeit, um Paul aufzumuntern und ihn von der Sitzung abzulenken. Er schien vor den andern Kindern Angst zu haben, aber Max hielt es für wichtig, dass er teilnahm. Sie gingen vor dem grauen Auto vorbei, aber keiner von ihnen sah hinein.

»Kennen Sie diesen Jungen?« Was für eine Frage! Der Moderator weiß nicht, wie haarsträubend die Frage ist. Ich kenne jeden Kratzer und jede Narbe auf seinem achtjährigen Körper. Er hat ein kleines, lila Muttermal, von seinem Haar verdeckt, direkt über seinem linken Ohr, und eine Windpockennarbe auf seinem Rücken, zwischen seinen Schulterblättern. Ich kenne ihn gut. Ich kenne jeden Gedanken, jede Hoffnung, jeden Wunsch, jeden Traum und jede Sehnsucht seines verlogenen, selbstsüchtigen kleinen Herzens.

»Trotz täglicher Therapie war der Junge nicht in der Lage, der Polizei zu erzählen, was passiert ist …«

Das ist schon was, nehme ich an. Und der Hinweis auf die Therapie war genug, um mich hierher zu führen. Jetzt, wo ich dich gefunden habe, werden wir dich bald wieder zu deinem alten Ich zurückbringen.

Als sie aus der Tür trat, schaute Jenny über ihre Schulter. Die Haare auf ihrem Arm standen hoch. Sie hatte das unangenehme Gefühl, beobachtet zu werden. Paul sah ängstlich zu ihr hoch.

11. Kapitel

»Ihr müsst an euren Gefühlen arbeiten«, hatte Pam ihnen gesagt. »Ihr habt schon so lange den Bezug zu euch selbst verloren, dass ihr vergessen habt, wie es ist, seinen Gefühlen freien Lauf zu lassen.«

Shona wusste, dass sie Recht hatte. Es erinnerte sie an die Zeit, als sie es immer wieder verschob, ihre Mutter anzurufen. »Zeit ...«, sagte sie sich, »ich habe nie Zeit.« Also verging die Zeit, und aus den Schuldgefühlen wurde Ärger. »Ein Telefon funktioniert in beide Richtungen«, murmelte sie dann und sah das Telefon an, als ob das Gesicht ihrer Mutter sie vorwurfsvoll von dort anstarrte. Sie konnte sich selbst aber nie ganz überzeugen. Ihre Mutter hatte sie seit ihrer Kindheit die Last der Verantwortung spüren lassen. Es war Shonas Aufgabe anzurufen, sie zu besuchen und aufzumuntern und einzukaufen und sicherzustellen, dass ihre Mutter glücklich war. Nur, dass sie es niemals war. Nie glücklich, nie zufrieden.

In Wahrheit *wollte* sie ihre Mutter gar nicht anrufen. Schon der Klang der Stimme ihrer Mutter deprimierte sie. Ihre Einsamkeit, ihre Besessenheit von Seifenopern, von *Oprah* und *Esther* und all den anderen Talkshows, die ihr zeigten, wie trostlos, langweilig und leer ihr eigenes Leben war, all das war ein Vorwurf an Shona, als Tochter versagt zu haben. Shona verabscheute ihre Mutter, die Theater nicht vom richtigen Leben unterscheiden konnte, während sie sich vor dem Leben im Theater der immer gleichen Seifenopern versteckte.

Und wenn sie dann anrief, benutzte ihre Mutter den halben Anruf dazu, darüber zu jammern, dass sie nie anrief und nie zu Besuch kam, und vergrößerte damit ihre Schuldgefühle und deprimierte sie noch mehr. Sie fragte, warum Shona keinen netten jungen Mann gefunden hatte, als ob sie es so geplant hätte, und warum sie ihr keine Enkelkinder schenkte, so dass sie Shona dazu brachte, sich selbst zu hassen, bis wütende Tränen flossen, und dazu, ihre Mutter zu hassen, bis hin zu Mordfantasien. Dann plötzlich hatte sie statt Zorn Verlustängste, verlangte nach Bestätigung, und sie musste schließlich weinen.

»Warum heulst du?« Als ob es eine Überraschung wäre. Als ob sie sie nicht aufwühlen wollte. Um nicht zurückzustehen, fing ihre Mutter an zu flennen wie ein sentimentaler Besoffener. »Du weißt, dass ich dich liebe, Mädchen …«

Shona wollte sagen: Wie? Wie soll ich das wissen? Du *sagst* es mir, aber du zeigst es nie. Du kritisierst und du jammerst und beschwerst dich, und dann, ab und zu, sagst du, du liebst mich, und das soll dann alles wieder gutmachen. Aber sie sagte es nicht. Sie konfrontierte ihre Mutter nie mit deren Scheinheiligkeit, weil sie wusste, dass sie dazu nichts Sinnvolles zu sagen hatte. Shona wurde nur vorsichtiger, telefonierte einmal wöchentlich, beachtete den Geburtstag ihrer Mutter, schickte Blumen am Muttertag, kam zu Besuch an Weihnachten und behielt eine höfliche, förmliche Distanz bei. Die Gespräche blieben bei sicheren Themen, und Tränen waren verboten. Es war leichter so, emotional weniger anstrengend.

Und jetzt verlangte Pam, dass sie sich genau diesen Gefühlen, die sie so lange unter eiserner Kontrolle gehalten hatte, hingeben sollte. Shona wusste um die Gefahren, die ein Folgeleisten bedeutete, aber sie wollte, dass es ihr besser ginge. Es war ihr nie leicht gefallen, dazuzugehören, ein Mitglied der Clique zu sein, aber Pam war nett zu ihr gewesen, verständnisvoll, und sie sehnte sich nach der Anerkennung ihrer Therapeutin. Die anderen in der Gruppe sagten, dass sie ihre Heilung teilen wollten – als sie sich das letzte Mal um sie herum versammelt hatten, hatte sie sich beschützt gefühlt, geborgen, integriert. Sie wollte nicht zu den furchtbaren, farblosen Tagen zurückkehren – den Tagen, als sie sich selbst hasste und die Welt um ihre Kameradschaft beneidete.

Pam hatte ihr gezeigt, wie es ist, willkommen zu sein, gebraucht und geliebt zu werden. Die anderen hatten sie akzeptiert, weil sie Pam respektierten, und nun fingen sie an, sie als Teil der Gruppe zu sehen, vielleicht würden sie sie sogar mögen. Max Greenbergs Vortrag hatte Pam herabgesetzt, hatte ihre Arbeit entwertet und die Leute, denen sie geholfen hatte, lächerlich gemacht. Leute wie Shona. Sie hatte ein intensives Gefühl, den überwältigenden Drang, ihre Liebe zu Pam durch eine mutige Tat beweisen zu müssen.

Shona bewegte sich vorsichtig, leise an dem Gebäude entlang. Sie wusste, dass das Haus leer war: Sie hatte beobachtet, wie Max Greenberg gegangen war, genauso, wie sie ihn die vorherige Nacht kommen gesehen hatte, angeberisch und selbstgefällig nach seinem abendlichen Vortrag.

Jetzt kroch sie wie eine Katze aus dem Licht in die Dunkelheit. Das Nachbarhaus warf im Abendlicht einen so tiefen Schatten auf die Seite des Hauses, dass sie in der Dunkelheit zögerte, da sie für einen Moment nichts sehen konnte.

Sie zitterte und war überempfindlich für Geräusche und Gerüche, sogar ihre Haut empfand die kleinste Bewegung. Der leichteste Windhauch, warm und nicht erfrischend, lag in der Luft. Die Wand fühlte sich unter ihren Fingerspitzen glatt und kalt an, und sie streckte ihren Arm aus, bis er in gesamter Länge auf der Mauer auflag, deren Kälte ihr inneres, ängstliches Fieber abkühlte. Eine Mischung aus dem Geruch von gemähtem Rasen und von Müll wehte zu ihr, als sie nah entlang der Mauer weiterschlich, ihre Finger ertasteten den Weg, da ihr die Nachtsicht der Katzen fehlte. Die Backsteine beruhigten den heißen Schmerz in ihren Gelenken.

Der Müllgestank wurde gerade überwältigend, als ihre Fingerspitzen auf Metall stießen und ihr Knie gegen etwas Hartes und Raues rammte. Sie schrie vor Schmerz und Überraschung auf, sprang zurück, fuchtelte mit den Armen, um einen eingebildeten Angreifer abzuwehren, bevor sie die vertraute Form einer Mülltonne in der Dämmerung ausmachen konnte, und sie schluchzte, halb lachend.

Irgendwie schien es völlig grotesk und witzig, dass ein Mann wie Greenberg solche niederen Tätigkeiten verrichtete wie die Mülltonnen für die Müllabfuhr rauszustellen.

Sie wartete ein, zwei Minuten, keuchte, drückte sich an die Mauer und horchte nach Geräuschen aus den Nachbarhäusern, nach einem Zeichen, dass sie ihren Schrei gehört hatten oder das kratzende Geräusch der Mülltonne, die sie mit ihrem Knie bewegt hatte. Plötzlich kam laute Musik von einem Eiswagen nahe beim Haus. Sie spielten ›Greensleeves‹ in einer irrwitzigen Geschwindigkeit, warteten weniger als eine Minute und fuhren dann die Straße hinunter. Sie beruhigte sich, befahl ihrem Herzen, langsamer zu schlagen. Aus irgendeinem Haus hörte man scheppernde Radiomusik, aber an dieser glatten, leeren Mauer gab es keine Fenster, und als sie sich sicher war, dass niemand nachschauen kam, ging sie weiter Richtung Gartentor.

Eine Backsteinmauer trennte die zwei Gärten, und die Tore zu den jeweiligen Teilen standen im 45°-Winkel zur Mitte. Sie hob den Riegel und stahl sich, leise wie ein Geist, in sein Reich. Der Garten lag im Schatten, abgesehen von einem schmalen Streifen Sonnenlicht in der südöstlichen Ecke.

Sie horchte: Verkehrsgeräusche und dieses Radio, das Jazz spielte. Ein Flugzeug, irgendwo hoch oben und weit weg, das

Motorengeräusch ein einziger, entfernter Ton, weckte ein tiefes Verlangen in ihr.

Sie hatte gelitten, aber sie war eine Überlebende, und sie würde einen Stab durch das Herz von Max Greenberg bohren. Würde seine giftigen Angriffe stoppen.

Die zerbrochene Glasscheibe war repariert. Sie sah sich nach etwas um, das sie dagegen werfen könnte, und schrie fast auf, als die Tür durch den leichten Wind krächzend einen Spalt weit aufging. Sie war offen. Mit Anspannung in jeder Faser, jedem Muskel und in jeder Sehne, machte sie einen Schritt nach vorn und stieß die Tür mit ihrem Fingernagel an. Sie gab nach.

Sie ging fast an dem Umschlag, der an die Küchentür geheftet war, vorbei, aber irgendetwas ließ sie stehen bleiben und ihn abnehmen.

Ich kenne deinen Namen noch nicht, aber das werde ich bald, stand da.

Ich denke, wir sollten miteinander reden, findest du nicht?

Ihre Hand begann so heftig zu zittern, dass sie das Papier fallen ließ. Mein Gott. Mein Gott! Er musste sie gesehen haben! Ihr Kopf fühlte sich plötzlich leicht an, wie mit Helium gefüllt, geweitet, explosiv. Sie legte ihre Hände auf ihren Kopf, um sich davon zu überzeugen, dass er noch die normale Größe und Form hatte, und um sich wieder auf den Boden der Tatsachen zu bringen. Dann drehte sie sich um und rannte vom Haus weg zu ihrem Auto. Sie hatte es nur ein paar Meter von seiner Haustür geparkt. Sie übergab sich in den Rinnstein und würgte elend, ein paar Minuten lang, einem Kollaps nahe. Als sie wieder zu sich kam, glänzte ihre Haut nass und kalt.

Shonas Mundwinkel taten etwas weh. Ihre Hände schmerzten. Sie schaute sie sich näher an: Sie sahen geschwollen aus, und wenn sie sie berührte, war die Haut empfindlich und heiß. Ein kurzes Aufwallen der Aufregung – das war die Art Zeichen, auf das sie gewartet hatte –, dann hatte sie einen kurzen Augenblick lang Angst. Sie stellte sich ihr, genau wie Pam ihr beigebracht hatte, sich in den Schmerz hineinzudenken, in die Angst, in die Dunkelheit, die ihr Gedächtnis umgab.

Du kannst nicht sein, was du bist, bis du nicht weißt, was du bist. Sie war mit Pams Weisheit konfrontiert, so wie sie sich mit ihrer tiefsitzenden Furcht konfrontieren sollte. Sie entzog sich ihr, bis sie eine flüchtige Ahnung hatte, ein Bild und ein Gefühl. Das Entsetzen war zu groß, sie schüttelte den Kopf und verdrängte es zurück in die Dunkelheit.

12. Kapitel

Paul war endlich eingeschlafen, und Jenny sah im Wohnzimmer fern. Fraser faltete die Zeitung, die er gerade gelesen hatte, und ließ sie neben den Sessel fallen. »Ich glaube, ich gehe nach oben«, sagte er.

Jenny schaute ihn an. Sie wollte ihn fragen, ob alles in Ordnung sei, aber sie wusste, dass es ihn nerven würde und dass sie sowieso keine ehrliche Antwort bekommen würde. »Ich komme in ein paar Minuten nach«, sagte sie.

Das Telefon klingelte, als Fraser gerade in den Flur kam.

Jenny griff nach dem Apparat neben ihrem Stuhl, aber Fraser war vor ihr am Telefon im Flur. Warum war er so nervös? Sie war sich sicher, dass es etwas mit den Anrufen von Mr Hunter zu tun hatte, aber immer, wenn sie andeutete, dass sie irgendwie mit den Anrufen in der Krankenhauszentrale in Verbindung stehen könnten, lehnte er die Idee vehement ab.

Fraser schaute um die Ecke. »Für dich«, sagte er. »Max.«

»Ich hatte noch einen Besuch«, sagte Max ohne Vorwarnung.

»Oh, Max. Haben sie Schaden angerichtet?«

»Nein, ich –« Er wollte ihr lieber doch nicht sagen, dass er die Hintertür offen gelassen hatte, und wechselte das Thema. »Habt ihr noch mal was von eurem Mr Hunter gehört?«

»*Ich* nicht.« Jenny hatte das ›Ich‹ nicht so betonen wollen, aber es war passiert, und Max hörte es natürlich. »Warum bist du dir so sicher, dass es eine Verbindung gibt?«, fuhr Jenny fort.

»Ich weiß nicht, Jenny. Es kann ein Zufall sein, dass eure Anrufe zur selben Zeit anfingen wie … all das. Aber die Einbrüche … Was, wenn sie hinter Berichten über Paul her sind?«

»Du bewahrst deine Krankenhausunterlagen nicht zu Hause auf.«

»Nicht die kompletten Unterlagen, aber ich nehme Notizen mit nach Hause, um sie zu vervollständigen und um Besprechungen und Untersuchungen vorzubereiten. In jedem Fall ist es einfacher, bei mir einzubrechen als in die Krankenhausverwaltung.«

»Max, es könnten Demonstranten sein wegen der wiederentdeckten Erinnerungen. Du weißt, wie paranoid diese Leute sein können.«

»Was können sie sich davon versprechen?«

»Dir so viel Angst einzujagen, wie sie selbst haben?«

Jenny konnte Max' Lächeln in seiner Antwort hören. »Wer ist hier der Psychiater?«

Sie lachte, aber als er weitersprach, war jeder Anflug von Humor aus seiner Stimme verschwunden. »Jenny, versprich mir, dass du sehr, sehr vorsichtig sein wirst.«

»Er will, dass *du* vorsichtig bist!« Fraser legte sein Buch mit den Seiten nach unten auf die Bettdecke und sah sie mit großer Verwunderung an. »Er lässt sein Haus achtzehn Stunden am Tag leer stehen, ohne Alarmanlage, mit einer Hintertür, die durch einen kräftigen Nieser aufgeht – lässt den dämlichen Schlüssel im Schloss, um es jedem Möchte-gern-Einbrecher leichter zu machen – und sagt, *du* solltest vorsichtig sein!«

»Seine Sicherheitsvorkehrungen mögen ein bisschen planlos sein, Fraser, aber er ist nicht leichtsinnig.«

Fraser grummelte abschätzig. »Hast du gesehen, was für ein Auto er fährt? Wenn es ein Gebäude wäre, müsste man es abreißen. *Und* er fährt wie ein Verrückter.«

»Sei fair«, sagte Jenny lachend. »Du denkst, dass jeder, der ein Auto fährt, ein erklärter Geisteskranker ist.«

Er antwortete nicht darauf, sondern zuckte nur mit den Schultern.

Was Jenny daran erinnerte, dass jemand – ob geisteskrank oder schlicht kriminell, konnte sie nicht sagen – ihren Wagen genommen, einen Unfall damit gebaut und ihn dann wieder genau dahin zurückgestellt hatte, wo sie ihn gefunden hatte. Das war kein besonders weit verbreitetes Phänomen, hatte Mike ihr gesagt, aber es war auch nicht völlig neu, dass Kriminelle Testfahrten mit einem Auto machten, dass sie bei einem Raub verwenden wollten – eine Art Trockenübung –, es dann wieder dahin zurückbringen, wo sie es gefunden hatten, um es zwei Tage später bei der eigentlichen Tat zu benutzen. Aber traf das nicht eher auf Autos zu, die auf einem fest gemieteten Parkplatz standen, ganz sicher jeden Tag während der Bürostunden? Ihre unregelmäßigen Fahrten passten nicht ganz in diese Kategorie.

Wer also hatte das Auto genommen und sich angestrengt, es so aussehen zu lassen, als ob es nie benutzt worden wäre? Als sie Fraser erzählt hatte, dass und warum die Polizisten vorbeigekommen waren, hatte er sich in einen Stuhl fallen lassen und ›Scheiße‹ gesagt.

Fraser, der, seit sie Pflegekinder aufnahmen, nicht mehr fluchte, um ein gutes Beispiel zu geben, egal wie kurz die Kinder blieben.

Dann hatte er zu ihr hochgesehen und gefragt: »Was hast du ihnen gesagt?«

»Was konnte ich ihnen sagen? Ich wusste nicht mal, dass das dämliche Auto gefahren worden war. Sie waren davon überzeugt, dass ich es war – sie haben alles auf Video.«

»Wie konnten sie dann glauben, dass du es warst?«

»Genau das habe ich auch gesagt«, antwortete Jenny; Frasers fester Glaube an ihre Fahrkünste und ihre Ehrlichkeit berührte sie.

»Und –?«

»Also, der wichtige Teil, als der Dieb ins Auto steigt, ist nicht auf dem Band. Ich weiß nicht, ob es Glück oder Raffinesse seinerseits war.«

»Seinerseits?«

»Ich nehme an, es ist ein Mann. Es gibt nicht so viele Frauen, die Autos stehlen.«

»Oh.«

»Fraser«, sagte sie, »ist alles in Ordnung?«

Er war spontan aufgestanden und lief auf und ab. »Seltsame Anrufe, in Max' Haus wird eingebrochen, jetzt wurde das Auto geklaut und auf geheimnisvolle Weise wieder zurückgebracht – nein, Jenny, es ist nichts in Ordnung.«

Es schienen tatsächlich zu viele Zufälle, und auf eine Art war sie beruhigt, dass sie nicht die Einzige war, die durch die Umstände verängstigt wurde, aber ihr ging sein Achselzucken und die Tatsache, dass er ihren Witz, dass er alle Autofahrer für verrückt hielt, ignorierte, nicht aus dem Kopf. Das war wirklich überraschend, weil er es nämlich immer tat. Er reagierte immer und sagte irgendetwas wie: Wenn es nicht wegen der anderen Fahrer wäre, hätte er keine Angst zu fahren. Oder: Nicht die Autos machten ihm Angst, sondern die Menschen. Aber dieses Mal hatte er mit den Achseln gezuckt und nichts gesagt.

Feucht. Kalt. Ohne Warnung. Der Junge war in etwas gewickelt. Fest eingewickelt. Zum Ersticken fest. Sein Gesicht, die Schultern gefangen, seine Arme wie festgenagelt. Ein kalter, seifiger Geruch. Ein Handtuch.

Dann wurde er hochgehoben.

Stille, die ein paar Sekunden dauerte; lange genug, um das Wasser einmal aus dem Hahn tropfen zu hören. Dann ein Schlag. Scharf. Hart. Eisiges Wasser. Er öffnete seinen Mund, um zu schreien, aber er konnte nicht atmen, und er schien eine Ewigkeit mit offenem Mund nach Luft zu schnappen, ohne einatmen zu können.

Fraser war aus dem Bett und schon halb in seinem Morgenmantel, bevor ihm klar wurde, was los war.

»Ich werde gehen«, sagte Jenny. »Du könntest ihn aufregen.«

Die Schreie gingen weiter – langgezogen, schrill – unterbrochen von ein paar gebrabbelten Worten.

Jenny war in ein paar Sekunden im Schlafzimmer des Jungen. Er saß im Bett, die Augen aufgerissen. Er war nass geschwitzt – das Fenster war trotz der Hitze geschlossen. Sie redete mit ihm, ging langsam auf ihn zu, beruhigte ihn, sagte ihm, wo er war, wer sie war, dass er in Sicherheit war.

O mein Gott, dachte sie, *in Sicherheit wovor?*

»Liebling«, sagte sie sanft, sie wusste, dass sie es nur noch schlimmer machen würde, wenn sie ihn mit einem anderen als seinem eigenen Namen anspräche, »du hast geträumt. Ein Albtraum, das ist alles. Nur ein Traum.« Sie wiederholte diese Worte immer und immer wieder. Vorsichtig setzte sie sich neben ihn auf das Bett, legte ihren Arm um seine Schultern und sprach weiter in sein Schreien. Nach einer Weile murmelte er Entschuldigungen.

»Bitte, ich werde brav sein. Entschuldigungentschuldigung – Entschuldigung. Ich wollte es nicht. Bitte – ich wollte es nicht.

Ich werde mich waschen. Ich wasche mich sauber, O. K.? *Bitte-bitte – bitte!*«

Es ging ein paar Minuten lang so, Jenny sprach die ganze Zeit sanft weiter, obwohl sie eigentlich um den Jungen weinen wollte, er antwortete mit seinen Mitleid erregenden Entschuldigungen, bis sie zu einem Flüstern wurden und er weinte, schluchzte und sie ganz fest hielt. Sie küsste seine heiße Stirn, murmelte dabei Beruhigendes, bis er ruhig war, erschöpft.

Sie wechselte seinen Schlafanzug. Er hatte auch das Bett nass gemacht; aus einem sicheren Nest aus Sitzkissen in einer Ecke des Zimmers sah er ihr zu, wie sie das Bettzeug wechselte. Er hatte einen Eisbären und einen Löwen als Wachen rechts und links von sich aufgestellt, während er ein Eis am Stiel leckte, das Jenny ihm gegeben hatte, um ihn abzukühlen und gleichzeitig seinen Hals zu beruhigen, der nach dem ganzen Schreien sicher wund war.

Er hatte darauf bestanden, sie zu begleiten, wortlos weigerte er sich, alleine zu bleiben, er hing an ihr, so dass sie zusammen das frische Bettzeug geholt hatten, seinen Schlafanzug und das Eis, sie hatte also keine Chance gehabt, auch nur einen Moment mit Fraser zu sprechen. Sie sprach im normalen Tonfall einer Unterhaltung weiter, während sie das Bett machte, und erzählte dem Jungen vom nächsten Tag. Jenny hatte es so arrangiert, dass Phyllis, eine andere Pflegemutter, sich um Paul kümmern würde, während sie an seiner Fallbesprechung teilnahm, Gina Vance, die verantwortliche Sozialarbeiterin, hatte es abgesegnet. Es war die Standardprozedur, in solchen Fällen auf das Netzwerk von Pflegeeltern zurückzugreifen – das Sozialamt zog es vor, das Kind bei anderen Pflegeeltern zu wissen als bei jemandem, der nicht richtig überprüft worden war, obwohl sie eine polizeiliche Überprüfung per Telefon machen konnten, falls es keine andere Möglichkeit gab.

Phyllis hatte vor, Paul zusammen mit ihren eigenen Pflegekindern zum Chester Zoo mitzunehmen. Jenny versuchte bei Paul Interesse für den Ausflug zu wecken, aber er reagierte auf keine ihrer Fragen über sein Lieblingstier, er war wieder in seinen stummen Zustand verfallen, als ob er nie gesprochen hätte. Sie konnte weder herausfinden, ob er zu Hause Haustiere hatte, noch, ob er schon einmal im Zoo gewesen war. Er saß einfach nur da, lutschte sein Eis und starrte sie mit seinen riesigen dunklen Augen an, aber als sie ihn zu Bett brachte, nahm er ihre Hand und hielt sie ganz fest, als ob er Angst davor hätte, dass sie ihn verlassen könnte.

»Möchtest du, dass ich bleibe?«, fragte sie, ohne eine Antwort zu erwarten, aber sie tat so als ob, weil er sicherlich eines Tages mit ihr sprechen würde. Sein Griff wurde fester und seine Augen größer, und sie sah das als Antwort an. »Du bist jetzt in *Sicherheit*, Paul.« Er verstand sie, da war sie sich sicher. »Ich werde nicht zulassen, dass man dir wehtut.« Sie glaubte einen flüchtigen Ausdruck der Angst in seinem Gesicht zu sehen, dann sah er weg. Sie steckte seine Lieblingstiere rechts und links von ihm ins Bett und sagte ihm, dass der Eisbär und der Löwe ihn bewachen würden, während er schlief; das schien ihn zu trösten, und er entspannte sich ein bisschen. Die Therapiesitzungen schienen überhaupt keinen Einfluss auf ihn zu haben. Er ging den anderen Kindern aus dem Weg, setzte sich unter den Tisch, um Körperkontakt zu vermeiden, und starrte auf das Spielzeug, als ob er nicht wüsste, wozu es gut sei. Das Einzige, woran er teilnahm, war die Kunststunde, in der er wie besessen immer wieder Häuser malte, bei denen er dann vor die Fenster mit dicken schwarzen Strichen Gitter setzte und ein Vorhängeschloss an die Haustür zeichnete. Einmal hatte ein anderes Kind, das völlig überdreht war, Farbe von seinem Pinsel auf Pauls Bild gespritzt. Paul hatte den feinen karmesinroten Nebel beobachtet, wie er verwischte und sich mit dem Hellorange der Gardinen hinter den vergitterten Fenstern in seinem Haus vermischte. Das Kind neben ihm lachte vor Freude und wedelte noch mal mit seinem Pinsel. Ein paar Tropfen fielen auf Pauls Hand, ein oder zwei auf sein Gesicht, und er fing an zu schreien –

Ein plötzlicher Spritzer, fein wie Gischt, aber er fühlte ihn – fühlte dessen Hitze auf seinem Gesicht. »Komm her, du kleines Arschloch! Komm her und hol dir deine Strafe ab.«

– kurze, abgehackte Schreie, die niemand stoppen konnte, bis die Farbe abgewaschen worden war. Danach hatte er zusammengesunken auf einem Stuhl gesessen, völlig verschlossen, unfähig, den Psychologen anzuschauen, der mit ihm sprach, vielleicht bemerkte er dessen Präsenz gar nicht.

Jenny hatte ihn danach zu Hause behalten wollen, aber Max sagte ihr, dass es unvernünftig wäre, seine Isolation noch weiter zu vergrößern – sie würden während Gruppenarbeitsstunden einfach etwas vorsichtiger sein müssen. Also hatte sie ihn jeden Morgen hingebracht, obwohl sein Zustand unverändert zu sein schien. Sie hatte das Auto, das jeden Tag vor dem Krankenhaus parkte, nicht bemerkt, schließlich stand es zwischen Unmengen anderer Autos und immer in einer anderen Ecke des Parkplatzes, aber immer mit direkter Sicht auf den Haupteingang.

Sie saß neben Paul in dem Stuhl, der schon für so viele Nachtwachen gedient hatte, und passte noch eine Stunde, nachdem er eingeschlafen war, auf. Es schienen ihn keine Träume mehr zu stören, aber sie blieb, sie wollte ihn nicht verlassen.

Sie wusste, dass Fraser wach lag und helfen wollte, aber er wusste, dass seine Gegenwart den Jungen nur aufregen würde. Er tat ihr Leid: Er hasste es, auf diese Weise abseits zu stehen, ohne Möglichkeit der Unterstützung oder des Trostes, von allem, außer dem oberflächlichen Kontakt, abgeschnitten. Es war für Fraser sehr wichtig, dass sie als Familie funktionierten – er hatte hart daran gearbeitet, es bei anderen Pflegekindern zu erreichen –, und aus irgendeinem Grund schien es ihm in Pauls Fall sogar noch wichtiger. Und doch, gerade bei Paul, mehr als bei irgendeinem anderen Kind, war er ausgeschlossen, emotional und auch körperlich, da Paul Körperkontakt vermied, auch mit ihr, außer in Momenten größter Not.

Sie hatte gehofft, dass die Polizei inzwischen etwas über ihn herausgefunden hätte – sogar Commissioner Sallis hatte gesagt, dass sie eine starke Reaktion auf den *Granada-News*-Beitrag bekommen hätten.

Fraser hatte sich entschieden, mit ihr zu der Fallbesprechung zu kommen, er hatte sich sogar um eine Vertretung an der Schule bemüht, um dafür frei zu haben. Meistens ging sie allein zu diesen Sitzungen, und Fraser kümmerte sich um das Kind während der Schulferien, aber ein- oder zweimal waren die Rollen vertauscht, zum Beispiel bei Jamie, dem Jungen aus Glasgow. Es war egal: Wer von ihnen dem Kind näher stand, nahm teil. Eigentlich wusste keiner von beiden viel über Paul. Alles, was sie wussten, war das, was sie beobachten konnten. Er erzählte ihnen nichts und teilte auch auf andere Weise wenig mit, trotzdem wollte Fraser dabei sein. Er hatte es so erklärt: Da er sich nicht nützlich machen konnte, indem er auf den Jungen aufpasste, konnte er genauso gut mitkommen. Hinter seiner gespielten Gleichgültigkeit lag ein sehnsuchtsvoller Schmerz, und Jenny wünschte, sie könnte etwas tun, um ihn zu lindern, aber das lag nicht in ihrer Macht – vielleicht nicht einmal in der Macht des Jungen, denn es schien tatsächlich so, als ob seine Ankunft diese Unruhe in Fraser ausgelöst hatte. Möglicherweise auch der verrückte Anrufer, der vielleicht, oder vielleicht auch nicht, etwas mit dem Jungen oder mit Max zu tun hatte.

Jetzt, in den frühen Morgenstunden, waren die Stille und die Einsamkeit irgendwie realer, greifbarer als am Tage, ihre Wache bei einem kleinen Jungen, dessen Geheimnis in ihm verschlossen war, ohne dass sie darüber etwas wusste oder wissen konnte, zeigte ihr, wie einsam er war, und sie sah, aus einer größeren Perspektive, wie seine Isolation auch ihre war, wie wenig sie über irgendjemand anderes wusste, sogar über Fraser. Das bisschen, das sie wusste, war nur das, was er ihr erzählt hatte, und wie viel davon konnte sie, *sollte* sie glauben?

Ihr kam ein Gedanke, der ihr den Atem stocken ließ. Sie hatte gegenüber der Polizei darauf bestanden, dass nur sie das Auto fuhr, dass Fraser überhaupt nicht fuhr – dass er die bloße Vorstellung hasste. Aber wusste sie das? Während ihrer gesamten Ehe hatte er sich geweigert, fahren zu lernen. Das einzige Mal, als sie ihn auf einem großen, leeren Supermarktparkplatz dazu überredet hatte, sich hinter das Lenkrad zu setzen und es zu versuchen, war er sofort in Panik geraten, als das Auto langsam anfuhr.

Das war vor zehn Jahren gewesen. Aber wie konnte sie sicher sein, dass er nicht fahren konnte? Dass er es nie gelernt hatte? Sie glaubte es, weil Fraser es ihr gesagt hatte. Macht es das wahr? Das Auto war nicht aufgebrochen worden – es gab keine Schäden am Schloss oder an der Lenkradsäule –, und sie hatte einen Ersatzschlüssel in der Schublade in ihrer Kommode. Ungeduldig mit sich selbst, rief sie sich zur Besinnung. »Um Himmels willen, Jenny«, flüsterte sie. Das war paranoid. Paranoid, unvernünftig, morbid und illoyal. Fraser war ein Fels gewesen. Ein beständiger, konstanter, verlässlicher Fixpunkt in einer schwierigen, fast unmöglichen Übergangsphase, in der sie ihre gesamte Vorstellung von Weiblichkeit, Ehe und Familie neu überdenken musste. Er hatte sie nie aufgegeben, hatte nicht einmal an ihr gezweifelt. Sie sah den Jungen noch einmal an. Er schlief fest. Sie ging auf Zehenspitzen aus dem Zimmer und zurück ins Bett. Fraser las. Sie legte sich neben ihn und schmiegte sich an seinen Hals.

»Wofür ist das?«, fragte er.

»Weil du du bist.«

Sie spürte, wie er sich anspannte und sich ein bisschen zurückzog. »Wie geht's dem Kleinen?«

»Er schläft«, sagte sie, verwirrt, aber bereit, es noch einmal zu versuchen. Sie schob ihren Arm unter seinen und streichelte seinen Unterleib.

»Das solltest du auch«, sagte er forsch, tätschelte ihre Hand und knipste das Licht aus. Sie hörte seinen Roman auf den Boden fallen. »Fallbesprechung morgen früh.« Er drehte sich von ihr weg, so dass sie ein kühles Stück Baumwoll-Laken trennte und ihre Körper sich, abgesehen von ihrem Arm, der auf ihm lag, nicht berührten.

Seine Ablehnung ihr gegenüber fühlte sich wie ein Schlag an. Es erinnerte sie an ihren Traum, den Traum, in dem Fraser sie zurückweist. »Fraser«, sagte sie. »Ist irgendwas nicht in Ordnung? Bist du O. K.?«

»Alles O. K.« Er tätschelte noch mal ihre Hand. »Schlaf ein wenig, in Ordnung?«

Alles O. K., dachte sie und wusste, dass es eine Lüge war. Er war nicht O. K. Keiner von ihnen war das, aus Gründen, die sie nicht einmal ansatzweise abschätzen konnte. Nichts war O. K. Und sie würde keine Sekunde schlafen.

Max griff sich mit Zeigefinger und Daumen an den Nasenrücken und seufzte. Er fühlte eine Migräne kommen. Tat er das Richtige, wenn er Jenny nicht erzählte, warum sie vorsichtig sein sollte? Außer einem zweiten Einbruch in sein Haus hatte die Krankenhauszentrale weitere Anrufe erhalten, die nach Informationen über den Jungen fragten, einige behaupteten, seine Mutter zu sein, weigerten sich aber, einen Namen oder eine Telefonnummer zu nennen, andere wollten einfach nur wissen, bei wem er wohnte. Diese, so fühlte er, waren die Bedrohlichsten. Die Polizei überwacht die Situation, sagte er sich selbst. Es wäre Jenny gegenüber unfair, sie über ihre Verantwortung für den Jungen hinaus noch mehr zu belasten und zu beunruhigen, indem er ihr sagte, dass sie auf der Hut sein sollte vor Verrückten, die sich im Gebüsch verstecken, jedes Mal, wenn sie Paul zu einer Sitzung brachte oder mit ihm im Park spazieren ging. Wahrscheinlich war es gar nichts Wichtiges, nur ein paar Leute, die ihr Leben interessanter machen wollten, indem sie eine Verbindung zu einem geheimnisvollen Kind vorgaben.

Eine innere Stimme, leise, aber hartnäckig schrie ihn an, auf seinen Instinkt zu hören – nämlich dass Jenny und Paul in Gefahr waren, aber wenn er sich die Tatsachen anschaute, war die versteckte Gefahr nicht greifbar, nicht mehr als ein Schatten hinter seinem Rücken, und er überzeugte sich schließlich, dass ihn seine eigene Situation übertrieben ängstlich machte.

Als das Treffen begann, fragte Pam, ob jemand etwas mit der Gruppe teilen wollte. Shona hob ihre Hand wie ein Schulmädchen, nahm sie dann verlegen wieder herunter und stellte sich stattdessen hin.

»Ich habe etwas zu sagen – na ja, eigentlich zu zeigen.« Sie sah Misstrauen in ein oder zwei Gesichtern, aber sie fuhr fort und beschrieb, was passiert war.

»Zeigst du uns deine Hände?«, fragte Pam.

Sie staunten über die Schwellung, die schwarze und lila Verfärbung. »Tut es weh?« Das war Angela.

»Ein bisschen«, antwortete Shona, plötzlich schüchtern. »Nicht so sehr wie vorher.«

»Vorher.«

»Zu Hause. In meiner Wohnung.« Sie konnte nicht erzählen, dass sie zu Greenbergs Haus zurückgegangen war. Wie könnte sie ihnen sagen, dass sie die offene Tür entdeckt hatte und umgekehrt und geflohen war?

»Du hast *vorher* gesagt«, wiederholte Pam. »Denk nach, Shona. Wann ist das Vorher schon mal passiert?«

Shona zuckte hilflos mit den Schultern. Sie hatte versucht, sich daran zu erinnern, aber es war weg.

»Dies ist eine Körpererinnerung«, erklärte Pam. »Manchmal erinnert sich der Körper an Missbrauch, und das Bewusstsein kann die Erinnerung nicht ertragen. Also, du hast gesagt, ›vorher, zu Hause‹. Denk an zu Hause. Einen Ort zu Hause, der dir Angst machte. Ein Geräusch oder einen Geruch. Etwas, das zu deinem Schmerz spricht.«

Sie begann ihren Kopf zu schütteln, aber Pam bat alle, ihre Augen zu schließen und Shona zu helfen, weit, weit zurückzureisen, bis sie sehen konnte, was sie verletzt hatte.

Shona hörte Pams Stimme. Sie sprach weiter und weiter, mal als sanfter, hartnäckiger Hintergrundton, dann flüsternd, dann laut und energisch. »Wer hat dich verletzt, Shona? Kannst du dich daran erinnern, wer dir diese Schmerzen zugefügt hat?« Jemand stöhnte. Shona ließ sich treiben. Sie hatte das seltsame Gefühl zu schweben, dann –

Sie schrie auf und sah auf ihre Hände. Ein frisch geschwollener Streifen lief von den Halbmonden ihrer Nägel bis knapp unter den ersten Knöchel ihrer Zeigefinger. Ein Dachboden. Ein donnerndes Geräusch. Ein Kugellager. Eine Laufschiene. Sie wusste es jetzt.

13. Kapitel

Mike sah auf seine Uhr. Acht Uhr dreißig. Sie hatten wahnsinnig viele Reaktionen auf die im Fernsehen übertragene Bitte um Information über den Jungen erhalten, und vielleicht zwanzig Anrufer oder mehr hatten auf die Ähnlichkeiten zwischen diesem Fall und dem eines Jungen, der in Chesire vor seinem eigenen Haus verschwunden war, hingewiesen. Ein Telefonat mit *Granada TV,* währenddessen er ein halbes Dutzend Mal weiterverbunden wurde, war nötig, bevor er jemanden erreichte, der ihm etwas darüber sagen konnte.

Sie gab ihm die Namen der ermittelnden Beamten, und er hatte sich mit ihnen in Widnes verabredet. Er wurde in die Kantine geführt, wo ein paar Leute frühstückten. »Das da drüben ist Weston«, sagte die Polizistin und zeigte auf einen Mann mit einem Bauch, der gerade ein englisches Frühstück mit Toast aß.

»Mike Delaney«, sagte er und hielt seine Hand hin.

Weston leckte seine Finger und wischte sie an einer Papierserviette ab, bevor er sie nahm. »Ich hoffe, es stört Sie nicht«, sagte er, »aber ich kann nicht ohne Futter, und um neun haben wir eine Besprechung.«

»Es war nett von Ihnen, dem Treffen zuzustimmen«, sagte Mike.

Eine Frau kam mit einem Tablett mit mehreren Toastscheiben und zwei Kaffeebechern auf den Tisch zu. Sie hatte breite Schultern und sah kräftig und hart aus, aber sie bewegte sich elegant.

»Ich hoffe, Sie mögen Kaffee«, sagte sie und gab Mike einen der Becher.

»Kaffee ist toll«, sagte er. Weston stellte sie, durch halb gekautes Brot und Eier murmelnd, vor.

»Ich spiele die Gastgeberin, in Ordnung?«, sagte sie zu Weston. »Während du dich vollstopfst.« Da Weston gerade in diesem Moment sehr am Stopfen war, konnte er nicht antworten, sondern grinste nur.

»Connors Mama rief uns am Freitag an und sagte, dass er vermisst wurde, nachdem er vor dem Haus gespielt hatte. Sie sagte uns, dass jemand etwas früher in derselben Woche versucht hatte, ihn von seiner Schule in Chester aus zu entführen. Ein Vater, der seinen eigenen Sohn abholte, sah, wie ein Mann Connor in ein Auto zerren wollte. Er ging dazwischen, und der Typ fuhr weg.«

»Niemand hat ihn erkannt?«

»Nein.«

»Haben Sie ein Foto?«

Weston wischte seine Hände noch einmal ab und griff in die Aktentasche neben seinem Stuhl. »Das ist er«, sagte er. Mike nahm sein Foto von Paul heraus und legte es neben das von Connor.

»Das wäre geklärt«, sagte er. »Es ist nicht derselbe Junge.«

»Nein, aber sie könnten Zwillinge sein«, flüsterte Lisa Calcot.

»Vielleicht könnten Sie es Connors Mutter zeigen«, schlug Mike vor und gab Weston das Foto von Paul. »Falls sie verwandt sind, könnte eine Verbindung bestehen.«

»Sicher«, sagte Weston und steckte beide Fotos wieder in den Ordner. »Sie wissen, dass unser Junge wieder aufgetaucht ist?«

»Das ist etwas übertrieben«, sagte Lisa. »Seine Mama sagt, dass er bei seinem Vater sei, aber wir haben bisher weder mit ihm noch mit dem Jungen gesprochen.«

»Aber es gab doch bereits einen Entführungsversuch«, sagte Mike. »Der war echt.«

»Sie denken, der Kidnapper hatte den falschen Jungen erwischt, nicht wahr?«, fragte Lisa. Sie hatte aufgehört, an ihrem Toast zu knabbern, und schenkte ihm ihre volle Aufmerksamkeit. »Ich nehme an, dass es möglich wäre, wenn man die Jungs nicht gut kennt …«

»Er hätte es zuerst bei Connor in der Schule versuchen können, erkennt seinen Fehler und versucht dann, Paul von zu Hause zu entführen. Er hat seinen ersten Versuch vermurkst, warum sollte er also beim zweiten besser sein«, schlug Weston vor.

»Schwer zu sagen, bis wir über die Reihenfolge Bescheid wissen. Wir wissen nicht, was mit Paul passiert ist – wir wissen nicht einmal, wann. Vielleicht hatte der Typ, der Connor zu schnappen versucht hat, Paul schon vorher entführt, und das Kind ist irgendwie abgehauen. Vielleicht auch nicht. Vielleicht hat der Entführer von dem Jungen alles bekommen, was er wollte – Informationen? Etwas anderes? Und ihn einfach gehen gelassen.« Mike seufzte. Zu viele Es-könnte-Sein, Was, Wenn und Vielleicht.

»Machen Sie Fortschritte dabei, die Identität Ihres kleinen Jungen festzustellen?«, fragte Lisa Calcot.

»Ich treffe heute Morgen jemanden.« Mike bewegte den Kopf. »Hoffentlich ...« Er runzelte die Stirn. »Connors Mutter?«

»Eine hartherzige Schlange«, sagte Lisa ungerührt.

Weston lachte. »Lisa und Mrs Harvey haben nicht ganz dieselbe Wellenlänge.«

»Und wie lautet Ihre Meinung über sie?«, fragte Mike.

Weston sog Essensreste aus seinen Zähnen. »Sie ist eine eigensinnige Frau«, sagte er lächelnd, weil Lisa das Gesicht verzog.

»Eigensinnig genug, um versuchen zu wollen, mit Entführern zu verhandeln?«, fragte Mike.

14. Kapitel

»Kennen Sie diesen Jungen?«, fragte der Moderator. Pauls Foto starrte aus dem Bildschirm. »Man hat ihn letzten Samstag früh morgens im Schlafanzug gefunden, als er im Garston-Viertel in Liverpool durch die Straßen irrte. Er war offensichtlich in Not und weigerte sich zu sprechen. Trotz täglicher Therapie ist der

Junge noch nicht in der Lage, der Polizei zu erzählen, was ihm passiert ist, so dass seine Herkunft immer noch im Dunkeln liegt. Falls Sie über Informationen verfügen, die helfen könnten, den Jungen wieder zu seiner Familie zurückzubringen, rufen Sie die Nummer der Merseyside Police an. Alle Angaben werden vertraulich behandelt. Die Nummer ist –«

Mike Delaney hielt das Band an und schaltete den Fernseher aus.

»Wir hatten hunderte von Anrufen nach diesem Aufruf«, sagte er, »es war eine sehr mühsame Arbeit, jedem auf den Grund zu gehen, aber wir wollten den Jungen nicht durch Spaßvögel und Leute, die Aufmerksamkeit suchen, verunsichern, also mussten wir sicherstellen, dass die Anrufer es ernst meinten. Deswegen hat es bis heute gedauert.«

»Ihr habt seine Eltern gefunden?«, fragte Jenny und lehnte sich interessiert vor. Das Zimmer, das für die Fallbesprechung genutzt wurde, war brechend voll. Abgesehen von dem unabhängigen Vorsitzenden und der Protokoll führenden Sekretärin, waren Repräsentanten aller mit Pauls Fall befassten offiziellen Stellen da: der Arzt, der Paul untersucht hatte, als er ins Krankenhaus gebracht worden war, ein Vertreter der Stadt, einer vom Schulamt und einer vom Gesundheitsamt, Pauls Sozialarbeiter, Mike als Vertreter der Polizei, Max, Fraser und Jenny und Gina Vance, die zuständige Vorgesetzte im Sozialamt. Roz, Jennys und Frasers Verbindungsmann, war in letzter Minute aufgetaucht.

Mike fühlte Schweiß zwischen seinen Schulterblättern bis zu seinem Hosenbund hinunterlaufen. *Scheiß drauf,* dachte er. Er lockerte seinen Schlips und öffnete den obersten Knopf an seinem Hemd. »Gibt es einen Grund, weshalb ich die Tür nicht öffnen sollte?«, fragte er.

»Dutzende«, sagte Max auf seine charakteristische, trockene Art. »Aber im überwältigenden Interesse der Gesundheit denke ich, dass Sie es müssen.« Er hatte sein Jackett ausgezogen und trug ein kurzärmeliges Hemd, das seltsam unpassend zu der Förmlichkeit seiner gelben Fliege wirkte. Seinen Spaß-Button, mit einem Knopf, der »Raindrops Keep Falling on my Head« spielte, wenn man ihn drückte, hatte er von seiner Jacke auf die Hemdtasche gesteckt. Während sie auf Mike Delaney gewartet hatten, hatte er ihn dem Rest der Versammelten vorgeführt.

Die Abwechslung, die der Wortwechsel zwischen Mike und Max gebracht hatte, schien die Gruppe zu entspannen. Gina Vance grinste und griff nach dem Eiswasser. »Ich bin froh, dass jemand genügend gesunden Menschenverstand hatte, es vorzuschlagen.«

Sie mussten die Tür festklemmen, aber der kühlende Effekt des Zuges war schlicht fantastisch.

»Okay, haben wir seine Eltern gefunden?«, fragte Mike und wiederholte damit Jennys Worte. »Um ehrlich zu sein, noch nicht. Aber wir glauben, dass wir seinen Namen wissen.«

Es gab eine allgemeine Bewegung, ein fast sichtbares Anheben der Stifte.

»Alain Fournier«, sagte Mike und buchstabierte langsam beide Namen für alle Interessierten.

»Hm«, sagte Max. »Wie der Schriftsteller.«

»Das hat sein Rektor auch gesagt. Ich kann nicht behaupten, schon mal von ihm gehört zu haben.«

»Er starb früh«, sagte Max.

»Rektor?«, unterbrach Fraser ärgerlich. Er war schlecht gelaunt, seit er aufgestanden war. »Sein Rektor hat ihn identifiziert?«, fragte er.

»Er geht auf die Harcourt Vorschule in Mossley Hill. Eine Privatschule. Nicht billig.«

Mike besuchte den Rektor, Mr Radleigh, und seine Frau sofort nach seiner Unterhaltung mit der Kriminalpolizei Chesire. Die

Schule lag in einer ruhigen Straße, die elegant von einer nur wenig stärker befahrenen Straße abzweigte und die eine viertel Meile weiter westlich wieder auf die Hauptstraße stieß. Er nahm an, dass sie aus viktorianischer Zeit stammte: alles roter Backstein und falsche Zinnen, geradezu fantastisch auf ihre Art und in dieser Vorortecke ganz bestimmt völlig unerwartet. Sie lag hinter einer hohen Sandsteinmauer und einer perfekt geschnittenen Buchenhecke versteckt. Die Zufahrt, schwarzer Asphalt mit rosa Steinen versetzt, hatte einen fürstlichen Schwung und am Ende einen spektakulären Rundbogen, in den das Schulwappen aus Begonien und Buchsbaum gepflanzt war. Es gab genug Platz für zwei Fahrspuren und Bodenschwellen, die wohl Eltern, die zu spät mit ihren Lieblingen dran waren, davon abhalten sollten, zum Haupteingang zu rasen.

Er parkte vor dem Hauptgebäude und studierte die Details der Umgebung, während er sein Auto zuschloss. Das Hauptgebäude schien ein einziges Rechteck in der Länge der Straße zu sein. Rechts dahinter stand ein niedriges, solide aussehendes Haus. Ein bisschen weiter die Zufahrt entlang, schräg zu dem Schulgebäude, stand noch ein moderner Bau mit einer reflektierenden Glasfassade, von dem Mike annahm, dass es eine Art Turnhalle oder vielleicht auch ein Schwimmbad war. Es spiegelte den klar blauen Himmel und die Schäfchenwolken wider sowie sehr eindrucksvoll die besten Teile des Hauptgebäudes. Er konnte das Brummen eines Rasenmähers irgendwo in der Nähe hören und fragte sich, ob hinter der Vorderseite Felder waren.

Der Eingang der Schule führte durch eine mächtige zweiflügelige Eichentür mit Ziernägeln und riesigen, mit Kleeblättern dekorierten Eisenbeschlägen. Er ging die Treppe hinauf, klingelte beim *Sekretariat des Rektors* und wurde von einer großen Frau mit mausgrauen Haaren über den Asphalt und einen schönen, lavendelgesäumten Weg zum Haus geführt. Die vergitterten Fenster glänzten in der frühen Morgensonne, und der Lavendelduft wehte zu ihm hinauf, als er die Blüten mit seinen Hosenbeinen streifte. Das hier, dachte er, ist was anderes als das schäbige, undichte Flachdachgebäude aus den Sechzigern, in dem er zur Schule gegangen war.

Der Rektor öffnete die Tür. Er war jünger, als Mike erwartet hatte, und groß. Leger, aber perfekt gekleidet mit Khakihosen und Poloshirt, sah er aus, als ob er für einen Vormittag auf dem Golfplatz bereit wäre. Mike fragte zuerst, warum es bis Donnerstagabend gedauert hatte, bis sie die Polizei angerufen hatten.

Mr Radleigh rieb seinen Nacken. »Wir waren ein paar Tage in London. Kamen erst am Donnerstagmorgen zurück. Wir sind im Wohnzimmer.« Er führte Mike durch einen getäfelten Flur in ein großes und strahlendes Zimmer, das Mikes Mutter einen ›Salon‹ genannt hätte. Nur, dass er sehr viel größer war als jedes beste Zimmer, das sie je gehabt hatten. Es musste an die fünfundzwanzig Fuß lang sein, und der Schimmer des gewachsten Holzes schien mit dem warmen Glanz der Kupfer- und Messingteller zu konkurrieren, die entlang der Wände auf Regalen standen.

Mrs Radleigh saß auf einem pastellfarbenen Seidensofa. Sie lächelte Mike zu, als ihr Ehemann sie vorstellte, und goss dann Tee ein.

»Meine Sekretärin hatte ein paar Anrufe von Eltern bekommen, die glaubten, es könnte Alain sein, aber wir konnten nichts dazu sagen«, fuhr der Rektor fort. »Wir sehen nicht viel fern – selbst wenn wir hier sind –, es ist fast so, wie die Welt durch seinen Briefkasten zu betrachten, finde ich immer. Und während des Schuljahres ist so viel zu tun.«

»Aber Sie haben sein Bild gesehen – wenn nicht im Fernsehen, wo dann? Im *Echo*?«

Radleigh schüttelte den Kopf. »Wir haben die Zeitungen abbestellt, aber Joanne – meine Sekretärin – hat einen Vater ausfindig gemacht, der geistesgegenwärtig die Sendung aufgenommen hatte. Anscheinend gab es eine Vorschau zu Beginn der Sendung, in der Alains Bild kurz gezeigt worden war, und deshalb ...« Er hörte auf, er hatte gemerkt, dass er abschweifte, dass er mehr erklärte, als nötig war, und sich gegenüber dem Polizisten rechtfertigte, obwohl es dafür keinen Grund gab.

Mike nickte. Die Hotline hatte einen Anruf von jemandem erhalten, der den Jungen Alain Fournier nannte, aber andere waren genauso sicher, dass er jemand anderes war, also war eine Überprüfung notwendig, bevor etwas getan werden konnte.

»Milch oder Zitrone, Sergeant?«, fragte Mrs Radleigh.

»Milch, danke schön.«

Mrs Radleigh machte seinen Tee fertig. Sie lächelte, als sie ihm die Tasse reichte. Das muss jahrelanges Training sein, dachte er. Das Teeritual, das liebenswürdige Lächeln, ohne einen Tropfen zu verschütten. Jahrelanges geduldiges Üben. Er probierte den Tee und bemühte sich, das Gesicht nicht zu verziehen. Er war bitter, obwohl er leicht nach Blumen oder einem süßen Gewürz roch – kein Vergleich zu seinem gewöhnlichen Gebräu –, und er war fast dankbar für den starken Geruch von Bienenwachs und Zigarren, der im Zimmer lag und den seltsamen Geschmack überlagerte. Das Zimmer war kühl, trotz der Hitze draußen: Es lag südwestlich, und die Morgensonne fiel nicht durch die Fenster. Mike erinnerte sich an einen Ausspruch seiner Mutter über die Engländer: »Geiz oder Sturheit, ich weiß nicht was, aber von Mai bis September sieht man kein Feuer im Kamin eines Engländers.«

Ihre Meinungen über die Engländer stammten aus ihrer Zeit als Dienstmädchen in Irland und waren durch die Jahre im Grunde unverändert geblieben.

»Sie sind sicher, dass der Junge Alan Fournier ist?«, fragte Mike.

»*Alain*«, korrigierte Mr Radleigh. »Wie der Schriftsteller.

Seine Mutter ist Französin. Alain spricht fließend Französisch.«

Mike trank seinen Tee und blickte verstohlen zu Mrs Radleigh. Sie trug ein schlichtes Leinenkleid mit einer passenden kurzärmeligen Jacke. Eine teuer aussehende Brosche steckte an einem Aufschlag. Goldene Ohrringe und eine passende einfache Goldkette leuchteten auf ihrer blassen Haut.

»Was ist mit seinem Vater?«, fragte er. »Ist er in der Nähe?«

Der Rektor und seine Frau sahen sich an. »Sie sind geschieden«, sagte Mr Radleigh. »Als Madame Fournier Alain bei uns angemeldet hat, hat sie darauf bestanden, ihren Mädchennamen zu benutzen. Wir haben zwar nach dem Namen des Vaters gefragt – es ist hilfreich, mehr als eine Kontaktadresse zu haben, wenn es Probleme beim Kassieren der Gebühren gibt –, aber sie hat diese Spalte im Anmeldeformular leer gelassen, und wir haben nicht darauf bestanden.«

»Ich hätte gern eine Liste mit Namen und Adressen von Alains Klassenkameraden«, sagte Mike.

Mrs Radleigh räusperte sich. »Wir müssen natürlich nach einem elterlichen Einverständnis fragen, bevor wir solche Details herausgeben.«

»Mrs Radleigh«, sagte Mike, »wir wissen nicht, was mit dem Jungen passiert ist, aber es muss ziemlich schrecklich gewesen sein, wenn er mitten in der Nacht meilenweit von seinem Zuhause weggelaufen ist, unfähig oder unwillig zu sprechen.«

Mrs Radleigh runzelte die Stirn. Ihre Haare, eine erstaunliche Konstruktion aus einer Dauerwelle und Haarspray, zitterten richtig vor Entrüstung über den Widerspruch. Mr Radleigh ging auf ihn zu. »Ich bin sicher, dass unsere Eltern bemüht sein werden, alles zu tun, um zu helfen, Sergeant«, sagte er lächelnd. »Ich nehme an, Sie haben bereits ein oder zwei Namen von Ihrer Hotline ...«

Mike sah ihn scharf an. Die blassblauen Augen des Rektors

zeigten argloses Interesse. »Die vollständige Liste wäre schön«, sagte Mike.

»Sie bekommen sie.« Eine höfliche Verbeugung lag darin, nur in der Vorstellung, aber sie rief das deutliche Bild hervor, wie der Rektor die Eltern hofiert; wie er mit leichter Eleganz auf einer Feier umhergeht, hier ein paar gepflegte Worte wechselt, ein oder zwei Augenblicke Konversation dort, bevor er weitergeht, schmeichelnd und unterhaltend, während er Cocktails verteilt.

»Haben Sie Fotos von den Kindern in Ihren Unterlagen?«

»Natürlich!« Radleigh schlug sich auf die Stirn. »Es ist mir nie in den Sinn gekommen. Seins ist recht neu, was hilfreich sein sollte – er ist erst seit acht Monaten bei uns. Sie können es von meiner Sekretärin bekommen, wenn wir wegen der Klassenliste rübergehen.«

»Ist in der Schule in den letzten Wochen irgendetwas Ungewöhnliches passiert – jemand, der hier herumgelungert ist, Einbrüche?«

Der Rektor sah mit leicht erhobenen Augenbrauen auf seine Frau. Sie schaute mit großen Augen zurück. »Nichts. Wir haben ab und an Probleme mit Jugendlichen aus Aigburth und Garston, die über die Mauer springen, um zu sehen, ob es was gibt, das sich zu stehlen lohnt, aber wir haben jetzt einen fest angestellten Nachtwächter – einen ehemaligen Polizisten, von der Hundestaffel –, er hat zwei gut trainierte Hunde.«

»Hätte er es gemeldet, falls er irgendwelche Schwierigkeiten gehabt hätte?«

»Wir haben jeden Morgen vor Schulbeginn eine Besprechung.«

Mrs Radleigh sah ihren Mann an und dann bescheiden zur Seite, während sie etwas für Mike Unverständliches murmelte.

»Oh, ja«, sagte Radleigh. »Danke, Liebling. Ein paar Jungs haben vor ein paar Nächten versucht, einige Stühle aus dem Pavillon zu stehlen, aber abgesehen davon war nichts in den letzten zwei Wochen.«

»Und was war tagsüber? Keine Herumlungerer am Tor, keine unbekannten Gesichter?«

»Wir haben Angestellte am Haupteingang, um sicherzustellen, dass die Jungs ordentlich kommen und gehen. Sie hätten mir etwas Verdächtiges während der Besprechung in der Pause gemeldet.«

»Fanden Sie es nicht seltsam, dass Alain am Montag nicht in der Schule erschien?«, fragte Mike.

»Ich hätte es seltsam gefunden, *wenn* er erschienen wäre. Sehen Sie, das Schuljahr in Harcourt war letzten Donnerstag zu Ende, Sergeant.«

Radleighs Frau machte eine fahrige Handbewegung und murmelte etwas wie: »Denkst du, wir sollten …?«

Mr Radleigh runzelte die Stirn. »Wenn du glaubst, dass es relevant sein könnte …«

»Oh, aber *sicher*, Liebling.«

Mike schaltete sich ein, er war ungeduldig, weil das Gespräch weiterging, als ob er zwischenzeitlich blind und taub geworden wäre. »Es ist schwer zu beurteilen, was relevant ist, bevor es gesagt wurde. Manchmal sogar noch danach.«

»Stimmt«, sagte Radleigh und fuhr mit einer Hand über seinen Hinterkopf, er dachte wohl, dass es ein Haar geschafft hätte, seinen angestammten Platz zu verlassen. Seine Hand landete schließlich im Nacken und blieb dort. »Wir müssen den Sergeant selbst entscheiden lassen. Sehen Sie, Sergeant Delaney, selbst wenn es mitten im Schuljahr wäre, wären wir nicht besonders überrascht über Alains Fehlen gewesen.«

Er machte eine Pause. Mike sah, dass der Rektor sich unwohl dabei fühlte, etwas Vertrauliches preiszugeben. »Wenn Sie uns etwas über Alains familiären Hintergrund erzählen würden, könnte das vielleicht helfen, seine Mutter ausfindig zu machen, und den Leuten, die mit ihm arbeiten, eine größere Chance zu geben, zu ihm durchzudringen«, sagte er.

»Ja, das kann ich mir vorstellen.« Er nahm seine Hand wieder herunter und atmete tief ein, bevor er weitersprach. »Madame Fournier lässt Alain recht häufig ohne Erlaubnis zu Hause.«

»Ach ja? Was haben Sie deswegen unternommen?«

»Wir haben natürlich eine Beschwerde eingereicht. Es stört die Ausbildung des Jungen, wenn er zwei oder drei Tage hintereinander nicht zur Schule kommt, aber schlussendlich gibt es nicht viel, was wir *tun* können.«

»Es gibt Gesetze über unerlaubtes Fehlen in der Schule, Mr Radleigh.«

Radleigh lächelte. »Wir sind keine staatliche Schule, Mr Delaney. Wir sehen uns gerne als etwas flexibler.«

»Sie bezahlt die Gebühren pünktlich, oder?«

Die Bemerkung war als Beleidigung gemeint, aber Radleigh nahm es mit einem Lächeln und einem Nicken hin. »Ich streite nicht ab, dass das relevant ist. Privatschulen machen überall im Land zu; selbst in den wohlhabenderen Merseyside-Regionen kam es in den letzten paar Jahren zu Schließungen, aber ich denke, Sergeant, dass wir mit Sicherheit das Beste aus unseren Jungen herausholen, selbst mit einer lockeren Einstellung zu gelegentlichem Fehlen.«

»Das glaube ich«, sagte Mike – ohne Ironie. »Also, warum lässt sie ihn zu Hause? Krankheit? Urlaub, oder was?«

»Madame Fournier ist geschäftlich oft in Frankreich und Italien. Sie ist Innenarchitektin, und sie kauft Keramik, Töpferwaren und Stoffe auf dem Kontinent. Sie lässt den Jungen ab und zu bei uns in Pflege, aber –« Er zuckte mit den Achseln.

»Bei Ihnen in Pflege lassen?«, fragte Mike. »Ist das hier denn ein Internat?«

»Wir haben externe und interne Schüler – vierzig Vollzeit-

und fünfzehn …«, er drehte sich zu seiner Frau um, »… es sind fünfzehn, Liebling?«

Er wandte sich nach der Bestätigung wieder zu Mike. »Fünfzehn Wochenschüler.«

Er stellte seine Tasse und Untertasse auf einen Tisch mit dünnen Beinen und machte sich ein paar Notizen, während Mr und Mrs Radleigh höflich warteten.

»Wir haben ein kleines zusätzliches Zimmer, ein paar freie Betten für Notfälle, aber Madame Fournier zieht es vor, Alain nicht hier zu lassen, wenn sie es vermeiden kann.« Er zögerte, und Mike sah auf.

»Sir?«

Radleigh schaute zu seiner Frau, aber sie sah weg und überließ ihm die Entscheidung, zu reden oder zu schweigen. »Alains Mutter ist manchmal etwas überfürsorglich zu dem Jungen.«

»Ist das alles?« Es war still. »Der Junge spricht nicht mit uns, Mr Radleigh.«

»Das ist nur ein Eindruck, Sergeant Delaney …«

»Hören Sie, was immer Sie mir erzählen können …«

Radleigh hielt inne und ordnete seine Gedanken. »Ich werde Ihnen so viel sagen: Alain war – ist – ein netter, ruhiger, fleißiger kleiner Kerl. Er bringt ein Zimmer nicht gerade zum Leuchten, wenn er eintritt, aber er wird gemocht und er hat Freunde. Er war nie ein Problemfall in der Schule – außer, wenn seine Mutter da ist.«

»Ach ja?«

»Tatsache ist, dass er angespannt, nervös – vielleicht sogar ängstlich wirkt, wenn seine Mutter da ist.« Er zuckte die Schultern. »Vielleicht bin ich unfair …« Mrs Radleigh murmelte etwas, um zu bestätigen, dass er das nicht sei.

»Ab und zu trifft man auf ein Elternteil, meistens eine Mutter, die einem lange erklärt, dass ihr kleiner Junge empfindlich, sensibel und nervös ist – und doch haben wir einen völlig anderen Eindruck von dem Kind. Oftmals ist es eine Art Projektion ihrer Ängste auf das Kind. Wir haben versucht, sie davon zu überzeugen, ihn für ein Schulhalbjahr bei uns zu lassen, aber sie wollte nichts davon hören.«

»Sie sagte, sie brauche ihn in ihrer Nähe.« Mrs Radleighs Gesichtsausdruck zeigte, dass sie ihr weder glaubte noch ihr Sympathie entgegenbrachte.

»Ist im Moment ein Schüler hier?«, fragte Mike.

»Wie ich bereits gesagt habe, Sergeant«, sagte Radleigh geduldig, »das Schuljahr ging vor einer Woche zu Ende.«

»Und keiner der Jungs wurde verspätet abgeholt?«

Sie lachten beide. »Wir mögen unsere Jungs wirklich *sehr*, Sergeant«, sagte der Rektor, »aber *das* würden wir nicht erlauben.«

»Nicht mal einen oder zwei Tage zu spät, vielleicht Samstagmorgen?«

»*Worauf* wollen Sie hinaus?«, wollte Radleigh wissen und verlor für einen Moment seine gute Laune und seine perfekten Manieren. »Dass Alain Freitagabend bei uns geschlafen hat und wir ihn weglaufen ließen, ohne etwas dagegen zu unternehmen? Schlimmer noch, ohne sein Verschwinden der Polizei zu melden?«

Mike hörte Mrs Radleigh nach Luft schnappen, dann rief sie: »Was für eine seltsame Idee!«

»Wer kümmert sich um die Internen?«, fragte Mike, entschlossen, dieser seltsamen Idee auf den Grund zu gehen.

»Canon Jones«, sagte Radleigh.

»Ein Vikar, oder?«

»Canon ist sein Spitzname.«

»Warum wird er Canon genannt?«

»Ich glaube, es hat irgendetwas mit einem Fernsehdetektiv aus den Siebzigern zu tun – vor unserer Zeit. Hören Sie, ist das wirklich relevant?«

»Wie ich bereits sagte ...«

»Ja, ja«, unterbrach Radleigh. »Es ist schwer zu beurteilen.«

»Wie lange sind Sie schon hier?«, fragte Mike.

»Zwölf Jahre.«

Lange genug, um zu wissen, was er tut. Und lange genug, um rausgeworfen worden zu sein, falls er sich nicht angepasst hätte. »Wo ist Madame Fournier jetzt?«, fragte er.

»Das weiß ich wirklich nicht.« Radleighs Tonfall klang ehrlich entschuldigend. »Während der Ferien wissen wir nichts über die Pläne der Familien.«

Mike nickte. »O. K. Ich würde gerne mit ›Canon‹ Jones sprechen.«

Sie gingen ins Sekretariat, um Mike Kopien der Schulunterlagen über Alain mitzugeben.

Mike sah der Sekretärin über die Schultern, als sie die Akten durchging. »Könnten Sie mir auch Formulare oder Briefe kopieren?«

Sie antwortete nicht, sondern sah für eine Erlaubnis zum Rektor, dann gab sie Mike ein Foto von Alain – Paul, wie Mike ihn kannte –, bevor sie aufstand, um zum Fotokopierer zu gehen.

»Es sieht ihm sehr ähnlich«, sagte er. »Ich nehme das Original mit, wenn es geht. Wir werden Kopien machen und es Ihnen zurückgeben.«

Radleigh brachte ihn persönlich zu Canons Wohnung. Ob er das tat, weil er der Sekretärin nicht traute, dass sie ihren Mund hielt, oder weil es ein weiteres Beispiel seiner traditionellen Höflichkeit war, die Mike sowohl charmant als auch nervend fand, konnte Mike nicht wissen, aber er war froh über die Begleitung: Die Schularchitektur war sehr verwirrend – ein Durcheinander von Türen, Korridoren und schmalen Treppen, die zu einzelnen Zimmern oder Abstellräumen zu führen schienen. Der Rektor war ganz still; Mike fühlte, dass er mit etwas kämpfte, und überlegte, ob er das, was ihm durch den Kopf ging, sagen sollte.

»Was auch immer es ist, am besten, Sie sagen es.« Er blickte zum Rektor. »Falls es uns hilft, herauszufinden, was mit Alain passiert ist ...«

Radleigh nickte ernst. »Die Sozialarbeiter werden es Ihnen sicher schon gesagt haben, aber ... Alain ...« Er hielt inne. »Wenn Jungen hier übernachten, merkt man – wir bestehen darauf, dass sie ein Bad nehmen, wenn sie hier bleiben – selbst wenn es nur für eine Nacht ist.«

»Sie haben die Narben bemerkt.«

»Das verantwortliche Personal hat sie bemerkt, und sie haben es mir natürlich sofort gemeldet. Einige sahen wie Verbrennungen durch Zigaretten aus.« Er schüttelte sich. »Er leidet auch an Enuresis.«

»Enu ...?«

»Bettnässen. Natürlich ist er erst acht, aber bei unseren Jungen ist es relativ ungewöhnlich.«

»Und ein Zeichen von psychischen Störungen. Ja«, sagte Mike, »so heißt es.«

Canons Zimmer lagen in der hinteren Ecke des Hauptgebäudes, und das war ein Labyrinth aus Korridoren und Kabäuschen, Treppen und Gängen.

»Ein Teil des Personals wohnt hier«, erklärte Radleigh. »So viele, wie nötig sind, um sich um die Internen zu kümmern.«

Nachdem sie zum Haupteingang hineingekommen und ein paar Mal abgebogen waren, gingen sie einen langen Korridor hinunter; es schien, als ob das Schulgebäude in Form des Buchstabens E gebaut war. Das glänzende Fischgrätenparkett sah frisch poliert aus, der Wachsgeruch hing schneidend in der Luft. Seine eigenen Schulkorridore rochen in seiner Erinnerung nach geräuchertem Schellfisch und gegartem Pudding, die Klassenzimmer nach altem Schweiß und frischen Fürzen. In

Harcourt schien es, als ob alle unappetitlichen Gerüche durch die energische Aufmerksamkeit der Putzkolonne vernichtet würden, der beeindruckend viele Leute angehörten, die man jedoch nur von weitem sah.

Mike schaute sich die Ölgemälde an, die an den Korridorwänden hingen. Jedes hatte ein kleines Schild mit Erläuterungen.

»Frühere Rektoren und ehemalige Schüler, die sich um die Gesellschaft verdient gemacht haben«, sagte Radleigh und fügte nach einem Augenblick des Nachdenkens hinzu, »oder um die Schule.« Er ging die Führung für interessierte Eltern durch. Die Pausen und die geschickten, zurückhaltenden Witze waren gut geprobt, und er konnte sich normalerweise darauf verlassen, dass hier gelacht wurde. Außer, die ›Interessierten‹ waren Ausländer oder unterhalb der unscharfen Grenze zwischen Mittel- und Arbeiterklasse. Manchmal ließ er in einem solchen Fall die Bemerkung weg – er hielt sich nicht für einen Snob, aber er sah keinen Sinn darin, sich oder die Besucher durch einen Witz, den sie nicht verstanden, zu blamieren.

Mike grummelte. Wenn seine alte Schule Bilder von Ehemaligen aufgehängt hätte, wären das wohl hauptsächlich Fahndungsfotos.

Am Ende des Korridors lagen zwei breite Treppenaufgänge, beide aus Holz, beide frisch gewachst. »Die linke Treppe führt zu den Schlafsälen, die rechte zu den Personal-Schlafzimmern.«

Sie gingen die rechte Treppe hinauf, und als er nach links blickte, bemerkte Mike eine Verbindungstür zu den Schlafsälen.

»Sie ist nachts unverschlossen«, sagte Radleigh. »Falls ein Junge den Aufseher braucht.«

Mr Jones' Zimmer befanden sich am Ende eines dunklen, knirschenden Flurs, ein paar Stufen über den anderen Schlafzimmern des Personals. Radleigh klopfte an, und nach ein paar Sekunden öffnete sich die Tür, und ein fassförmiger Mann mit einem kleinen, festgebürsteten Schnurrbart kam in den Flur gesprungen und bat sie herein. Mike verstand plötzlich die Anspielung: Frank Canon, der Fernsehdetektiv der Siebziger, dessen Wahrzeichen Fettleibigkeit war. Nachdem sie einander vorgestellt worden waren, führte er sie in ein großes und gemütlich eingerichtetes Zimmer. Es war voller Anzeichen des Junggesellendaseins: der alles durchdringende Zigarrengeruch, den Mike schon in Radleighs Wohnzimmer bemerkt hatte, Ledersofas und Messing-Leselampen und meterweise Bücher. Das Zimmer schien ein bisschen stickig, ohne frische Luft, aber es sah gepflegt aus, wie ein Raum, der regelmäßig von jemandem, der dafür bezahlt wird, geputzt wird.

Mr Jones war bereits angezogen und hatte anscheinend gerade gefrühstückt, zumindest nach dem verlockenden Geruch von Bacon und Toast zu urteilen. Es schien, als ob Mr Jones über sehr viel mehr Platz verfügte als über ein Schlafzimmer und ein geteiltes Bad, wie die meisten anderen Angestellten: An beiden Enden des Wohnzimmers waren Türen, und die Frühstücksgerüche bewiesen, dass er sogar eine eigene Küche hatte.

»Setzen Sie sich, Sergeant«, sagte Jones.

Mike ging zu einem Sessel am Fenster; das Geräusch des Rasenmähers war hier deutlicher, und durch das vergitterte Fenster konnte er einen Traktor sehen, der auf einem Feld hinter der Schule auf und ab fuhr.

»Also, was kann ich für Sie tun?«

»Haben Sie Unterlagen darüber, welche Jungen in der Schule übernachten?«, fragte Mike.

»Natürlich. Wer –«

»Wann hat Alain Fournier das letzte Mal hier übernachtet?«

»Ah.« Er sah einen Moment lang verwirrt aus.

Mike kniff die Augen zusammen. »Mr Jones?«

»Alain … Alain. Mein Gedächtnis! Na ja, es kann nicht während des Sommerhalbjahres gewesen sein, weil – na ja, weil es gerade erst vorbei ist, und ich bin mir sicher, ich würde mich daran erinnern.« Er lachte nervös, und Mike fragte sofort misstrauisch, ob er das Register der Jungen sehen könnte.

»Ja«, sagte Jones zerstreut. »Ja, natürlich.« Er schob seine Masse zur Sofaecke und hievte sich hoch. »Ich, ähm …« Er suchte in einem dunklen, grob geschnitzten Sideboard, wühlte in Papieren und stapelte Bücher übereinander, bis er gefunden hatte, was er suchte. »Hier!« Das Register war eine gebundene A4-Kladde, mit der Aufschrift *Kurzaufenthalte*. Jones blätterte. »Hier. Er war das letzte Mal vom 10. bis 13. März bei uns.«

Mike streckte seine Hand aus, und für einen Augenblick schien es, als ob der alte Mann ihm das Buch nicht geben wollte, dann reichte er es ihm, mit einem kurzen Blick auf den Rektor.

Die Einträge begannen 1996 und endeten im Sommer 1999. Jeder Tag war mit einem Linealstrich und schwarzer Tinte markiert und die Namen der Jungen von Hand vermerkt.

»Ein aufsteigender Schrägstrich für die Anwesenheitskontrolle abends, ein absteigender Schrägstrich für morgens«, sagte Jones und berührte die Buchränder, aber Mike wollte es noch nicht zurückgeben. »Wir wollen schließlich keinen der Bengel nachts verlieren!«

»Es ist viel Arbeit, jeden Tag die Namen auf diese Weise einzutragen.« Canon Jones war unruhig, und Mike wollte wissen, warum.

»Wir haben festgestellt, dass es für die Unregelmäßigen – wie wir die Kinder nennen, die nur kurz bleiben – am besten funktioniert. Man weiß von einem Tag zum anderen nicht, wer da sein wird und wer nicht. Um eine Verwechslung zu vermeiden, tragen wir alle ein, die bei der Anwesenheitskontrolle abends da sind –«

»Meine Sekretärin stellt für den Aufseher eine Liste zusammen, damit er weiß, worauf er sich einstellen kann«, unterbrach Radleigh. »Es geht schließlich nicht, dass Jungen unerwartet auftauchen.«

»Richtig«, sagte Mike, dann klopfte er auf den Eintrag vom 12. März. »Hier ist er.« Er blätterte weiter durch das Buch. Er spürte Jones' stärker werdende Nervosität, und die veranlasste ihn, sich alles noch genauer anzusehen. »Es gibt also ein Extraregister für die Regelmäßigen?«, fragte er.

»Hm«, sagte Jones. »Dasselbe wie das Tagesregister –« Dann, als ob ihm plötzlich klar wurde, dass das seine Rettung sein könnte, machte er einen Satz zurück zum Sideboard und nahm ein Standard-Schulregister heraus. »Hier steht alles! Alle Regelmäßigen sind aufgelistet, wie Sie sehen …«

Aber Mike sah es nicht. Er schaute sich den Eintrag für den 30. Juni an. Alain Fournier hatte einen aufsteigenden Schrägstrich in der ersten Spalte und eine saubere, ovale Null in der zweiten. Ein großes, rotes L war über die Null geschrieben worden.

Mr Jones war still geworden. »Ich dachte, Sie hätten gesagt, dass Alain in diesem Sommerhalbjahr nicht über Nacht geblieben wäre, Mr Jones.«

»O Gott, o Gott. Was denken Sie jetzt von mir, Sergeant?«

»Canon«, sagte Radleigh vorsichtig. »Bitte erklären Sie.«

»Ja«, sagte Mike. »Das interessiert mich.«

Canon Jones sah tief verzweifelt auf. »Ich versichere Ihnen, es hat überhaupt nichts zu bedeuten –«

Mike lachte fast laut los. »Wissen Sie«, sagte er, »Leute, die mir erzählen, was relevant ist und was nicht, fangen langsam an, mir richtig auf die Nerven zu gehen.«

Mr Jones schüttelte seinen Kopf. Er sah aus, als ob er den Tränen nahe war. »Alain blieb tatsächlich in der Nacht vom 30. Juni bei uns. Ich befürchte …«, sagte er, mehr zum Rektor als zu Mike, »er fehlte bei der morgendlichen Anwesenheitskontrolle. Wir haben ihn im ganzen Gebäude gesucht – Sie können es sich nicht vorstellen, wir waren verzweifelt, aber er war nicht zu finden. Schließlich schlug einer der Jungen vor, wir sollten es mal im Pavillon versuchen.« Er runzelte die Stirn, sehr verlegen. »Wir fanden ihn schlafend auf einer der Bänke. Es war nur das Missgeschick eines Schlafwandlers, so etwas passiert eben ab und zu, wenn die Jungen in einer unbekannten Umgebung sind. Es war *nichts* Unheimliches dabei.« Er drehte sich von Mike weg und wandte sich direkt an Radleigh. »Es war nicht nötig, es zu erwähnen. Ein kleiner Zwischenfall, nichts passiert.«

»Wenn ein Junge fehlt, ist es immer nötig, mir das zu berichten«, sagte Radleigh streng. Dann: »Wir sprechen noch darüber.«

Mr Jones murmelte ein demütiges »Ja, Herr Rektor«, während Mike die restlichen Seiten des Registers durchblätterte. Alain hatte nach dem 30. Juni nicht mehr in der Schule übernachtet.

»Gut«, sagte Mike, an Jones' Stelle peinlich berührt. »Ich denke, ich habe alles, was ich brauche.«

»Lassen Sie mich Sie zur Tür begleiten, Sergeant«, sagte Radleigh, aber er nahm seine Augen nicht von Jones. Mike widersprach ohne innere Überzeugung, denn er war sich nicht sicher, den Weg zurück ohne Führer zu finden, also lehnte er nicht ab, als der Rektor sagte: »Ich bestehe darauf. Das hier kann warten.«

Am Fuß der Treppe drehte sich Radleigh zu ihm um. »Mr Delaney, ich kann mich nur entschuldigen. Ich versichere Ihnen ...«

Mike unterbrach ihn. »Mr Radleigh, vielleicht ist es wichtig, dass Alain schlafwandelt, vielleicht nicht – es könnte etwas damit zu tun haben, was ihm passiert ist, oder warum er auf der

Straße herumlief, aber da er zu dem Zeitpunkt nicht in Ihrer Obhut war …« Er sah auf seine Uhr. »Ich habe um halb elf einen Termin. Ich werde im Berufsverkehr wohl eine halbe Stunde brauchen.«

»Natürlich, es tut mir Leid, Sie aufgehalten zu haben. Ich kann Ihnen versichern, dass ich mich um diese Verletzung der Aufsichtspflicht *kümmern* werde.«

»Daran zweifle ich nicht.«

Radleigh nickte, hustete. »Werden Sie zu Alains Heimatadresse fahren, bevor Sie zu Ihrem Termin gehen?«

»Ich wünschte, das könnte ich.« Er war hier mit den Ermittlungen so weit gekommen, dass er sie gerne weitergeführt hätte, zumindest bis zur Befragung der Mutter. Falls sie in vernehmungsfähigem Zustand war. »Aber ich kann diesen Termin nicht versäumen. Das Krankenhaus wird wissen wollen, dass wir einen Namen für den Jungen haben.«

15. Kapitel

»Sieht aus wie Raubmord«, sagte Sallis. Er hatte den Tatort verlassen, das Haus nach Indizien untersucht und dann Bericht erstattet, zuerst Detective Inspector Crank, der der Hauptverantwortliche in dem Fall war, und dann Mike, im Krankenhaus.

Mike und Sallis unterhielten sich in einem kleinen, brütend heißen Büro neben dem Konferenzraum, aber es gab zu viele zwingende Gründe, die Tür geschlossen zu halten, um sie der Bequemlichkeit halber zu ignorieren. Sallis hatte die Fallbesprechung unterbrochen, und Mike wusste, bevor Sallis ein Wort gesagt hatte, er sah es seinem Gesichtsausdruck an, dass eine Leiche gefunden worden war.

»Geld lag verstreut herum, und in ihrer Handtasche fehlte der Geldbeutel.« Er hatte gewartet, bis die Spurensicherung gekommen war, um es zu bestätigen. »Wahrscheinlich die Kreditkarten und alles andere.«

»Und sie ist zweifelsfrei identifiziert worden?«

Sallis nickte. »Von der Putzfrau. Sie kam mit ihrem eigenen Schlüssel um halb zehn und hat die Leiche gefunden.« Er schluckte. Sie stand noch unter Schock, als er mit ihr gesprochen hatte, wischte immer wieder mit einem Tuch über ihre Hand und wiederholte ständig: »Ich dachte, ich hätte eine Bewegung gesehen. Ich habe sie angefasst ... Unter ihrer Haut war ... Um Gottes willen!« Sie zitterte stark.

Er wollte nicht daran denken. Überlass das der Spurensicherung und den Pathologen, die dafür bezahlt werden, sich so etwas anzusehen.

»Ist sie sich sicher?«, fragte Mike.

Ich habe sie angefasst. Um Gottes willen!

»Sie ist sich sicher«, sagte Sallis und schluckte noch einmal.

»Ist alles in Ordnung?«

»Es war ein Scheiß-Durcheinander, falls es dich interessiert, Mike. So eine junge Frau ...«

Es waren wahnsinnig viele Polizisten in Uniform da, als Sallis ankam. Eine Beamtin stand als Wache an der Tür. Er zeigte seine Dienstmarke und trat in den Flur. Nur, dass es kein Flur war, sondern eine Eingangshalle, wie er sie bisher nur in Filmen gesehen hatte: schwarze und weiße Kacheln in einem geometrischen Muster verlegt, die konkave Ausbuchtung der Außenwand war mit einem abstrakten gelb-schwarzen Fresko bemalt. Eine geschwungene Treppe befand sich links und wiederholte den Schwung des Eingangs, aber die makellose Schönheit der Marmorbalustrade war durch rotbraune Flecken entstellt. Er konnte es schon riechen. Der Tod durchdrang das gesamte Haus, kündigte seine Anwesenheit an, sicherte sich sein Anrecht. Ein zweiter Constable stand an der Tür zu einem Zimmer rechts von der Treppe.

»Da drinnen?«, fragte Sallis unnötigerweise; er wollte wirklich nicht in diesen Raum gehen, aber er wusste, dass er es musste, weil Inspector Crank einen detaillierten Bericht erwartete, und solche Sachen konnten nicht aus zweiter Hand kommen; das Einzige, was ihn davon abhielt, sich umzudrehen und hinauszugehen, waren Selbstachtung und ein gewisser Eigennutz. Dadurch, dass er mit dem Constable gesprochen hatte, selbst wenn es nur diese zwei Worte gewesen waren, hatte er einen Kontakt hergestellt, der es ihm erschwerte, feige abzuhauen. Sallis hatte keinen robusten Magen und fand den Tod nicht leichter, nur weil er ihm schon ein paar Mal und in verschiedenen Verkleidungen begegnet war.

Er versuchte es mit einem Trick, der manchmal funktionierte: Er sah sich den Constable an: Das Suchen nach Zeichen der Erschütterung bei anderen half ihm, seine eigene zu vergessen. Der Officer war blass. Er hatte sein Jackett ausgezogen, und an den kurzen Ärmeln seines Hemdes zeigten sich Schwitzflecken. Er schien Schwierigkeiten beim Atmen zu haben.

Kein Wunder, verdammt, schaltete sich seine innere Stimme ein. *Die Leiche ist in einem weit fortgeschrittenen Zustand. Einem sehr weit fortgeschrittenen.*

Als er näher kam, veränderte auch er seine Atmung; sie wurde flacher, er atmete kurz und schnaufend durch die Nase aus. »Hat jemand den zuständigen Pathologen angerufen?«, fragte Sallis, obwohl er die Antwort wusste, er brauchte die Worte, um sich vom Denken abzulenken.

»Er ist bei einem anderen Fall. Kommt, sobald er kann. Ein Polizeiarzt ist auf dem Weg, um den Tod festzustellen.« Der junge Officer starrte an ihm vorbei zur Treppe. Er klang angestrengt, fast so, als wäre er am Ersticken, und versuchte zu schlucken, während er sprach.

»Spurensicherung?«, fragte Sallis. Es half nicht.

»Hm.«

»Sehen Sie«, sagte Sallis, voller Mitleid für den Burschen, »warum gehen Sie nicht ein bisschen Luft schnappen? Ich werde ein Auge auf die Sache haben, bis Sie sich etwas besser fühlen. Das ist schon in Ordnung, ich werde nicht auf die Indizien trampeln ... Ich werde nur von der Tür aus schauen, O. K.?«

Er wartete, bis der Constable abgehauen war, dann nahm er ein sauberes, gebügeltes Taschentuch aus seiner Tasche, hielt es sich vor den Mund und öffnete die Tür.

Die Frau lag mit dem Kopf nach unten in einer eingetrockneten und rissigen Oase aus Blut. Sie hatte dunkles, lockiges Haar, ungefähr schulterlang, und trug ein ärmelloses Kleid. Sie war barfuß. Sallis brauchte keinen Pathologen, um ihm zu sagen, dass die Spuren an ihren Armen Schnitte waren, die von ihrer Verteidigung herrührten, genauso wenig wie er einen Polizeiarzt brauchte, um ihren Tod festzustellen.

Quer über die italienischen Bodenfliesen führten ein paar bräunliche Fußspuren zu einer Außentür. Sie stand offen. Er blickte sich in der Küche um, versuchte sich zu konzentrieren, was er aber wegen des irritierenden Brummens der Fliegen schwierig fand, die geschäftig durch die offene Tür rein und raus flogen. Die Küche hatte die Größe eines durchschnittlichen Familienrestaurants. Grüne Streifen in den Fliesen wiederholten den ausgeklügelten Effekt der rustikalen, grünen Einbauschränke. Die Wandfliesen waren ein Mosaik aus Creme, Dunkelgrün und Terrakotta mit eingestreuten Bildfliesen. Der Herd sah ebenfalls aus, als ob er in ein Restaurant gehörte: Er dominierte die Mitte des Raumes wie eine eckige Insel der Stahltechnologie in Industriequalität. Ein ernst zu nehmender Haushalt, das hier.

Er versuchte seine Augen davon abzuhalten, immer wieder zu der Leiche zu schauen, aber sie wurden ständig von diesem zentralen Punkt im Raum angezogen. Sie lag rechts von der mittleren Lache, ihr rechter Arm über ihrem Kopf, ihr linker leicht angewinkelt. Er zwang sich dazu, es noch einmal zu versuchen. Dieses Mal bemerkte er noch etwas, etwas, das halb vom Herd versteckt wurde – den Lederriemen einer Schultertasche und ein paar auf dem Boden verstreute Münzen.

»Wollen wir warten, bis Mike zurück ist, oder sollen wir weitermachen?«, fragte Jenny.

»Lass uns weitermachen«, sagte Fraser. Er war schon den ganzen Tag schlecht gelaunt und ungeduldig gewesen.

Max lehnte sich in seinem Stuhl zurück und sah in den Flur. »Nichts von ihm zu sehen. Ich stimme Fraser zu.«

»Aber falls er Neuigkeiten über Alains Eltern hat –?«

»Wiederholen wir alles noch mal«, beharrte Fraser. Jenny warf ihm einen langen, kalten Blick zu und begann dann Kopien ihrer Notizen zu verteilen; nach ein paar Minuten Stille, während der die Konferenzteilnehmer sie durchlasen, fingen Jenny und Fraser an, über Einzelheiten ihrer Beobachtungen der letzten Woche zu sprechen.

»Er – Alain –«, sie musste sich ins Gedächtnis rufen, dass er jetzt einen Namen hatte, »Alain sagt jetzt mehr, aber er spricht nicht direkt mit uns.«

»Ich habe Kinderlieder gehört – so etwas in der Richtung jedenfalls«, sagte Fraser. »Ich konnte nichts verstehen. Wenn ich jetzt darüber nachdenke, könnte es Französisch gewesen sein.«

»Die Albträume werden schlimmer«, fuhr Jenny fort. »Er hat fürchterliche Angst, aber es ist schwer, in dem, was er sagt, einen Sinn zu erkennen.«

»Jetzt, wo wir einen Namen haben, könnte das Sozialamt vielleicht Protokolle einer Missbrauchsgeschichte finden.«

»Wenn er nicht als ›gefährdet‹ registriert ist, wird er schwierig zu finden sein – auch mit einem Namen«, sagte Gina.

Max streckte seine Hände aus. »Wir könnten vielleicht das Krankenhaus suchen, das die Wunden an seinen Händen versorgt hat – aber das kann dauern.«

»Was ist mit der vorläufigen Pflegegenehmigung?«, fragte Jenny.

»Bewilligt. Ich war gestern im Gericht. Aber wir müssen mehr über den Jungen erfahren.« Gina lachte. »Ich korrigiere mich – wir müssen *etwas* über ihn erfahren.«

»Jetzt haben wir wenigstens einen Namen«, sagte Max.

Mike öffnete die Tür zum Konferenzraum. Die Diskussion über Alains Pflege war in seiner Abwesenheit weitergegangen. Was er ihnen zu sagen hatte, würde alles verändern; der Optimismus, den er wegen des Jungen gefühlt hatte, war kurzlebig und ohne Grund. Er ging durch das Zimmer und stand am offenen Fenster.

»Schlechte Neuigkeiten?«, fragte Jenny.

Mike atmete noch einmal tief ein, dann setzte er sich hin. »Die schlechtesten. Eine Leiche wurde im Haus der Fourniers gefunden. Wir haben eine sichere Identifizierung … Es ist seine Mutter.«

Einen Moment lang war es still. Fraser griff nach Jennys Hand. »Mord?«, fragte er.

»Sieht so aus. Wir müssen auf den Bericht des Pathologen warten. Oh, verdammt – ja, es sieht sehr nach Mord aus.«

Jenny warf Max einen Blick zu, der sagte: *So viel zu der Zigeunerkind-Theorie.*

Max zuckte ein bisschen mit den Schultern, dann, wieder Mike zugewandt, fragte er: »Was jetzt?«

»Wir werden versuchen, die nächsten Verwandten zu finden. Die Schule hat mir eine Kontaktnummer in Frankreich gegeben. Maurice und Dominique Fournier – ihre Eltern, wir werden zuerst mit ihnen sprechen und werden gleichzeitig versuchen, den Vater ausfindig zu machen.« In der nun folgenden

Stille wurde Mike klar, was alle denken mussten. »Wir können ihn natürlich nicht von der Liste der Verdächtigen streichen, aber es sieht mehr nach einer Zufallstat aus. Sie waren geschieden und hatten vielleicht nicht einmal mehr Kontakt. Sie könnte einen Einbrecher überrascht und mit ihm gekämpft haben, wobei sie getötet wurde.«

»Und Alain war vielleicht Zeuge«, sagte Max.

Zweiter Teil

16. Kapitel

»Genug gesehen?«

Weston war in seiner genüsslichen Betrachtung von Lisa Calcots Beinen gestört und sah auf. »Was?« Sie wandte ihm den Rücken zu, wie, zum Teufel, konnte sie es wissen?

»Ich habe Augen am Hinterkopf«, sagte sie.

»'tschuldigung.«

Sie lächelte, drehte sich zu ihm. »Alles vergeben – wenn du Kaffee kochst – ich weiß, du bist nicht dran«, fügte sie hinzu, bevor er sich beschweren konnte. »Darum geht's ja.« Sie wartete, bis er mit dem Aufbrühen fertig war, und kritzelte solange in das Notizbuch neben dem Telefon. Sie hatten über Mike Delaneys Vermutung, Connor Harvey könnte entführt worden sein, diskutiert und sich dabei eine halbe Stunde lang im Kreis gedreht.

Das Telefon klingelte, und Lisa Calcot antwortete. »Mike, wir haben gerade über Sie gesprochen.« Es gab eine Pause. Lisa hörte auf zu kritzeln und fing ernsthaft an zu schreiben. »Wann …? Ungefähr. Mike – wir haben hier nämlich auch einen Vermissten, vergessen Sie das nicht.«

Weston machte ihr Zeichen, er wollte wissen, worum es ging. Sie bedeutete ihm, still zu sein. »Oh, Scheiße! Ja, ich weiß«, sagte sie, »aber falls es eine Verbindung gibt, und wir haben eine Woche lang unsere Hände in den Schoß gelegt –« Mike unterbrach Lisa, und sie hörte einen Moment lang zu, dann sagte sie: »Danke für die Info, Mike. Falls Ihr Junge irgendetwas sagt … Werden Sie? Danke.« Sie legte auf und starrte auf das Telefon.

»Was ist?«, fragte Weston.

»Mike Delaney.«

»So viel habe ich mitbekommen. Was wollte er?«

»Liverpool hat eine Leiche gefunden. Die Mutter des Jungen.« Sie sah Weston an. »Sie hat eine Weile da gelegen, Jim.«

»Oh, Scheiße!«

»Das habe ich auch gesagt.« Für einen Moment sagte keiner der beiden etwas, dann klickte das Heißwassergerät, und Weston bereitete ihren Kaffee, wobei er die Bewegungen ohne zu denken vollführte. Lisa sah ihm dabei zu und versuchte einen Sinn in dem zu erkennen, was Mike ihr gerade erzählt hatte.

»Also«, sagte sie und nahm den Kaffeebecher, den Mike ihr hinhielt. »Was haben wir? Zwei Jungs, die sich sehr ähnlich sehen. Der eine – Connor – wird vor seiner Schule angegriffen. Versuchte Entführung. Ein paar Tage später verschwindet er, und wir haben ihn immer noch nicht gefunden. Der andere – Alain – wird Zeuge des Mordes an seiner Mutter und rennt weg.«

»Spekulationen«, sagte Weston und blies auf seinen Tee. Er zog sich einen Stuhl heran und setzte sich neben Lisa, nahm dann einen Keks aus der Packung auf ihrem Schreibtisch und begann nachdenklich zu kauen.

»Es ist vielleicht nur Spekulation, aber es ist die beste Vermutung, die wir zurzeit haben«, antwortete Lisa. Sie nippte an ihrem Kaffee, verzog das Gesicht und tat ein paar Stück Süßstoff aus der Packung, die sie immer bei sich trug, hinein. »Am selben Tag, an dem Connor verschwindet, wird Alains Mutter getötet. Er rennt weg – flieht?« Weston zuckte mit den Schultern, vielleicht. »Und wird meilenweit weg von seinem Zuhause gefunden.«

»Stumm«, erinnerte sie Weston.

»Ja.«

Weston nahm einen zweiten Keks und tunkte ihn in seinen

Tee. »Es gibt keine Verbindung zwischen den beiden Jungen, außer einer gewissen Ähnlichkeit. Vielleicht geht's dem kleinen Connor gerade supergut, und er wird von seinem Vater total verwöhnt.«

»Das hoffe ich, wirklich«, sagte sie leidenschaftlich. »Aber wenn das so *ist,* warum hat sich Mr Harvey nicht gemeldet?«

»Seine Frau hat uns gesagt, dass es ihnen gut geht. Warum sollte er also?«

»Weil wir ihn darum gebeten haben.«

Weston dachte darüber nach.

»Mrs H. spielt jedenfalls nicht ehrlich mit uns.« Mrs Harvey balancierte in der Sache auf dem schmalen Grat zwischen harmloser Desorganisation und vorsätzlicher Behinderung. Weston nickte. »Also, wo ist *Dad?*«

Mit großem Genuss zermanschte Weston das letzte Stückchen teegetränkten Keks zwischen den Zähnen. »Komm schon, wenn du mitkommst«, sagte er und ging in Richtung Tür.

»Wohin fahren wir?«

»Das ist eine Erleichterung«, sagte Weston und freute sich an Lisas Verwirrung. »Ich fing schon an zu glauben, du könntest meine verdammten Gedanken lesen.«

Die Belegschaft von Creative Plastics war sehr kooperativ. Die Empfangsdame brachte ihnen Kaffee, während sie Mr Preston, ihren Senior Manager, suchte. Mr Preston war der Charme in Person. Er war makellos gekleidet, in der strengen, scharfkantigen Art junger Geschäftsleute, und seine klaren, blauen Augen zeigten keine Andeutung von Launenhaftigkeit. Er führte sie in sein Büro und sagte seiner Sekretärin, sie solle keine Anrufe durchstellen.

»Letzten Freitag haben wir das letzte Mal von Mr Harvey gehört«, sagte er. »Er ging über Mittag heim. Gegen halb zwei erhielten wir einen kurzen Anruf, in dem er uns mitteilte, dass er sich entschlossen hat, etwas freizunehmen.«

»Macht er so was?«, fragte Weston, »ich meine, ist so etwas üblich?«

Preston überlegte einen Moment. »Es hängt davon ab, was Sie mit üblich meinen.« Er schnippte einen Fussel von seinem Anzugärmel. Lisa glaubte ein leichtes Erröten zu sehen.

»Wann hat er sich das letzte Mal so kurzfristig freigenommen?«, fragte sie.

»Ich bin mir nicht sicher …« Er konnte ihr nicht ins Gesicht sehen.

»Also«, sagte Weston, »war es vor kurzem? Sagen wir, in den letzten sechs Monaten?« Preston schien es schwer zu fallen, sich zu erinnern. »Mr Preston, hat er sich *jemals* so kurzfristig freigenommen?«

Preston antwortete nicht, und Weston griff zu der Gegensprechanlage auf seinem Schreibtisch. »Sollen wir Ihre Sekretärin reinrufen, um zu sehen, ob ihr Gedächtnis zuverlässiger ist?«, fragte er.

Prestons Hand schoss vor, um Weston daran zu hindern, den Knopf zu drücken. Weston starrte ihn an, er nahm seine Hand zurück und trommelte für ein, zwei Sekunden auf den Schreibtisch und sagte dann, mit einem leichten Achselzucken: »Mr Harvey plant seinen Urlaub immer im Voraus.«

»Wie wirkte er?«, fragte Lisa. Preston sah sie verständnislos an. »Klang er wie ein Mann, der auf dem Weg in einen wohlverdienten Urlaub ist?« Preston presste seinen Mund zusammen, als ob er Angst hätte, es könnte ihm etwas herausrutschen.

»Ihre Zurückhaltung spricht für Sie, Mr Preston«, sagte Weston beruhigend. »Wir verstehen, dass Sie nicht illoyal erscheinen möchten, aber wir sind hier, weil wir uns Sorgen über Mr Harvey machen.«

Er nickte wie zur Verteidigung. »Das geht mich eigentlich nichts an.«

»Sie wissen, dass sein Sohn vermisst wird?«, fragte Lisa.

»Sie haben ihn doch gefunden – ich meine, etwa nicht? Bei Mr Harvey?«

Er hielt inne und wurde sich der Unlogik dessen, was er gerade gesagt hatte, bewusst: Die Polizei wusste nicht, wo Mr Harvey war, wie konnten sie dann seinen Sohn gefunden haben?

»Wir wollen nur sicher gehen, dass es beiden gut geht«, fügte Lisa hinzu.

Sie wartete, dann, gerade als sie Luft holte, um zu reden, sagte Preston: »Wir haben alles versucht – sein Handy ist ausgeschaltet, er ist nicht zu Hause, und er beantwortet seine E-Mails nicht. Wir machen uns wirklich große Sorgen.«

»Könnte irgendetwas sein plötzliches Verschwinden ausgelöst haben?«

Preston hob seinen Kugelschreiber hoch und drückte die Mine aufgeregt rein und raus.

»Mr Preston?«

Er seufzte und legte den Stift hin. »Ich glaube, es gab Probleme zu Hause.«

17. Kapitel

»Shona!«

Sie war Max in der Eingangshalle richtiggehend vor die Füße gelaufen. Sie sah über ihre Schulter, als ob sie Angst hätte, von etwas Bösem verfolgt zu werden. Sie stieß einen Schrei der Überraschung und Bestürzung aus und schaute sich im Foyer nach einem Fluchtweg um.

»Shona?« Er streckte seine Hand aus, um ihren Arm zu berühren, aber sie zuckte zurück, und er ließ seine Hand fallen. Sie sah furchtbar aus. Er hatte sie nicht mehr in diesem Zustand gesehen, seit sie vor über zwei Jahren seine Patientin auf der Station gewesen war. Er blickte ihr ins Gesicht und versuchte Augenkontakt herzustellen, aber sie sah auf den Boden, auf die Malereien an der Wand, den Empfangstisch, überallhin, nur nicht zu ihm.

Er hatte sie bei dem Vortrag mit den Vertretern der Theorie der wiederentdeckten Erinnerungen gesehen, als sie die Frau im Zentrum ihrer Gruppe bewundernd angehimmelt hatte. Shona war leicht zu beeinflussen, schwach, und sie würde glauben, was auch immer ihr vorgeschlagen würde, was immer sie sie glauben *machen* wollten.

»Sie können dir nicht helfen«, sagte er.

Sie schrie leise auf und legte die Hand vor den Mund.

»Ich habe dich gesehen«, sagte er freundlich. »Am Mittwoch.« Er hatte viel zu tun, und eigentlich fiel Shona mit Anfang zwanzig nicht mehr in seinen Fachbereich: Er war Kinder-Psychologe. Aber da er durch sein Interesse an wiederentdeckten Erinnerungen die Grenzen sowieso schon verwischt hatte, warum sollte er nicht einen Schritt weitergehen? Und überhaupt war Shona eine Ex-Patientin – er konnte sie doch nicht einfach aufgeben, bloß weil sie eine willkürliche Linie überschritten hatte.

»Ich komme zu spät!«, sagte sie, immer noch, ohne ihn anzuschauen.

»O. K., aber ich werde kein Nein akzeptieren.«

Sie rannte an ihm vorbei ins Gebäude, und er seufzte, als er hinausging.

Max hatte am Nachmittag eine Verabredung in Manchester. Er schlenderte in Hemdsärmeln zu seinem Auto, tief in Gedanken versunken. Die nächsten paar Tage würden für den Jungen entscheidend sein. Er hatte vollstes Vertrauen, dass Jenny mit allem klar kam, aber das Auffinden der Mutter des Kindes hatte das Gefühl bestätigt, das er immer und immer wieder hatte, seit Paul – Alain – aufgetaucht war: das im Zentrum dieses Geheimnisses eine furchtbare Tragödie stand. Solange der Junge stumm blieb, war es unmöglich, den Tod seiner Mutter anzusprechen. Solange niemand ihm seine Schuldgefühle nahm, könnte Alain sich verantwortlich für den Tod seiner Mutter fühlen, und bis der Mörder gefasst war, würde auch Alain weiterhin gefährdet sein.

Die Ziegelsteine und der Asphalt des Krankenhaus-Parkplatzes fingen bereits an, die Hitze des Tages in sich aufzunehmen, und die Gebäude schienen apricot und golden zu leuchten und die gespeicherte Wärme abzugeben. Er suchte in seiner Jackentasche nach den Schlüsseln und überlegte, zu welcher Vorgehensweise er Jenny raten sollte.

Er hatte das Fenster auf der Fahrerseite ein Stückchen offen gelassen; ziemlich dumm wegen der Diebe, die immer auf der Suche nach solchen Nachlässigkeiten waren, aber Max hielt jeden, der sich für seinen alten Rover V8 interessierte, für exzentrisch, wenn nicht dämlich – und derjenige könnte sich gerne um die Reparaturrechnungen kümmern, die seit über einem halben Jahr monatlich eintrafen. Irgendjemand hatte ihm mal gesagt, dass das Auto ein moderner Klassiker wäre, aber Max selbst konnte die Begeisterung für eine gammelige, schmutzbraune Rostlaube nicht verstehen, mit ihren eingerissenen Plastiksitzen, der kaputten Uhr und der launischen Gangschaltung, einem Motor, der einen Liter Öl pro Woche verbrauchte und neun Liter Benzin auf 50 Kilometer – an einem guten Tag und mit Rückenwind. Er würde ein neues kaufen, sobald er dafür Zeit fände, aber es schien nie genug Zeit für das einfache Organisatorische des Lebens da zu sein.

Er öffnete die Tür und rutschte hinter das Lenkrad, er war zu sehr auf das extreme Unbehagen konzentriert, das heiße Plastiksitze nur durch dünne Baumwolle geschützter Haut bescherten, um zu bemerken, dass das Armaturenbrett aufgeräumt war. Seine Stadtpläne von Liverpool, Manchester und Southport waren fein säuberlich auf dem Beifahrersitz aufgestapelt, zusammen mit einer Tüte Pfefferminzbonbons und der Kassette von Bob Dylans *Blood on the Tracks*, die er aussortiert hatte, als sein Kassettenrekorder vor zwei Monaten endgültig den Geist aufgegeben und die Kassette ihr Innenleben ausgespuckt hatte – wie ein Tier voller Parasiten und Würmer.

Erst als Max automatisch nach der Tüte Pfefferminz griff, bemerkte er ihr Fehlen. An ihrem Platz lag eine kleine Flasche in Form der Heiligen Jungfrau, die er in die Hand nahm, umdrehte und sie so Pirouetten drehen ließ. Die Flasche war heiß und weich; als er sie drehte, stellte er fest, dass die Krone, die auch als Flaschenverschluss diente, schief festgeschraubt war, so dass die Madonna eher keck als würdevoll aussah. Er schaute sich um, aber außer einer Mutter, die gerade mit ihrer kleinen Tochter angekommen war, schien der Parkplatz wie ausgestorben.

Er stieß die Flasche an; das Wasser reichte bis zur Taille hoch, ungefähr bis zu ihrer himmelblauen Schürze, und er fragte sich mit einem leicht unguten Gefühl, ob sein Auto exorziert worden war. Er sah vor seinem geistigen Auge das Bild einer verrückten Frau, die im Wageninneren Weihwasser verspritzte bei dem Versuch, das Böse in ihm auszutreiben, und ihm wurde schlagartig klar: Jenny hatte Recht, wer auch immer in sein Haus eingebrochen war, wer auch immer ihn beobachtete, es hatte nichts mit dem Jungen zu tun, es war sein Interesse an der Theorie der wiederentdeckten Erinnerungen, das ihn zur Zielscheibe machte.

Er sah sich unsicher auf dem Parkplatz um. Er war jetzt völlig menschenleer – durch die kurze Lücke zwischen den Morgen- und den Nachmittagsbehandlungen entstand eine Stille, die es dem monotonen Zwitschern eines Spatzes erlaubte, in sein Bewusstsein zu dringen. Er starrte auf die metallischen Reflexionen von Licht und Farbe auf den Autos und war sich einer unsichtbaren Bedrohung bewusst, die beobachtete und nur darauf wartete zuzuschlagen.

In einem grauen, anonymen Vauxhall, keine zwanzig Meter weit weg, saß eine Gestalt, geduldig wie eine Katze, und zitterte vor unterdrückter Erregung wegen eines bevorstehenden Mordes.

18. Kapitel

»Das Gedächtnis ist nicht statisch, Fraser«, sagte Jenny. »Es wird von unserem aktuellen Gemütszustand beeinflusst, von unseren aktuellen Überzeugungen, von dem, was uns nach dem Erlebnis passiert ist.« Sie fuhr vom Krankenhaus-Parkplatz in Richtung Queens Drive.

»Das heißt, je länger klein Alain sich weigert zu sprechen, umso undeutlicher wird seine Erinnerung an das, was passiert ist?«

Sie nickte. »Erinnerst du dich daran, was du getan hast, als du von Prinzessin Dianas Tod erfuhrst?«

»Ja, ich war gerade auf dem Heimweg von Sefton Park mit diesem kleinen Jungen, der Angst vor Enten hatte – erinnerst du dich an ihn? Billy, genau, so hieß er. Gordon Paget hielt mich an und erzählte mir, was passiert war.«

»Du bist dir dessen sicher, oder?«

»Na ja, klar bin ich mir sicher. So etwas vergisst man nicht so leicht, oder?«

»Würde man denken.«

»O. K., Besserwisserin, sag mir, warum ich falsch liege.«

»Ich weiß nicht, ob du falsch liegst. Ich habe an dem Tag gearbeitet, woher soll ich es also wissen?«

»Aber.«

Es war wenig Betrieb, sie fuhr auf die äußere Spur und beschleunigte Richtung Penny Lane. »Die Amerikaner haben eine Untersuchung mit, ich weiß nicht, vielleicht hundert Studenten gemacht. Sie sollten am Tag nach dem Challenger-Unglück einen Fragebogen ausfüllen. Was sie gemacht haben, als sie die Nachricht hörten, Einzelheiten aus ihrem Leben, solche Sachen. Dann haben sie achtzehn Monate später so viele wie möglich von ihnen zusammengetrommelt und sie gebeten, denselben Fragebogen noch einmal auszufüllen.«

»Und sie konnten sich nicht mehr erinnern, stimmt's?«

»Oh, sie konnten sich sehr wohl erinnern. Nur erinnerten sie sich an etwas völlig anderes. Die Interviewer sollten die neuen mit den alten Fragebögen vergleichen und ihnen Tipps geben, was sie ursprünglich geschrieben hatten. Es hat ihrem Gedächtnis nicht auf die Sprünge geholfen. Dann haben sie ihnen die Fragebögen gezeigt, die sie achtzehn Monate vorher geschrieben hatten, mit ihrer eigenen Handschrift, und rate, was passierte?«

»Ich möchte dir den Spaß nicht verderben.«

»Sie haben gesagt, dass die ursprünglichen Antworten falsch waren. Dass ihre neuen Antworten das beschrieben, was wirklich passiert war. Sie haben Antworten *in ihrer eigenen Handschrift,* die am Tag des Unglücks selbst aufgeschrieben worden waren, abgelehnt.«

Fraser war einen Moment lang still. Schließlich sagte er: »Ich verstehe. Du sagst, dass die Leute vergessen, was ihnen wirklich passiert ist, und falls sie keine Originalnotizen geschrieben haben, kann man sich eigentlich auf nichts, was sie sagen, verlassen.«

»Nicht ganz. Die Leute vergessen nichts Wichtiges. Ich meine, es ist eigentlich völlig *egal*, ob du mit Billy vom Park nach Hause gegangen bist, als du es gehört hast. Was wichtig ist, ist, dass Diana tot ist. Die Tatsache ist unveränderlich.«

»Behauptest du, dass es unmöglich ist zu vergessen, dass man missbraucht worden ist?«

»Nein. Es *ist* möglich, Missbrauch zu vergessen. Ungefähr vierzig Prozent der Opfer können sich später nicht mehr an belegten Missbrauch erinnern. Aber in den meisten Fällen ist der Missbrauch nicht brutal. Missbrauch muss nicht automatisch ein Trauma sein. Wenn es kein Trauma ist, ist es umso wahrscheinlicher, dass er vergessen wird.«

»Ist es nicht eher so, dass man die stärker traumatische Art vergessen will?«, fragte Fraser und dachte dabei an den Jungen.

»Vergessen ist ein passiver Prozess. Du kannst nicht *bewusst* vergessen, es passiert einfach, weil du längere Zeit nicht mehr daran gedacht hast. Aber traumatische Erlebnisse werden nicht vergessen. Erinnerungen an Feuer, Autounfälle, Gewalttaten – inklusive gewalttätigen sexuellen Missbrauch – bleiben, auch wenn wir versuchen, sie zu verdrängen. Erinnerungen werden zerstückelt oder verwischt. Und unterschiedliche Leute werden sich auf unterschiedliche Art und Weise an das Erlebnis erinnern, es hängt von ihrem persönlichen Blickwinkel ab, aber die Erinnerung ist nicht vollständig getilgt.«

»Und was bedeutet das für Alain?«

»Das macht mir Sorgen. Er hat sich so sehr zurückgezogen. War er Zeuge?«

»Ich verstehe nicht, warum du ihn nicht einfach fragen kannst.«

»Weil er zustimmen könnte, nur weil er glaubt, dass es das ist, was wir hören möchten.«

Sie hielten am Supermarkt; Jenny sollte in den nächsten paar Tagen so viel wie möglich zu Hause sein, und da Fraser nicht fahren konnte, war es am sinnvollsten, die Vorräte jetzt, wo sie die Gelegenheit dazu hatten, aufzufüllen. »Ich muss heute Nachmittag wieder zur Arbeit«, sagte Fraser, während er ins Kühlfach nach einem Cheddarkäse griff. Er legte ihn vorsichtig in den Einkaufswagen und vermied ihren Blick.

»Das meinst du nicht im Ernst?«

»Was?« Er streckte sich und hob die Hände nach oben auseinander – ein Bild der verfolgten Unschuld.

»Alains Mutter ist tot. Ich kann es ihm in seinem jetzigen Zustand zwar nicht sagen, aber ich werde nach Hause kommen und ihn mit seinem Namen ansprechen. Fraser, ich habe keine Ahnung, wie er darauf reagieren wird, vielleicht wird er mich weiter ausschließen, aber irgendwann wird er sich damit auseinander setzen müssen, ich weiß nicht, wann, aber es könnte auch heute sein. Ich brauche dich bei mir, Liebling, bitte!«

»Ich muss noch was erledigen«, sagte Fraser.

»Du hast die ganzen Ferien zum Arbeiten, Fraser.«

»Das hier kann nicht warten.«

»Was – deine Bauernhöfe-der-Welt-Poster abhängen und deinen Spind aufräumen kann nicht warten?«

»Danke.«

»Tut mir Leid«, sagte sie. »Aber sieh es mal so: Du sagst mir das im Supermarkt, zwischen dem Käse und dem Fleisch, eine Stunde, nachdem wir erfahren haben, dass die Mutter des Jungen ermordet worden ist.«

»Um Gottes willen!«, flüsterte er, »sprich leiser.«

»Q.e.d.« Jenny schmiss eine Packung Kochschinken in den Einkaufswagen.

»Was soll das heißen?«

»Es heißt, dass du verdammt leicht zu durchschauen bist. Du wartest, bis wir in der Öffentlichkeit sind, weil du denkst, dass ich keine Szene machen werde, und dann erzählst du mir, dass du mich mit dem schwierigen Teil der Arbeit allein lässt.«

»Du schienst gut ohne mich klarzukommen.«

Jenny blieb mit dem Einkaufswagen stehen. »Fraser, das hier ist kein Wettbewerb. Die Mutter des Jungen wurde *umgebracht*, um Himmels willen!«

Eine ältere Frau, die gerade nach einem Käse greifen wollte, erstarrte und warf Jenny einen erschreckten Blick zu.

»Wahrscheinlich war der Mörder ein Mann«, fuhr Jenny fort. »Deshalb ist es nicht verwunderlich, dass er dir gegenüber etwas misstrauisch ist. Nimm es nicht so verdammt persönlich.« Die Frau war von der außergewöhnlichen Unterhaltung fasziniert, und als Jenny sie gereizt fragte: »Ist Ihnen mein Einkaufswagen im Weg?«, nahm sie wahllos eine Packung Fleisch und ging schnell weiter.

»Wenn ich es verschieben könnte, würde ich es tun«, sagte Fraser, »aber es ist zu wichtig.«

Jenny starrte ihn an. »Was hat sich seit heute Morgen verändert?«

Er zuckte die Achseln. »Ich habe dich nicht darum gebeten, ihn zu uns zu bringen.«

Jenny sah ihn noch ein bisschen länger an und versuchte herauszufinden, warum er so schlecht gelaunt war, dann schüttelte sie den Kopf, und sie beendeten ihren Einkauf in einer unbestimmten Stimmung von Wut und Bedauern, jeder sauer, jeder unwillig, das Schweigen zu brechen.

»Es ist das Ende vom Schuljahr«, sagte Jenny, als letzten Versuch auf dem Weg zum Auto. »Du hast selbst gesagt, dass du nur noch zwei Unterrichtsstunden hast, jetzt wo die elfte und sechste Klasse weg sind. Du hast gesagt, du würdest den Tag freinehmen.«

In solchen Momenten erinnerte sich Jenny daran, wie abhängig sie von ihrer Mutter gewesen war. Nachdem ihre Eltern pensioniert worden waren, hatten sie ihr Haus in Liverpool verkauft und eines an der Küste in der Nähe von Blackpool erworben. Aber ihr Vater war plötzlich gestorben, zwei Tage, nachdem sie eingezogen waren, und es schien Jenny, als ob der Beginn der Demenz ihrer Mutter auf den Tag der Beerdigung zurückging. Letztes Jahr hatten sie versucht, sie in den Urlaub mitzunehmen, aber die ungewohnte Umgebung hatte sie verwirrt, so dass Jenny sie nach nur ein paar Tagen wieder zurück ins Pflegeheim bringen musste.

»Du nimmst den Wagen«, sagte Fraser. »Ich den Bus.«

»Du nimmst ihn«, sagte Jenny. Es war ein billiger Witz, kindisch und trotzig, aber Frasers Reaktion war unerwartet heftig.

»Was meinst du damit? Ich kann nicht fahren, du weißt, dass ich nicht fahren kann.«

Sie wusste es. Sie wussten es beide. In den Anfangsjahren ihrer Ehe war es das Thema vieler Diskussionen gewesen. Warum musste er es also sagen? Sie hätte es ihn gerne gefragt, aber er war schon außer Rufweite, stattdessen sah sie ihm nach, bis er um die Ecke verschwunden war.

Wem folgen? Ihm oder ihr? Der Junge war immer bei ihr gewesen. Außer diesen Morgen. Natürlich kann das auch deswegen gewesen sein, weil es freitags keine Therapiesitzung gab, aber *sie* war da – zusammen mit dem großen Typ. Ihrem Mann? Muss er wohl sein – sie verstehen sich *so* gut.

Sie muss bald nach Hause – sie wird keinen Berg Lebensmittel in der Hitze verkommen lassen, nur weil sie sich mit ihrem Mann gestritten hat.

Der graue Vauxhall folgte Jenny vom Parkplatz, er hielt ungefähr hundert Meter Abstand, bis sie die Penny Lane erreichten, dann kam er näher, bis nur noch ein Auto zwischen ihnen war. Er war ihr schon zweimal vorher gefolgt. Das erste Mal hatte sie an der Ampel am Queens Drive beschleunigt, und der Vauxhall blieb bei Rot zurück, nur fünf Minuten nachdem sie vom Krankenhaus weggefahren war.

Dieses Mal klebe ich an dir wie ein Blutegel.

Der Junge – Alain – reagierte überhaupt nicht auf seinen Namen, sie hätte sich also keine Sorgen machen müssen. Sein Name, der Name seiner Schule, die Straße, in der er wohnte, nichts schien ihm irgendetwas zu sagen. Jenny versuchte es mit den Namen seiner besten Freunde in der Schule. Nichts. Nicht das geringste Anzeichen. Alain hatte sich von ihr zurückgezogen; sie hatte ihn wieder verloren.

Phyllis war heimgegangen, so offensichtlich erleichtert, die Verantwortung für Alain abzugeben, dass Jenny es nicht über sich brachte, sie zu bitten, noch etwas zu bleiben, während sie mit ihm sprach – ihre eigenen Kinder wurden sowieso quengelig, so dass sie mehr als genug mit ihnen zu tun hatte.

»Keine Reaktion von ihm«, sagte Phyllis, während die Kinder ein paar Minuten im Garten auf der Schaukel spielten, sie stritten sich, wer an der Reihe war, und riefen nach ihr, damit sie entschied. Alain stand ein wenig abseits und beobachtete sie ängstlich. »Er ist in seiner eigenen kleinen Welt. Er hat nicht mit meinen zwei gesprochen – und du weißt, wie Damon ist, er kann den Mund nicht halten.«

»Hat er für gar nichts Interesse gezeigt?«, fragte Jenny.

Phyllis sah sie mit einem ihrer bedeutungsschwangeren Blicke an. »Nur, falls das Rumhängen an den Geländern, Gittern und Schlössern der Käfige zählt. Da war er fasziniert.«

Und zum Abschied fragte sie: »Bist du sicher, dass er nicht autistisch ist?«

Jenny begleitete Phyllis und die Kinder zur Tür und ging dann zurück in die Küche. Sie fragte Alain, ob er hungrig wäre, sie benutzte seinen Namen. Das letzte Mal hatte er nur erschreckt geschaut, aber dieses Mal rannte er zum Küchentisch und zog einen Stuhl vor, kroch dann unter den Tisch und stellte den Stuhl wieder vor sich.

»Wenn du nicht willst, dass ich deinen richtigen Namen benutze, werde ich es nicht tun«, sagte Jenny. »Du kannst wieder rauskommen. Es ist in Ordnung – wirklich.« Nur, dass es das nicht war. Wie konnte irgendetwas in Ordnung sein, wenn seine Mutter tot war – ermordet – und er hatte es höchstwahrscheinlich beobachtet.

Es klingelte an der Tür. Jenny zögerte, und es klingelte noch einmal, etwas energischer. Der Junge kauerte unter dem Tisch, und Jenny kniete sich neben ihn. »Ich bin sofort wieder da«, sagte sie.

Es war Commissioner Douglas. »Was, zum Teufel, wollen Sie?«, fragte Jenny.

»Ich würde gerne mit Ihrem Mann sprechen«, sagte er und sah an ihr vorbei.

»Er ist nicht zu Hause«, sagte sie und fragte dann neugierig: »Worum geht es denn?«

»Wo ist er?«

Komisch, dachte Jenny, dass Polizisten immer eine Antwort auf ihre Fragen erwarten, aber sich selten verpflichtet fühlen, selbst auf welche zu antworten. Sie hörte das Kratzen eines Stuhls in der Küche und sah über ihre Schulter. Alain stand am Ende des Ganges in der Tür.

»Es ist im Moment ein schlechter Zeitpunkt«, sagte Jenny zu Douglas. »Kommen Sie in ein paar Stunden wieder. Oder versuchen Sie es in seiner Arbeit.« Sie wollte die Tür schließen, aber Douglas hielt sie auf.

»Sind Sie sicher, dass er nicht hier ist?«

Jenny blickte noch einmal über ihre Schulter, als in der Küche etwas auf den Boden krachte. Die Hintertür war offen, und der Junge war weg. »Paul!«, schrie sie. Scheiße. »Alain!« Sie rannte in die Küche und hinaus in den Garten, Douglas kam hinter ihr her. Der Junge war bereits am hinteren Zaun. Er sprang, erreichte mit einer Hand den Zaun und versuchte darüber zu klettern. »Alain, es ist alles in Ordnung. Es ist nur ein Polizist.«

Er ignorierte sie, und Jenny musste ihn festhalten und herunterziehen, während er trat und biss. Douglas stand daneben und wusste nicht, was er tun sollte. Er sah selbst für Jenny bedrohlich aus, dieser große, unbeholfene Bär von einem Mann, der von einem Fuß auf den anderen trat; für den Jungen musste er wie ein gewaltiger Riese erscheinen.

»Um Himmels willen!«, zischte sie. »Sehen Sie nicht, dass Sie ihm Angst machen?«

»Es ist alles in Ordnung, Junge«, sagte Douglas und streckte seine Hand aus. Alain fing an zu schreien. »Ruhig. Ruhig, Junge –« Er suchte in seiner Jackentasche nach seiner Dienstmarke, und der Junge geriet in Panik und versuchte über Jenny hinwegzuklettern, um von ihm fortzukommen.

»Hey!«, sagte Douglas vergeblich. »Hey.«

»*Laissez-moi tranquille!*«, schrie der Junge. »*Laissez-moi tranquille!*«

»Douglas!«, sagte Jenny mit zusammengebissenen Zähnen.

»O. K.«, sagte er, geschockt von der Reaktion des Jungen. »Ich gehe.« Er drehte sich an der Tür zum Haus noch einmal um. »Möchten Sie, dass ich jemanden schicke?«, fragte er.

»Hauen Sie einfach *ab*!«, sagte Jenny, die immer noch mit Alain kämpfte. Als sie Douglas' Auto losfahren hörte, bereute sie, Hilfe abgelehnt zu haben, da ihr klar wurde, dass sie jetzt mit dem hysterischen Jungen allein war.

Shona saß in der Krankenhauszentrale und murmelte vor sich hin. Yvonne sah sie kommen, konnte aber nicht hören, was Shona sagte, da sie gerade einen Anruf entgegennahm. Sie verband den Anrufer und fragte dann, warum Shona so früh von ihrer Mittagspause zurück war. Shona schaute sie an, durch sie hindurch, zerstreut, offensichtlich durcheinander. Sie fingerte an ihrer Haarspange, bis die Haare dahinter ein einziger Knoten waren. Sie sah gleichzeitig gefährlich und verletzlich aus.

Sie können dir nicht helfen. Shona schaute über ihre Schulter, Panik kroch ihr den Rücken hoch, fast erwartete sie, ihn dort zu sehen. *Sie können dir nicht helfen.* Seine Stimme klang in ihrem Kopf. Pam, Angela, die anderen in ihrer Gruppe, niemand von ihnen konnte helfen. Er würde es nicht zulassen.

Manchmal sah sie Dr. Greenberg als einen Vampir, einen Blutsauger, der einen dunklen, feuchten Raum braucht – seine Bücher und Papiere –, wo er schlafen und ausruhen konnte; manchmal als einen Hexer, der seine Zauberbücher benutzte, um sein giftiges Gebräu aus Wissenschaft und Statistik zu mischen, um aus Leuten, die gelitten hatten, Lügner zu machen.

Ihre Hände zuckten und zitterten, die Gelenke fühlten sich heiß an und pochten mit einem Schmerz, der alles außer seiner Stimme überlagerte. Pam hatte sie vor den Flashbacks gewarnt; sie hatte sie bei den anderen gesehen, hatte ihre Berichte gehört, von dem, was sie sahen ... aber nichts hatte sie auf das hier vorbereitet. Sie hatte Pflaster auf die Wunden geklebt, vier an jeder Hand. Natürlich hatten die Leute nachgefragt. Sie hatte ihnen gesagt, dass sie sie in einer Tür eingeklemmt hatte. Sie glaubten ihr nicht, aber das war ihr egal. Sie hätte sich freinehmen, sich krankmelden können, aber zu Hause war es noch schlimmer. Albträume und, schlimmer noch, plötzliche, lebhafte Erinnerungsblitze. Es kam alles mit erschreckender Intensität zurück. Sie konnte nicht schlafen, traute sich nicht.

Die Arbeit lenkte ab, aber es war schwer, sich zu konzentrieren: Wenn sie müde war, genügte manchmal eine Stimme oder das Geräusch, wenn ein Aktenschrank zugemacht wurde, und sie musste rausgehen. Yvonne hatte sie einmal heulend in den Toiletten gefunden. Yvonne wusste von dem anderen Mal, als sie versucht hatte, sich etwas anzutun. Aber sie wusste damals nicht, warum – Shona selbst hatte es nicht gewusst – hatte sich nicht daran erinnert.

Ich habe dich am Mittwoch gesehen. Er hatte sie gesehen! Aber er war am Mittwoch bei seinem *Vortrag* gewesen. Sie war eine Stunde vor dem Ende gegangen. Wie konnte er sie beim Einbruch in sein Haus gesehen haben?

O Gott, dachte sie. Der Zettel!

Ich kenne deinen Namen noch nicht, aber das werde ich bald.

Der Zettel – er war an mich gerichtet!

Sie riss ihren Kopfhörer runter.

»Shona!« Yvonne verdrehte die Augen und sah zu Raj, die mit ihr die Tagesschicht hatte.

»Denkst du, du solltest ihr nachgehen?«

»Wozu soll das gut sein? Sie hört nicht zu. Sie hört verdammt noch mal nie zu.«

»Na ja, jemand sollte etwas tun.«

Yvonne fühlte sich schuldig. Sie war schließlich die Älteste in der Schicht, sie hatte Shona selbst angelernt, und sie war ja auch keine schlechte Telefonistin. Gewissenhaft, bereit, bei einem Notfall einzuspringen – falls jemand krank wurde oder zu spät kam. Sie machte immer Überstunden, um auszuhelfen.

»Ich bin nicht ihre Mutter«, sagte Yvonne, ihr Ärger überstimmte ihre Gutmütigkeit. »Shona ist jetzt erwachsen. Ich kann meine Nase nicht in Angelegenheiten stecken, in denen ich nicht erwünscht bin.«

Carol Ewart strahlte, als sie Shona sah. Als sie näher kam, rief Carol aus: »Was zum Teufel ist mit dir los?«

Shona blickte sich hektisch im Wartezimmer des Archivs um. Zu viele Menschen. Sie versuchte, die in ihr aufsteigende Panik unter Kontrolle zu bekommen, aber all diese Leute, all diese Augen …

»Können wir reden?«, fragte sie.

»Sicher.« Sie redeten öfter zusammen, in der Kantine, manchmal am Telefon. Über Sachen, die die eine gesehen oder gehört hatte, Berichte, die sie zufällig eingesehen hatten. Shona war gut darin, pikante Gerüchte aufzuschnappen, und gab ihre Informationen großzügig weiter. Aber Carol sah, dass Shonas Aufregung einen gewichtigeren Grund hatte als die letzten Gerüchte darüber, wer mit dem neuen Assistenzarzt schlief.

Sie klingelte nach einer Kollegin, die sie am Schalter vertreten sollte, und ging zur Seitentür hinaus.

»Komm schon«, sagte sie und führte Shona zu den Personaltoiletten in einer Ecke im Foyer.

»Du siehst furchtbar aus.« Es war nicht sehr taktvoll, aber wahr. Shonas Gesicht war blass, fast grau im harten Neonlicht. Die Haut um ihre Augen war rot und dick, sie sah aus, als ob sie seit Tagen nicht geschlafen hätte.

»Du musst mir helfen, Carol.«

»Sicher – wenn ich kann.«

»Jemand ist hinter mir her.«

»Wer?«

»Kannst du meine Unterlagen durchgehen? Nachsehen, ob sie noch da sind?«

»Warst du mal Patientin hier?« Das war neu für Carol, sie dachte, Shona erzählte ihr alles, und das hier war ein Geheimnis, über das sie mehr erfahren wollte.

»*Bitte,* Carol. Sieh einfach nach!«

»O. K.« Der emotionale Zustand ihrer Freundin machte Carol nervös. »Beruhige dich um Himmels willen. Geh ins Schwesternzimmer und rauch eine Zigarette oder trink eine Tasse Tee, beruhige dich.«

19. Kapitel

»Wir sind geliefert.« Lee-Anne zappte unzufrieden hin und her: *BBC 1, Channel 4* und *Granada TV* brachten alle Fotos von Mrs Angeline Fournier, die in ihrer Wohnung in Mossley Hill ermordet worden war. Direkt im Anschluss zeigten sie zwei Fahndungsbilder. Das von Lobo war überraschend genau.

»… die Polizei glaubt, dass Mrs Fournier die Einbrecher gestört hat und das Opfer eines brutalen Angriffs wurde.« Jetzt kam ein Detective Inspector ins Bild, aber Lee-Anne schaltete aus, bevor er den Mund öffnen konnte.

»Was sollen wir tun?«, fragte sie jammernd.

Lobo rutschte tiefer in seinen Sessel und versuchte seine Hände ganz cool in die Hosentaschen zu stecken, aber sie passten nicht ganz rein, so dass er schließlich jeweils vier Finger bis zum ersten Fingerglied reinquetschte; er fühlte sich deshalb ziemlich dämlich und wurde schlecht gelaunt.

Lobo warf Lee-Anne einen finsteren Blick zu. »Woher soll *ich* das wissen? Frag mich nicht.«

Lee-Anne starrte hasserfüllt zurück. »Es war schließlich deine Idee, also denk dir verdammt noch mal was aus, du Intelligenzbestie.«

Lobo stand auf, zog seine Hände aus den Taschen und schaltete die Stereoanlage ein – er mochte das – Stereoanlage: klang viel besser als Radio oder CD-Player; es hörte sich professionell an, geschäftsmäßig. Die Nachrichten liefen gerade.

»– suchen nach einem jungen Paar, das beobachtet wurde, wie es letzten Freitagabend in der Gegend an verschiedenen Türen klopfte. Die Polizei glaubt, dass die Tote die Mutter eines Jungen ist, der am Samstagmorgen auf der Straße in der Garston Area in Liverpool gefunden wurde.«

»Mach es aus.«

»Er steht noch unter Schock und war daher bis jetzt noch nicht in der Lage, der Polizei Genaueres über den Überfall zu sagen, aber eine Gruppe von Experten arbeitet mit ihm und versucht ihn zum –«

Lee-Anne legte ihre Hände über ihre Ohren und fing zu schreien an.

»*Was?*«, brüllte Lobo.

»Mein Kopf platzt! Mach es *aus*!«

Lobo stellte es lauter, und sie schrie wieder, dann, als sie merkte, dass das keinen Erfolg brachte, zog sie einen Schuh aus und warf ihn gegen die Stereoanlage. Er prallte an der Wand ab, und Lobo fing ihn, ehe er Schaden anrichten konnte.

»Hey!«, schrie er. »Du bescheuerte Kuh!« Dann warf er den Schuh auf Lee-Anne. Er zielte besser als sie, traf sie genau auf den Mund und brachte sie zum Schweigen.

Für einen Moment rührte sich keiner, dann sprang Lee-Anne von ihrem Stuhl auf und stürzte sich kratzend und beißend auf ihn. Er erwischte einen Arm, aber mit dem anderen schlug sie nach ihm, und mit ihren Fingernägeln kratzte sie ihn am Kopf blutig. Er griff nach ihrer freien Hand, aber sie warf sich nach vorn und stieß mit ihrem Kopf, verfehlte jedoch seine Stirn und riss seine Unterlippe auf. Lobo hasste den Geschmack von Blut.

Er warf Lee-Anne auf das Sofa und gab ihr eine Ohrfeige. Sie legte schockiert eine Hand an die Wange. »Du hast mich geschlagen, du Arschloch!« Tränen stiegen ihr in die Augen, zum Teil wegen des Schlags auf ihre Nase und zum Teil, weil sie zutiefst erschüttert war, denn er hatte ihr noch nie wehgetan. Lobo tat anderen weh, aber doch nicht ihr. Niemals ihr.

Lobo zog seine Hose hoch und glättete seine Haare. »Du hast angefangen«, sagte er; als er merkte, dass er sich wie ein beleidigtes Kind anhörte, fügte er hinzu: »Das war nur ein Vorgeschmack.«

Lee-Anne hörte abrupt auf zu heulen und starrte ihn wütend und mit großen Augen an. »*Was?*«

Derek Spencer – so sein richtiger Name – war sein ganzes Leben lang schwer von Begriff genannt worden, aber er war nicht blöde, und er war sicher nicht lebensmüde. Er zog seine Hose noch mal hoch, drehte sich um und machte sich am Lautstärkenregler der Anlage zu schaffen. Er stellte sie sogar etwas leiser.

Lee-Anne starrte mit zusammengekniffenen Augen auf seinen Rücken. Seine Schultern zuckten, als ob er den brennenden Hass dieses Blicks spürte. Zufrieden, dass diese Runde an sie ging, nahm sie ein Taschentuch aus ihrem Blusenärmel und tupfte damit ihren Mund, um nach Blut zu sehen. Dann streckte sie ihre Hand aus. »Mach sie kaputt.«

Lobo zuckte mit den Schultern, drehte ihr den Rücken zu und spielte weiter mit den Knöpfen der Anlage.

»Ich sagte, mach sie kaputt«, wiederholte Lee-Anne.

Sie wollte, dass er sie anschaute, damit er sehen konnte, wie sehr sie ihn verabscheute. Sie unterdrückte den plötzlichen starken Drang, ihn in die Nieren zu treten; sie würde keinen Streit mit körperlichen Mitteln gewinnen. »Mach die Karten kaputt, Lobo.«

»Warum?«, fragte er. Dann: »Ich will nicht.«

»Ich will nicht«, sie äffte ihn nach. *»Ich will nicht. Warum zwingst du mich nicht, hey?* Du bist wie ein bescheuertes Kind – Ich will nicht. Ich will nicht.«

Er drehte sich jetzt um, grinsend und gefährlich. Sie hatte diesen Blick schon früher gesehen, nicht oft, aber oft genug, um zu wissen, welche Gefahr er bedeutete.

»Ich bin also wie ein Kind?«

Lee-Anne ging einen Schritt zurück, fing sich aber schnell wieder. Nach ihrer Erfahrung war es das Beste, so zu tun, als ob man die Veränderung gar nicht bemerkt hätte, während man gleichzeitig den Streit etwas schlichtete. Sie versuchte es über die Vernunftschiene.

»Du kannst die dämlichen Dinger nicht benutzen«, fing sie an. »Sie werden dich kriegen. Sie wissen, dass die Karten geklaut wurden. Sie werden nach ihnen suchen. Hol sie, und wir zerschneiden sie zusammen. Es war schön, solange es anhielt. Wir haben ein paar geile Sachen bekommen, aber jetzt ist es vorbei.«

Lobo senkte immer noch grinsend seinen Kopf. Er sieht aus wie der Teufel, wenn er so lächelt, dachte Lee-Anne. Nur Zähne und Augenbrauen und furchtbar glitzernde Augen.

»Vorbei?«, fragte er ungläubig. »Ich habe nicht einmal angefangen.«

Sie versuchte es auf die mitfühlende Art: »Lobo, du wirst in den Knast kommen!«

Dann war sein Gesicht auf ihrem; sein Atem auf ihrer Wange und in ihrem Mund; das Bier und die Zigaretten von letzter Nacht. Und seine Zähne, so weiß und strahlend, so nah an ihrem Gesicht.

»Ahhh«, sagte er, und sie roch seine Fahne. Er verdrehte seinen Kopf, so dass er wie ein verrückter Clown aussah. »Du machst dir also Sorgen um mich?«

Sie versuchte so zu tun, als ob sie das alles nichts anginge, aber es war schwer, Lobos Launen zu ignorieren, wenn er sich so verrückt benahm. Lee-Anne kannte Lobo seit der Schule. Er hatte seine eigene Clique gehabt, und sie hatte mit ihren Leuten in der Nähe rumgehangen, sie hatten laut gelacht, um ihre Aufmerksamkeit zu erregen, und wenn das nicht funktionierte, schrien oder rauften sie.

Lobo war da schon verrückt. Sein Spitzname war ihm von einem aus der elften gegeben worden, als er selbst noch in der achten war; die Abkürzung für Lobotomie, aber er sprach es ›Lowbow‹ aus.

»Ich mache mir über uns beide Sorgen, Lobo«, sagte sie. »Wir haben doch schon so viel. Wir haben sogar noch was übrig. Aber wenn sie uns kriegen, ist es vorbei. Die Frau ist tot!«

»Sie kriegen uns nicht«, sagte er grinsend und schlug rechts und links von ihr aufs Sofa.

»Aber sie …« Seine Hand auf ihrem Mund schnitt ihr das Wort ab.

»Ich sagte: Sie kriegen uns *nicht*.«

Dann war er weg, und sie wusste, dass sie so gut wie erledigt waren.

Sie ging von einem Zimmer ins nächste und sog die Farben und den frischen, sauberen Geruch in sich ein, sie wünschte, sie hätte eine Kamera, um die Farben und das Gefühl festzuhalten. Ihre Freundinnen waren alle superneidisch gewesen, als sie ihnen ihre neuen Sachen gezeigt hatte; Jade und Rhiannon wohnten immer noch zu Hause bei ihren Müttern, und Lee-Anne gefiel sich in der Rolle der weltmännischen Gastgeberin, bei der sie zwischen Tee oder Kaffee, Gebäck oder Kuchen wählen konnten. Es war nicht fair! Er würde das alles aus lauter Trotz kaputtmachen. Sie machte das Radio an und ließ sich aufs Sofa fallen, dann griff sie nach einer Zeitschrift. Sie fing gerade an, einen Artikel mit der Überschrift »Stellt Ihr Mann Sie zufrieden?« zu lesen, als das Radio ausging.

»Mist«, sagte sie und spielte am Schalter rum. Es half nichts. Dann stellte sie fest, dass die Stand-by-Leuchte am neuen Fernseher aus war. Sie ging in die winzige, fensterlose Küche und schaltete das Licht an. Nichts passierte. Die Uhr an der Mikrowelle war auch aus. »Scheiße«, sagte sie. Scheiß Elektrizität.

Sie ging wieder zu ihrem Platz auf dem Sofa und versuchte sich auf die Zeitschrift zu konzentrieren, aber sie musste immer wieder an Lobo denken, wie er spät nach Hause kommt, wahrscheinlich besoffen. Es gab zwei Möglichkeiten, was dann passieren würde: Entweder wird er zu voll sein, um den Strom wieder anzustellen, oder er wird rumschreien, wie hilflos Frauen doch sind und dass man einen Mann braucht, um Probleme mit der Elektrizität zu lösen. Die Tatsache, dass sie eine Zwei in Physik hatte und er eine süße Sechs, zählte nicht – aber sie würde es nicht ertragen, wenn er ewig darüber lästern würde, dass Frauen keine einzige Hirnzelle für Technik hätten.

Sie legte ihre Zeitschrift weg und wühlte im Karton unter der Spüle, bis sie eine Zange und etwas Sicherungsdraht gefunden hatte. Sie ließ die Tür unverschlossen und ging hinunter. Die Zähler waren im Keller, die Sicherungen wahrscheinlich auch. Die Tür ging nach innen auf und das nur sehr schwer, aber sie lehnte sich nicht dagegen, weil sie wusste, dass nur noch drei Stufen nach unten führten, alle anderen waren verrottet und schließlich völlig weggebrochen, als der Stromableser letzten Herbst da war. Seitdem war niemand mehr hier gewesen, was ihnen eigentlich gut gefiel, da sie jetzt geschätzte Rechnungen bekamen und mehr Strom verbrauchten, als sie sich normalerweise trauen würden.

Das Licht, eine nackte 60-Watt-Birne, funktionierte. Lee-Anne ging vorsichtig zu der dritten Stufe und setzte sich auf sie. Sie drehte sich um und ließ sich dann den Rest des Weges hinuntergleiten – es war nicht sehr tief, wenn man darauf vorbereitet war.

Sie ging zu den Zählern und Hauptschaltern und suchte nach dem Schild »Wohnung 6«. Der Schalter war aus.

»Was zum T –?« Lee-Anne sah aus dem Augenwinkel eine Bewegung und drehte sich um, gerade als das Licht ausging. Sie schrie.

20. Kapitel

Sallis schnipste mit den Fingern nach Mike Delaney. Mike unterbrach sein Gespräch mit dem Manager einer Kreditkartenfirma. Die Büroangestellten, die neben Sallis saßen, wurden auch still.

»Wo?«, fragte Sallis. »Langzeitparken, Ebene C. O. K. Dank dir.« Er legte auf. »Mrs Fourniers Wagen«, erklärte er. »Flughafen Manchester. Haben sie ihre Autoschlüssel zu Hause gefunden?«

Mike schüttelte den Kopf. »Sie werden es aufbrechen müssen.«

Sallis machte eine Kopfbewegung in Richtung des Telefonhörers in Mikes Hand. »Ist er etwa in der Warteschleife ...?«

Mike grinste. »Geschieht ihm ganz recht.« Die Büroangestellten und die Kriminalpolizei hatten den ganzen Nachmittag bei großen Kreditkartenfirmen nachgefragt, ob Mrs Fournier bei ihnen ein Konto hatte. Es hatte Mike eine halbe Stunde voller Telefonanrufe, Faxe, Rückrufe und Sicherheitsprüfungen gekostet, überhaupt so weit zu kommen. »Frag den Chef mal, ob er uns ein Team der Spurensicherung schicken kann.« Er wählte eine Nummer auf seinem Schreibtischtelefon.

»Entschuldigen Sie, Mr Whittle. Wir müssen wissen, ob mit ihrer Karte seit letztem Freitag irgendwo Geld abgehoben wurde – hier oder im Ausland. Könnten Sie das herausfinden?«

Len Whittle machte sich Notizen. »Wir sollten Ihnen diese Informationen sofort dann geben können, wenn eine Transaktion stattfindet«, sagte er. »Die meisten Zweigstellen haben heute ein Online-System.« Er sah sich Angeline Fourniers Kontoauszüge an. »Es wurde viel in Italien und Frankreich abgehoben.«

»Nach Freitag?«

»Nein … nichts seitdem – aber sie hat vor zehn Tagen einen Flug bei British Airways gebucht. Die Fluggesellschaft wird Ihnen Details über den Flug geben können, wenn ich Ihnen ihre Kartennummer mitteile.«

Es dauerte weitere zwei Stunden, um herauszufinden, dass Mrs Fournier ihre Kreditkarte nach der Buchung des Flugtickets nicht mehr benutzt hatte. Sie hatte auf einmal 2000 Pfund in Travellerschecks und 500 französische Franc abgehoben. Ihr Hinflug war am Mittwoch, dem siebten, von Manchester nach Hendaye, nahe der spanischen Grenze; ihr Rückflug zwei Wochen später.

»Alles, was von dem Geld übrig geblieben war, waren ein paar Fünf-Franc-Stücke in ihrem Geldbeutel«, sagte Douglas.

Mike, Sallis und Douglas hatten sich in Inspector Cranks Büro getroffen. »American Express versucht herauszubekommen, ob sie einen der Travellerschecks eingelöst hat«, sagte Mike. »Aber falls es in einem Geschäft war, hängt es davon ab, wie schnell sie sie bearbeiten – es könnte Tage dauern, bis wir etwas wissen.« Inspector Crank sah Mike Delaney an, als ob er ihm diese Information extra mitgeteilt hätte, um seinen Tag zu ruinieren. »Sie war ganz sicher an Bord des Flugzeuges am Mittwoch?«

»Laut British Airways.«

Crank kratzte sich am Kinn. »Warum ist sie dann früher zurückgekommen? Und wenn sie ihre Kreditkarte nicht benutzt hat, wie hat sie den Rückflug bezahlt?«

»Sie hatte viel Bargeld dabei.«

»Warum blieb ihr Auto am Flughafen?«

»Vielleicht ist sie nicht zurückgeflogen«, schlug Sallis vor. »Sie könnte mit der Fähre oder der Seacat gekommen sein.«

»Oder sie könnte geflogen sein«, warf Mike ein, »wäre dann

nach Hause gefahren, und wer auch immer sie getötet hat, hätte den Wagen zurückgefahren.«

»Ja, klar«, schaltete Douglas sich ein. »Ein bisschen viel Zufall, oder? Sie fährt nach Hause, er killt sie und bringt dann den Wagen den ganzen Weg zurück zum selben Flughafen.«

Mike ließ sich von seiner Skepsis nicht entmutigen. »Manchester ist der einzige internationale Flughafen im Nordwesten, soweit ich weiß«, sagte er. »Und wenn er all die ausländische Kohle bei ihr gefunden hat, könnte ihn das auf die Idee gebracht haben, eine kleine Auslandsreise zu machen.«

Crank grummelte missbilligend. »Ihre Karten sind nicht benutzt worden«, sagte er. »Normalerweise würde man erwarten, dass die Diebe in den ersten Tagen so viel wie möglich aus den Karten rausholen – bevor die Geschäfte gewarnt werden.«

Mike zuckte mit den Achseln. »Ohne Geheimnummer käme er nicht weit – außer mit einer Komplizin und einem gefälschten Personalausweis.«

»Ihr Führerschein und ihr Pass wurden nicht gefunden«, sagte Sallis.

»Also hat er den Ausweis, aber er hat die Karten immer noch nicht benutzt. Vielleicht arbeitet er allein«, schloss Crank. »Irgendwas über das Auto?«

»Tut mir Leid, Chef.« Sallis hatte kurz vor dem Treffen mit der Spurensicherung gesprochen. »Nichts Offensichtliches. Keine Reiseunterlagen oder Karten – und keine Spuren von Gewaltanwendung. Es geht jetzt weiter zur Kriminaltechnik.«

Crank nickte zufrieden angesichts Sallis' Genauigkeit. »Haben ihre Eltern uns irgendwie weitergeholfen?«

»Sie sprechen kein Englisch«, sagte Mike. »Und sie sind recht alt. Die französischen Behörden wollten sich bei mir melden, sobald sie etwas erfahren haben.«

Fraser kam nach fünf nach Hause. Jenny war im Wohnzimmer, erschöpft, zerkratzt und voller blauer Flecken. Er wollte ihre Wange berühren, aber sie wich zurück.

»Ich hätte dich niemals mit ihm allein gelassen, wenn ich das gewusst hätte«, sagte er. »Entschuldige, Liebling.«

»Entschuldigung reicht nicht, Fraser«, sagte sie. »Entschuldigung reicht nicht einmal annähernd.«

Er sah sie einige Augenblicke lang an, dann zuckte er mit den Schultern. »Was soll ich sagen?« Er ging zum Schrank und goss sich einen Whisky ein. »Soll ich dir einen Drink machen?«, fragte er. Jenny antwortete nicht. Nach kurzem Nachdenken schenkte er einen für sie ein und stellte ihn auf den Tisch neben ihr.

»Wo warst du?«

»Ich hab's dir doch gesagt, ich war in der Schule, um ein paar Sachen zu regeln.«

Er sah zur Seite, um ihrem Blick auszuweichen, und Jenny fragte: »Hast du daran gedacht, dass ich dich vielleicht in der Schule anrufen könnte?«

Er wich ihrem Blick aus. »Na ja, du weißt doch, dass das während der Schulzeit unmöglich ist. Nachrichten werden nie weitergeleitet.«

»Und was, wenn jemand zu deiner Schule kommt, in dein Klassenzimmer, und feststellt, dass alles verschlossen ist und nirgendwo ein Zeichen des fleißigen Lehrers?«

Ärger und Schuld kämpften um die Kontrolle seiner Gesichtszüge. »Du warst in der Schule?«

»Ich nicht«, sagte Jenny. »Die Polizei.«

Fraser wurde blass und sah zur Tür. »Der Junge. Ist er –?«

»Er schläft«, sagte Jenny.

»Dann verstehe ich es nicht.«

»Ich auch nicht«, sagte Jenny und nahm einen Schluck Whisky, während sie überlegte, wie viel sie ihm erzählen sollte. »Der charmante Constable Douglas kam vorbei. Er wollte mit dir sprechen – er wollte mir nicht sagen, warum.« Sie lachte, eine Hand legte sie an die Wange. »Er hatte auch kaum die Möglichkeit dazu, wenn ich jetzt daran denke. Ich nehme an, dass es etwas mit dem Autounfall zu tun hat. Er rief später an, als er dich nicht in der Arbeit finden konnte – sein Besuch hatte Alain völlig durcheinander gebracht, und er wollte nicht noch einmal stören. Schön zu wissen, dass der Mann ein bisschen Feingefühl besitzt. Er bat mich, dir zu sagen, dass du ihn sofort anrufen sollst, sobald du zu Hause bist.«

Fraser war sehr still geworden. Ein plötzlicher Schauer durchfuhr ihn und ließ ihn seinen Drink verschütten, dann starrte er traurig in sein Glas und beobachtete, wie der Whisky im Glas an den Seiten hinunterlief.

»Ich dachte, sie hätten gesagt, es könnte jemand gewesen sein, der einen Überfall plante«, schlug er vor.

»Das haben sie gesagt, nicht wahr? Zumindest wissen sie, dass *ich* das Auto an diesem Abend nicht gefahren habe.« Sie gab ihm die Chance, alles aufzuklären, aber er wollte sie nicht wahrnehmen. »Sie haben auch gesagt«, Jenny bohrte weiter, sie wollte die unausweichliche Schlussfolgerung nicht ziehen, aber sie musste die Wahrheit wissen, »dass sie sich den Rest der Videobänder ansehen würden, um zu sehen, ob sie den Dieb nicht beim Zurückbringen des Wagens kriegen könnten.«

Fraser schloss seine Augen und nahm einen tiefen Schluck Whisky.

»Warst du es, Fraser? Hast du das Auto genommen?« Er atmete tief ein, und während dieser unerträglichen Pause stieß Jenny aus: »Bitte lüg mich nicht an!«

Er atmete aus. »Ich habe mir den Wagen *ausgeliehen*«, sagte er. »Ich habe ihn nicht genommen, ich habe ihn *geliehen*. Und ich habe das verfluchte Ding wieder genau dahin zurückgestellt, wo ich es gefunden hatte.«

»Nicht genauso, oder?«

Er zuckte mit den Achseln.

»Warum?«, fragte sie. »Und warum zum Teufel hast du mich angelogen?«

Fraser wischte sich müde über die Augen, und Jenny sah, dass er vor Erschöpfung krank schien. In den letzten paar Wochen hatten sie beide viel Schlaf verpasst, sie waren beide besorgt und ängstlich gewesen. Sie dachte an Paul – Alain –, aber vielleicht hatte sie die Ursache für Frasers Unruhe falsch interpretiert.

»Ich brauchte das Auto«, sagte er. »Und ich habe nicht gelogen. Du bist einfach davon ausgegangen, dass ich es nicht gewesen sein kann. Du hast der Polizei erzählt, dass ich nicht fahren kann.«

Jenny lachte. »Das ist unglaublich! Ganz abgesehen davon, was du im Supermarkt zu mir gesagt hast. Versuchst du wirklich, mir das zu verkaufen?«

»Jenny, ich habe das Auto gebraucht«, antwortete er. »Ich wusste, du würdest es nicht vermissen –«

»Warum hast du dann nichts gesagt? Ich hätte das Auto hier zu Hause gelassen. Warum lässt du mich in dem Glauben, du kannst nicht fahren?«

»Ich habe Unterricht genommen. Es sollte eine Überraschung werden. Ich habe die Fahrprüfung noch nicht bestanden, aber ich dachte, dass es eine große Hilfe wäre, wenn ich fahren lernen würde.«

»Eine große Hilfe«, sagte Jenny. »Du weißt, dass du nah dran bist, deinen Führerschein schon vor der Prüfung zu verlieren. Was, zum Teufel, war so wichtig?«

Fraser stand auf und schenkte sich noch einen Drink ein. »Das kann ich nicht sagen. Noch nicht.«

»Du meinst, du *willst* es nicht sagen.«

Er drehte sich um. »Sieh mal«, fing er aufgeregt an, »ich zahle meinen Anteil, es ist genauso gut mein Auto wie dein Auto.«

»Das hier hat nichts mit Geld zu tun, Fraser. Zumindest nicht für mich. Du bist unversichert Auto gefahren. Was, wenn du jemanden verletzt hättest?«

»Hab ich aber nicht, oder?« Er stellte seinen Drink ab, hockte sich vor Jenny und legte seine Hände auf ihre Schultern. Sie schüttelte ihn ab.

»Woher soll ich wissen, was du getan hast?«, fragte sie. »Wie kann ich mir über irgendwas sicher sein? Was alles erzählst du mir nicht?«

»Du musst mir einfach noch ein bisschen länger vertrauen, Jen. Ich verspreche, dass ich alles erklären werde, sobald ich kann.«

Sie starrte ihn an. Er hatte nichts begriffen. »Verstehst du es nicht, Fraser? Der Punkt ist, ich kann dir überhaupt nicht mehr vertrauen. Ich kann keinem einzigen Wort von dir vertrauen.« Sie ging hinaus, und er versuchte nicht, sie aufzuhalten. Sie hatte Recht. Sie konnte ihm nicht vertrauen.

Es ging nur um Vertrauen, und er verlor es – er hatte es bereits verloren. Er wusste nicht, ob er sich selbst noch vertrauen konnte, und wenn sie ihn nicht bereits hasste, so würde sie es bald tun. Und auch das geschah ihm recht.

Der Albtraum hatte für ihn noch eine Woche, bevor Jenny etwas von Mr Hunter gehört hatte, begonnen. Er hatte angerufen und ihm die Frage gestellt, die Jenny so aufgeregt hatte: *Haben Sie Kinder adoptiert?* Sie hatte an das Kind gedacht, das sie verloren hatten, an die Pflegekinder, die zu Adoptiveltern gekommen waren, und an die Sehnsucht, den Schmerz, den jede Trennung verursacht hatte, aber Fraser hatte nur an ein einziges Kind gedacht. Er hatte bereits da die wahre Identität des Anrufers vermutet.

Jenny hatte das Baby zwei Jahre vor seiner Affäre verloren. Damals war es die Hauptsache, dass sie überhaupt überlebt hatte. Sie waren dankbar darüber, zusammen zu sein, den anderen nicht verloren zu haben, aber in den folgenden Monaten war nach und nach der Horror dieser Nacht abgeklungen.

An ihre Angst, genauso wie an ihre Schmerzen in dieser Nacht, konnten sie sich nur noch schwer erinnern, so dass der Verlust ihres Kindes in ihrer Erinnerung nicht mehr länger wie eine Abfolge atemloser Schnappschüsse wirkte: Jenny, wie sie sich vor Schmerzen windet; Jenny, wie sie schreit, auf der Krankenhausliege wild um sich schlägt und sich gegen die Sauerstoffmaske wehrt; Fraser, wie er versucht, sie zu beruhigen – außer sich vor Angst. Stattdessen schien sich eine schleichende Trauer ständig zu verstärken, bis als einzige Erinnerung an diese Nacht nicht die hektische Fahrt zum Krankenhaus blieb, die Sirene des Krankenwagens, die sich mit Jennys Schreien mischte, das Blut und die Angst und die schreckliche Furcht, sondern nur noch die lähmende Traurigkeit darüber, dass sie niemals eigene Kinder haben würden – haben könnten. Diese Erkenntnis hatte sie beide eine Zeit lang gelähmt; monatelang hatten sie kaum miteinander gesprochen, die Anstrengung, die die Kommunikation verlangte, war schon zu viel. Dann hatte Jenny Pflegekinder vorgeschlagen und dadurch das stillschweigende Akzeptieren ihrer Situation offensichtlich und unwiderruflich gemacht.

Er konnte das nicht akzeptieren. Nicht zu Anfang. Es hatte ihn zu einem Grad der Verzweiflung getrieben, von dem er nicht geglaubt hatte, dass er dazu fähig wäre. Er hatte nie daran gedacht, Jenny zu verlassen, nicht im konkreten Sinn, dass er ausziehen würde, aber er konnte nicht bei ihr sein, um gemeinsam ihre Sterilität zu akzeptieren. Für einen kurzen Moment hatte er sie sogar dafür gehasst, den Vorschlag der Pflegekinder überhaupt gemacht zu haben, und obwohl er es niemals sich selbst gegenüber zugeben würde, wollte er sie fast dafür bestrafen, sie beide in ihrem Wunsch nach einer Familie enttäuscht zu haben.

Er griff in seine Hemdtasche und nahm ein zerrissenes Blatt Faxpapier heraus. Er starrte unentschlossen auf die Adresse, die darauf stand.

»Hast du Lust, es noch einmal bei Lynn Halliwell zu versuchen?« Lisa und Weston gingen über den knirschenden Kies der Auffahrt nach Heathfield zum Auto zurück. Das Haus war abgeschlossen. Niemand war zu Hause.

Weston setzte sich gemütlich auf den Beifahrersitz. »Ich könnte mir ein Tête-à-tête mit Mrs Harvey vorstellen«, sagte er.

»Guck nicht so mürrisch! Ruf sie an, sprich auf ihren Anrufbeantworter. Sie wird uns zurückrufen.«

Während Weston telefonierte, wendete sie das Auto, so dass es in Richtung Liverpool und Lynn Halliwells Wohnung stand. Sie kamen gerade richtig.

»Fahren Sie weg, Miss Halliwell?«, fragte Lisa. Lynn war dabei zu packen. In ordentlich gefalteten und gebügelten Stapeln lagen Kleider auf dem Boden, die größeren Stücke waren bereits in einem großen und abgenutzten Koffer.

Lynn lächelte leicht nervös. Die roten Striemen waren abgeklungen, abgesehen von ein oder zwei am Hals und einer Wunde an einer Hand, so dass ihre Haut blass, klar, fast durchscheinend erschien. Sie hatte einen schönen Mund, aber ihr Lächeln war gequält. »Ferien«, sagte sie. »Da mich Mr Harvey die nächste Woche nicht braucht, dachte ich, ich könnte eine Collegefreundin besuchen.«

»Wo?«, fragte Lisa.

Miss Halliwell wurde leicht rot. »Warum?«

Lisa und Weston fixierten sie kühl, Lisa zählte die Herzschläge – fünf –, bevor sie in die Verteidigung ging.

»Ich glaube nicht, dass es Sie etwas angeht, wo ich in meiner Freizeit hinfahre. Ich meine, warum sind Sie überhaupt hier? Wonach suchen Sie?«

»Eine klare Antwort«, sagte Weston, er war genervt, was ihn lakonisch werden ließ.

»Ich habe Ihnen gesagt, das ich zu einer Collegefreundin fahre. Ich muss Ihnen nicht sagen, wo.«

»Er hat Sie angerufen, nicht wahr?«, fragte Lisa. Miss Halliwell schien die Frage zu irritieren, als ob sie Angst hätte, in eine Falle zu gehen. »Sie sagten, dass er Sie nächste Woche nicht benötigen würde – wahrscheinlich hat er Ihnen das gesagt.«

»Oh … ja.«

»Er hat nur keine Zeit gehabt, uns anzurufen«, sagte Weston zu ihr.

Miss Halliwell hob eine Schulter. »Er ist sehr beschäftigt.«

Lisa lächelte sie mit falscher Verwunderung an. »Ich dachte, er sei im Urlaub.«

»Ist er auch, aber er muss sich trotzdem um den Bürokram kümmern. Er hat im Urlaub mehr zu tun als zu Hause.«

»Rührend«, sagte Weston.

»Was?«

»Ihre … Bewunderung für Ihren Chef.«

Miss Halliwell sah von Weston zu Lisa.

»Wo ist er?«, fragte Lisa.

»Irgendwo im Lake District.«

»Und Connor ist bei ihm?« Sie spielten ein verbales Pingpong. Weston und Lisa wechselten sich dabei ab, Lynn zu verwirren, damit ihre Konzentration genug nachließ und ihr etwas rausrutschte.

»Ich habe diese Frage schon mal beantwortet.«

»Nur unzufriedenstellend.« Weston starrte sie an und wartete darauf, dass Lisa weitermachte.

»Behinderung ist eine schwerwiegende Beschuldigung, Miss Halliwell.«

Lynn sah weiterhin Weston an. »Ich bin keine Verbrecherin«, sagte sie. »Und das hier ist kein Polizeistaat …« Bevor sie ihre kleine Rede beenden konnte, warnte Lisa sie. Lynns Gesicht wurde bleich.

»Behinderung genügt im Moment«, ergänzte Lisa leichthin.

»Aber falls Connor nicht bald auftaucht«, sagte Weston, den Stab übernehmend, »könnten Sie der Entführung verdächtigt werden –«

»Und der Verdunklung …«, setzte Lisa hinzu.

»Das meinen Sie nicht im Ernst!« Sie war außer sich, Tränen stiegen ihr in die Augen. »Aber ich habe doch gar nichts getan! Ich würde Connor nie schaden!«

»Connor oder Mr Harvey«, sagte Weston. »Egal wem. Geben Sie uns eine Adresse, einen Ort, dann machen wir dort weiter.«

»Und Sie können in Urlaub fahren«, schmeichelte Lisa.

Lynns Gesicht war verschlossen; sie hatte einen sturen Blick, der zu sagen schien, dass sie solange weitermachen könnten, wie sie wollten – sie würde ihnen nicht helfen. Lisa fing an zu verstehen, wie diese sanft aussehende junge Frau acht Jahre lang die despotische Herrschaft Mrs Harveys aushalten konnte.

21. Kapitel

Lobo mochte es, Zeugs zu kaufen – nicht einkaufen gehen – so nannte er das nicht. Lee-Anne ging einkaufen – *Tussis* gingen einkaufen. Lobo kaufte Zeugs. Er hatte den ganzen Tag lang Zeugs gekauft, und jetzt fühlte er sich besser, ausgefüllt, leer gekauft, würde Lee-Anne sagen; er hätte es befriedigt genannt – wäre das Wort ein Teil seines Wortschatzes gewesen.

Er stand in der Ranleigh Street, Ecke Bold Street, und überlegte, ob er auf dem Rückweg noch bei Lewis reinschauen sollte, aber die Geschäfte machten jeden Moment zu, und er hatte für einen Tag sowieso schon genug gekauft. Der süß-saure Geruch von chinesischem Essen wehte von den Restaurants in Chinatown zu ihm und ließ seinen Magen knurren. Nicht, dass es ihn lockte. All dieser Reis und der ganze Mist. Lee-Anne kochte richtiges Essen. Essen, das er mochte. Sie machte bessere Pommes als jede Bude. Lobo fühlte sich schwach. Er sah auf die Tüten in seiner rechten Hand. Es würde ihr nicht gefallen, dass er noch mehr Zeugs gekauft hatte. Er nahm die Tüten in die linke Hand, wappnete sich und ging zu seinem Auto.

Er hatte in der Hope Street geparkt, direkt um die Ecke vom Liverpool Institute of Performing Arts – das alle die Fame School nannten. Er musste den Weg bergauf. Trotz des Rückenwinds vom Mersey her war er in ein paar Minuten nass geschwitzt und fing an zu japsen. An der Ecke Mount Street war schon eine der üblichen Nutten etwas früher auf der Straße, um einen Freier im Geschäftsanzug auf seinem Heimweg abzufangen.

»Hast du Zeit?«, fragte sie.

»Ich habe vielleicht Zeit, aber ich würde nicht darauf wetten, dass ich die Energie habe, Mädchen«, sagte Lobo und versuchte sein schweres Atmen unter Kontrolle zu bringen.

»Ich lass dich schon Luft schnappen«, sagte sie und folgte ihm ein paar Schritte. »Keine Extrakosten.«

Lobo schüttelte den Kopf und ging schnell weiter. Sie machten ihn verlegen, die Straßenmädchen, auch wenn die hier schöne Beine hatte und es ihm gefallen hätte, sie auszuprobieren, wenn er den Nerv dazu gehabt hätte. Aber er hatte Angst vor Krankheiten, eine Schwäche, die Lee-Anne bei jeder Gelegenheit ausnutzte. Sie zitierte Fakten und Zahlen aus ihren Zeitschriften, erzählte ihm über die Bedrohung durch AIDS und Syphilis; die Schlampe hatte ihn sogar ins Kino mitgenommen, um *King George – Ein Königreich für Verstand* zu sehen, und wochenlang hatte sie ihn damit aufgezogen, dass der Alte wegen irgendeiner Geschlechtskrankheit verrückt geworden war. O ja, Lee-Anne kannte seine wunden Punkte.

Er nahm den Rest des Weges kaum wahr, würdigte die altmodischen Häuser mit ihren Balkonen, an denen Wein hinaufkletterte – eine glatte Einladung – keines Blickes. Er wollte gerade um die Ecke zu seinem Parkplatz am Cop Shop gehen, als er sich wegen eines gellenden Pfiffs hinter sich umdrehte und auf den Stufen der Fame School seinen Freund und gelegentlichen Komplizen Dileep Khan sitzen sah.

Lobo wartete an der Ecke und grinste dämlich, bis er sich dessen bewusst wurde und genauso ernst wie sein Freund blickte. »Alles klar, Randy, Mann«, sagte er.

Dileep wurde seit der Neunten Randy genannt; es hatte irgendwas mit seinem pakistanischen Namen zu tun – Lobo konnte sich nicht genau daran erinnern. Lobo sah an Randy vorbei zu der Treppe der Fame School, wo eine kleine Gruppe Studenten vor der großen blauen Tür stand. Drei oder vier Mädchen und zwei Jungs. Sie schienen auf Randy zu warten.

»Was machst du denn hier, Mann?«, fragte Lobo. »Raubst du sie aus oder was?«

»Nee, Mann.« Randy steckte seine Hände in die Taschen seiner Jeans und sah über die Schulter, um zu schauen, ob sie noch warteten. Das taten sie. »Ich mache einen Kurs.«

»Wie, schauspielermäßig?«

»Schauspiel, Gesang, Tanz«, sagte Randy und vergaß dabei für einen Moment die Ausspracheregeln seines Lehrers.

»*Was?*« Lobo lachte sich kaputt. »Du – Tanz?«

Randy zog seine schweren Augenbrauen zusammen, so dass sie als eine durchgehende Linie über seiner schmalen Nase erschienen. »Und was machst du, Lobo?«, fragte er betont. »Immer noch stempeln gehen?«

Lobo knipste sofort sein Lachen aus. »Klar, Mann. Warum?«

Randy zuckte die Schultern. »Nur 'ne Frage.« Er wies mit seinem Kopf auf Lobos Tüten. »Haben sie die Stütze erhöht, seit ich nicht mehr dabei bin, oder was?«

»Hast du nicht gehört?«, fragte Lobo. »Es gibt jetzt Treuepunkte für jeden, der länger als drei Jahre dabei ist. Ich hab meine letzte Woche bekommen, fünfundzwanzig Prozent Rabatt auf Markenartikel.«

Randy ließ unter seinen Augenbrauen ein kleines Lachen sehen. »Mein übliches Pech, he? Ein paar Monate länger, und ich hätte mich auch qualifiziert.«

Lobo grinste. »Nö. Ich hatte einfach Glück.«

Randy nickte. Er wusste nur von zwei Möglichkeiten, wie Lobo hätte Glück haben können: Die eine war, beim Pferderennen zu gewinnen, und die andere, eine offene Hintertür zu finden. »Na ja«, sagte er. »Wenn du jetzt so viel Kohle hast, wie wär's denn damit, einem armen Studenten einen auszugeben?«

»Ich weiß nicht, Mann«, sagte Lobo zweifelnd. »Ich will nicht dabei helfen, den Staat auszubeuten, oder so.«

Randy boxte ihn auf den Arm und lachte. »Bist du nicht im Urlaub?«

Randy hob seinen Kopf. »Wir machen hier was für –« Er unterbrach sich gerade noch rechtzeitig. »Eine Art Show«, schloss er. Lobo würde es nicht verstehen. »Also«, fuhr er fort, bevor eine peinliche Stille entstehen konnte, »kommst du mit auf ein Bier, oder was?«

Lobo brauchte nicht viel Überredung, um sein Treffen mit Lee-Anne zu verschieben. »O. K., ich will nur noch das Zeugs vor räuberischen Bastards verstecken –« Er hatte erwartet, dass Randy ihm zum Auto folgen würde, aber er zögerte an der Ecke.

»Wohin gehen wir?«, fragte Randy. »Damit ich es meinen Kumpels sagen kann.«

Lobo erstarrte. Randy war eine Sache; sie waren zusammen in der Schule gewesen, er und Randy. Sie waren sogar ab und an zusammen eingebrochen – aber Studenten waren etwas anderes. Studenten kotzten ihn an. Er konnte nichts dagegen tun. Es war einfach so.

»Ehm …«, sagte er.

»Ich sag im Phil, in Ordnung?«

Und bevor Lobo antworten konnte, war Randy schon über die Straße zu der Treppe gelaufen, wo seine Freunde warteten.

22. Kapitel

Jenny klopfte an Alains Schlafzimmertür. Sie wartete einen Moment, horchte und überlegte, ob sie es riskieren könnte, hineinzugehen, als die Tür unerwartet geöffnet wurde.

»Alain?«, sagte sie.

Der Junge sah zu ihr hinauf, seine großen Augen voller Trauer. Er hatte den Eisbär unterm Arm, und jetzt, wo sie ihn anschaute, hielt er ihn als einen trennenden Schutzwall vor sich, so dass dessen Kopf halb sein Gesicht verdeckte; und in dem Bruchteil einer Sekunde, in der Jenny dies bemerkte, fragte sie sich, ob er zu Hause einen Tröster hatte. Luke hatte eine Babydecke mit sich herumgetragen, die er schon als Baby besessen hatte. Er lutschte an einer Ecke, und wenn er müde oder unsicher war, legte er sie sich über die Schultern oder sogar übers Gesicht, wenn er Angst vor Besuchern hatte. Ab und zu, wenn er schlief, stahl sie sie aus seinen Armen, um sie zu waschen – aber sie passte darauf auf, sie ihm sauber und trocken wieder zurückzugeben, bevor er aufwachte. Luke war dann ein paar Stunden lang mürrisch und sah sie misstrauisch an. Er schleifte die Decke durch jede staubige Ecke, bis sie eine befriedigende Schmutzschicht hatte, so dass sie sich wieder wie zu ihm gehörig anfühlte. Schließlich war sie auseinander gefallen, und er hatte sie vergessen.

Lukes Adoption war ein schwerer Schlag für sie gewesen. Natürlich hatten sie es erwartet, aber er war so lange bei ihnen gewesen, dass sie – Fraser vielleicht auch – ihn als eigenen Sohn angesehen hatten. Nach der Fallbesprechung hatte sie mit Gina gesprochen, und Gina hatte angedeutet, dass sich Luke in seinem neuen Zuhause nicht ganz wohl fühlte. Es war unfair gegenüber dem Kind zu verlangen, zwei neue Menschen als seine Mami und Daddy zu akzeptieren, wenn alles, woran er sich erinnern konnte, Jenny und Fraser waren.

Jenny lächelte zu Alain hinunter. »Bist du fertig fürs Abendessen?«

Er drehte sich von ihr weg, und Jenny hatte das Gefühl, dass sie ihn enttäuscht und eine große Chance verpasst hatte, weil sie das völlig Falsche gesagt hatte; dass sie alles hätte erfahren können, wenn sie nicht den einfachen Weg gewählt und diese banale, sinnlose Frage gestellt hätte. Jenny hatte früher schon manchmal dieses Gefühl gehabt, bei anderen Kindern, aber jedes Mal war es schließlich doch zu dem Kontakt gekommen, der die Heilung begonnen hatte, vielleicht jeweils auf einem anderen Weg, aber es war passiert, und deshalb war sie jetzt nicht zu niedergeschlagen.

Alain saß im Schneidersitz auf dem Sitzkissen, und seine Augen fixierten Jennys Gesicht.

War er Zeuge beim Mord an seiner Mutter? Jenny fühlte es intensiv. Sie wusste nicht, was sie ihm sagen sollte, was ihn fragen, wie ihm helfen.

»Oma und Opa Fournier kommen bald, um dich zu sehen«, sagte sie.

Der Blick des Jungen wich nicht von ihrem Gesicht. *Oma und Opa? Kommt* sie *nicht?* Er hielt den Bär fester umklammert, presste das samtweiche Fell an seine Brust. *Natürlich. Sie hasst mich jetzt. Das tun sie alle. Ich habe versprochen, auf alles aufzupassen. Ich habe es versprochen.*

Jenny sah eine Träne auf Alains Wange fallen. Sie saß neben ihm und legte ihren Arm um ihn. »Was ist los, Liebling?«, fragte sie. »Wenn du es mir sagst, werde ich versuchen zu helfen, das verspreche ich.«

Es war dieses Wort, das alles entschied. *Versprechen.* Er schüttelte sich. »Muss ich sie treffen?«, fragte er. Jenny schnappte nach Luft beim Klang seiner Stimme.

Vi Harvey rief Weston schließlich um sechs Uhr zurück. Sie hatten sie gerade für diesen Tag aufgegeben. Lisa sah Weston gequält an. Sie wartete, bis er fertig war, und begann dann sofort mit einer Liste nach Gründen, warum er das Treffen mit Mrs Harvey auf den nächsten Morgen hätte verschieben sollen.

»Ich dachte, du wolltest das hier unbedingt aufklären«, sagte Weston.

»Das will ich! Aber ich treffe mich nachher noch mit jemandem.«

»Irgendjemand Besonderes? Vielleicht könnte ich mitkommen.«

»Niemand, den du kennst. Und ja, er ist sehr besonders, was heißt, dass du nicht willkommen wärst.«

»Das hier wird nicht lange dauern. Sie hat gesagt, dass sie auf dem Nachhauseweg auf dem Revier vorbeischauen wird.«

»Das ist sehr freundlich von ihr.«

»Das dachte ich.«

Sie mussten nur zwanzig Minuten warten. Vi kam klimpernd herein, mit genug Gold behängt, um einen eigenen Sicherheitsdienst zu benötigen. »Sie wollten mir ein Bild zeigen«, sagte sie.

»Danke, dass Sie mich daran erinnern«, sagte Weston. Er sah durch die Papier- und Aktenberge auf seinem Schreibtisch, während Vi sich auf den Stuhl ihm gegenüber setzte und ihn kühl ansah.

»Irgendwelche Neuigkeiten?«, fragte Lisa.

»Nein. Aber ich erwarte auch nicht, dass Bill mich alle fünf Minuten anruft, wenn er im Urlaub ist.« Sie sah nicht von Weston weg.

»Sie haben ihn also noch nicht erreicht?«

Sie schenkte Lisa einen kurzen, vernichtenden Blick. »Das hätte ich gesagt.«

»Sie hätten was gesagt?«

»Wenn ich ihn erreicht hätte. Sie haben seine Handynummer. Haben Sie es nicht versucht?«

»Haben wir, Mrs Harvey. Haben wir.«

Weston hustete. »Entschuldigen Sie die Unterbrechung«, murmelte er und gab Vi eine Kopie von Alains Foto.

»Was ist mit ihm?«

»Erkennen Sie ihn nicht?«

»Sollte ich das?«

»Sehen Sie ihn sich gut an.«

Sie schaute das Bild noch einmal oberflächlich an und seufzte. »Es ist nicht Connor, falls Sie das denken sollten.«

»Kein Verwandter?«

»Nein.«

Weston und Lisa sahen sich an. Sie waren noch nicht viel weiter als am Morgen, außer dass sie Harveys Kindermädchen in einer Zelle hatten, und es sah so aus, als ob auch Mrs Harvey mit ihr da hineingehörte. Vi schien ihre Frustration zu fühlen, denn sie schaltete abrupt ihren Charme ein.

»Ich weiß, das hier ist schwer für Sie«, sagte sie. »Und glauben Sie mir, ich weiß Ihre Bemühungen zu schätzen, aber es gibt wirklich nichts, worum man sich Sorgen machen müsste. Alles ist in Ordnung.«

Ach ja?, dachte Calcot, *warum habe ich dann das Gefühl,*

dass Sie sich selbst genauso sehr davon überzeugen wollen wie uns?

Randy fühlte, wie sich eine Spannung aufbaute. Lobo hatte die anderen nun schon seit anderthalb Stunden angemacht. Zwei waren bereits gegangen, weil sie Lobos Bemerkungen, die immer aggressiver wurden, je mehr er soff, nicht mehr ertragen konnten. Sie saßen im Liszt-Zimmer im Philharmonic Pub. Das Abendlicht leuchtete durch die bunten Glasfenster und ließ die Walnusstäfelung im Raum in sanftem Goldorange schimmern.

Peter Merembe hatte den Fehler begangen, Lobo wie ein vernünftiges Wesen zu behandeln, das man mit Argumenten überzeugen kann. »Ich verstehe nicht, warum dich die Schuldenlast des Staates kümmern sollte«, sagte Peter mit einer leichten Betonung auf dem Wort *dich*.

Randy zuckte innerlich zusammen. Normalerweise war Lobo ziemlich rassistisch, und Randy hatte bei ihm nur deshalb den Status eines Weißen ehrenhalber, weil sie zusammen zur Schule gegangen waren. Lobo musste in Englisch neben ihm sitzen, wo er festgestellt hatte, dass Randys Begabung nützlich war, um Lobo Ärger zu ersparen, denn Randy hatte nichts dagegen, Ideen oder Hausaufgaben mit seinen Kumpels zu teilen.

»Was soll das denn heißen?«, fragte Lobo. Randy versuchte nicht auf das Queue zu starren, das Lobo unbedingt mitnehmen musste, weil es nicht in den Kofferraum gepasst hatte. »Nennst du mich etwa einen Schnorrer?«

»Nicht mehr als mich selbst«, sagte Peter lächelnd. »Aber du verlangst genauso Geld vom Staat wie ich.«

Lobo zog seine Lippen zurück und bleckte seine Zähne bei einem warnenden Knurren. »*Genauso wie ich*«, sagte er und imitierte Peters Privatschulakzent. »Du musstest noch nie im Leben Stütze beantragen, du scheiß schwarze Schwuchtel!« Der Engel im Glasfenster sah mit einem Ausdruck der Bestürzung zu, aber Peters Lächeln wurde breiter, es wurde zu einem Grinsen, und plötzlich, erschreckenderweise, lachte Peter – ein lautes, frohes, natürliches Lachen.

Lobo wandte sich wütend zu Randy. »Worüber lacht der?«, fragte er.

Randy zuckte hilflos mit den Schultern.

»Worüber lachst du?«, fragte er und drehte sich wieder zu Peter. Randy hatte eigentlich erwartet, dass es jetzt zu Handgreiflichkeiten käme, aber Peter schien ehrlich amüsiert. Der Rest der Gruppe war in ihre Sitze zurückgesunken und beobachtete die beiden Männer misstrauisch.

Peter trank sein Bier aus und konnte sein Lachen kaum so weit unter Kontrolle bringen, dass er sich nicht verschluckte. Er klopfte Randy auf die Schulter, als er zur Tür ging. »Ich finde, du solltest ihn wirklich für deine Charakterstudien benutzen«, sagte er. »Er bietet endlos Material. Er ist absolut perfekt.«

Ein tiefes, kehliges Knurren kam von Lobo, dann sprang er auf und griff nach seinem Queue als Waffe. Eines der Mädchen kreischte, aber Peter ging weiter nach links in Richtung Ausgang. Lobo wollte hinter ihm her, aber Randy hielt den Arm mit dem Queue fest. Er war größer als Lobo und durchtrainiert.

»Ich schlag ihn *kaputt,* Scheiße!«, brüllte Lobo und kämpfte mit Randy. Er dachte an einen Kopfstoß, gab die Idee aber auf, da Randy diese Möglichkeit anscheinend bereits vorhergesehen hatte und ihn auf Armeslänge hielt. »Ich bring das Arschloch um!«

»Setz dich hin und halt's Maul«, sagte Randy, aber leise, damit er seinen Kumpel nicht blamierte, »sonst bringe ich dich verdammt früh ins Bett.«

Lobo sah ihn an und schätzte den Grad der Drohung ein. Es stand einen Augenblick lang auf der Kippe, während er im Kopf den alten Spruch durchging: *Du bist ein Arsch, wenn du es tust, du bist ein Arsch, wenn du es nicht tust.* Schlussendlich war es sein Alkoholpegel, der alles entschied: Er war nicht mehr dazu in der Lage, hinter dem Schwarzen herzurennen, also setzte er sich hin.

Randy stand noch ein, zwei Minuten neben ihm, atmete schwer durch die Nase und versuchte seine Wut unter Kontrolle zu bringen. Randy hatte ein starkes Gespür für seine persönliche Würde und verabscheute Szenen. Er hasste Beleidigungen noch mehr als körperliche Aggressionen: Wenn es körperlich wurde, konnte man es wenigstens bereinigen, aber bei Beleidigungen war die Verletzung innerlich und brannte sich langsam durch alle Lagen, zerfetzte die Haut und sensibilisierte die Nerven für das nächste Mal.

Lobo entspannte sich langsam und fing an zu schmollen. Randy warf seinen Freunden einen bedeutsamen Blick zu, und zwei Minuten später war er mit Lobo allein, und die Trinker in der Bar nebenan redeten wieder leise. Die Luft vibrierte vor Spannung, die eine Hälfte der Gäste war über den friedlichen Ausgang des Schlagabtauschs enttäuscht, die andere Hälfte erleichtert und etwas aufgewühlt und sah angespannt nach Anzeichen eines neuen Konflikts.

Randy gehörte zu denen, die erleichtert, aber noch vorsichtig waren. Es hatte ihn viel gekostet, in das Institute of Performing Arts aufgenommen zu werden – viel Arbeit, viel Selbstdisziplin, sogar viel Geld, und er wollte nicht alles, wofür er gearbeitet hatte, gefährden.

Lobo hing in seinem Stuhl. Randy wusste, dass es richtig schlimmen Ärger geben würde, wenn er versuchte, Lobo hier rauszubringen, ohne vorher den Versuch gemacht zu haben, dessen schlechte Laune zu vertreiben.

»Also«, sagte er. »Wo kann man heute am ehesten Glück haben? Falls ich mein Stipendium ein bisschen aufstocken möchte.« Nicht, dass er wirklich an so etwas interessiert gewesen wäre, aber er musste Lobos Gedanken von den Studenten wegbringen, und das ging am besten, wenn er über sich selbst reden konnte.

Lobo sah ihn von der Seite an. »Zusatzzahlungen, was Mann?« Er trank einen Schluck Bier und zuckte mit den Schultern. »Wir machen immer noch dasselbe. Ich und Lee-Anne. Es gibt ein paar klasse Häuser bei Mossley Hill, Mann.« Er wollte gerade mit einer Beschreibung von Häusern ohne Alarmanlagen anfangen, von Gärten mit hohen Hecken und netten, ruhigen Straßen, die zwischen halb neun und sechs Uhr abends menschenleer waren, als ihn plötzlich das fotografisch scharfe Bild einer Frau, die auf einem Küchenboden liegt und unter der Blut fließt, überraschte.

»Ist alles in Ordnung, Kumpel?«, fragte Randy. Lobo war blass geworden, und für einen fürchterlichen Moment dachte Randy, er könnte vielleicht sogar in Tränen ausbrechen.

»Ich muss kotzen«, murmelte Lobo und stolperte Richtung Tür. Randy folgte ihm ein paar Sekunden später und nahm Lobos Queue mit – Lobo würde ziemlich genervt sein, wenn er sein Queue verloren hätte. Randy nickte dem Barmann zu, eine Geste, die bedeutete: *Siehst du, man braucht nur ein bisschen Takt.*

Lobo stand vornübergebeugt und lehnte an der Hausecke, er krümmte sich und bespritzte seine neuen Nikes mit saurem Bier. Er presste sein Gesicht gegen den kühlen, rosa gesprenkelten Granit der Mauer und wartete darauf, dass es vorbei war. »Oh, Scheiße«, sagte er, als er sich schließlich wieder besser fühlte.

Randy sah höflich in Richtung Myrtle Street. Er wartete, bis Lobo wieder gerade stand und sich den Mund an seinem Ärmel abgewischt hatte, bevor er ihn fragte: »Glaubst du, du schaffst es bis zu deinem Auto?«

»Es war nur ein schlechtes Bier, O. K.?«, sagte Lobo, beleidigt durch die Andeutung, er könnte nichts vertragen.

»Klar. Und wenn man ein schlechtes Bier bekommt, will man es loswerden.« Randy übergab Lobo sein Queue so feierlich, als ob es ein Zeremonienstab wäre.

Sie schlurften auf den Zebrastreifen, Randy ging etwas langsamer, bereit, Lobo aufzufangen, falls er fallen sollte. Er dachte an die Nachrichten im Radio über diese ermordete Frau in Mossley Hill, er hatte bereits darüber nachgedacht, ob Lobo und Lee-Anne die ›Jugendlichen‹ gewesen sein könnten, die am letzten Freitag gesehen wurden, wie sie an Türen klopften.

»Hey!« Einen Augenblick war Lobo noch hier, dann war er weg, er rannte zu einem silbernen Peugeot Cabrio mit offenem Dach. Er stand vor dem Auto, leicht gebückt, mit diesem gefährlichen Lächeln auf den Lippen, halb Grimasse, halb Drohung.

Randy stöhnte. Peter saß am Lenkrad. Er hatte einen amüsierten, fast genervten Gesichtsausdruck.

Lobo hielt sein Queue wie einen Baseball-Schläger, holte aus und zerschlug die Scheinwerfer.

»Was, zum Teufel, machst du?«, schrie Peter. Er sprang aus dem Auto. Lobo drohte ihm mit dem Queue, und er wich zurück, dann holte Lobo noch einmal aus, wie ein Samurai, mitten auf das Faltdach.

»Das ist nicht mein Auto, du bescheuerter Irrer!«, schrie Peter. Es wurde grün, aber keiner hupte.

Lobo brüllte. Er sagte nichts, er brüllte nur und schwang das Queue wild hin und her. Peter griff Lobo mit geducktem Kopf an, das rettete ihn wahrscheinlich, weil das Queue ihn so an der Schulter traf; sonst hätte er wahrscheinlich einen bösen Schlag auf den Kopf bekommen. Er ging nieder, und Lobo erhob das jetzt schon ziemlich lädierte Queue, um es zu Ende zu bringen. Randy schrie und machte einen Satz auf Lobo zu. Er drehte sich mit wilden Augen um und schlug Randy genau auf die Nase. Randy fühlte es krachen, aber keinen Schmerz – noch nicht, das würde später noch kommen – und fiel zu Boden; er wurde bewusstlos, ehe er den Aufschlag fühlen konnte.

23. Kapitel

Shona lief von ihrem Auto zu Max' Haus. Gebete hatten bei ihm keine Wirkung. Er musste wissen, dass sie das Weihwasser in seinem Auto versprüht hatte. Es hatte ihn nur wütend gemacht, und jetzt hatte er ihre Akte! Was wollte er damit? Sie fühlte eine kalte Welle der Schwäche, weil sie ohne Zweifel wusste, dass er sie gegen sie verwenden würde. Um ihre schwachen Punkte zu finden. Vielleicht fanden sich da Beweise für das, was er ihr angetan hatte. Er hatte sie an sich genommen, um Shona zu zerstören.

Sie rannte hinter das Haus. Dieses Mal war die Tür abgeschlossen. Sie versuchte mit ihrem Ellbogen das Glas einzuschlagen. Es ging nicht. Sie zog ihren Schuh aus und hämmerte so lange gegen das Küchenfenster, bis es zerbrach, dann griff sie nach innen und öffnete den Riegel. Ein Splitter stach in ihr Handgelenk, aber sie bemerkte es kaum. In der Küche wurde ihr vom Geruch der Gewürze, des Kaffees und von starkem Käse übel. Sie hielt stand, kämpfte gegen den Wunsch, sich umzudrehen und wegzulaufen, gegen den Brechreiz, und stolperte in den Flur.

Ihr Herz schlug hämmernd in ihrer Brust. Er könnte jede Minute zurückkommen, mit knarrenden, ledernen Flügeln die Luft neben ihrer Wange aufwühlen, sie würde sich umdrehen, und er wäre da, mit gefletschten Zähnen, bereit zuzuschlagen. Plötzlich wurde sie sich des Blutes, das von ihrem Arm tropfte, bewusst und schnappte nach Luft. Der Geruch! Der Geruch von

Blut würde ihn zurückbringen. Keuchend vor Panik hielt sie ihr Handgelenk fest und lief in sein Wohnzimmer. Beleuchtete Bücherregale standen in der Nische neben dem Kaminvorsprung. An einer Wand hing die Radierung einer Frau, die sich in den Qualen teuflischer Besessenheit wand.

Shona sah weg, aber sie hatte es gesehen; sie konnte die furchtbare Vision von Wahnsinn und dem Bösen nicht ungesehen machen: Körper, die sich in schrecklichen Folterungen wanden, Frauen mit herausquellenden Augen, die sich ihre Kleider vom Leib rissen, während Kobolde und Teufel lüstern zuschauten und ihr nacktes Fleisch berühren wollten.

Sie schluchzte, öffnete dann eine Schranktür unter dem ersten Bücherregal, um nach ihrer Akte zu suchen. Hier waren CDs, daneben Videokassetten. Sie riss sie heraus, warf sie auf den Boden und hörte, wie sie auf die Dielen schlugen.

Die verglasten Regale waren voller Bücher. Sie wäre an ihnen vorbei in ein anderes Zimmer gegangen, um weiter zu suchen, aber ein Buch war rausgerutscht und lag offen auf dem Regal. Rot und schwarz. Die Farben des Schmerzes und des Hasses, des Bösen und des Leidens. Eine widerwärtige, reptilienartige Figur, halb Mensch, halb Monster starrte vom Umschlag. Der Titel stach hervor: *Der Mythos des satanischen Missbrauchs.*

In ihr explodierte die Wut. Sie nahm das Buch vom Schrank und riss den Umschlag ab. Da waren noch mehr: ein paar mit reißerischen Titeln; andere in schlichtem Leder; gebundene Zeitschriften; Enzyklopädien. Sie fühlte sich durch das bloße Gewicht der Bücher bedroht. Perversion, Missbrauch, Grausamkeit, alles reduziert zu nichts als falschen Erinnerungen und hysterischen Erfindungen. Sie zog sie hervor, zuerst einzeln oder zwei auf einmal, dann, als ihre Wut größer wurde, fielen sie wie Steine von einem Berg und sammelten sich in Stößen auf dem Boden.

Sie trampelte auf ihnen herum, verdrehte sie, zerriss und

zerfetzte sie, ihr Gesicht schwitzend verzerrt, ihre Hände wunderbar stark, geheilt durch die zerstörerische Kraft, die in ihr freigesetzt wurde.

Sie ging weiter nach oben, um das Zimmer zu suchen, das seine Zuflucht war.

Max bemerkte zuerst das Blut. Es war auf dem Parkett im Flur verspritzt und auf die Wände und das Treppengeländer geschmiert. Die Tür zum Wohnzimmer stand halb offen, und ein Lichtstrahl zerschnitt die Dämmerung im Flur. Er schlich zur Tür, legte seine Hand auf die Klinke, bis die Tür mit einem Seufzer ganz aufging. Im Zimmer herrschte Chaos: umgestoßene Tische, Platten und CDs überall verstreut, Bilder schief an der Wand, und auf einem Stoß in der Mitte des Zimmers sah er seine Bücher, seine wertvollen, über Jahre gesammelten Texte. Sie waren zerrissen, die Seiten wieder und wieder aufgeschlitzt, die Einbände in solcher Wut zerstört, dass Bindfadenstückchen von den Überresten der Buchrücken hingen.

Das schmerzte mehr als der Einbruch, diese sinnlose Zerstörung – Schändung – von sorgfältiger, ernsthafter Forschung. Er fühlte sich geplündert. Er starrte fassungslos auf den Ruin seiner Bücher und schnappte nach Luft, dann drehte er sich um und ging wütend durch das Haus, wobei er wie eine Seele in Not schrie. Die Gefahr war ihm egal, er wollte den Zerstörer seiner Welt treffen.

Es war in jedem Zimmer dasselbe. Seine Bücher, von denen einige seit Jahren nicht mehr aufgelegt wurden und die unersetzlich waren, sie waren alle ruiniert. Diese Texte belegten historische Präzedenzfälle: Vergangener Wahn beleuchtete gegenwärtige Geisteskrankheit. In diesen historischen Werken fanden sich die Vorgänger aktueller psychischer Leiden: Teuflische Besessenheit war durch multiple Persönlichkeiten ersetzt worden; die Schrecken von Hexen und Hexenmeistern durch

Entführungen und Experimente durch Außerirdische sowie der Glaube an satanischen Missbrauch, der besonders in den USA eine Welle der Paranoia auslöste, spiegelte eine ähnliche hysterische Reaktion im sechzehnten und siebzehnten Jahrhundert wider. Vom Boden neben seinem Bett hob er den zerrissenen Rest eines Buches über Teufelsanbeter auf. Der Buchrücken war abgerissen worden und kringelte sich wie eine Hundezunge, der Klebstoff und die Bindung, die offen dalagen, waren vergilbt und brüchig vom Alter. Einzelne Seiten waren herausgerissen und zerknüllt oder zerfetzt worden; die Stücke lagen überall herum.

Max saß auf der Bettkante und legte seinen Kopf in seine Hände. Wer hatte das getan? *Wer?* Er sah auf, sein Herz pochte plötzlich. Sein Büro. Seine Akten, Berichte, Forschungsunterlagen, Computer, Disketten – alles. Er rannte die letzten Treppenstufen hinauf zum Dachzimmer, das über den gesamten Grundriss ging.

Er schloss die Augen und stöhnte. Der Aktenschrank stand offen. Papiere und Krankenhausberichte waren auf dem Boden verstreut. Ein Tintenfass war umgeworfen worden; die Tinte lief über die Notizen für seinen Vortrag, die er sich gestern Abend gemacht hatte, und tropfte auf den Teppich darunter.

Panisch suchte er in den Akten, aber sie waren so durcheinander und zerrissen, dass es unmöglich war festzustellen, was fehlte. Er verwählte sich zweimal, weil seine Hände so furchtbar zitterten, aber beim dritten Versuch kam er durch. »Ich muss einen Einbruch anzeigen«, sagte er.

Im Schatten der Straße hörte Shona zu. Als sie seine Schreie durch die Zimmer hallen hörte, zitterte sie vor Angst angesichts seines Schmerzes über den Verlust. Nach der Zerstörungswut hatte sie sich befriedigt gefühlt, auf eine seltsame Art gerechtfertigt. Aber jetzt kam der dünne, schrille Schrei des Adrenalins in ihrem Körper wieder, und in der nun folgenden Stille wurde ihre Furcht größer.

Jenny war lange wach, um an ihrem Vortrag zu arbeiten, und versuchte zu verstehen, was mit ihr passierte. Es war unmöglich zu schlafen, zu trivial, um es unter diesen Umständen in Betracht zu ziehen, die bloße Notwendigkeit dazu erschien wie eine Zumutung. Da nichts einen Sinn ergab, wandte sie sich dem Jungen zu – Alain – es war schwierig, sich an diesen Namen zu gewöhnen.

Max schien zuversichtlich, dass sich Alain ihr nach diesen ersten Schritten bald anvertrauen würde. »Er vertraut dir offensichtlich«, hatte er gesagt. »Sonst hätte er dich nicht um Hilfe gebeten.«

»Oder es könnte auch sein, dass sonst niemand da war, an den er sich hätte wenden können, und er einfach verzweifelt war.«

Max hob die Augenbrauen. »Vielleicht.« Es war sinnlos, Jenny etwas vormachen zu wollen.

»Was mache ich mit den Großeltern?«

»Du kannst nichts machen. Sie müssen kommen. Wir können das nicht verhindern. Höchstwahrscheinlich fühlt Alain sich schuldig – er hat versucht, ein braver Junge zu sein, und in seinen Augen hat er katastrophal versagt. Natürlich müssen seine Großeltern kommen.«

Jenny ging zu den großen Fenstern. Nachts arbeitete sie im Esszimmer, weil es unter einem der Gästezimmer lag und es weder Fraser noch die Kinder, falls sie gerade welche in Pflege hatten, störte, wenn sie herumlief.

Die Arbeit ging nicht voran: Gedanken an ihren Streit mit Fraser kamen immer wieder dazwischen, ruinierten ihre Konzentration und verhinderten, dass sich diese intensive und doch völlig unbeschwerte Stimmung einstellte, die sie zum Schreiben brauchte. Fraser hatte sich stur geweigert zu erklären, wo er am Nachmittag gewesen war, und über den Unfall von Dienstagnacht sagte er nur dunkel: »Wenn ich es dir sagen könnte, würde ich es tun.« Jenny hatte ein paar spitze Bemerkungen gemacht, die sie sofort bereute, und Fraser war wieder hinausgestürmt.

Sie schrieb direkt in ihren Laptop, eine billige, leichte Maschine, die es ihr erlaubte, überall zu arbeiten, und die mit dem Computer in ihrem Schlafzimmer kompatibel war, so dass sie später alles darauf kopieren konnte.

Sie seufzte und starrte auf den gelben Lichtkegel, in dem ihr Laptop, ihr Notizbuch und ihr Stift lagen, fast so als seien sie für ein Foto arrangiert worden. Dahinter, in der Dämmerung gerade noch erkennbar, stand ihr Karteikastensystem mit ihren Verweisen zu Artikeln und Texten, mit Seitenzahlen und Kurzzusammenfassungen.

Stillleben einer Schreibblockade, dachte Jenny und erlaubte ihrer missmutigen Stimmung, sie rührselig und selbstmitleidig werden zu lassen. Ungeduldig mit sich selbst, zog sie den Vorhang auf und sah in den Garten. Im grauen Licht des abnehmenden Mondes waren die Blumen und Stauden nur als eine unförmige dunkle Masse zu erkennen.

Nachdem er vom Polizeirevier, wo er seine Aussage gemacht hatte, zurückgekehrt war, hatte sich Fraser zurückgezogen. Hatte er Angst, dass sie noch mehr schwierige Fragen stellen könnte, oder waren es Schuldgefühle, ein Teil des Entfremdungsprozesses, der einer Trennung vorausgeht? Sie hatte es schon so oft bei ihm gesehen, immer wenn die Zeit näher kam, dass ein Kind sie verlassen sollte. Sie hatte diese immer stärker werdende Reserviertheit gegenüber dem Kind als eine seltsame, kalte Reaktion angesehen bei einem Mann, den sie als warmherzig und liebevoll kannte, aber sie hatte verstanden, dass ein bestimmtes Maß an Distanz für Fraser nötig war, um den Schmerz des Verlustes erträglich zu machen.

In der letzten Phase von Lukes Adoption hatte sie es ansatzweise selbst gefühlt. Das Schreiben von Berichten, die Teilnahme an Treffen und Fallbesprechungen halfen, ihn als ein Pflegekind zu sehen und nicht als den kleinen Jungen, den sie achtzehn Monate lang geliebt – ins Herz geschlossen – hatten. Jenny erkannte Frasers Verzweiflung angesichts ihres bevorstehenden Verlustes – denn so fühlte es sich an – an der extremen Unnahbarkeit, die er dem Kind in den letzten Wochen entgegengebracht hatte. Ein Schauer durchfuhr sie – vielleicht hatte sie seine Stille, seine Niedergeschlagenheit während der letzten Wochen vor Lukes Adoption missinterpretiert, sie auf Luke bezogen, während es in Wirklichkeit um etwas völlig anderes ging.

Fraser hatte eine Affäre. Er musste eine haben. Warum sonst die Heimlichtuerei, die Reserviertheit, die belastende Gedrücktheit? In beiden Anrufen hatte Mr Hunter dieselbe Frage gestellt: *Haben Sie ein Kind adoptiert?* Da sie es nicht getan hatte, mussten die Anrufe Fraser gelten. Aber warum hatte er dann überhaupt mit ihr gesprochen? Um sie zu warnen, vielleicht? Oder war es eine impulsive Tat, ein Moment der Wut, der Wunsch, jemanden zu verletzen, so wie er verletzt worden war? Jenny versuchte sich ganz genau an den Anruf zu erinnern, an die Reihenfolge der Fragen und Antworten, an die Pausen, die Betonungen, obwohl sie wusste, dass es sinnlos war. Was sie jetzt wusste, beeinflusste ihre Erinnerung an das, was damals geschehen war. Klang Mr Hunter bitter, oder erinnerte sie sich so an ihn, weil es gerade in ihre aktuelle Untreue-Theorie passte? Ihr Verstand arbeitete weiter und bastelte eine Geschichte, die ihre Theorie und die Telefonanrufe sinnvoll miteinander verband.

Mr Hunter hatte vor kurzem herausgefunden, dass seine Frau ein Verhältnis hatte. Er hatte Fraser als ihren Liebhaber identifiziert. Hatten Fraser und diese Frau ein Kind? Jennys

Magen begann sich langsam zu drehen. Hatte Fraser eine Affäre, weil sie, Jenny, unfruchtbar war?

Sie ging in die Küche und machte sich einen Kaffee und ließ ihn dann kalt werden, während sie mit der Vorstellung von Fraser als Ehebrecher kämpfte. Sie hatte keinerlei Verdacht gehabt. Sie war wütend auf ihre eigene vertrauensselige Dummheit und geschockt von Frasers kühler und gefühlloser Verstellung. Wie lange ging es schon? Lange genug, damit das Kind bereits geboren war: Warum sonst sollte Mr Hunter fragen, ob sie ein Kind *adoptiert* hatten? Wenn sie sich gedemütigt fühlte, wie ein leichtgläubiger Idiot, wie musste er sich dann fühlen, der gedacht hatte, das sei sein Kind?

Da sie immer praktisch dachte, stellte sich Jenny die Frage nach dem Wo und Wann. Hatte er mit dieser Frau eine Affäre gehabt, während Luke oben schlief? Oder – obwohl ihr dies das Herz vor Furcht zuschnürte – hatte er Luke allein gelassen und seine Geliebte irgendwo anders getroffen? So oder so, Jenny konnte nichts gegen die Welle von bitteren Gefühlen tun, die jetzt wie eine schaumige Masse in ihr aufstieg und ihren Hals verbrannte.

Sie war zornig, wütend. Sie fühlte sich benutzt, betrogen. Wie dumm sie gewesen war, als sie seine Beschwerden über mehr Papierkram in der Schule geglaubt hatte, über das Durcheinander, das der neue Lehrplan brachte, über ein großes Arbeitspensum, und Mitleid mit seiner ständigen Müdigkeit gehabt hatte.

»*Gott!*« Sie stand auf und rannte aus dem Zimmer, sie konnte ihre eigenen Gedanken nicht länger ertragen. Als ob sie diese quälenden Gedanken in den vier Wänden ihres Zuhauses zurücklassen könnte. Sie griff nach ihrer Jacke und ihren Schlüsseln und ging so leise wie möglich aus dem Haus.

Die Nacht war klar, merklich kühler als in letzter Zeit, und ein kleiner Schauer um Mitternacht hatte den Garten und die

Luft erfrischt. Die Bürgersteige beim Sefton Park dufteten stark.

Jenny ging über die verlassene Straße, hüpfte über Pfützen mit dreckigem Wasser und überlegte kurz, was sicherer war: auf dem äußeren Weg um den Park zu gehen, wo man zur Zielscheibe von Betrunkenen und Freiern wurde, oder den Kiesweg zu nehmen, der parallel zur Straße lief und geschützter war, der aber mehr Verstecke für mögliche Diebe bot. Sie wählte die Betrunkenen und die Freier, weil sie annahm, dass sie wahrscheinlich schneller als Erstere wäre, und sie die Zweiten kommen hören und sich dann im Schatten verstecken könnte.

Die dünne Scheibe des Halbmondes kämpfte mit dem orangefarbenen Licht der Straßenlaternen; in der Dunstglocke aus lila Licht, die wie ein Nebel über dem Park hing, konnte man nur ein paar Sterne sehen.

Während ihres halbstündigen Spaziergangs sah Jenny zwei Autos: einen Mietwagen und ein Polizeiauto. Die Polizisten hielten an und warnten sie vor den Gefahren eines Nachtspaziergangs im Park, und nach einer kurzen und ziemlich kindischen Rebellion gegen ihren guten Rat, während der sie noch eine halbe Meile weitergegangen war, drehte Jenny wieder um und ging nach Hause, ohne einen Beschluss gefasst zu haben.

Sie war fast zu Hause angekommen, als sie ein plötzliches Aufleuchten bemerkte und ein Auto entdeckte, das ungefähr fünfundzwanzig Meter vor ihrem Haus an der Straße parkte. Es hatte eine dunkle Farbe, die im grellen, verzerrenden Licht der Straßenlaternen nicht genau zu erkennen war. Sie hatte das Auto nicht bemerkt, als sie das Haus verlassen hatte, aber sie war in einer schlechten Stimmung gewesen und sowieso direkt hinter dem Gartentor nach links abgebogen.

Wer saß hinter dem Lenkrad – ein Mann? Eine Frau? Aus der Entfernung unmöglich zu sagen – er oder sie hatte ein Streichholz angezündet und hielt eine Hand davor. Die Zigarettenspitze leuchtete rot, und als das Streichholz flackerte und wieder verlosch, sah die Person zu Jenny hin. Obwohl sie zu weit weg war, um klar zu sehen, fühlte Jenny einen Schauer ihren Rücken entlanglaufen. Vielleicht war es nur die Flamme, die ein seltsames Licht und entstellende Schatten auf den Unterkiefer warf, aber der Fahrer hatte ein teuflisches Aussehen: einen Blick von so boshafter Intensität, dass Jenny sich beeilte, ins Haus zu kommen; ihr Herz pochte schnell.

24. Kapitel

Mike rief um halb acht an, keine Stunde, nachdem Jenny endlich zum ersten Mal in dieser Nacht fest eingeschlafen war.

»Hab ich dich geweckt?«, fragte er überrascht; er wusste, dass Jenny selbst mit nur vier oder fünf Stunden Schlaf gut funktionierte.

Jenny stand aus einer verkrampften Position vom Sofa auf und versuchte erfolglos, ihre Haare mit ein paar Handstrichen zu bändigen. Ihr Nacken war steif, und ihre rechte Schulter fühlte sich an, als ob sie ausgekugelt wäre.

»Was willst du, Mike?«, fragte sie mürrisch und klemmte ein Kissen hinter sich, sie stöhnte, als heiße Nadelstiche von ihrer Schulter zu ihrem Nacken wanderten.

»Entschuldigung«, sagte Mike, ihr Schweigen interpretierte er als eine Aufforderung weiterzusprechen, er holte Luft und sagte: »Die Leiche.«

»Die Mutter.«

»Nicht die Mutter.«

Jenny zerrte ohne Erfolg an den Knoten in ihrem Haar. »Mike, sag mir bitte nicht, dass ihr noch eine Leiche gefunden habt!«, antwortete sie ohne nachzudenken, so voll war sie von ihrem eigenen Unglück, und zudem kämpfte sie noch gegen die Müdigkeit. Mike antwortete nicht sofort, und sie fragte: »Habt ihr noch eine Leiche gefunden?«

»Nein ...«, fing Mike vorsichtig an.

Jenny hörte auf, an ihren Haaren zu ziehen. »O mein Gott ...«, flüsterte sie, als sie erahnte, was er ihr gleich sagen würde.

»Anscheinend sehen sie gleich aus. Sie sind nur ein Jahr auseinander. Die Putzfrau dachte – und die Verletzungen machten es schwer ...« Jenny sah das hilflose Schulterzucken des großen Polizisten vor sich.

»Wer ist es?«

»Ihre Schwester, Jeanne-Louise. Glauben wir.«

»*Himmel hilf!* Ich dachte, ihr hättet alles überprüft.«

»Haben wir – deshalb haben wir ihre Eltern überhaupt angerufen. Und wie ich gesagt habe, noch wurde ihre Identität nicht bestätigt, also –«

»Wo ist die Mutter?«

»Gesund und munter in Frankreich. Sie ist da auf Geschäftsreise. Sie hat uns angerufen. Ihre Schwester sollte auf den Jungen aufpassen.«

Angeline Fournier hatte ihn um fünf Uhr morgens erreicht, nachdem sie den diensthabenden Sergeant, der ihr geraten hatte, während der Dienstzeiten noch einmal anzurufen, mit einem Exklusivinterview im Frühstücksfernsehen über die Inkompetenz der englischen Polizei gedroht hatte. Um Inspector Cranks Schlaf nicht zu stören, wurde Madame Fournier zu Sergeant Delaney durchgestellt.

»Sind Sie der dämliche Hurensohn, der meine Eltern zu Tode erschreckt hat, weil er behauptet, ich sei tot?« Ihr Englisch war trotz eines starken Akzents perfekt.

»Madam«, sagte er.

»Halten Sie den Mund und hören Sie zu. Mein Vater hat ein schwaches Herz, und Ihre bescheuerte Nachricht wurde ihm am *Telefon* mitgeteilt, zum Teufel!«

»Madame Fournier«, versuchte er es noch einmal, wobei er Madame Englisch aussprach. »Es tut mir Leid, dass wir Ihre Eltern aufregen mussten, aber wir hatten keine andere Kontaktmöglichkeit ...«

Mikes Frau drehte sich im Schlaf und murmelte etwas Unverständliches. Er streichelte automatisch ihren Rücken.

»Kontaktmöglichkeit? Worüber reden Sie, verdammt noch mal? Wenn meine Eltern nicht daran gedacht hätten, mich anzurufen, wären sie jetzt schon auf dem Weg nach England, um es meinem Sohn zu sagen. Warum haben Sie nicht mit meiner Schwester gesprochen? Jeanne-Louise –« Sie hielt inne, und eine furchtbare, tiefe Stille entstand zwischen ihnen.

»Wir hatten eine eindeutige Identifizierung«, erklärte Mike, »von Ihrer Putzfrau. Natürlich muss sie durch die nächsten Verwandten bestätigt werden.«

Die Stille hielt noch etwas an, und Mike fragte sich, ob sie verstanden hatte. Dann, ganz leise, sagte sie: »Bitte, nicht Jeanne-Louise. Nicht meine Schwester –« Sie unterbrach sich, und Mike musste eine geraume Weile warten.

»Wie?«, fragte sie schließlich.

»Madam Fournier«, sagte Mike sanft. »Wir wissen noch nicht ganz sicher, dass es Ihre Schwester ist –«

»Wer sonst?«, fragte sie unglücklich. »Wer sonst, wenn nicht Jeanne-Louise? Ich hätte sie nicht allein lassen dürfen – mein Gott – Alain?«

»Es geht ihm gut«, sagte Mike schnell. »Körperlich geht's ihm gut. Aber er weigert sich zu sprechen.«

Angeline Fournier stöhnte. »O Gott! War er Zeuge? War er da, als sie – als es passierte?«

»Das wissen wir nicht. Man hat ihn am Freitag letzter Woche ein paar Meilen von zu Hause entfernt gefunden. Er weigert sich zu reden.«

»Wie …«, wiederholte Angeline zitternd. »Wie wurde meine Schwester ermordet?«

»Wir denken, dass es ein Einbruch war«, sagte Mike, ohne auf andere Möglichkeiten eingehen zu wollen. »Wir haben drei Verdächtige in Haft.«

Sie war unnachgiebig. »Sagen Sie es mir. Ich will es wissen.«

»Was passiert jetzt?«, fragte Jenny.

»Sie ist auf dem Weg nach Hause. Die französische Polizei hat bereits überprüft, dass sie diejenige ist, die sie zu sein behauptet, aber wir werden sie hier noch einmal überprüfen. Sie fliegt heute Morgen mit ihren Eltern nach Manchester. Wir schicken jemanden hin, der sie abholt. Mrs Fournier darf den Jungen unter Beobachtung treffen.« Er hörte, wie Jenny nach Luft schnappte, und fügte hinzu: »Alain wird ihr nicht übergeben, bis wir überzeugt sind, das er bei ihr sicher ist.«

»Und die Verdächtigen?«

»Einem wird Sachbeschädigung und Körperverletzung vorgeworfen – soweit wir wissen, ohne Verbindung zu dem Mord. Aber er hatte Miss Fourniers Kreditkarten bei sich und ein teures, neues Queue, an dem noch das Preisschild des Geschäfts hing, in dem er es gekauft hat; er hat es erst gestern erstanden. Sogar erst ein paar Stunden, bevor er es dazu benutzt hat, einem Studenten die Cabriohaube flachzuprügeln.«

»Glaubst du, er ist der Mörder?«

Mike zuckte die Schultern. Er wünschte, er wäre sich sicher. »Wir haben seine Freundin aus ihrer Wohnung abgeholt. Es sieht so aus, als ob sie das gesamte Warenlager von Argos aufgekauft hätten. Sie ist ziemlich genervt von ihm, wir könnten also vielleicht was aus ihr rausbekommen …« Er zuckte mit den Achseln. »Nach Mrs Fourniers Anruf letzte Nacht weiß ich nicht mehr, was ich denken soll. Der Junge hat auch nichts gesagt, was helfen könnte?«

»Er hat gesagt, dass er seine Großeltern nicht sehen will.«

»Siehst du, was ich meine? Bei diesem Fall ist alles verfickt.«

Es gab eine winzige Pause, während der Mike überlegte, ob er Jenny beleidigt hatte. »Glaubst du, du wirst aus ihm rauskriegen, was passiert ist?«

»Irgendwann schon, aber man kann da nichts beschleunigen. Er ist besessen davon, sich einzusperren – er kontrolliert Türen und Fenster, bevor er ins Bett geht. Er zeichnet immer wieder Gitterstäbe vor die Fenster, wenn er Häuser malt, und ich kann nicht sagen, ob er malt, wie es zu Hause aussieht oder wie er sich sein Zuhause wünscht, damit er sich sicher fühlt.« Dann sah sie den Fremden im Auto und den teuflischen Ausdruck, den das Streichholz dem Gesicht des Fahrers gegeben hatte, vor sich und fragte: »Mike, beobachtet jemand von euch unser Haus?«

»*Euer* Haus? Nein. Warum?«

»Vielleicht nur eine Paranoia durch Schlaflosigkeit.«

»Euer seltsamer Anrufer?«

»Alles, was ich gesehen habe, war, wie jemand in einem Auto eine Zigarette anzündet. Ich bin einfach übernervös durch zu wenig Schlaf.«

»Paranoia oder nicht, war es ein Er? Eine Sie?«

»Tut mir Leid, ich weiß es nicht.«

»Macht nichts. Wenn du dasselbe Auto oder ein anderes siehst, irgendetwas Verdächtiges, schreib dir die Nummer auf und ruf mich an, O. K.?«

»O. K.«, sagte Jenny und wurde leicht rot, weil er – richtig – angenommen hatte, dass sie nicht daran gedacht hatte, sich die Autonummer zu merken.

»Ich halte dich über unsere Ermittlungen auf dem Laufenden«, sagte Mike.

»Danke.« Jenny wollte den Anruf beenden. Sie war sich nicht sicher, ob sie den geparkten Wagen hätte erwähnen sollen, und ihre nervöse Reaktion deswegen war ihr peinlich.

»Hast du noch mehr Anrufe bekommen?«

»Ich? Nein.«

»Was ist mit Fraser?«

»Was soll mit ihm sein?« Jenny war sich nicht sicher, ob Mike von dem Vorfall im Bahnhofsparkhaus wusste.

»Hat er noch irgendwelche Anrufe bekommen?«

»Ich wünschte, ich wüsste es, Mike«, sagte Jenny, ehrlicher, als sie eigentlich sein wollte.

»Ich spreche vielleicht später mal mit ihm.« Er hatte schon bei der Fallbesprechung gemerkt, dass die Dinge zwischen Fraser und Jenny nicht leichter geworden waren. »Und Jen«, fügte Mike hinzu. Er wollte ihr bestätigen, dass er an dem Verdacht gegen ihren Mann nicht interessiert war. Über unerlaubtes Entwenden konnten sich andere Sorgen machen – er wollte seine gute Arbeitsbeziehung zu ihr und Fraser nicht gefährden. »Mach dir keine Sorgen wegen der Autonummer – in neun von zehn Fällen vergessen die Leute, sie sich zu merken.«

Jenny lächelte, als sie auflegte. Sie kannte Mike jetzt seit acht Jahren – nein, länger –, seit er etwas mit dem Sozialamt zu tun hatte, noch bevor Jenny und Fraser mit den Pflegekindern angefangen hatten. Er kam gut mit den Sozialarbeitern, den Kinderärzten, den Pflegeeltern und den Psychologen aus. Mike bewegte sich leicht zwischen den verschiedenen Gruppen; er wirkte bei jeder Gruppe selbstsicher, ansprechbar und warmherzig, er wusste immer genau, wie viel Information er geben und wie viel er zurückhalten sollte. Er war die Art Mann, dem man vertrauen konnte und der Vertrauen weckte, ohne es zu seinem Vorteil auszunutzen. Als ihr Lächeln nachließ und die Sorgen der Nacht ihr wieder in den Sinn kamen, fragte sie sich, wie viel er im Moment vor ihr zurückhielt: was er über Fraser und den Vorfall im Parkhaus wusste, was über den Mann, den sie verhaftet hatten, und was über den Tod von Jeanne-Louise Fournier.

25. Kapitel

Mami kommt heim? Alains Herz hämmerte in seiner Brust. Was wird sie sagen? Er hatte ein Versprechen gegeben und …

Ein dünner, hoher Laut, wie das schrille Pfeifen eines Wasserkessels auf dem Herd – oder der Schrei einer panischen Frau.

»Sie hat gefragt, ob es dir gut geht«, sagte Jenny, die das krampfartige Zittern des Jungen mit immer größerer Sorge beobachtete. Er saß in dieser zu braven, zu stillen Haltung auf dem Sofa, die Sonne schien ins Zimmer, und er morste Zeichen der Verzweiflung. Sie hatte versucht, ihn zu beruhigen – hatte er auch vor seiner Mutter Angst?

Und Jeanne-Louise, dachte er. *Hat sie nach ihr gefragt?* Hände hoch. Ein Blitz unausweichlichen Stahls. Zustechen. Bei Kontakt ein paar Perlen, rot, an einem schönen Bogen. Wie der Strahl aus meiner Wasserpistole. Spritz! Du bist tot! Sie ist tot!

Und jetzt wünschte er sich, er wäre tot – oder, wenn nicht tot, denn das ist ein zu schreckliches Wort für einen kleinen Jungen, dann unsichtbar, nicht existent.

»Ich habe erklärt, dass du durcheinander bist«, fuhr Jenny

fort, legte die Hand an ihre Schläfe, wo sie die Kratzer in ihrem Gesicht fühlte, dann weiter nach oben, durch ihr Haar. Sie wusste, sie sagte das Falsche, aber sie konnte nicht aufhören. »Jetzt, wo Mami nach Hause kommt, willst du vielleicht mit ihr reden …«

Er hört das Schwingen und Auftreffen der Klinge. Er sieht das zitternde Fallen der Blätter, als die Axt auf den Baum trifft, es splittert, reißt. Als die Klinge aus dem Stamm gezogen wird, hört er das laute Knirschen von Metall auf Holz; Harz blutet auf die Spitze der Axt. Aber das war vorher. Nicht – nicht das, was mit Tante Lou passiert ist. Er ist verwirrt, versucht es mit Vernunft aus dem Sinn zu bekommen, damit er sich überlegen kann, was er sagen, welche Entschuldigung er vorbringen soll. Aber es gibt keine Erklärung. Keine Entschuldigung. Welche Entschuldigung könnte es geben? Er hatte ein Versprechen gegeben. Er hat es gebrochen.

Er sieht zu der Frau mit dem lieben Gesicht, und der weiche, selige Lichtschein in ihrem Haar bringt ihn fast dazu, zu ihr zu sagen:

Ich hätte tun müssen, was ich gesagt hatte. Ich hatte es versprochen.

»Nein!« Alain sprang vom Sofa auf und rannte zur Tür. »Ce n'est pas de ma faute!«

Lobo spielte an den Krusten auf seinen Fingergelenken, die vom Schlag herrührten, den er dem Officer, der ihn verhaften wollte, verpasst hatte. Seine Lippen waren verzerrt – halb vor Schmerz, halb vor Wut darüber, eingesperrt zu sein.

Der diensthabende Sergeant öffnete die Luke und sah Lobo an. Jack Nicholson. Er sah ein Bild von Jacko vor sich – in *Shi-*

ning. Die Szene, wo er wie ein Totenschädel grinst und seine Axt schwingt. »*Daddy's home!*«, brüllte er, um dann zu lachen, aber heiser, weil er seinen Hals wund geschrien hatte: zuerst bei dem schwarzen Arschloch, dann bei den Bullen, und danach hatte er seine rohe Kehle verätzt, als er das meiste Bier, das er getrunken hatte, wieder ausgekotzt hatte. Er hasste das. Es war eine kriminelle Verschwendung von gutem Bier. Das fand er komisch – das mit kriminell, wenn man überlegte, wo er war und was man ihm früher oder später vorwerfen würde; und er lachte noch lauter, hörte aber auf, als es sich anfühlte, als ob die Haut in seinem Hals in kleine Stückchen gerissen würde.

Wird diese dämliche Schlampe den Schnabel halten? Lobos Gedankengang, sowieso noch etwas lahm durch die Nachwirkungen des Biers, verlangsamte sich noch mehr.

Schlampe und *Schnabel* passten irgendwie nicht zueinander, oder? Warum sagt man ›halt den Schnabel‹? Es wäre sinnvoller, wenn es heißen würde, ›Wird dieses dämliche *Huhn* den Schnabel halten?‹ Aber, ich meine, niemand nennt Mädchen mehr *Hühner*. Tussi, Schnepfe, Torte, Schnecke, Ische, Schlampe, Fotze – aber nicht *Huhn*. Er wurde fast rot bei der Vorstellung, Lee-Anne ganz altmodisch *Huhn* zu nennen.

Normalerweise war Lobo niemand, der viel nachdenkt, aber die ganze Nacht hatte er sich Gedanken über seine Scheißsituation gemacht; Lee-Anne nervte ihn. Auf eine unbestimmte, vage Art machte er sie für seine Verhaftung verantwortlich. Sie und Randy und seine neuen, schwulen Freunde. Er begann, ebenfalls einen tiefen und bleibenden Hass für das Sackgesicht zu fühlen, das alle fünf Minuten nachschauen kam, ob er noch nicht an seiner eigenen Kotze erstickt war.

Wie sollte er wohl schlafen, wenn dieses neugierige Schwein seine Fresse jedes Mal dann durch die Tür steckte, wenn er sich gerade hingelegt hatte und anfing einzunicken? Kurz weggepennt, und *stampf, stampf, stampf* kommt er den Flur entlang, *knirsch, klick* öffnet er das Schloss und die Luke. Starrt mit seinen kleinen Schweinsaugen rein und dann *klick, knirsch, stampf, stampf, stampf* – der ganze Scheiß andersrum.

Lee-Anne kochte. Ich schlag ihm seinen Scheißschädel ein, wenn ich ihn sehe, dachte sie. Sie war zwei Stunden lang in diesem ekligen, kakerlakenverseuchten Keller eingesperrt gewesen, bis sie jemand rausgeholt hatte. Lobos Art, Witze zu machen! Und dann waren die Bullen gekommen, genau wie sie es diesem Idioten gesagt hatte.

Meistens konnte Lee-Anne Lobo gut ertragen, sein Temperament, seine Launen und sein Bedürfnis, an der Monotonie ihrer knauserigen Armut zu rütteln, durch Aufregung ein bisschen Farbe in die gesichtslose Eintönigkeit ihrer Tage zu bringen.

Sie seufzte und sah sich in ihrer Zelle um: beige Wände, trübe Fenster. Nichts Ansehnliches. Ja, Lobo war einfach zu durchschauen, vielleicht nicht so leicht zu kontrollieren, aber trotzdem kontrollierbar. Außer, wenn Randy in der Nähe war. Lobo ging immer noch einen Schritt weiter, wenn Randy ihn dazu trieb – um den *Mann* rauszukehren. Es kam ihr nicht in den Sinn, dass es ganz allein ihre Idee gewesen war, durch Mossley Hill zu streifen, oder dass Lobo Randy seit fast einem Jahr nicht mehr gesehen hatte. Alles, woran sie denken konnte, war, dass die Wohnung so war, wie sie sie schon immer haben wollte – gemütlich, mit dem Geruch von frischer Wäsche und warmem Plastik anstatt von altem Schweiß und Staub, Gerüche, die sie nicht losgeworden war, egal wie lange sie geputzt hatte, weil sie im Teppich und im Plüsch des Sofas steckten. Wenn sie jetzt die Wohnungstür öffnete, roch sie den neuen Teppich und die frische Farbe. Aber die Polizei würde alles wegnehmen und das nur, weil Lobo Randy getroffen und ein paar Gläser mehr getrunken hatte, als für ihn gut war.

Sie sollte zu Hause sein, im Bett mit dem frischen Geruch von Stärke und Spachtelmasse und Teppichfasern in der Nase und dem leicht steifen Gefühl der neuen Bettdecke auf ihrer Haut, und Lobo sollte in seinen neuen Pyjamahosen dastehen, mit diesem schiefen Lächeln, wegen dem sie gerne durch sein Haar fuhr, denn normalerweise trug er im Bett nicht mehr als ein Paar gammeliger Boxershorts und einen hoffnungsvollen Blick.

Der Gedanke an ihn mit diesem schmachtenden Ausdruck brachte eigentlich immer ein Lächeln auf ihr Gesicht, sogar ein warmes Kitzeln in den Bauch, aber heute, eingesperrt in eine Zelle, mit nur einem Stahlwaschbecken und einem Klo in einer Ecke, gezwungen auf einem Bett zu liegen, auf dem irgendein alter Trinker oder Fixer gelegen hatte, gespuckt, geschissen oder gekotzt haben könnte, hätte Lee-Anne Lobo gerne seine Glotzaugen ausgekratzt und sie ihm dann mit süß-saurer Soße serviert.

»Mr Khan.« Mike Delaney sagte es als eine Art Begrüßung und als eine Bestätigung seiner Identität. Er stellte sich vor und bat Randy um einen Stuhl. Randy stand am Tisch, seine ausgestreckten Finger leicht auf die Stuhllehne gedrückt. Er schien einen Augenblick zu überlegen, und als er sich dann hinsetzte, tat er es mit einer herrschaftlichen Würde: Er zog den Stuhl vor – ein leichtes Zucken legte seine Stirn in Falten –, dann stellte er den Stuhl gerade so weit vom Tisch weg, dass er sich hinsetzen konnte. Er stützte sich mit beiden Händen auf dem Tisch ab und zog die Knie an. Er nutzte den Tisch als Halt, hockte sich auf den Stuhl und starrte Mike feierlich ins Gesicht.

Seine Hände lagen auf dem Tisch; er hatte ein weißes Pflaster quer über dem Nasenrücken und irgendwelche Tampons in den Nasenlöchern. Seine Augen, die auch ohne den zusätzlichen Schatten des blauen Auges tief lagen, wirkten regelrecht finster.

»Sind Sie bereit, eine Aussage zu machen?«

»Wird mir irgendetwas vorgeworfen?« Randy glaubte die Antwort zu wissen: Da das Gespräch nicht mitgeschnitten wurde, war es unwahrscheinlich, dass Delaney ihn anzeigen wollte.

Mike versuchte, durch die Tiefen des Schattens zu dringen, aber Khan, der gebieterisch die Stirne runzelte, war schwer zu durchschauen. »Sie waren in einen hässlichen Angriff verwickelt, Mr Khan«, sagte er und vermied eine direkte Antwort.

»Ich war nur deshalb darin verwickelt, weil ich versucht habe, einem Freund zu helfen«, sagte Randy. Er näselte und hauchte; er atmete durch den Mund, flach, mit Atemzügen, die nur ganz oben in die Lungen drangen, ohne seinen Rippen wehzutun, die auch etwas abbekommen hatten. Die Schwester im Krankenhaus hatte angenommen, dass die Verletzungen von seinem Fall herrührten; Randy war sich da nicht so sicher, er hatte so eine Ahnung, dass Lobo seinen Stiefel benutzt hatte, nachdem er ihn k.o. geschlagen hatte.

Ein Geistesblitz ließ ihn hinzufügen: »Sie können ja Lobo fragen.« Delaneys Antwort würde ihm sagen, wie er zu Lobo stand – Freund oder Feind.

»Lobo?«, fragte Delaney.

Randy beobachtete ihn, schätzte seinen Gegner ein. Er erkannte bei Delaney eine Härte, die es nicht nötig hatte, sich darzustellen. Delaney war selbstsicher auf eine Art, die ohne Geschrei auskam. »Lobo ist hier wohl bekannt«, sagte er.

Mike starrte das zerschlagene Gesicht ihm gegenüber an. Er hatte Khans Musterung gespürt und wollte nicht mehr als unbedingt nötig verraten. Khan hatte Recht. Lobo, alias Derek Spencer, war wohl bekannt – nicht so sehr im Stadtzentrum und den Docks, aber in den Vierteln Lodge Lane und Princes Park, wo die örtliche Polizei gut informiert war über seine früheren Taten und seinen momentanen Wohlstand. Er hat letzte Woche mit Bargeld geprahlt, das hatte der Commissioner gesagt, mit dem Mike gesprochen hatte. Mike hatte ihm erzählt, was er dachte, woher das Geld stammte, und nach ein paar Augenblicken Stille hatte der Commissioner geantwortet: »Nicht sein üblicher Stil. Entweder bricht er in Häuser ein *oder* er prügelt sich im Suff – bisher hat er das nie miteinander verbunden.«

»Er ist nicht wirklich Staatsfeind Nummer eins«, sagte Mike schließlich.

Randy sah ein Funkeln im Auge des Sergeants, was ihn erleichterte. Er hatte vorige Nacht Zeit genug gehabt, sich ein paar Szenarios auszumalen, während er unbequem in einem Miniraum in der Notaufnahme geschlafen hatte. Er dachte immer wieder daran, dass Lobo Kohle hatte, neu eingekleidet war und ein Queue dabei hatte, das ihn fast hundert Pfund gekostet haben musste, und dass er gesagt hatte, er hätte einfach Glück gehabt. Es war schön, von einem Bullen zu hören, dass Lobos Einbrüche eher als Kleinkram denn als Schwerverbrechen galten.

»Wir haben die Aussage von einem gewissen Peter Merembe. Er sagt, dass Sie versucht haben, ihn vor dem Angriff von Derek Spencer – Lobo – zu schützen, als das Queue Sie traf.«

»Sehen Sie«, sagte Randy.

Delaney rieb sich am Kinn. Unerbittlich war das Wort, das einem einfiel. Der starke Überhang der Stirne und Augenbrauen, die natürliche Größe, die dieser Junge im Alter von wie viel – neunzehn?, zwanzig? – besaß. Wie ein großer, unbeweglicher Fels. Wie er es schaffte, so überzeugend würdevoll zu sein, selbst mit Tampons in der Nase und einem breiten, weißen Band quer im Gesicht, wusste Mike nicht. Vielleicht war es der Schauspielunterricht.

»Wollen Sie mir sagen, dass Sie keine Aussage machen wollen?«, fragte Mike.

»Brauchen Sie wirklich eine?«

»Nicht, um ihn der Körperverletzung zu überführen.« Sie hatten am Abend vorher schon aus zwei Zeugen Aussagen gelockt, bevor diese die Chance hatten, kalte Füße zu bekommen. Was Mike von Dileep Khan wollte, waren ein paar Hintergrundinformationen über Lobo – was er letzte Woche gemacht hatte, speziell letzten Freitagabend.

»Bedroht dieser Typ Sie, Mr Khan? Haben Sie Angst, eine Aussage zu machen? Falls ja –«

Diese Andeutung beleidigte Randy. »Lobo ist ein *Kumpel*«, sagte er, die Betonung stellte seine Position klar.

»Sie wollen also keinen Kumpel verpfeifen, ist es das?«

»Kann ich jetzt gehen?«

»Er knallt Ihnen ein Queue ins Gesicht –«

»Ein Unfall.«

»Und tritt Sie zusammen, während Sie am Boden liegen.«

Dann hatte dieses Arschloch doch zugetreten.

Mike sah eine minimale Reaktion und möglicherweise ein leichtes Zusammenzucken.

»Wenn Sie mir nichts vorwerfen, haue ich ab.« Randy legte beide Hände flach auf den Tisch und stand langsam auf.

»Schauen Sie Nachrichten, Mr Khan?«, fragte Mike. Er sprach jetzt schnell, denn er wollte Khan nicht verlieren; er wusste instinktiv, dass er besser auf die respektvolle Förmlichkeit ansprach, die er während des gesamten Gesprächs gewahrt hatte, als auf Drohungen. Khan war halbwegs einverstanden.

»Der kleine Junge, den wir letzte Woche in Garston gefunden haben. Vielleicht erinnern Sie sich, es war in den *Granada News*. Er hat etwas mit der Frau zu tun, die in Mossley Hill ermordet wurde.«

Khan stöhnte und legte eine Hand an seine Seite. Mike bemerkte erst jetzt, dass er Schmerzen hatte. Er stand nun; sein Gesicht hatte eine fahle, fast gelbliche Blässe.

»Ihr Name war Jeanne-Louise Fournier«, sagte Mike. »Sie war die Tante des Jungen. Wir haben ihre Kreditkarten bei Ihrem *Kumpel* Lobo gefunden.«

Mit einem Schmerzensschrei fiel Randy in den Stuhl zurück.

Der Constable, der an der Tür stand, kam einen Schritt vor, aber Mike runzelte die Stirn und winkte ihn weg.

Ein paar Minuten lang war Randys unregelmäßiges, schmerzvolles Atmen das einzige Geräusch im Zimmer.

»Falls es Ihnen hilft, ihn etwas länger festzuhalten«, sagte Randy, während er dankbar kleine Atemzüge nahm, wie Wasser aus einem Glas, »werde ich eine Aussage über die Körperverletzung machen. Aber –«, er zuckte zusammen, als er einen starken Schmerz spürte, »ich kann Ihnen mit dem Rest nicht helfen, weil ich nichts darüber weiß, und ich lass mich nicht wegen irgendetwas, was Lobo gemacht hat, einsperren.«

26. Kapitel

Samstagnachmittag. Alain hatte sich in seinem Zimmer eingeschlossen und das *Bitte-nicht-stören*-Schild an die Türklinke gehängt, um jeden Versuch der Kommunikation abzuwehren. Wie eine große Version des trotzigen kleinen Jungen hatte sich Fraser ins Schlafzimmer zurückgezogen, um an Projekten, wie er sie vage nannte, zu arbeiten. Jenny hatte sich auf die Zunge beißen müssen, um nicht zu fragen, ob er Arbeitsprojekte oder irgendwelche anderen Pläne meinte.

Sie lief zwischen dem Esszimmer und der Küche hin und her, öffnete und schloss unzufrieden Schränke, sortierte die Wäsche, räumte auf, ging dann zurück zu ihrer Arbeit ins Esszimmer, um ein paar Worte zu tippen, bis die Unruhe zu groß wurde und sie Blumen goss oder den Zeitschriftenständer durchsah, um das Altpapier auszusortieren.

Sie konnte Fraser oben herumlaufen hören, ebenso unruhig wie sie. Sie sollten Alain heute Nachmittag zum Krankenhaus bringen, um dort seine Mutter zu treffen. Das Gespräch sollte um zwei Uhr sein, und nicht nur, dass Alain sie ausschloss – wortwörtlich genauso wie im übertragenen Sinn –, er weigerte sich außerdem immer noch, seine Mutter zu treffen. Was sollte sie tun? Sie konnte den Jungen doch nicht schreiend und tretend zum Krankenhaus zerren, und Max war dagegen, Madame Fournier zu ihnen nach Hause zu bringen, falls es irgendeinen Grund für Alains Angst vor ihr geben sollte: Ihr Haus, ein sicherer Zufluchtsort für Alain seit den furchtbaren Ereignissen des letzten Wochenendes, würde ihm dann nicht mehr sicher erscheinen.

Sie zog eine Falte aus der Gardine und sah in den Garten. Der Himmel war tiefblau, aber Wolken türmten sich weiß und grau über den Dächern im Westen aufeinander. Später würde es regnen. Ein Jet dröhnte über ihr und machte ein Geräusch wie ein Skateboard auf einem Holzboden. Hart und entschlossen.

Fraser knüllte noch ein Blatt Papier zusammen und warf es an die Wand. Wie sollte er sich auf Schularbeit konzentrieren? Wie konnte er überhaupt daran denken? Er griff in seine Hosentasche und nahm ein Stück Faxpapier heraus. Er glättete es. Warum hatte er sich so angestrengt, die dämliche Adresse herauszufinden, wenn er sie dann nicht benutzte? Er starrte auf den Namen oben auf dem Blatt. Er musste es herausfinden. Er *musste* es wissen.

Jenny setzte sich wieder und versuchte sich auf ihre Arbeit zu konzentrieren. Sie schrieb: *Wenn ein Elternteil des Missbrauchs beschuldigt wird, sind im selben Augenblick Würde, Ehrlichkeit und Respekt verschwunden: Das Ansehen, das man sich während des ganzen Lebens aufgebaut hatte, ist verloren. Unwiederbringlich verloren. Was es für die Beschuldigten noch schlimmer macht, ist die Tatsache, dass Therapeuten vehe-*

mentes Leugnen als Eingeständnis von Schuld ansehen. Für das mutmaßliche Opfer ist es verwirrend, dass tiefe Ungläubigkeit, sei es auf Seiten des Beschuldigten oder seiner Familie, als Bestätigung für die »Wahrheit« der Erinnerungen gewertet werden.

In ihrer momentanen Zerstreuung konnte Jenny sich weder ein solches Ausmaß an Verrat, an intensiver Paranoia, noch die Gefühle – den Hass –, die die Patienten mit wiederentdeckten Erinnerungen fühlen mussten, noch den Schrecken der fälschlich verdächtigten Eltern vorstellen.

Was sie jetzt, da sie selbst eine Art Verrat vermutete, fühlte, war Enttäuschung. Und eine prickelnde Vorahnung, eine Ruhe, von der sie wusste, dass sie gefährlich, wenn auch selten war, da immer eins von zwei Dingen folgte: entweder extreme Gefühle oder drastische Taten. Jenny hatte Angst, dass es unmöglich wäre, die aufgestaute – was? aufgestaute Wut?, Trauer? nicht herauszulassen. Sie drehte sich um und starrte auf das leuchtende Grau des Laptop-Bildschirms und sah den Text verschwimmen.

Sie rieb ihre Augen und zwang sich dazu, vernünftig zu sein; sie horchte nach ihren Gefühlen, suchte nach Schwachpunkten und fand nur dieses anhaltende Gefühl der Enttäuschung und den Eindruck, Zeit verschwendet zu haben. Sollte sie noch einmal mit ihm sprechen, eine Erklärung verlangen?

Im Flur hörte sie Fraser in ihrem Schlafzimmer auf und ab gehen. Das ruhelose Hin-und-her-Laufen hatte aufgehört, und seine Bewegungen schienen entschlossener. Sie stellte sich vor, wie er seinen Geldbeutel aus dem Nachttisch nahm, die Taschen kontrollierte, mit seinen Fingern durchs Haar fuhr, zuerst mit der rechten, dann mit der linken Hand. Dann kam er nach unten: eins, zwei, drei, vier, fünf, zwei Stufen auf einmal, ein Sprung über die letzten drei, so dass das Besteck in der Küche klirrte.

Er hatte die Hausschlüssel schon in der Hand. Er stopfte sie in seine Jackentasche, und nach einem kaum wahrnehmbaren Zögern, er wich ihrem Blick aus, griff er nach den Autoschlüsseln auf der Flurgarderobe.

»Was tust du?«

Fraser sah sie nicht an, aber er stand mit hängendem Kopf da und hielt die Autoschlüssel fest und schützend in der Hand, er war ihr Besitzer, und doch war da eine Verteidigungshaltung in seiner Unfähigkeit, ihr in die Augen zu schauen.

»Fraser, du denkst doch wohl nicht daran, das Auto wieder zu benutzen?«

Er zuckte, eine leichte Bewegung in der Schulter, vielleicht ein Achselzucken. »Ich muss schnell wohin«, sagte er fast entschuldigend.

»Nimm ein Taxi.«

»Zu weit.«

»Fraser, du *kannst nicht* fahren.«

»Ich kann fahren. Ich hab nur keinen Führerschein.«

»Ein feiner Unterschied. Und wo wir gerade dabei sind, hast du vergessen, dass du auch nicht versichert bist?«

Er verlagerte sein Gewicht, linker Fuß, rechter Fuß, aber er ließ die Schlüssel nicht los.

»Worum geht es hier eigentlich, Fraser – um Mr Hunter?«

Er sah sie daraufhin direkt an, und sie wusste, dass sie Recht hatte. »Wie heißt sie?«, fragte Jenny.

»Wer?«

»Beleidige mich nicht.«

Er runzelte die Stirn, sah weg, sah nach unten, zählte die Jahre, seit sie auseinander gegangen waren und sie aus seinem Leben verschwunden war. »Das hier hat nichts mit ihr zu tun, Jen.«

»Darf ich ihren Namen wissen?«

»Er ist unwichtig. Sie ist unwichtig.«

»Natürlich ist sie wichtig, verdammt noch mal!« Er sah auf seine Uhr, und sie dachte: *Er ist so von ihr besessen, dass er nicht einmal mehr mit mir sprechen, mir sagen kann, was los ist.* »Sie hat unsere Ehe vergiftet«, fuhr Jenny fort. »Sie ist wichtig, Fraser.«

Fraser zuckte leicht zusammen. »Ich weiß, dass ich kein Recht habe, dich zu bitten, mir zu vertrauen«, sagte er, »aber ich meine es ernst. Das hier hat nichts mit ihr zu tun.«

»Warum hast du mich nicht einfach vor zehn Jahren verbluten lassen?«

»Jenny!« Er sah getroffen aus.

»Es wäre besser gewesen als dieses langsame Ausbluten.«

Er griff nach ihr, aber sie schreckte zurück.

»Jenny, ich muss weg.« Er sah noch einmal auf seine Uhr, und eine brennende Angst flackerte kurz in seinem Magen auf. *Ich kann ihn nicht einfach aufgeben.*

»Es ist schon seit langem zwischen uns aus«, sagte er. Dann, als er den Schock und den Schmerz in Jennys Gesicht sah, stotterte er weiter: »Ich meine zwischen ihr und mir. Nicht –« Er spürte Hitze in sein Gesicht wallen. Wie konnte sie glauben – aber er kannte die Antwort darauf. Sie dachte nur, was ihr absolut vernünftig erschien. *Aber wenn ich ihr die Wahrheit sage, wird sie mich verlassen.*

»Wer ist dieser Hunter? Ist er ihr Ehemann? Womit droht er? Ist sie schwanger, ist es das?«

Fraser wurde noch roter. »Jenny, nein«, sagte er, dann entschloss er sich, ihr wenigstens einen Teil zu erzählen, wenn auch nur, um aus der Tür zu kommen. Er sagte: »Ich habe keine Affäre, zumindest nicht mehr.«

Jenny drehte sich um und begann, langsam die Treppe hinaufzugehen. Er folgte ihr auf halbem Weg. »Es war vor Jahren, Jen! Ich habe sie seit über acht Jahren nicht mehr gesehen. Es bedeutete nichts.«

Sie drehte sich zu ihm. Nichts. »Erzähl mir nicht, dass es nichts war, Fraser. Was war es?«, fragte sie. »Eine Bestätigung deiner Männlichkeit? Wenn es nichts war, warum ist es dann passiert?«

Fraser ließ den Kopf sinken. »Ich weiß es nicht. Aber es bewies mir eines: dass ich dich liebe, und das ist alles, was zählt.«

»Nicht alles«, sagte Jenny. Sie faltete die Hände, damit sie nicht zitterten. »Es zählt, dass du eine Affäre hattest. Wo? Hier? Während ich auf Nachtschicht war?«

»Um Himmels willen, Jen!«

»Tut mir Leid, falls ich dein empfindliches Gefühl für Anstand verletzt habe«, sagte sie. Dann überlegte sie kurz und verstand plötzlich. »Acht Jahre – ungefähr zu der Zeit, als wir uns entschieden hatten, Pflegekinder zu nehmen?«

»Du hattest es entschieden«, murmelte Fraser.

»Was?«

»*Du* wolltest das.«

»Wir hatten es diskutiert«, sagte Jenny. Sie hatte das Gefühl, der Boden unter ihren Füßen bewegte und verflüssigte sich. Die Sicherheiten, die sie davor bewahrt hatten aufzugeben, fielen von ihr ab. Das Gefühl war so stark, dass sie nach dem Treppengeländer griff, aus Angst hinzufallen.

»Es gab keine Alternative. Du hast mir keine Alternative gelassen. Du warst so –«

»So was?« Fraser zuckte mit den Schultern. »Sag es, Fraser. Ich war so verrückt. Willst du mir etwa sagen, dass ich dir Leid getan habe, so dass du etwas gemacht hast, was du eigentlich nie tun wolltest, *acht Jahre* lang?«

»Du warst dir immer so sicher, dass es das war, was du wolltest –«

»Und was wolltest du?«, fragte Jenny. »Es war immer so schwer, dich zum Reden zu bringen. Gefühle sind tabu, nicht wahr? Schmutzige Wörter.«

»Fang nicht damit an.«

»Ich habe gar nichts angefangen«, gab Jenny zurück. »Das warst du. Die Anrufe waren alle für dich, oder? Soll ich wirklich glauben, dass der arme Idiot, der angerufen hat, wegen einer acht Jahre alten Affäre ausflippt?«

Fraser sah sie mit einem Blick an, der sagte: *Du scheinst hiermit nicht besonders gut klarzukommen.*

»Hör bloß auf«, warnte Jenny ihn. »Versuch das bloß nicht. Hier geht es nicht um irgendeine alte Affäre. Es geht um Lügen und missbrauchtes Vertrauen. Und es ist frisch, Fraser. Was passiert, passiert jetzt. Ich brauche dich hier, und du triffst dich stattdessen mit ihr und willst, dass ich glaube, dass du mit ihr Schluss gemacht hast – *dass es seit langem zwischen euch aus ist.*« Sie zitierte gehässig seine eigenen Worte.

»Du glaubst mir also nicht, dass ich keine Affäre habe?«

»Nein. Das tue ich nicht. Das kann ich nicht.«

Fraser schüttelte den Kopf. »Ich muss weg.«

»In Ordnung.« Jenny starrte zu ihm hinunter. Fraser kannte diesen Blick – die absolute Entschlossenheit, die unerbittliche Entscheidung darin.

»Jen.« Er ging einen Schritt vor.

»Geh jetzt«, sagte sie, »und du brauchst nicht mehr zurückzukommen.«

Fraser wiederholte ihren Namen, durch diesen sicheren Tonfall aufgeschreckt. Er griff nach ihrer Hand, sie versuchte sie wegzuziehen, aber er hielt sie fest. Sie kämpften kurz, dann ein lautes *Krach!*, Fraser ließ los, fiel auf die Treppe und rutschte die paar Stufen nach unten.

»Lass sie in Ruhe!«, brüllte Alain, seine Stimme überschlug sich, sie wurde zu einem Schrei.

Fraser legte eine Hand an seinen Kopf und stöhnte, während sich Jenny zu dem Jungen umdrehte. Er hielt einen Cricketschläger fest mit beiden Händen, und seine Augen glitzerten vor Angst und Zorn. »Lass sie in Ruhe!«, wiederholte er. Er fing an, unkontrolliert zu zittern, und Jenny nahm ihn in den Arm. Er begann zu weinen, aber er ließ Fraser nicht aus den Augen.

»Hau ab! Hau ab!«, schrie er.

Fraser stand mühsam auf, er hielt sich immer noch den Kopf, dann bückte er sich, um die Schlüssel aufzuheben, die er fallen gelassen hatte, er schwankte und fiel fast hin. Er ging unsicher zur Haustür und stützte sich dabei die ganze Zeit an der Wand ab.

»Ich meine das ernst, Fraser«, sagte Jenny und kreuzte ihre Arme vor sich, um den Schmerz zurückzuhalten, der sich den Weg nach draußen zu bahnen drohte. »Wenn du zu ihr gehst ...« Aber er war schon weg.

Er kam bis zur Garage, bevor ihm schlecht wurde. Er lehnte sich zitternd gegen die Tür, atmete tief ein, öffnete sie dann und saß im Auto, bis der Schwindel nachließ.

Er fuhr vorsichtig zurück, ging mit hohem Adrenalinpegel und wachen Sinnen durch das Vorbereitungsritual aus der Fahrschule. Er wartete ein paar Minuten, bis die Straße völlig leer war und er hinausfahren konnte.

Er umfasste das Lenkrad, überprüfte den Spiegel, setzte den Blinker und sah über seine Schulter, dankbar, dass es wenigstens nicht regnete. Er fuhr vom Bordstein weg, schlug erst nach rechts ein, dann nach links, kuppelte vorsichtig und schaltete so sanft, wie es seine zitternden Hände und sein dröhnender Schädel erlaubten. Gott, falls er von der Polizei angehalten würde, würden sie ihn nach allen Regeln der Kunst fertig machen.

Er hatte es Jenny nicht erzählen können – noch nicht. »Scheiße«, sagte er laut. Er dachte, er wollte ihr den Schmerz ersparen. Aber sie hatte das Schlimmste angenommen – dass er immer noch eine Affäre hatte – oder zumindest, dass seine Geliebte pfiff und er sofort loslief, was ungefähr auf dasselbe herauskam. Wie Jenny wohl die Wahrheit über sein Fahrtziel aufgenommen hätte? Er war sicher, dass es sie noch mehr verletzt hätte.

Er fuhr zur Smithdown Road und bog rechts ab in Richtung Penny Lane. Sein Herz begann zu hämmern, als er sich dem komplizierten System von Ampeln und Kreisverkehr am Anfang der Menlove Avenue näherte. Woher, zum Teufel, wussten die Leute, welche Spur sie nehmen mussten? Seine Hände schwitzten, und er musste sich dazu zwingen, zuerst die eine, dann die andere an seiner Jeans abzureiben.

Eine plötzliche Welle des Bedauerns überkam ihn, und er stöhnte. Wie hatte er alle diese Sachen zu Jenny sagen können? Sie hatten während der sechs Monate vor ihrer endgültigen Entscheidung immer und immer wieder über Pflegekinder diskutiert. Roz, ihr Sozialarbeiter, hatte immer wieder ihre Gründe für eine Pflege statt einer Adoption hinterfragt. Jennys Argumente waren klar und überzeugend gewesen: Eine Adoption wäre der Versuch gewesen, das Kind, das sie verloren hatten, zu ersetzen. Es wäre unfair, all diese hohen Erwartungen an ein anderes Kind zu stellen. Wie hätten sie verstohlene Vergleiche verhindern können: Hätte mein Kind das getan, das erreicht … Er war unsicher gewesen, aber Jennys wiedergewonnene Energie und ihr Optimismus hatten ihn mitgerissen.

Er hatte im Stillen an eine Leihmutter gedacht, aber er konnte mit Jenny nicht darüber reden, nicht etwa weil sie, wie sie sagte, verrückt gewesen wäre, sondern weil er endlich die alte zuversichtliche, extrovertierte Jenny wieder hatte. Nach zwei Jahren Depression nach der Fehlgeburt hatte sie anscheinend eine Art seelisches Gleichgewicht wiedererlangt.

Er hatte bereits beim ersten rätselhaften Anruf gewusst, was Mr Hunter meinte. Nicht im Detail – es war nur eine Ahnung –, bis zu der Nachricht, die kam, als Jenny weg war. Hatte Mr Hunter gewusst, dass sie weg war? Beobachtete er das Haus? Aber noch vor dem Anruf, als er ihn bat, sich in dem Straßencafé zu treffen, hatte Fraser eigentlich verstanden, wer Hunter war und warum er ihnen beiden dieselbe Frage gestellt hatte:

Haben Sie ein Kind adoptiert?

Es war grün geworden, und das Auto hinter ihm hupte. Nervös legte Fraser den ersten Gang ein. Das Auto machte einen Satz, und der Motor starb ab. Ein Auto fuhr an ihm vorbei, und Fraser sah das Gesicht des Fahrers: rot vor Wut und fluchend. Fraser zog die Handbremse und ging durch die ganze Prozedur, lächelte dabei dümmlich und hob entschuldigend seine Schultern in Richtung eines Polizeiautos, das vorbeifuhr und dessen Insassen ihn neugierig beobachteten.

»Verdammte Scheiße«, murmelte er, dann holte er tief Luft, legte den Gang ein und fuhr über die Ampel, als es gerade Gelb wurde. Er folgte dem Polizeiwagen, bis der in Speke abbog, dann gab er Gas und wechselte in die Mittelspur.

Jenny trug Alain durch den Flur und setzte ihn auf das Sofa. Sie setzte sich neben ihn, hielt ihn mit einem Arm fest und nahm ihm mit dem anderen den Cricketschläger weg. Er schien unter Schock zu stehen. Sie würde das Treffen mit seiner Mutter und seinen Großeltern verschieben müssen. Es war noch zu früh, ihn zum Sprechen bringen zu wollen, obwohl sie das Gefühl hatte, dass er von sich aus damit beginnen würde, wenn sie ihm nur noch ein bisschen Zeit ließ. Sie hielt ihn fest, während sein Kopf knapp unter ihrem Kinn lag, und dachte über die letzten zehn Minuten nach. Es war, als ob ihre gesamte Welt, das Fundament, auf dem ihr Glück und ihre Sicherheit ruhten, ein Betrug war, eine optische Täuschung, die von der Perspektive abhing, eine Bewegung weg von dem schmalen Blickwinkel, und alles stürzte ein, alles war als bloßer Trick entlarvt. War sie wirklich so von sich selbst eingenommen, dass sie nicht sehen konnte, dass das, was sie so leidenschaftlich brauchte, nicht das war, was Fraser wollte?

»Geht's dir gut, Jenny?« Seine leise, ängstliche Stimme schreckte sie aus ihrer Träumerei. »Ich meine, hat er dir wehgetan?«

»Fraser würde mir nie wehtun«, sagte Jenny und fühlte ein plötzliches Aufflammen von Angst und Verlust. »Nicht absichtlich«, fügte sie lahm hinzu.

Der Junge betrachtete ihr Gesicht. Seine Augen, so dunkel und Frasers Augen so ähnlich, blickten in ihre. »Ist es –?« Er brach ab, sein Mut verließ ihn, und er sah weg. Er schniefte, und Jenny konnte an seinen roten Augen sehen, dass er gegen noch mehr Tränen kämpfte. Er stierte wütend auf den leeren Fernsehbildschirm.

»Ist es ...?«, wiederholte Jenny sanft, die sogar jetzt noch empfänglicher für die Bedürfnisse und Leiden anderer war als für ihre eigenen, trotz der aufwallenden Gefühle in ihr selbst.

Alain zuckte mit den Schultern und wischte mit dem Handrücken eine Träne weg. Einen Moment lang schien er in sich zusammenzusinken, dann holte er Luft und damit Mut, um zu fragen: »Ist es O. K. – ich meine, wenn man es nicht so meint?«

Jenny fühlte eine Mischung aus Besorgnis und Erwartung. »Wenn man jemandem nicht wehtun will?«, fragte sie.

Alain nickte, unfähig, sie anzusehen. Die Haut über seiner rechten Augenbraue zuckte.

Sicher, dachte Jenny, *o Gott, sicher nicht der Junge?*

»Alain ...«

»SAG'S mir einfach!« Er sprang vom Sofa auf und stand mit geballten Fäusten über ihr.

Jenny erschrak furchtbar und sah nach dem Cricketschläger, der hinter Alain auf dem Beistelltisch lag. Sie zwang sich, ruhiger zu werden, lehnte sich zurück und sah zu ihm hoch. Sein Gesicht, rot vor Wut, war zu einer grotesken Maske verzerrt.

»SAG'S MIR!«

»Es gibt keine einfache Antwort, Alain«, sagte Jenny. »Es hängt von vielen Dingen ab.«

Er atmete schwer, und seine Fäuste waren immer noch geballt, aber zumindest hörte er zu. »Von welchen Dingen?«, fragte er.

»Davon, was man getan hat. Was man tun wollte. Und, natürlich, was wirklich passiert ist.«

Ihr wurde klar, dass man dieselben Kriterien auf ihre Situation anwenden konnte.

Was ich getan habe, dachte sie. Ich habe Fraser dazu gebracht, Pflegekinder aufzunehmen, obwohl er es nicht wollte. *Was ich tun wollte.* Ich habe versucht, eine Familie aufzubauen, anstatt zu akzeptieren, dass wir einfach nur zwei Menschen sind, die einander lieben. *Was wirklich passiert ist.* Ich habe Fraser so unglücklich gemacht, dass er eine Affäre hatte.

Alain schien etwas zu zucken.

Was ich getan habe, dachte er. Ein starkes weißes Licht blitzte vor seinen Augen auf. Es tat noch zu weh, sich an das, was er getan hatte, zu erinnern. *Was ich tun wollte.* Ich wollte – ich wollte wirklich sehr – ein braver Junge sein. *Was wirklich passiert ist –*

Er schwankte, und seine Augäpfel drehten sich nach oben.

»Alain?« Jenny streckte die Hand aus und ergriff eine kleine Faust. Er kam zurück aus seiner Fast-Ohnmacht und begriff schließlich die Tragweite seiner Taten.

»Jenny –« Er fing wieder an zu weinen. »Bitte, Jenny ... Ich wollte es nicht.«

27. Kapitel

Fraser hielt vor dem Haus und versuchte den Mut aufzubringen, in die Einfahrt zu fahren und vor der Haustür zu halten. Schließlich bog er in den breiten Kiesweg ein und bremste vor dem Haus.

Vi Harvey sah immer noch so glänzend und glühend aus wie vor acht Jahren; sie hatte dasselbe angeberische Selbstvertrauen wie damals, als er sie vor so langer Zeit getroffen hatte.

»O Gott«, sagte sie. »Was willst *du* denn?«

»Eine Erklärung.«

Sie blickte über ihre Schulter, und Fraser sah ein bösartiges Lächeln in ihren Augen. »Du glaubst also, du verdienst eine?«

Sie betrachteten einander einen Moment lang. Vielleicht sah sie ein bisschen älter aus – eher verlebt als gealtert –, zu viel Sonne und Nikotin, überlegte Fraser.

»Willst du mir nicht sagen, dass ich mich kein bisschen verändert habe?«, fragte sie. Dieses bösartige Lächeln erschien wieder, und Fraser dachte: *Sie flirtet mit mir – sie kann es einfach nicht abstellen.*

»Kann ich reinkommen?«

Sie schien darüber nachzudenken, dann, als ob sie das Interesse verloren hätte, drehte sie sich um und ging den Flur hinunter. »Mach die Tür hinter dir zu«, sagte sie. Er folgte ihr in die Küche, wo sie einen Salat zubereitete.

»Er ist von mir, nicht wahr?«, fragte Fraser.

Vi riss die Augen auf. »Wer?«

»Verarsch mich nicht, Vi. Dein Mann hat mich angerufen – er hat natürlich einen anderen Namen benutzt –, aber er war es.«

Sie runzelte die Stirn und schnitt mit großer Sorgfalt eine Tomate.

»Wie hast du uns gefunden?«

»Ich wusste zuerst nicht, wo ich suchen sollte. Ich hab's mit dem Telefonbuch versucht.«

»Wir stehen nicht drin.«

»Ich habe den Firmennamen aus den gelben Seiten. Danach – na ja, man sollte den Service der öffentlichen Bibliothek nicht unterschätzen. Dort nannte man mir eine Auskunftei, und diese faxte mir den Namen und die Adresse des gewünschten Geschäftsführers für eine Gebühr von fünf Pfund.«

»Wie nett von ihnen«, sagte sie. Dann: »Er ist nicht da.« Sie zögerte, schien plötzlich unsicher zu sein. »… ich weiß nicht, wo er ist.«

»Ich wollte dich sehen.«

»Wie schön. Nach all den Jahren.«

»Du hast mir erzählt, du hättest abgetrieben.«

Einen Moment lang war sie durcheinander; sie ging zur Spüle und wusch sich die Hände, um ihre Fassung wiederzugewinnen, bevor sie mit dem Rücken zu ihm antwortete: »Wer sagt, dass ich es nicht getan habe?«

»Zum Beispiel dein Mann. Warum sollte er mich sonst anrufen?«

»Da musst du ihn schon selbst fragen. Bist du sicher, dass du mich sehen wolltest?«

»Ich will meinen Sohn sehen.«

Das Lächeln kam wieder, aber noch etwas bösartiger. »Geh nach Hause«, sagte Vi. »Geh zurück zu deiner Frau.« Sie drehte sich wieder weg, und er griff direkt oberhalb des Ellbogens nach ihr.

»Wo ist er?«

Sie sah ihm in die Augen, furchtlos, wütend. »Du tust mir weh.« Sie hielt das Gemüsemesser in ihrer freien Hand fester.

Fraser ließ sie los. »Ich hatte dir gesagt, dass ich mich um das Kind kümmern würde –«

»Was?«, fragte sie und warf das Messer in die Spüle. »Mit deinem Lehrergehalt? Weißt du, wie viel so ein Haus hier kostet? Hast du eine Ahnung?«

Fraser blinzelte. »Du hast dein Kind für dieses Haus verkauft?«

»Oh, bitte. Erspar mir kalvinistische Moral. Es klingt bei dir so schmutzig. Der Junge war der Kitt, der unsere Ehe zusammenhielt. Die Leute machen so etwas andauernd.«

»Mit dem Kind eines anderen?« Er schaute sie voll Abscheu an. »Wo ist er?« Er ging aus der Küche, entschlossen, das Haus zu durchsuchen.

Sie ging hinter ihm her, lief durch den Flur und hielt sich am Treppenpfosten fest, während sie ihn anschrie: »Siehst du keine Nachrichten, du *dämliches* Arschloch?«

Fraser blieb stehen und drehte sich um. Sie brach am Pfosten zusammen und glitt langsam und schluchzend auf die unterste Stufe. Er ging die Treppe Stufe für Stufe hinunter, unsicher, ob das nicht bloß wieder ein Trick war. Am Ende der Treppe hockte er sich neben sie, und plötzlich schlug sie hart nach ihm. Er hob seine Hand reflexartig, und ihre Faust berührte seine linke Augenbraue. Durch den Schwung fiel sie nach vorne und schlug mit dem Gesicht gegen den Fuß des Pfostens.

Sie legte ihre Hand vor den Mund und schluchzte: »Du bescheuerter, selbstgefälliger *Scheißkerl*!«

Fraser stand langsam auf, verwirrt, er wollte ihr helfen, sie trösten. Er berührte sie leicht an der Schulter, aber sie schlug seine Hand weg.

»*Fass* mich nicht an!«, schrie sie. »Raus aus meinem Haus! RAUS!«

Fraser sank hinter dem Lenkrad zusammen und starrte seine Hände an. Sie zitterten. Er war gerade aus der Einfahrt gefahren, als ihm noch mal übel wurde und er anhalten musste, bis es vorbei war.

Warum, zum Teufel, war er hierher gekommen? Er hatte Jenny so sehr verletzt, dass er sich nicht vorstellen konnte, dass sie ihm jemals vergeben würde – und wofür? Er hatte seinen Sohn immer noch nicht gesehen – wusste nicht einmal, ob es ihm gut ging. Wie hatte Vi ihn genannt? Selbstgefällig. Vielleicht stimmte das, aber er konnte jetzt nicht aufhören. Er konnte nicht loslassen. Er musste das hier zu Ende bringen, egal mit welchen Konsequenzen.

28. Kapitel

»Dr. Greenberg?«

»Am Apparat. Wer ist da?« Max hörte sich misstrauisch an.

»Entschuldigen Sie, dass ich Sie zu Hause anrufe, und noch dazu am Wochenende, aber – hier ist Yvonne. Ich arbeite in der Telefonzentrale im Krankenhaus. Ich weiß nicht, wie ich es sagen soll … Sie bringt mich wahrscheinlich um, weil ich mit Ihnen rede …«

»Was auch immer Sie mir erzählen, ist streng vertraulich«, versicherte er ihr.

»Ich wollte mich zuerst nicht einmischen. Ich bin nicht für sie verantwortlich. Aber ich konnte mich auf nichts konzentrieren. Ich machte mir ständig Sorgen um sie.«

Sie zögerte. Max wartete.

»Es geht um Shona«, sagte sie. »Shona Rhys. Haben Sie sich nicht um sie gekümmert, als sie einen – na ja, als sie krank war?«

»Es tut mir Leid, ich kann nicht –«

»Nein, ich weiß, aber Shona hat mir erzählt, dass Sie ihr früher – das letzte Mal – schon einmal geholfen haben, und ich dachte, Sie könnten vielleicht …«

»Warum machen Sie sich Sorgen?«

»Sie war diese Woche völlig durcheinander. Kam zu spät zu ihren Schichten, ging, ohne ein Wort zu sagen. Weinte wegen gar nichts. War verschlossen. Und sie hat diese Verletzungen an ihren Händen. Ich«, sie sprach leiser, »ich glaube, sie hat wieder angefangen, sich wehzutun.«

Max hielt inne. Er dachte an Shonas wilde Erscheinung im Krankenhausfoyer am Freitagmorgen. Ja, er hätte direkter sein, hätte auf einen Termin bestehen sollen.

»Dr. Greenberg?«

»Ich spreche mit ihr«, sagte er. »Ich werde mein Möglichstes tun.«

Es wurde schlimmer. Jetzt musste sie nicht einmal mehr die Augen schließen, um sein Gesicht zu sehen, die weit aufgerissenen, wahnsinnigen und bösen Augen lachten sie aus. Die Zerstörung seiner Bücher hatte ihn nur wütend gemacht, und nun verfolgte er sie, so dass sie nicht zu schlafen wagte; während sie schlief, würde er über ihrem Bett schweben und darauf warten, dass sie erwachte und die Abartigkeit und Verwesung aus seinem Atem in sich aufnahm. Sein Lachen verfolgte sie, überlagerte Telefongespräche, schlich sich in den Rhythmus eines Automotors, in das Brummen des Kühlschranks, gluckste in den Wasserrohren, zischte in den Gasflammen. Er flüsterte zu ihr aus den atmosphärischen Störungen im Radio und im Rauschen des Blutes in ihren Ohren, er trieb sie weiter, redete ihr ein, dass es keinen anderen Ausweg gab:

Selbstmord – Selbstmord – Selbstmord.

Sie rief Pam auf deren Notfallnummer an, aber er ließ sie nicht das sagen, was sie eigentlich sagen wollte. Sie hörte, wie

Pam sie über sein zorniges Brüllen zu erreichen versuchte: »Wie werden wir geheilt, Shona? Sagen wir es gemeinsam.«

»Durch Offenheit und die geteilten Erfahrungen erreichen wir Bewusstwerdung«, sagte sie. »Durch das Ausleben berechtigter Wut –«

Hier wurde Pams Stimme von seinen rasenden Aufforderungen erstickt, sie solle sich umbringen. »… die Konfrontation mit unserem Verfolger bringt die Erlösung und die Freisetzung unserer Kraft.«

Shona wusste es auswendig. Es hing an ihrer Pinnwand, aber er ließ sie es nicht sagen.

»Stell dich deinen Dämonen, Shona«, sagte Pam. Dann brach er das Gespräch ab.

Shona griff nach ihrem Adressbuch, legte es auf den Tisch und schlug die Seite mit seiner Nummer auf.

Schicksal. Sie würde ruhig sein.

Max Greenberg hob nach dem zweiten Klingeln ab. Er hörte zwei oder drei Minuten zu, bevor er sprach.

»Ja«, sagte er. »Es ist Zeit, dass wir miteinander reden.«

29. Kapitel

Mike Delaney nickte der Familiengruppe jenseits des Spiegels zu. »Wissen sie, dass wir sie sehen können?«

»Sie sind ja nicht dumm, Mike.«

Sie saßen nebeneinander, ihre Knie berührten fast die Scheibe zwischen dem winzigen Büro und dem Besprechungszimmer.

»Ich weiß nicht, ob das eine gute Idee ist«, flüsterte Mike, er war von der Schalldichte nicht wirklich überzeugt.

Max atmete tief ein und aus. »Jenny hat dasselbe über Alain gesagt. Sie ist sich nicht sicher, dass er dafür bereit ist.«

»Sie waren sehr aufgeregt.«

»Mm.« Max beobachtete die kleine Gruppe. Angeline, Alains Mutter, schien ihre Mutter beruhigen zu wollen. Ihr Vater saß mit gerunzelter Stirn da, abwesend, vielleicht unter Schock.

»Alle drei bestanden darauf, die Leiche zu identifizieren.«

Max zuckte zusammen.

»Entschuldigung, Max, aber so ist es.«

»Ich weiß, es ist nicht das, was mich stört. Sie sind katholisch, oder?«

»Und?«

Er zuckte mit den Schultern. »Ich verstehe nicht, wie die Angehörigen einer Religion, die so viel Wert auf Glauben legt – den Glauben an Sachen, die absolut nicht zu beweisen sind, auf eine genaue Untersuchung der Leiche bestehen, bevor sie den Tod akzeptieren.«

Mike widersprach, trotz seines langjährigen Rückzugs in einen unruhigen Agnostizismus. »Haben sie nicht das Recht, Jeanne-Louise ein letztes Mal zu sehen?«, fragte er und verfiel dabei in den fragenden Tonfall seiner Eltern, die beide immer noch tief gläubig waren. »Schließlich werden sie wohl kaum einen offenen Sarg haben – bei ihren Verletzungen.«

Max' Augenbrauen zuckten etwas. Er hatte von einem Sergeant kein solches Mitgefühl erwartet. »Ich sage ja gar nichts gegen ihr Recht, die Leiche zu sehen«, sagte er, »aber es hat sie nicht unbedingt in eine günstige Stimmung für das Treffen mit Alain versetzt, oder?« Er hielt einen Moment inne. »Ich gehe und sage Jenny, dass wir so weit sind.«

Mike wollte aufstehen, aber Max drückte sanft seine Schultern. »Besser, du bleibst hier. Der Junge ist etwas unruhig.«

»Ängstlich?«

»Wahrscheinlich, aber er drückt es durch Aggression aus. Er hat Fraser heute Morgen einen Cricketschläger übergehauen.«

»Wie geht es ihm?«

Er bemerkte einen flüchtigen verschmitzten Ausdruck. »Fraser oder dem Jungen?«

»Beiden.«

»Alain ...«, er wurde ernst, nachdenklich. »Alain ist ruhig. Im Augenblick. Ob es ihm gut geht, ist etwas anderes, aber er ist hier.«

»Spricht er?«

»Er wird mit Jenny sprechen. Nur mit ihr«, sagte Max und warf ihm einen Blick zu, der sagte: *Er ist nicht bereit, mit dir zu sprechen.* »Und auch das nur in Extremsituationen.«

Mike erinnerte sich. Er rief sich die Atmosphäre im Haus ins Gedächtnis, als er mit Diane Seward, der Fotografin, da gewesen war, um ein Bild von Alain zu machen. Sie war angespannt und abweisend gewesen, was für Jenny und Fraser eigentlich sehr ungewöhnlich war. Er überlegte weiter bis zu dem Morgen, an dem er Jenny angerufen hatte, um ihr mitzuteilen, dass die Leiche nicht Alains Mutter, sondern ihre Schwester war. Jenny hatte ein vor dem Haus geparktes Auto erwähnt – ein Auto, das ihr aufgefallen war, als sie während der Hauptarbeitszeit der Diebe das Haus verlassen hatte, um am Sefton Drive herumzulaufen.

»Die Anrufe ...«, fing er an.

»Ich weiß nicht, worum es dabei geht, Mike«, sagte Max. Sein Ton machte deutlich klar, dass er es als sehr unhöflich empfände, wenn Mike weiter nachfragen würde.

Mike reagierte, indem er die Augenlider niederschlug: mehr ein mentales denn ein körperliches Sichfügen. »Wie geht es Fraser nach dem Schlag auf den Kopf?«

»Ich weiß es nicht. Er ist abgehauen ohne –« Max stoppte. Seine Erleichterung, dass Mike nicht weiter nachhakte, hatte ihn unvorsichtig werden lassen: Es würde weder Jenny noch Fraser helfen, wenn die Polizei nach ihm suchen würde, während er – illegal – in Liverpool oder weiß Gott wo herumfuhr, um seine Geliebte zu besänftigen. »Ohne etwas zu sagen«, schloss er bestimmt, nach einer langen Stille.

Mike war schon zu viele Jahre Polizist und hatte schon zu viele Lügen gehört, als dass ihm die Bedeutung dieses Zögerns hätte entgehen können. Er betrachtete Max einen Augenblick lang, dann nickte er noch einmal, langsam, nachdenklich.

»Jenny glaubt, dass sie beobachtet wird«, sagte er und wartete auf Max' Reaktion. Er zeigte keine, außer einem leichten Anheben des Kopfes. »Sie hat auch seltsame Anrufe erhalten.«

»Könnt ihr keine Fangschaltung legen?«

»Könnten wir«, sagte Mike. »Aber es ist ziemlich sinnlos, wenn Fraser weiß, wer anruft.«

Er bat Max, ihm zu helfen. Max überlegte: Wenn er nichts sagte und damit Jenny gefährdete, würde er es sich nie verzeihen, aber wenn er ihm alles, was er wusste, erzählte, wäre das ein Vertrauensbruch gegenüber Jenny. »Seid ihr bei der Suche nach Alains Vater schon weitergekommen?«, fragte Max, und es war ihm klar, dass er zu lange still gewesen war.

Mike verzog das Gesicht. »Es ist komplizierter, als wir dachten. Ich habe noch ein paar Fragen an Mrs Fournier, bevor sie wieder verschwindet; sag ihr also bitte, dass sie noch etwas hier bleiben soll, wenn wir hiermit fertig sind, O. K.?«

»Natürlich …« Er sah, dass Mike ihm keine weiteren Details verraten würde, und wechselte deshalb das Thema. »Die Männer, die du gestern verhört hast –«

»Was ist mit ihnen?«

Max lächelte. »Du hast meinen Spruch geklaut.«

»Den einen haben wir laufen lassen. Den anderen verhören wir noch.«

»Und?«

Mike grinste. »Und nichts. Wir reden noch, das ist alles.«

Es war nicht ganz alles: Sie warfen Lobo jetzt auch den Angriff auf Randy Khan vor, zusätzlich der Körperverletzung im Fall Peter Merembe und der Sachbeschädigung seines Autos; es war nicht schwer gewesen, seinen Vorgesetzten davon zu überzeugen, Lee-Anne ebenfalls in Gewahrsam zu nehmen. Sie hatte zwar noch nichts gesagt, was dies rechtfertigte, aber das würde sie bald, dessen war er sich sicher.

Jenny führte Alain sanft zum Besprechungszimmer. Sie hatte ihn nur soweit gebracht, indem sie ihm lauter kleine Ziele nannte: zuerst das Haus zu verlassen, dann in ein Taxi zu steigen mit dem Versprechen, dass sie ihn nicht dazu zwingen würde, seine Mutter zu treffen und dass er weggehen dürfte, wann immer er es wollte.

Der Weg vom Taxi zum Krankenhaus stellte sich als das schwierigste Stück heraus. Zuerst hatte er sich geweigert, aus dem Taxi zu steigen, dann hatten sie draußen auf einer Bank im Sonnenschein gesessen und dem entfernten Verkehrslärm und ein paar Spatzen im Gebüsch neben ihnen zugehört. Aber er hatte es hineingeschafft, er hatte tief Luft geholt und sich gewappnet, als ob er in tiefes Wasser springen müsste.

Nun, vor dem Besprechungszimmer konnte Jenny spüren, wie Alain zitterte. Seine Hand in ihrer war eiskalt. Er tat dies für sie, weil sie ihn darum gebeten hatte, und sie schämte sich ein bisschen. Hatte sie nicht gesagt, sie würde ihn nicht zwingen? Und war dieses Überreden nicht eine subtile Art und Weise, genau das zu tun? Sie redete sich ein, dass er seine Mutter treffen musste, dass die Behörden wissen mussten, was mit ihm passiert war, aber wenn sie hinunterschaute und die Locken auf seiner Stirn vor Angst zittern sah, spürte sie, dass sie grausam war.

»Mami ist da drinnen«, erklärte sie. »Und deine Großeltern.«

Alain stieß einen leisen, dunklen Ton aus, wie ein Stöhnen, und

Jenny fügte hinzu: »Ich bleibe bei dir, Alain. Ich bin die ganze Zeit bei dir.«

Er spannte die Schultern an, als ob er einem Erschießungskommando gegenübertreten müsste. Er nickte ihr sogar zu, um sie wissen zu lassen, dass er bereit war. Sie öffnete die Tür und ging hinein.

Angeline Fournier war sehr hübsch. Ihre Haare waren mit einem Perlmutt-Kamm locker hochgesteckt, und lange dunkelbraune Locken umspielten ihr Gesicht. Sie hielt sich sehr gerade, ihr Kinn leicht angehoben, ihre Augen, die groß und dunkel wie die von Alain waren, glänzten trotz der langen Reise. Alains Oma war klein, zierlich und grauhaarig, ihr Make-up zart und ihr Stil vornehm und elegant. Im Vergleich zu ihr sah ihr Mann wie ein Bauer aus: groß, mit einem runden Gesicht, und er wirkte etwas durcheinander.

Mrs Fournier wollte aufstehen, aber Jenny warf ihr einen warnenden Blick zu, und sie setzte sich wieder. Alain drückte sich näher an Jenny.

»Maman?« Er schien unsicher zu sein.

Jenny tat, was Mike ihr geraten hatte. »Alain«, sagte sie. »Kannst du mir sagen, wer diese Leute sind?«

Ein paar Augenblicke lang sagte er nichts und schaute die drei mit einem feierlichen, traurigen Ausdruck an. »Maman«, sagte er seufzend, »Grandpère et Grandmère.«

»Komm zu Mami«, sagte Mrs Fournier.

Alain sah Jenny verwirrt an. Sie lockerte ihren Griff, um ihm die Möglichkeit zu geben, zu seiner Mutter zu gehen, falls er das wollte. Er hielt ihre Hand fest und wich zurück, versteckte sich fast hinter ihr. Mrs Fourniers Gesicht war verschlossen, unergründlich.

Alains Oma streckte ihre Arme nach ihm aus und ließ sie dann mit einem kleinen Seufzer sinken. Alain sah weg, er starrte entschlossen auf den Fußboden. »Ich möchte jetzt gehen«, sagte er. Es war kaum zu verstehen, nur ein Flüstern, aber Jenny hörte es. Sie hatte ihm versprochen, dass sie ohne Diskussion und ohne Zögern gehen würden, sobald er es wollte.

Sie drehte sich mit Alain an der Hand um und hörte ein Keuchen hinter sich. »Nein!«, schrie Mrs Fournier. »Sie können ihn mir nicht wegnehmen!«

Alain riss sich von Jenny los und rannte blindlings aus der Klinik: in den Flur, den Weg zurück, den sie gekommen waren, er rannte und rannte, bis er ihr Schreien nicht mehr hören konnte. Er kam hinaus in den Sonnenschein, an geparkten Autos vorbei, stieß gegen einen Mann, der ihn aufhalten wollte, und hielt erst an, als er das Eingangstor erreicht hatte und nicht weiterwusste. Jenny holte ihn ein, Alain wehrte sich und hing dann jämmerlich weinend an ihr. »Ich will nach Hause!«, bat er.

»In Ordnung«, beruhigte Jenny ihn, sie umarmte ihn fest und strich über sein Haar. »In Ordnung. Wir fahren nach Hause. Wir gehen jetzt.«

Max hatte alles arrangiert, damit Mike mit Alains Mutter in seinem Büro im *Child Development Centre* sprechen konnte. Es war ein langer, schmaler Raum, an einem Ende voller Aktenschränke. An einer langen, kahlen Wand hing eine riesige Pinnwand, die von einem Kalender dominiert wurde. Fast jeder Wochentag war bereits mit Klinikterminen, Gesprächen, Seminaren und Konferenzen belegt. Sein Schreibtisch mit Telefon und Computer stand nah am Fenster, das über die Schieferdächer und den Dampf der Krankenhausreinigung blickte. Max hatte Mike fröhlich mitgeteilt, dass man an einem schönen Tag ohne Ostwind das Fenster für ein bisschen Luftaustausch öffnen konnte.

Mike nutzte das nun dankbar für eine, egal wie kurze, Verschnaufpause in der drückenden Nachmittagshitze. Er zog sein Jackett aus und rollte seine Ärmel auf, während er sich fragte, wo, zum Teufel, Angeline Fournier die ganze Zeit gewesen war. Im gleichen Moment klopfte es energisch an die Tür, sie kam herein und schrie ihn an: »Was haben Ihre Leute mit meinem Sohn gemacht?«

»Was heißt, mit ihm gemacht?«

»Er wollte nicht zu mir kommen. Zu seiner eigenen Mutter!«

»Darüber sprechen Sie besser mit den Ärzten«, sagte Mike. »Das ist nicht mein Gebiet.« Er starrte über ihre Schulter auf eine gerahmte Zeichnung an der Wand neben einer Tabelle. Es war eine Karikatur von Max: Großer Kopf, kleiner Körper, seine riesige Stirn leicht in Falten, machte er sich Notizen über das Publikum, während sich hinter ihm auf der Bühne eine üppige Stripperin die Strümpfe auszog. Die Überschrift lautete: *Ein Beobachter der menschlichen Natur.*

»Mir wurde gesagt, dass angeordnet wurde, ihn vorübergehend zu Pflegeeltern zu bringen«, sagte Mrs Fournier kühl. »Ich sehe das so, dass Sie die Verantwortung dafür haben.«

Mike seufzte. »Hören Sie, so wie ich das sehe, steht er unter Schock. Er benimmt sich nicht normal.«

»Ich will ihn mit nach Hause nehmen.«

»Noch nicht.«

»Sie verstehen nicht – wie sollten Sie? Er braucht mich.«

»Wie Sie schon sagten, wir haben die Pflicht, uns um den Jungen zu kümmern. Er wird so lange in Pflege bleiben, bis wir davon überzeugt sind, dass er zu Hause sicher ist.«

Sie sah ihn an, als ob sie ihn am liebsten umgebracht hätte. »Wollen Sie etwa sagen, dass Sie mir nicht vertrauen? Wie können Sie es wagen? Er ist *mein Sohn*! Ich habe das Recht –«

»Ach ja? Nun, er hat auch Rechte, wissen Sie. Und er hat darum gebeten, zu den Pflegeeltern zurückzukommen, zu denen er nach seinem Auffinden gebracht worden ist.« Mike hatte die Nase voll von Leuten, die ihn anschrien. Er war müde und hatte Kopfweh.

Mrs Fournier sackte zusammen. Schluchzend suchte sie in ihrer Handtasche nach einem Taschentuch. Mike hatte langsam den Verdacht, dass Mr Radleighs Erklärung für das häufige Fehlen Alains in der Schule stimmte: Es war ein Symptom der Neurose seiner Mutter und nicht die Ängstlichkeit des Jungen. »Ich liebe meinen Sohn«, sagte sie, als sie sich wieder etwas unter Kontrolle hatte. »Ich will nur das Beste für ihn.«

»Sehen Sie«, sagte er, ein bisschen nachgiebiger. »Wir wollen *alle* das Beste für Alan.«

»*Alain.*«

»Was?«

»Der Name meines Sohnes ist *Alain.* Ein französischer Name.«

Mike rieb seine Augen mit einem Finger und sagte sich, dass die Frau wegen des Todes ihrer Schwester durcheinander war – er sollte geduldig sein.

»Ich muss Sie nach Ihrem Ex-Mann fragen«, sagte er und versuchte, seine Stimme ruhig klingen zu lassen.

»Was wollen Sie wissen?« Ihre Augen wurden schwer, misstrauisch.

»Erzählen Sie mir, warum Sie ihn verlassen haben.«

Sie atmete tief ein und schüttelte den Kopf.

»Mrs Fournier?« Er bemerkte einen flüchtigen Ausdruck des Schmerzes, dann sagte sie: »Ich kann nicht ...« Sie schluckte, schien sich zu sammeln, hob den Kopf und sagte würdevoll: »Meine Gründe waren – sind – persönlich.«

Mike schüttelte den Kopf. »Das kann ich nicht akzeptieren – unter diesen Umständen.«

Sie wurde rot vor Wut, sagte aber nichts.

»Wie lautet der Name Ihres Mannes?«

»Ich bin nicht mehr verheiratet, Sergeant.«

»Dann der Name Ihres Ex-Mannes.«

»Nein ..., tut mir Leid, aber nein.«

»Mrs Fournier, dies ist ein Mordfall!«

Sie zuckte zusammen, presste die Lippen aufeinander und wich seinem Blick aus. Mike versuchte es etwas ruhiger: »Sagen Sie mir, warum Sie ihn verlassen haben.«

»Weil er ein bösartiger, sadistischer Scheißkerl ist, der uns das Leben zur Hölle gemacht hat.« Sie starrte ihn trotzig an, atmete schwer und schien zu sagen: Wagen Sie es bloß nicht, das anzuzweifeln.

»Haben Sie irgendwelche Beweise dafür?«

»Lassen Sie die Ärzte Alains Hände untersuchen. Das wird Beweis genug sein.«

»Das haben sie – also, sie haben ihn untersucht.«

Ihre Augen wurden ein bisschen größer, dann warf sie ihren Kopf zurück. »Na, dann.«

»Haben Sie eine Adresse, unter der wir Ihren Ex-Mann erreichen können?«

»Warum wollen Sie ihn kontaktieren?«

»Wann haben Sie ihn das letzte Mal gesprochen?«

Sie blickte weg, und zwischen ihren sorgfältig gezupften Augenbrauen erschien eine trotzige Falte. »Er interessiert sich nicht für Alain«, sagte sie. »Er hat sich seit über zwei Jahren nicht gemeldet. Ich bezweifle, dass er seinen eigenen Sohn auf der Straße erkennen würde.«

»Der leibliche Vater hat ein Umgangsrecht –«

»Erzählen Sie mir nichts von ›Rechten‹! Was ist mit *Verantwortung*? Ich habe Alain von ihm weggenommen, bevor er meinem Sohn bleibenden Schaden zufügen konnte.«

»Sie wollen also, dass ich glaube, die Verletzungen Ihres Sohnes stammen von seinem Vater, aber –«

»Aber mein Wort steht gegen seins, ist es das?«

»Wir haben nicht einmal einen *Namen*, geschweige denn Kontakt zu ihm. Wie könnte da Ihr Wort gegen seins stehen?«

Sie zuckte irritiert die Achseln und drehte sich von ihm weg.

»Entweder geben Sie uns den Namen Ihres Ex-Mannes, oder ich klage Sie wegen Behinderung der Ermittlungen an.« Er wartete, aber sie weigerte sich, ihn anzusehen. »Verstehen Sie, was ich mit Behinderung meine, Mrs Fournier?«

Er hörte ein entnervtes Seufzen. »Ich habe einen Universitätsabschluss in Englisch«, sagte sie und drehte sich langsam zu ihm um. Ihr Gesichtsausdruck war eine Mischung aus Verachtung und Belustigung. »Ich habe Ihre englischen Klassiker gelesen: die Brontës, Austen, Thackeray, Dickens. Meine Abschlussarbeit war eine Analyse von Shakespeares Tragödien.« Sie saß aufrecht und sah ihm direkt in die Augen, mit einem Blick, der zu fragen schien, was wohl *seine* Bettlektüre darstellte.

Mike lächelte. »Ich habe im Schulabschluss nur ein Befriedigend in Englisch gehabt. *Cider with Rosie* war der Prüfungstext, glaube ich.« Er hielt ihrem Blick stand. »Nennen Sie mir den Namen, Mrs Fournier. Wenn Sie die Wahrheit sagen, müssen Sie sich keine Sorgen machen.«

Sie schnaubte.

»Gut, dann eben auf die harte Tour. Wenn Ihr Ehemann Ihren Sohn verletzt hat, muss es darüber irgendwo einen Bericht geben. Der Zeitrahmen beträgt wohl ungefähr zwei Jahre. Vielleicht sitzt er sogar im Gefängnis.«

Er bemerkte einen flüchtigen Ausdruck der Verzweiflung, dann sagte sie: »Ich habe ihn nicht angezeigt.«

Mike kämpfte gegen aufkommende Wut. Wenn es etwas gab, das er hasste, dann war es, für einen Idioten gehalten zu werden. »Jeder einzelne Finger an beiden Händen war gebrochen, und Sie haben es nicht angezeigt?«

»Natürlich habe ich es behandeln lassen. Ich habe gesagt, er hätte sich die Finger beim Spielen eingeklemmt.«

Mike zuckte zusammen. Er sah ganz deutlich das bläuliche Bild seiner ältesten Tochter Mary, wie sie sich an ihrem neunten Geburtstag die Finger in einer Autotür gequetscht hatte. Sie hate in der Garage gespielt. Es war im November, er erinnerte sich sehr genau, die Neonröhren waren wegen der Dämmerung angeschaltet und tauchten alles in dieses unwirkliche, blaue Licht.

»Ich kann mich nicht recht entscheiden: Sind Sie arrogant oder einfach nur lieblos, Mrs Fournier?«

»Was meinen Sie?«

»Erwarten Sie wirklich, dass ich diesen Müll glaube?«

»Ich sage die Wahrheit!«

»Dass Ihr kleiner Junge brutal misshandelt und seine Finger gebrochen wurden. Was haben Sie ihnen erzählt? Ein Kofferraum – eine Tür? Vielleicht ein Fenster? Und Sie lassen es kaltschnäuzig behandeln und den Schuldigen einfach so davonkommen?«

Ihre Lippe zitterte ein wenig, als sie antwortete. »Wir gingen weg – weg von seinem Vater – danach. Ich nahm wieder meinen Mädchennamen an, und wir zogen in den Norden. Ich habe darauf aufgepasst, dass er uns nicht finden konnte.«

Mike nickte, und sie schien sich etwas zu entspannen.

Er lehnte sich vor, als ob er etwas Vertrauliches sagen wollte. »Wer sagt mir, dass Sie es nicht selbst getan haben?«

Sie starrte ihn mit offenem Mund an. »*Was?*« Sie war wütend, beleidigt, so direkt beschuldigt zu werden.

»Versetzen Sie sich an meine Stelle. Ein kleiner Junge wird in seinem Schlafanzug auf der Straße gefunden. Mitten in der Nacht. Er ist von dem, was passiert ist, so geschockt, dass er nicht sprechen kann. Niemandem scheint aufzufallen, dass er verschwunden ist. Wir warten vier, fast fünf Tage. Kein Mucks. Wir schalten einen Aufruf im Fernsehen. Immer noch nichts, bis sein Schuldirektor die Hotline anruft. Nicht seine Mutter oder sein Vater, sein Schuldirektor.«

Sie fing voller Selbstmitleid zu weinen an. »Er war bei seiner Tante«, jammerte sie. »Ich habe versucht anzurufen …«

»Wir haben Sie auf dem Anrufbeantworter. Einmal. Wir haben es aus dem Französischen übersetzen lassen. ›Gut angekommen. Melde mich.‹ Also, wenn ich von zu Hause weg bin, hinterlasse ich zumindest meine Telefonnummer.«

»Ich habe das Recht auf ein wenig Zeit für mich selbst«, sagte sie. Sie klang trotzig, von der Andeutung verletzt. Er starrte sie noch ein wenig länger an, und sie wurde rot.

»Geschäftlich, oder?«

Bevor sie antwortete, wischte sie ihre Nase, sehr vorsichtig, um ihr Make-up so wenig wie möglich zu beschädigen. »Ja, geschäftlich.«

»Dann können Sie mir ja eine Liste von Leuten, Orten und Treffen geben.«

»Es war nicht so etwas Geschäftliches.«

»Was für eine andere Art Geschäftliches gibt es denn?«

»Werden Sie nicht unverschämt!«

Mike fixierte sie hart, und sie lenkte ein. »Ich bin Künstlerin«, antwortete sie steif und würdevoll. »Ich war auf der Suche nach Inspiration. Ich sehe mir Orte an, mache Skizzen, Aquarelle – und ich besuche die örtlichen Töpfereien. Es war inoffiziell. Ohne festen Plan.«

»Ferien«, schlug Mike vor. Sie wurde noch roter. Wut – oder Schuld?

»Geschäftlich«, antwortete sie bestimmt.

»Sie hat gesagt, dass sie nach der mutmaßlichen Misshandlung ihres Sohnes in den Norden gezogen sind.« Mike trank einen Tee und tippte mit einem Finger in seinen Computer.

»Wie, von London aus?«

Mike sah schräg zu Sallis hinüber. »Sie erzählt uns nicht gerade ihre Lebensgeschichte, Ron. Aber ihre Art Geschäft läuft da am besten, wo es viel Kohle gibt.«

»Jemand geht die Eheschließungen im Register in der Zentralbibliothek durch –«

»Hoffen wir, dass er kein Franzose ist, oder wir müssen Interpol einschalten.«

»Was ist mit ihren Eltern?«

»Sie weigern sich, irgendetwas zu sagen.« Mike seufzte. »Ich weiß nicht. Die Mutter des Jungen beschuldigt den Vater, sie beide misshandelt zu haben, aber gleichzeitig tut sie alles, damit wir seine Version der Geschichte nicht erfahren. Sie behauptet, dass sie die Misshandlungen nicht angezeigt hat, aber trotzdem hat sie die Farbe gewechselt, als ich ihr gesagt habe, dass wir nach einem Bericht darüber suchen werden. Lass uns loslegen, mal sehen, was wir finden.«

30. Kapitel

Lee-Anne schien zwischen Bewunderung und Verzweiflung zu schwanken. »Lobo ist ein verdammter Depp«, begann sie und konzentrierte sich dabei auf ihre Ausdrucksweise, zumindest so lange, bis sie wusste, mit wem sie es zu tun hatte.

»Ist er das?«

So leicht kriegten sie sie nicht. Sie lehnte sich grinsend in ihrem Stuhl zurück.

»Das Auto von Mr Merembe ist in einem ziemlich schlechten Zustand, und Mr Khan mussten wir heute Morgen noch einmal ins Krankenhaus bringen.«

»Was?« Lee-Anne war jetzt alarmiert. Sie hatte voreilige Schlüsse gezogen: Ihr war gesagt worden, dass Lobo verhaftet worden war, weil er betrunken das Auto von irgendeinem Studenten demoliert hatte – die Waffe war ein Queue, das er mit den Kreditkarten gekauft hatte, über die sie gesagt hatte, er sollte sie loswerden. Bescheuerter Trottel. Sie hatte angenommen, dass er und Randy in eine Schlägerei geraten waren – beide zusammen, aber Delaney schien zu sagen, dass Randy eines der Opfer war.

»Sie werden ihn wahrscheinlich als Randy Khan kennen«, erläuterte Mike und genoss die Verwirrung auf ihrem Gesicht; ihre intensive Anspannung löste sich schließlich in primitiver Aggression.

»Was ist mit ihm?«

»Er geht auf ein paar Bier mit seinem alten Schulfreund, Derek Spencer, und endet mit gebrochenen Rippen und einer gebrochenen Nase.« Mike schüttelte sich.

»Und Sie wollen mir erzählen, dass Lobo das gemacht hat? Also echt! Sie waren in der Schule in derselben Clique. Sie sind Kumpels.«

»Nicht mehr«, sagte Mike und hoffte, dass sie clever genug war, um die unterschwellige Drohung zu hören, die Andeutung, dass Khan etwas Belastendes gesagt hatte.

Sie hielt den Kopf gesenkt, aber sie warf ihm einen düsteren Blick aus Hass und Angst zu. »Scheiß Paki!« Sie sah wieder nach unten, schwer atmend. »Was auch immer er gesagt hat, er lügt.«

»Sie haben selbst gesagt, dass Lobo ein verdammter Depp ist.«

»Ja, aber nicht so. Eher – ausgeflippt. Er würde so was nie einem Freund antun …« Sie versuchte dem Sergeant klarzumachen, was sie eigentlich meinte.

»Einmal«, sagte sie, »war da dieser Typ, den Lobo echt hasste. Mathelehrer. Dachte, er wäre cool. Dickinson, hieß er, Dicki-Depp genannt. Er sagte: ›Derek‹. Lobo hasst es, Derek genannt zu werden, es kotzt ihn an.

›Derek‹, sagte er, ›keiner findet es witzig, wenn du den Unterricht störst. Niemand findet dich clever.‹ Was Schwachsinn war, weil *alle* dachten, dass Lobo witzig war und dass es ziemlich scheißclever war, uns um die Mathehausaufgaben zu bringen. Zwei Minuten vor dem Klingeln legt Lobo los, was hätte er sonst machen sollen?

Also geht Dicki-Depp zu Lobo rüber, lehnt sich über ihn und legt seine zwei großen, haarigen Hände rechts und links neben ihn, weil er denkt, er ist größer als Lobo und kann ihm deshalb Angst machen. Aber Lobo hat vor nichts Angst. Dicki kriegt von ihm bloß den verrückten Blick. Er fängt an, in so einer Art knurrendem Flüstern mit Lobo zu reden, und wir sehen alle zu, sogar die Streber in der ersten Reihe haben sich umgedreht.

Dicki sagt: ›Wenn das Gehirn Dynamit wäre, hättest du nicht genug, um deinen Hut wegzusprengen!‹

So ein nervöses Kichern geht durch die Klasse, wie la ola, und Lobo hebt einen Finger, und er hat dieses Lächeln, so als ob sein Maul zu groß für sein Gesicht wäre. Er hebt seinen Finger und zeigt ihn uns und dann Dicki. Unterm Nagel ist Blut.

›Siehst du das?‹, fragt er ganz ruhig, aber wir können ihn alle hören. ›Das ist ein Stück Rasierklinge. Wenn mich also jemand anmacht, dann –‹ Er macht so eine schnelle, schneidende Bewegung, wie Freddie Kruger in *Nightmare on Elm Street*. Dicki springt zurück. ›Dann passiert ihm das –‹ Lobo legt seine Hand ans Gesicht. ›Was, zum Teufel? Blut! Du hast mich geschnitten, Mann!‹ Und nur um zu zeigen, welchen Schaden so ein abgebrochenes Ministück Rasierklinge anrichten kann, zieht Lobo eine Linie auf seinem Unterarm und sieht zu, wie das Blut herausquillt.

›Du bescheuerter Irrer‹, sagt der Lehrer, und einen Augenblick lang denken wir alle, dass er gleich umkippt.

Lobo lacht und lacht, wild, wie ein Wahnsinniger oder so.« Lee-Anne stockte. Delaney starrte sie an, als ob er auf die Pointe wartete. Sie hatte das, was sie sagen wollte, nicht rübergebracht. Es kam alles falsch an. Sie versuchte Delaney zu sagen, dass Lobo *verrückt* war, aber nicht *bescheuert*.

Ein noch verstörenderer Gedanke kam ihr immer wieder in

den Sinn, ließ sie nicht los: Damals hatte ein Teil von ihr gedacht, dass er nur spielte, aber ein anderer Teil sagte ihr, dass man diese Art Wahnsinn, das war sein Lachen nämlich, nicht spielen kann. Wenn Lobo so lächelt – oder, noch schlimmer, lacht –, weiß man, dass jemand verletzt wird. Sie schüttelte den Kopf, um ihre Gedanken zu ordnen.

»Aus irgendeinem Grund fangen wir alle an *Loco Lobo! Loco Lobo!* zu singen, und die Jungs treten gegen die Bänke und trampeln auf den Boden, so dass es wie Regen klingt oder ein Rockkonzert am Samstag. Und Lobo lacht und lacht und schüttelt seinen Kopf, bis man glauben könnte, er fällt gleich ab. Er dreht total durch, weil er den Lehrer komisch findet, weil er ihn zum Fluchen gebracht hat und wir heute keine Hausaufgaben machen werden, und er denkt, dass *wir* komisch sind, singen und trampeln, so dass der Staub aus den Fußbodenritzen fliegt, und das Blut ist komisch und –« Sie hielt inne und suchte nach Worten, um zu beschreiben, wie komisch das alles war. »Und er blutet einfach.«

Sie hörte dann auf, frustriert von ihrer Unfähigkeit, klarzustellen, warum sie Lobo anhimmelte, und nicht nur sie – alle Jungs in seiner Clique schauten zu ihm auf; seine Clique war die härteste in der Schule. Jeder wollte in Lobos Clique sein. »Man kann gut mit ihm lachen«, sagte sie, mit leichter Verzweiflung in der Stimme.

»Gut lachen.« Mike dachte darüber nach und stützte das Kinn auf eine Hand. »Haben Sie das gemacht, als Sie in das Haus von Angeline Fournier eingebrochen sind – haben Sie gut gelacht?«

Ihre Augen wurden schmaler, misstrauischer. »Ich weiß nicht, wovon Sie reden.«

Er lehnte sich vor und nahm ihr so den Sicherheitsabstand, den ihr der Tisch gewährte. Sie richtete sich aus ihrer kauernden Haltung auf, aber sie konnte seinen Atem auf ihrem Gesicht spüren, als er sagte: »Man hat Sie gesehen, Lee-Anne.«

Sie sah weg und runzelte die Stirn.

»Wir haben mehrere Zeugen, die Sie identifizieren können.« Auf ihren schmalen, scharf konturierten Wangenknochen erschienen zwei rote Punkte. Mike erkannte sie als Zeichen von Wut. »Man hat Sie in der Nähe des Fournier-Hauses gesehen. Lobo wurde mit ihren Kredit- und EC-Karten erwischt, und Ihre Wohnung sieht aus, als ob sie für *Schöner Wohnen* umdekoriert worden wäre.« Sie sah zu ihm auf, ein Blick voller Eifer, voller geschmeichelter Dankbarkeit, und Mike, angeekelt von der Tatsache, dass sie so schnell vergessen konnte, dass ihr Gewinn jemand anderen das Leben gekostet hatte, machte den Fehler, seine Abscheu zu zeigen.

Ihr Gesichtsausdruck wurde härter. »Ach ja?«, fragte sie. »Beweisen Sie es.«

Mike lehnte sich zurück, er wusste, dass er diese Runde verloren hatte. »Das werde ich«, sagte er. »Sehen Sie mir ruhig dabei zu.«

Er verhörte Lobo direkt im Anschluss, solange sein Adrenalinspiegel noch hoch war. Das Verhör war förmlicher, musste es sein: Da Lobo offiziell angeklagt war, hatte er einen Anwalt; und weil Lobo sehr genau war, was die rechtliche Vorgehensweise anging, ganz besonders die polizeilichen Ermittlungen, hatte er auf die Anwesenheit des Anwalts bestanden. Jack Hughes hatte den falschen Job: Er glaubte an das unveräußerliche Recht jedes britischen Staatsbürgers auf Schutz gemäß der britischen Gesetze – aber er ging nach ersten Eindrücken, und wenn er den Schläger, den er vertreten sollte, nicht mochte, konnte er es nicht verbergen. Sein richtiger Name war John, aber einer der Sergeants hatte ihm in einem inspirierten Augenblick den Namen Jack gegeben; er schien so passend zu sein, dass ihn jetzt alle Jack nannten – allerdings nicht ihn selbst.

»Hat mich der scheiß arrogante Paki verpfiffen?« Lobo umfasste die Tischkante, winkelte die Arme an und lehnte sich vor Mike betrachtete ihn mit ehrlicher Neugier. Trolle und Monster kamen einem unwillkürlich in den Sinn.

Mike und Commissioner Douglas wechselten einen Blick »Zeugenaussagen belegen, dass Sie mit einem Queue auf Mr Merembes Auto eingeschlagen und es dann gegen Mr Khan benutzt haben, als dieser einzugreifen versuchte.«

»Er hat darum gebeten.« Lobo begann seine Handflächen hin und her zu reiben und schmierte Dreck und Schweiß auf den Tisch. »Als er mit diesem schwulen Kurs angefangen hat –«

»Ich hatte es so verstanden, dass Sie den Kontakt verloren hatten und gar nicht wussten, was Mr Khan machte, bis Sie ihn gestern vor dem Liverpool Institute of Performing Arts getroffen haben.«

Lobo schnaubte und ignorierte die Logik von Mikes Aussage. »LIPA«, sagte er und steigerte sich in seine Wut. »Liverpool Institute der perversen Arschlöcher!«

»Er hat also darum gebeten«, sagte Mike und betonte es als Aussage, nicht als Frage.

Lobo hörte auf, seine Handflächen zwanghaft auf dem Tisch zu reiben. Er legte beide Hände auf den Tisch und sah Delaney direkt an. »Ich hätte seinen scheiß Kopf eintreten sollen.«

Mike konnte seinen Atem riechen; er stank nach Alkohol, Erbrochenem und der bitteren Säure Eifersucht.

Jack hustete, höflich, sein Klient war ihm peinlich, aber nicht wegen des Eingeständnisses, das er gerade gemacht hatte; es waren Lobos Boshaftigkeit und sein Fremdenhass, die ihn störten. Sie waren vor dem Verhör übereingekommen, dass Lobo die Körperverletzung an Merembe gestehen würde – sogar, dass er das Queue gegen Randy Khan benutzt hatte. Gemäß Lobos Logik war es umso unwahrscheinlicher, dass sie ihm den anderen Kram vorwerfen würden, je schneller er aus dem Polizeigewahrsam kam.

Mike setzte sich auf und atmete kräftig aus, um den Gestank aus seiner Nase zu bekommen. »Das Queue ist hinüber«, bemerkte er bedauernd.

Lobo warf ihm einen schnellen, listigen Blick zu.

»Und leider wird es nicht so leicht werden, es zu ersetzen, jetzt, wo Sie Ihre Goldkarte verloren haben.«

Lobo rutschte zurück, seine Hände glitten in einer flüssigen, gelassenen Bewegung vom Tisch in seinen Schoß. Er war blass geworden, dachte Mike. Anscheinend habe ich die richtigen Knöpfe gedrückt. Lobo ballte seine Hände zu Fäusten und ließ jedes Fingergelenk knacken.

Douglas gab Mike eine Tüte mit Beweisstücken; während er das tat, warf er Lobo einen Blick aus den Augenwinkeln zu und lächelte ein wenig vor sich hin. Lobo spürte den Blick und sah in Douglas' Augen, seine Wut brauste kurz auf, doch dann erschien es ihm besser, sie nicht auszuleben, stattdessen starrte er auf seine Hände und ließ die Gelenke heftiger knacken.

»Erkennen Sie das hier, Derek?«

Lobo begann, auf seinem Zahnfleisch herumzukauen. Seine Augen weigerten sich, ihm zu gehorchen, und zuckten nach oben, so dass er die Tüte und die Karten darin sehen musste. Er zwang sich dazu wegzuschauen, aber Douglas beobachtete ihn mit diesem seelenruhigen Lächeln im Gesicht, und sein Anwalt schaute ihn verwirrt an und wartete auf eine Antwort. Sie hatten nicht über die Karten gesprochen, weil Lobo unrealistischerweise gehofft hatte, sie hätten zu viel mit der Körperverletzung zu tun und würden sie vergessen.

Mike beobachtete Lobo ebenfalls.

»Mr Spencer?«

»Ich habe sie vorher noch nie gesehen.«

»Sie waren in Ihrer Brieftasche.«

Er zuckte mit den Schultern und schaute wieder nach unten, um den drei Augenpaaren auszuweichen, die ihn beobachteten.

»Sie haben für sie unterzeichnet, als der Sergeant Sie bat Ihre Taschen auszuleeren.«

»Das ist eine Falle.«

Mike lachte leicht. »Sie haben diese hier benutzt«, er tippte mit dem Zeigefinger auf die Visakarte, »um das Queue zu bezahlen.«

Lobos Mundwinkel fielen herab. »Ich doch nicht.«

»Sie wurden identifiziert. Ertappt, was, Lobo? Es war ein bisschen unvorsichtig, die Karten so zu benutzen, wenn Sie damit doch Bargeld hätten abheben können – oder Lee-Anne zum Kaufen schicken.«

Lobo drückte etwas zu stark, und sein kleiner Finger knackte ungewöhnlich laut. Er grunzte, aber sein Gesichtsausdruck veränderte sich nicht.

Mike sah ihm ein paar Augenblicke beim Schwitzen zu. »Aber ich vergesse ja, dass Sie sich gestern Morgen mit Lee-Anne gestritten haben. Sie konnten sie ja schlecht fragen, ob sie Ihnen das Queue kauft, wenn sie eigentlich wollte, dass Sie die Karten wegschmeißen.«

Schlampe! Sie hatte ihn verpfiffen.

»Der Verkäufer, der Sie bedient hat, war wohl ein bisschen lax gewesen, weil er nicht gemerkt hat, dass die Karte einer Miss J.-L. Fournier gehörte. Er hat nur geprüft, ob die Unterschriften übereinstimmten. Was sie taten. Ich wette, Sie waren in der Schule gut im Kopieren, oder nicht, Derek?«

Lobo hob den Kopf und grinste Mike an, aber Mike grinste genauso wild und bedrohlich zurück. »Woher hatten Sie die Karten, Derek?«

»Ich hab sie gefunden.« Lobo sah weg.

Mike hob seine Augenbrauen. »Gefunden«, wiederholte er. »Wo gefunden?«

»Weiß ich nicht. Auf der Straße.« Lobo wusste, dass er einen Fehler gemacht hatte – ein Zugeständnis an die Wahrheit, das gegen ihn verwendet werden konnte. Er fühlte, wie er die Kontrolle verlor.

»Wo genau?«, fragte Mike.

»Weiß ich doch nicht. Hey –« Er drehte sich zum ersten Mal, seit sie den Raum betreten hatten, zu seinem Anwalt um. Genau wie bei seinem ersten Kontakt mit ihm war er überrascht, wie jung er war und dass er hinter der professionellen Maske etwas Beängstigendes verbarg: Abscheu oder Abneigung. Einen Moment lang war er durcheinander und fragte das schmierige, kleine Arschloch beinahe, was er denn glaubte, wo er hinsah; aber er schluckte die Worte hinunter und erstickte das Verlangen, ihm mitten auf seine glänzende, weiße Stirn eine zu verpassen.

»Sollten Sie sich nicht für mich einsetzen?«

»Was soll ich Ihrer Meinung nach denn sagen?«

Vielleicht, dachte Mike, war Jack Hughes wegen seiner idealistischen Ideen von Fairness und unschuldig bis zum Beweis des Gegenteils zu früh und zu bestimmt von einem seiner ersten Klienten, einem echten Schuft, ausgenutzt worden. Er konnte sich nicht vorstellen, dass der junge Anwalt noch lange Pflichtverteidiger blieb – er war viel zu sensibel.

Lobo starrte ihn mit offenem Mund an. »Meiner Meinung –?«, fing er an. »Weiß ich doch nicht. Ich bin kein Anwalt, oder? Sagen Sie ihm, er unterstellt mir etwas oder so. Zeugenbeeinflussung –«

»Sie sind kein Zeuge, Mr Spencer, Sie sind ein Verdächtiger«, sagte der Anwalt. »Und das hier ist kein Gericht.«

»Hätte ich fast gedacht!« Lobo verschränkte trotzig seine Arme.

»Beantworten Sie die Frage«, sagte Mike und spielte den unfairen Vorteil, den ihm der Anwalt gab, aus. Er hatte fast Mitleid mit Lobo, aber nicht genug, um nicht weiterzufragen: »Wo – genau – haben Sie die Kreditkarten ›gefunden‹?«

Lobo ließ seinen Kopf hängen und starrte zu Mike hoch. Seine Augenbrauen standen wie ein V inmitten seiner Stirn, und das teuflische Grinsen verdeckte seine fahrige Nervosität und eine große Masse Schuld.

Mike schob die Tüte mit den Beweisstücken über den Tisch. »Können Sie den Namen auf den Karten lesen, Derek?«

»Ich kann lesen«, sagte Lobo streitlustig, immer bereit, wegen eines Anzweifelns seiner intellektuellen Fähigkeiten beleidigt zu sein.

»Dann lesen Sie den Namen vor.«

Er versuchte Mike wieder anzustarren, aber als er merkte, dass er nicht gewinnen konnte, zuckte er mit den Achseln und griff mit einer trägen Bewegung nach vorne.

»Fassen Sie sie nicht an!«, sagte Mike scharf.

Lobos Augen wurden schmaler, Mike fixierte sie, sie glitzerten vor Wut. Er wunderte sich, wie Lobo es aushielt; es brannte in ihm wie in einem Hochofen, Tag und Nacht. Fast erwartete er, Anzeichen des Explodierens zu sehen: kleine Risse in seinem Gesicht. War Jeanne-Louise das Überdruckventil gewesen?

»Ich sehe es auch von hier«, zischte Lobo. Mike drehte die Tüte um. »J.-L. Fournier«, sagte Lobo. Er sprach es Fornier aus.

»Jeanne-Louise Fournier«, wiederholte Mike nachdenklich. Er nahm die Tüte wieder an sich und legte die Stirn in Falten, als ob er sich an etwas zu erinnern versuchte. Er konnte den Anwalt aus den Augenwinkeln sehen: Er starrte auf Lobos Profil. Seine Antipathie war spürbar.

»Das waren Sie doch, die vorigen Freitag in Mossley Hill an Türen geklopft haben, oder?«

Lobo sah ihn wie eine verstörte Unschuld an. »An Türen geklopft? Wozu?«

»Zu den Gründen kommen wir gleich. Erst stellen wir mal die Tatsachen klar«, sagte Mike. »Waren Sie das?«

Eine Pause, dann: »Nein.«

»Das ist nicht das, was Lee-Anne gesagt hat.«

»Ach ja?«

Das Grinsen war wieder da, und Mike begann langsam zu denken, dass er es am liebsten mit seiner Faust gestoppt hätte.

»Finden Sie irgendwas witzig?«

»Ja, Sie.« Lobo wusste, dass Lee-Anne eine hinterhältige Schlampe sein konnte, und wenn sie von ihm genervt war, konnte sie ohne nachzudenken zuschlagen, aber sie war nicht dumm. Sie würde sich nicht selbst in die Scheiße reiten.

»O. K.« Mike sprach die Schlussinformationen über das Verhör und schaltete dann den Kassettenrekorder aus. »Wir werden eine Gegenüberstellung arrangieren«, sagte er zu dem Anwalt. Es gab eine Anzahl Zeugen, die glaubten, das Paar wiederzuerkennen, das in der Mordnacht in der Nähe des Fournier-Hauses gesehen worden war. Da Lobo bereits wegen Körperverletzung angeklagt war, würde er nirgendwohin gehen können.

Vor Sarkasmus triefend, übernahm Lobo die Rolle seines Anwalts und fragte: »Sind Sie damit einverstanden, Mr Spencer? Ich meine, es ist Ihr gutes Recht, sich zu weigern.« Er sah seinen Anwalt auf eine eindeutig drohende Weise an.

»Äh, ja«, sagte der Anwalt. »Ich müsste über das Für und Wider einer Gegenüberstellung nachdenken.«

»Brauchen Sie nicht. Ich habe mich entschieden – ich mach's nicht.«

Mike lächelte. »Zwei der Zeugen sind bereit, Ihnen direkt gegenüberzutreten, Mr Spencer.«

»Das wollen Sie nicht«, schaltete sich der Anwalt schnell ein. Bei einer Gruppengegenüberstellung gab es wenigstens die Möglichkeit, dass einer der anderen ausgewählt wurde. Wenn man sich auf eine Person beschränkte, war das Ergebnis sicherer.

»Woher wollen Sie wissen, was ich will? Sie haben die ganze

Zeit arrogant dagesessen und Ihre scheiß Nase gerümpft, als ob ich was Stinkendes auf Ihrem Schuh wäre.«

»Sie irren sich, Mr Spencer, ich versichere Ihnen –«

»Nennen Sie mich etwa einen Lügner?«

Mike unterbrach. Er nahm die Kassetten aus dem Rekorder und sagte: »Ich werde Sie beide alleine lassen, damit Sie über eine Strategie diskutieren können.« Er wechselte einen Blick mit Douglas und schaffte es – mit großer Anstrengung –, sein Gesicht dabei nicht zu verziehen. »Der Constable wird direkt vor der Tür warten. Falls Sie ihn brauchen, rufen Sie einfach.« Als letzten Eindruck sah er, wie die Augen des Anwalts SOS funkten.

31. Kapitel

Vi hatte den Hörer mit der linken Schulter festgeklemmt, während sie sich hastig Notizen machte. »Ja«, sagte sie. »Ja, ich habe verstanden. Ich weiß nicht. Eine Stunde? Anderthalb?« Sie legte auf und fuhr sich mit einer zitternden Hand über den Mund. Ihre Oberlippe war feucht. Sie schwitzte.

Geld für Connor. Das hatte er gesagt. Geld für ein Kind, so einfach ist das. Vi unterdrückte einen Brechreiz. Sie würde es tun müssen – er wusste, dass sie keine Wahl hatte. Also ein direkter Tausch: ihr Sohn, gekauft gegen Bargeld wie ein Gepäckstück.

Fraser schüttelte sich und lehnte sich vor, um den Wagen zu starten, als ein blassblaues Mercedes Cabrio aus der Einfahrt kam. War sie auf dem Weg zu ihrem Ehemann? Er musste es wissen. Er wartete, bis ein Lieferwagen vorbeikam, und fuhr dann los. Sie würde sowieso nicht in den Rückspiegel schauen. Sie raste wie eine Wahnsinnige aus Hale in Richtung Widnes, über die Runcorn Bridge und nach Chesire. Einen Teil des Weges fuhr sie über die M 56, und Fraser spürte einige Augenblicke lang Herzklopfen, als er beim Einfädeln versuchte, die Geschwindigkeit des Verkehrs abzuschätzen; er wollte sie nicht aus den Augen verlieren. Sie nahm die M 6 nach Süden, fuhr bei Knutsford ab, dann auf eine Landstraße und schließlich auf einen schmalen Weg an dem Schild »Zum Avonlea Farmhouse« vorbei. Er wartete ein paar Minuten, dann stellte er den Volvo auf dem Gras ab und ging den Weg hinunter.

Harvey war kleiner, als Fraser ihn in Erinnerung hatte. Er hatte Vi das erste Mal in einem Hotel getroffen, wo nicht nur ein Seminar für Geografie-Lehrer, sondern auch eine Geschäftskonferenz abgehalten wurde. Bill Harvey hatte dort seine neue Plastik-Guss-Technik vorgestellt. Fraser erinnerte sich sogar noch an den Titel der Konferenz: »Fantastic Plastic«.

Vi hatte offensichtlich ihren Mann und sein Geschäft verabscheut, aber sie liebte Geld, oder genauer gesagt, sie liebte es, Geld auszugeben. Also war sie unter Protest mitgefahren.

Fraser war wütend und frustriert gewesen, weil er unfähig war, mit Jenny über das Thema Adoption zu reden; und weil er nicht akzeptieren wollte, dass dies seine eigene Schwäche war, gab er Jenny die Schuld. Vi hatte geschmollt, weil sie dachte, Bill vernachlässigte sie; an dem Wochenende hatte er einen Vertrag mit einem großen Spielzeugunternehmen über die Lieferung von Plastikverpackungen für verschiedene Puppen und Figuren unterzeichnet. Er hatte keine Zeit, sich um seine Frau zu kümmern, und sie war nicht daran gewöhnt, übergangen zu werden.

Vi und Fraser hatten einander benutzt. Es war unromantischer Sex gewesen. Als sie ihm sagte, dass sie schwanger wäre, hatte sich das für Fraser geändert, aber nicht für sie. Er war überzeugt, dass sie es ihm nur gesagt hatte, um seine Reaktion zu testen. Da er Jenny nicht verlassen würde, hatte sie ihm gegenüber beteuert, sie wollte abtreiben. Er hatte versucht, sie zu überreden, aber als sie das nächste Mal miteinander gesprochen hatten, hatte sie ihm eiskalt erklärt, es wäre schon passiert.

Acht Jahre. Er hatte *acht Jahre* lang einen Sohn gehabt, ohne es zu wissen. Stattdessen hatte sie Harvey in dem Glauben gelassen, es wäre sein eigener Sohn. Vi muss es gehasst haben, ein Kind auszutragen, ihre Figur zu ruinieren, nur um die einzige Form von Sicherheit zu bekommen, die sie brauchte und respektierte. Bisher hatte sie den Lohn für die Täuschung und die Umstände offensichtlich für angemessen gehalten. Vi hatte ihr eigenes klares Wertesystem, und Harvey hatte sich finanziell als viel potenter herausgestellt. Für Vi kam es genau darauf an.

Bill war damals ein ehrgeiziger, umtriebiger Geschäftsmann mit einer überwältigenden Energie gewesen. Gut aussehend, schlank, immer gut angezogen und, wie sich Fraser erinnerte, mit dickem, welligem Haar. Es war schwierig, diese Vorstellung mit dem kahl werdenden, mittelalterlichen Mann in Verbindung zu bringen, der respektabel aussah: konservativ in seinen Leinenhosen und dem kurzärmeligen blassblauen Hemd. Der Wind spielte ein bisschen am Ärmelaufschlag, als er seinen Arm hob und jemandem in der Ferne zuwinkte.

Fraser folgte seinem Blick. Auf dem Feld hinter dem Hausgarten stand ein Junge. Fraser duckte sich mit rasendem Herz und hockte sich hinter den Zaun am Weg zum Haus. Harvey rief dem Jungen etwas zu, aber der Wind trug die Worte fort, und Fraser konnte nichts verstehen. Der Junge lächelte, winkte zurück, drehte sich um, lief dann los und verschwand hinter einer Bodenwelle. Augenblicke später stieg ein Drache aus dem Feld auf, höher und höher.

Connor rannte mit seinem Drachen. In ihm war geballte Energie wie in einem verknoteten Garnknäuel. Er lachte, er spürte, wie der Wind am Drachen zerrte, ihn hochhob und versuchte, ihn ihm aus den Händen zu reißen. Er liebte diesen Ort, und er liebte die Sonne auf seinem Rücken und den Wind, der an ihm rüttelte, und er liebte seinen Daddy. Er drehte sich noch einmal um und winkte, obwohl sein Daddy schon hinter dem Hügel verschwunden war. Er lachte fröhlich, als er an der Drachenschnur zog und der Drache wie ein Vogel flog, schwirrend und surrend; das Zittern übertrug sich durch die Schnur vom Drachen bis in seine Hände.

»Ich nehme an, der erste Versuch sollte mir Angst machen«, sagte Vi, »oder die Polizei auf eine falsche Spur führen.« Sie sprach ihren Mann direkt an und ignorierte ihren großen, pingeligen Anwalt Jeremy Byatt.

»Es war ein Fehler, Vi – eine Fehleinschätzung meinerseits. Aber was hattest du erwartet? Du erzählst mir, dass ich nicht der Vater meines eigenen Kindes bin, und im gleichen Moment sagst du, dass du ihn mir wegnehmen willst.«

»Ganz offensichtlich die Handlung einer liebenden und fürsorglichen Mutter, findest du nicht, Jeremy?«

»Ich hätte es nie getan, wenn du nicht damit gedroht hättest, mir Connor wegzunehmen.«

Sie grinste, denn sie dachte an Bills völlig verstörten Gesichtsausdruck, als sie ihm gesagt hatte: *In Ordnung, du kannst deine Scheidung haben, ich werde sie nicht anfechten, aber du weißt, dass du keinen Anspruch auf Connor hast.* Sie hatte ihm all die Jahre ihre kurze Affäre mit dem gut aussehenden jungen Schotten verschwiegen und das Kind als eine Art Trumpfkarte, als ein As in ihrem Ärmel betrachtet. Ihre späteren Affären waren diskreter gewesen – weniger leidenschaftlich vielleicht, aber sicherer. »Ich hasse es, bockig zu klingen, aber du hast damit angefangen.«

Harvey sah seine Frau mit so viel Hass an, dass Byatt spürte, er musste eingreifen. »Ich denke, dass du feststellen wirst, dass

Bill mehr als gute Gründe für den Wunsch nach einer Scheidung hat.«

»Wenn du das sagst, Jeremy.«

Bill Harvey schaute seine Frau an und blickte dann durch die offenen Glastüren nach draußen auf das Feld, wo sein Sohn spielte. Er war verlegen, er schämte sich sogar. »Es tut mir Leid, falls ich dir Angst eingejagt habe.«

Vi zuckte mit den Schultern. Sie hatte ihrerseits ihre Energie keine Sekunde mehr darauf verschwendet, sich zu ängstigen, nachdem sie wusste, dass es dem Jungen gut ging: Wozu hätte das gut sein sollen, da ihm nichts fehlte? Eltern und Lehrer würden sich um ihn kümmern – Tee und Kekse im Wohnzimmer des Rektors würden ihn bald wieder hergestellt haben. Connor würde es als ein tolles Abenteuer sehen. »Der Kampf, Connors Entkommen, die Flucht des Entführers in einem gestohlenen Auto. Die Polizei hat es ganz sicher überzeugt. Hattest du einen Schauspieler engagiert? Ich hoffe, du hast Tariflohn bezahlt.«

Harvey zuckte mit den Achseln. »Du hast mich während unserer gesamten Ehe belogen und betrogen, Vivienne. Und du hättest zweifellos damit weitergemacht, ich hätte es mir wahrscheinlich gefallen lassen – aber ich konnte nicht – ich hätte es niemals hinnehmen können, dass du mich bestiehlst.«

»Es ist auch mein Geld!«, schrie sie. Es machte sie immer wütend, wenn er sich nicht ködern ließ.

»Es waren Firmengelder«, korrigierte Jeremy sie. »Und was du gemacht hast, war betrügerische …« Er starrte sie an, wartete darauf, dass ihr die Schwere der Lage bewusst würde. »Du könntest dafür ins Gefängnis kommen – Bill würde das Sorgerecht für Connor zugesprochen.«

»Du hast kein Recht auf ihn!« Sie kreischte jetzt, hatte fast völlig die Kontrolle verloren. »Du bist nicht einmal sein leiblicher Vater.«

Jeremy unterbrach sie: »Das Sorgerecht ist weniger nach Genetik ausgerichtet als nach dem Besten des Kindes, Vivienne.« Er hatte eine volle, vornehme Stimme und die Art Akzent, die Vi sich seit Bills erstem großen Vertragsabschluss anzugewöhnen versucht hatte. Die Stimme ärgerte sie, er ärgerte sie.

»Ich werde gegen dich kämpfen.«

»Wenn du das tust, bekommst du keinen Penny von mir«, sagte Harvey.

»Und du könntest ins Gefängnis kommen«, erinnerte Jeremy sie.

Vi lachte, etwas unsicher zwar, aber sie gewann ihre Fassung wieder. Sie öffnete ihre Handtasche und nahm Zigaretten und ein Feuerzeug heraus. »Du willst doch nicht, dass auch nur der Hauch eines Skandals deiner wertvollen Firma anhaftet, oder? Schlecht fürs Geschäft. Und ich glaube, dass du feststellen wirst, dass es so etwas wie Unterhaltszahlungen für Ex-Frauen gibt, Liebling. Stimmt das nicht, Jeremy – oder ist es ein Interessenkonflikt, wenn du was zu meiner Unterstützung sagst? Ich bin schließlich auch deine Klientin.« Sie zündete ihre Zigarette an, ihre Hände waren nicht so ruhig, wie sie es sich gewünscht hatte.

»Was Bill meint, ist, dass er mit dir um jeden Penny kämpfen wird. Und er hat größere Rücklagen als du.«

»Du willst also, dass ich meinen Sohn verkaufe. Geld für ein Kind. Glaubst du, dass er mit dir gehen wollte, wenn er wüsste, dass du nicht sein richtiger Vater bist?«

»Das hoffe ich, aber ich möchte es ihm zu meiner Zeit und auf meine Weise sagen.«

»Wenn du es dem Jungen sagst, verspielst du dein Recht auf Unterhalt, Vivienne«, sagte Jeremy.

»In diesem obszönen Dokument gibt es sicher auch darüber eine Klausel, oder?« Es gab eine kurze Stille. Vi lachte. »Du bist wirklich ein Scheißkerl!«

»Ich verstehe nicht, warum du dir überhaupt die Mühe

machst zu streiten.« Bill Harvey wandte sich seinem Anwalt zu. »Die ersten zwei Jahre hat sie Connor ›es‹ genannt. Ihren eigenen Sohn!«

»Wir sind nicht hier, um Schuldverteilungen vorzunehmen, sondern um ein Regelwerk für Connors Wohlergehen zu erstellen. Eines, das beide Seiten befriedigt«, sagte Jeremy.

Aber Harvey konnte es nicht dabei belassen. »Woher kommt das plötzliche Interesse, Vi?«

»Oh, weißt du«, erwiderte sie bitter. »Man muss das Spiel doch mitspielen.« Sie kramte ihr Feuerzeug aus ihrer Tasche und schüttelte eine Zigarette aus dem Päckchen. Beide Männer beobachteten sie, während sie sie anzündete und einen tiefen, nervösen Zug nahm.

Harvey sprach weiter, etwas sanfter: »Ich will doch nur das Beste für Connor.«

»Dass ich aus seinem Leben verschwinde.«

»Du hättest Besuchsrecht«, sagte Jeremy. »Aber Connor wird bei seinem Vater wohnen.«

»Und wer wird sich um ihn kümmern, wenn du auf Geschäftsreise bist oder Überstunden machst und zu verdammt beschäftigt bist, um bei ihm zu sein?«

»Ich wiederhole meine Frage: Woher kommt das plötzliche Interesse?« Bill Harvey war an Verhandlungen gewöhnt. Er verstand das sensible System des Feilschens, er war an den Rhythmus von Angebot und Gegengebot gewöhnt und er kannte den Wert eines Kompromisses, so dass er, als Vi ihn einfach nur anstarrte und auf eine Antwort auf ihre Frage wartete, seufzte und sagte: »Du weißt, wer sich um ihn kümmern wird, Vi. Dieselbe, die sich immer um ihn gekümmert hat.«

»Oh, perfekt! Dann kann die liebe, kleine Lynn ihn ja nach Herzenslust verwöhnen und verziehen, nicht wahr? Hat mich diese kleine Schlampe etwa angelogen, als sie sich krank gemeldet hat? War sie eingeweiht?«

»Eingeweiht in was? Ich kam an dem Tag zur Mittagszeit nach Hause, um dich zu sehen. Ich dachte, wir könnten reden, wenn sie nicht da ist. Und als ich Connor draußen spielen sah … Es war eine spontane Augenblicksentscheidung.«

»Und was ist mit deinem Schauspielerfreund? War er auch eine Augenblicksentscheidung? Tu nicht so unschuldig, Bill. Ich kenne dich zu gut.«

»Ich war in Panik, nachdem du gesagt hattest, ich dürfte ihn nicht sehen. Ich habe einfach um mich geschlagen – ich wollte dich wegen dem, was du getan hast, verletzen. Das kannst du doch verstehen, oder etwa nicht?«

»Ich verstehe Eigentum. Und Rache. Du denkst, Connor ist dein Eigentum, weil du in ihn investiert hast. Und wir wissen alle, was für ein guter Geschäftsmann du bist – du hast immer eine gute Rendite aus deinen Investitionen bekommen, oder nicht, Liebling? Du wolltest mich bestrafen, weil ich eine Affäre hatte«, sie ignorierte sein Hohnlachen angesichts des Singulars, »und weil ich das Kind eines anderen bekommen habe.«

»Ich liebe meinen Sohn.«

»Er ist *nicht* dein Sohn.«

»Ich habe mich um ihn gekümmert und ihn als meinen Sohn geliebt. Er ist mein Sohn.«

Vi wandte sich Jeremy zu. Sie spitzte die Lippen, unterdrückte ein Lächeln. »Siehst du, was ich meine. Eigentum.«

»Es ist mir egal, was du über mich denkst, aber ich will nicht, dass du schlecht über Lynn denkst.«

Vi schnaufte verächtlich.

»Sie war wirklich krank«, sagte Harvey.

»Ich wette, sie amüsiert sich königlich – ist sie hier?« Sie sah, wie die beiden Männer einen Blick wechselten, und ging an ihnen vorbei aus dem Zimmer; ihre Zigarettenspitze glühte grell.

»Bist du hier, du kleine Schlampe?« Sie stand rufend am

Ende der Treppe. »Lauschst du da oben? Komm raus, komm raus, wo immer du auch bist!«

»Sie wurde … aufgehalten«, sagte Jeremy und umging eine Lüge. Lynn hatte den einen ihr erlaubten Telefonanruf von der Polizeiwache aus dazu benutzt, sie zu warnen und ihnen klarzumachen, es wäre ratsam, die Unterzeichnung der Dokumente voranzutreiben. »Sie wird hierher kommen, sobald wir alles … Juristische geregelt haben.«

»Sie hat immer in Connors Interesse gehandelt, Vi. Sie ist dem Jungen ergeben.«

Vi drehte sich um, um ihren Ehemann direkt anzusehen. Sie konnte ihre Gehässigkeit nicht länger kontrollieren, sie war auf sich selbst wütend, weil sie auf seinen Respekt und seine Zuneigung für das Kindermädchen eifersüchtig war. »Hast du sie einkaufen geschickt, damit sie aus dem Weg ist? Warum kommt mir das bloß so bekannt vor? Nicht, dass ich dir etwas vorwerfe. Sie ist selbst für dich ziemlich billig.« Sie starrte ihn wütend an, er sollte es bloß wagen zu erwidern: *Du solltest es wissen. Das hast du gesagt, Liebling.* Aber das war die Art Bemerkung, die Vi machte – Bill war immer der perfekte Gentleman, dachte sie bitter. Der unschuldige Bill war über solche Bosheit erhaben. Sie hob ihr Kinn und erwartete seine Antwort. Er schien von der Andeutung verletzt, traurig.

»Ich habe dir gesagt, dass Miss Halliwell sich um Connor kümmern wird, wenn ich nicht da bin.«

Seine verletzte Missbilligung regte sie auf. »Wie gemütlich«, sagte sie und stürmte, Zigarettenasche verstreuend, an ihm vorbei ins Wohnzimmer. »Was er vorschlägt, kann nicht legal sein«, warf sie Jeremy vor.

»Wenn du es unterschreibst, wird es juristisch verbindlich sein, Vivienne.«

Ihre Augen untersuchten das Gesicht des Anwalts, aber sie konnte keine Anzeichen einer Lüge finden. »Ich möchte es einem Anwalt zeigen. Natürlich«, fügte sie mit giftiger Betonung hinzu, »werde ich einen neuen benennen müssen, jetzt, wo die Firma Byatt und Sohn sich gegen mich gewandt hat.«

Jeremy nickte ernst. »Das ist sicherlich empfehlenswert. *Nachdem* du die Unterlagen unterschrieben hast, bekommst du deine eigene Kopie.«

»Gott!«, schrie sie und ging wieder auf ihren Ehemann zu. »Du bist dir deiner so *verdammt* sicher, oder?«

»Wir haben das doch alles schon am Telefon gehabt«, sagte Harvey in einem bittenden Tonfall. »Du hast meinen Bedingungen zugestimmt.«

Bill Harvey hatte Menschenkenntnis – er wusste um Gier und Bedürfnisse, aber das hier ging über geschäftliches Geschick, Marktanalysen und Statistik hinaus. Seine Liebe für Connor war das Wichtigste in seinem Leben – manchmal war sie überwältigend, und er war bereit, alles zu tun, alles zu *bezahlen*, um ihn zu behalten.

»Ich will meinen Sohn sehen.«

»Aber du hast ihn während der zehn Minuten, die du hier bist, nicht sehen wollen«, bemerkte Jeremy und warf Harvey einen strengen Blick zu, um ihn zum Schweigen zu veranlassen. »Du hast dich nicht einmal nach seinem Wohlergehen und seiner Gesundheit erkundigt.« Er beantwortete ihren zornigen Blick mit einem kühlen und abschätzigen. »Mein Rat, wenn ich für dich arbeiten würde, wäre zu unterschreiben. Bei einer Scheidungsregelung würdest du nicht besser wegkommen. Denk nur an all die langweiligen Treffen mit Anwälten, die Gerichtstermine –« Er machte eine Pause, und sein Gesicht strahlte ein klitzekleines bisschen, ein latentes Lächeln. »All die abgesagten Verabredungen zum Mittagessen.«

Sie hätte sich am liebsten auf ihn gestürzt, hätte seine selbstgefälligen, papierenen Gesichtszüge mit ihren Nägeln markiert. Stattdessen zog sie an ihrer Zigarette, stellte fest, dass sie aufgeraucht war, und da sie keinen Aschenbecher finden konnte, drückte sie sie wütend in einem Blumentopf aus. Als sie zu ihrem Mann aufschaute, sah sie nur Müdigkeit und Angst. Wenn sie nur das kleinste bisschen Triumph in seinem Gesicht entdeckt hätte, hätte sie sich umgedreht und wäre hinausgegangen, ohne an die Konsequenzen zu denken.

»Nun?«, fragte sie. »Wo ist die Besitzurkunde?«

Fraser stand an der Glastür, starr vor Entsetzen. Vi hatte ihn glauben gemacht, dass sie schwieg – die Polizei irreführte –, um ihren Sohn zu beschützen, während sie in Wirklichkeit die ganze Zeit mit Harvey einen Deal ausgehandelt hatte. Er ging den Weg, den er gekommen war, wieder zurück, weg vom Haus und außer Sichtweite, er brauchte Zeit zum Nachdenken. Er kletterte über den Zaun aufs Feld. Er wusste kaum, was er vorhatte. Er spürte den Wunsch, den Jungen zu sehen, vielleicht mit ihm zu sprechen. Der Boden war abschüssig, und er fand sich in einer flachen, schalenförmigen Senke wieder. Kumuluswolken erschienen am Horizont, einige dunkel und bedrohlich, der Wind hatte aufgefrischt und kam von Nordwest.

Weder der Junge noch sein Drachen waren zu sehen. Dann sah er etwas in einem Baum ein paar Meter entfernt. Eine leuchtend orange Plane zuckte und wippte in den Ästen. Connor stand darunter frustriert und verschwitzt, er ächzte und zog an der Schnur.

Fraser ging hinüber. »Kann ich dir helfen?«

Connor drehte sich um. »Das blöde Ding sitzt fest«, sagte er.

»Lass mich mal versuchen.« Fraser sprang hoch und griff nach einem der unteren Äste und zog an ihm. »Zieh jetzt!«

Der Drachen rutschte ein Stück und saß dann wieder fest. »Fast.« Er zog seine Jacke aus und betrachtete den Baum. Es war eine alte Eiche, mit kräftigen, fast waagerechten unteren Zweigen und vielen Möglichkeiten, sich am Stamm festzuhalten.

Er begann zu klettern, von dem Jungen ängstlich beobachtet. Der Drache war nicht weit oben, aber am Ende eines Astes. Fraser prüfte, ob er sein Gewicht trug, und rutschte dann bäuchlings vor. Die Drachenschnur hatte sich in einem Gewirr von Zweigen verheddert, und er hielt sich mit einem Fuß am Ast fest, bevor er die Hände losließ, um sie zu entwirren. »Versuch es jetzt mal!«, rief er.

Connor zog ganz fest an der Schnur, der Drache fiel hinunter und ließ dabei Zweige, Blätter, Raupen und Insekten auf Fraser regnen.

»Entschuldigung«, sagte der Junge etwas bestürzt.

Fraser lachte und glitt vorsichtig den Stamm hinab, bevor er seine Haare schüttelte, um das Schlimmste loszuwerden. Er kletterte ganz hinunter, stand am Fuß des Baumes und klopfte sich ab.

»Das war toll!«, sagte der Junge.

»Na ja, weißt du«, entgegnete Fraser bescheiden. »Spezialeinheiten-Training.«

Connor sah ihn mit großen Augen an, er war sich nicht sicher, ob er veräppelt wurde. »Ehrlich?«

Fraser machte eine Grimasse. »Pfadfinder.« Er freute sich riesig, als Connor lachte.

»Ihr Hemd ist ziemlich dreckig«, sagte er. »Und Ihre Hose.«

»Die kann man waschen«, meinte Fraser.

»Haben Sie Daddy getroffen? Er hat sich eine Woche freigenommen, damit wir hierher kommen konnten.«

»Mehr oder weniger«, sagte Fraser.

»Ich bin Connor.« Der Junge hielt ihm die Hand mit feierlicher Förmlichkeit hin.

»Fraser«, sagte er und nahm die Hand des Jungen, dann wiederholte er deutlich: »Fraser Campbell.«

Connor fing an, die Drachenschnur aufzuwickeln. »Sind Sie ein Freund von Daddy?«

Frasers Nackenmuskeln spannten sich an, er fühlte sich unerträglich eingeengt. Er schluckte, er wollte es ihm sagen, aber er konnte nicht sprechen. Hatte er nicht das Recht, es zu wissen? Sollte ein Junge nicht seinen leiblichen Vater kennen? Connor sah ihm sehr ähnlich: dasselbe wellige, schwarze Haar, dieselben dunklen Augen. Er erinnerte sich an das Foto, das er vor Jenny versteckt hatte. Derselbe offene, vertrauensvolle Gesichtsausdruck. Der Junge sah zu ihm hoch, sein Zögern zu antworten verwirrte ihn, und Fraser dachte: Hat er nicht das Recht, es *nicht* zu wissen? Seinem Vater – Harvey – stand es zu, es ihm zu sagen, wenn er soweit ist. Den richtigen Moment auszuwählen.

»Ich war ein Freund deiner Mutter«, sagte er. »Vor langer Zeit.«

»Oh.«

Connor hatte ein schlechtes Gewissen, weil es ihm egal war, ob Fraser Mami kannte. Er war noch zu jung, um die Gegenseitigkeit der Liebe zu verstehen – um zu wissen, dass Erwachsene manchmal Liebe erwarten, ohne selbst welche zu geben. Man sollte seine Mami lieben, und er dachte, dass er böse sein musste, weil er es nicht tat. Er schlurfte verlegen über den Boden und fühlte, wie er rot wurde. »Sie sind ein Scotch, oder?«

»Schotte«, korrigierte Fraser ihn lächelnd. »Scotch nennt man den Whisky.«

»Stimmt«, erwiderte Connor, dieses Mal war er ziemlich sicher, dass er veräppelt wurde. »Kommen Sie mit zum Haus?«

Fraser schüttelte den Kopf. »Ich muss nach Hause.«

Er drehte sich um und winkte, bevor er auf der anderen Seite verschwand. Fraser ging zurück zum Zaun und kletterte darüber. »Connor Harvey«, sagte er, um den Namen zu hören. »Connor Campbell.«

Hinter ihm warnte ihn der raue Klang eines Sportwagens, zur Seite auf das Gras zu treten, und dann fuhr Vi vorbei, wobei sie Kies und Staub aufwirbelte. Fünfzig Meter weiter hielt sie an und fuhr bis zu ihm zurück; er stand da und spuckte den Staub aus.

»Du bist mir gefolgt!« Die Idee schien ihr gleichzeitig zu gefallen und sie zu ärgern. »Nun, hast du bekommen, was du wolltest?«

»Hast du das?«

»Ich habe eigentlich sogar noch mehr bekommen, als ich erwartet hatte.«

Sie war offensichtlich mit den Verhandlungen zufrieden, ungeachtet ihres Benehmens im Haus.

»Natürlich habe ich ihm das nicht gezeigt. Ich habe ihm die Daumenschrauben angelegt. Du weißt nie, wie viel du kriegen kannst, bis du es versuchst. Hast du ihn gesehen? Die Frucht deiner Lenden? Er ist irgendwo hier draußen. Er spielt ewig mit seinem dämlichen Drachen. Hast du ihn von weitem gesehen?«

Sie bemerkte seine schmutzigen Kleider. »Mein *Gott*! Bist du für ihn auf einen Baum geklettert? Wie heldenhaft. War es ein bewegendes Treffen?«

Die ganze Bedeutung ihrer Worte wurde ihr plötzlich klar, und sie sagte entsetzt: »Du hast ihm doch nicht etwa gesagt, wer du bist?«

»Machst du dir Sorgen wegen deiner vertraglichen Verpflichtungen, Vi?«

»Hast du das, Fraser?« Ihre ironische Haltung hatte sie jetzt völlig aufgegeben, und sie wollte verzweifelt die Antwort wissen.

»Es wäre nicht sehr höflich, zuerst seinen Drachen zu retten und mich dann nicht vorzustellen, oder?«

Sie raste davon, rot vor Wut, und Fraser grinste die ganze Zeit, während er zu seinem Auto ging.

Es regnete. Es hatte mit ein paar vereinzelten Tropfen angefangen. Die Geschwindigkeit auf der Autobahn trieb sie der

Schwerkraft widersprechend wie umgekehrte Ausrufezeichen die Windschutzscheibe hoch. Bleigraue Wolken ballten sich am Horizont zusammen und schickten dichte Schleier dunklen Niederschlags nach unten. Stratus, dachte Fraser, er benannte die Wolkenform aus lauter Gewohnheit; das Benennen gab dieser bizarren Situation einen Anschein von Normalität.

Er schaute auf den Tacho. Achtzig Meilen pro Stunde. Er war bisher noch nie über sechzig gefahren. Er nahm den Fuß vom Gas; es war schwierig, die Geschwindigkeit einzuschätzen – die Entfernungen – und in den Spiegel zu sehen, ohne den Realitätssinn zu verlieren.

Scheinwerfer … sieh noch einmal nach …

Ein Porsche schoss mit über hundert an ihm vorbei. Fraser fluchte und sah noch etwas genauer durch die Windschutzscheibe, die so verschmiert war, dass es schwer war, etwas zu erkennen. Die Beule an seinem Hinterkopf fing wieder an wehzutun, und ihm wurde übel. Was sollte er Jenny sagen? Würde sie ihm eine Chance zur Erklärung geben?

Er fummelte an den Hebeln rechts und links am Lenkrad, bewegte einen und erschrak, er riss fast den Wagen herum, als der VW neben ihm hupte. Er hatte den Blinker eingeschaltet. Er schaffte es, ihn wieder auszustellen, und probierte den anderen Hebel. Es klappte.

Er trat auf die Bremse, um nicht auf einen Lkw vor ihm zu fahren. Er fuhr ohne Licht und kroch auf der Mittelspur. »Scheiße, Scheiße, Scheiße«, murmelte er. Er hatte den Schalter für die Scheinwerfer noch nicht gefunden, er würde sie aber brauchen, falls der Regen schlimmer würde. Er atmete einen Augenblick lang durch, bevor er es noch einmal versuchte und den Wagen schließlich auf die äußere Spur brachte.

Es regnete immer stärker, und er schaltete die Scheibenwischer auf eine höhere Stufe, er war zufrieden, dass er die Schalter langsam beherrschte. Regen, dachte er, Niederschlag – ein

Sturz kopfüber. Er hatte heute schon ein paar davon gehabt, und er befürchtete, dass da noch mehr kam.

Das Auto war von Licht überflutet, und hunderte heißer Nadeln stachen ihn in den Rücken. *Verdammte Scheiße!* Ein Mercedes hinter ihm blendete auf. Er sah nach links, mit der Absicht, sich einzufädeln, aber mehrere Autos versperrten ihm den Weg. Er zuckte, und der Wagen scherte für einen Moment nach links aus, während der Mercedes hupte. Er sah noch einmal nach links, sein Herz klopfte, und sein Kopf hämmerte im selben Takt.

Regen schlug gegen die Windschutzscheibe. Niederschlag, dachte er und versuchte seine Nerven zu beruhigen, um sich ohne Zwischenfall einzuordnen. »So etwas wollen wir jetzt nicht, oder?«, murmelte er und grinste vor lauter Panik vor sich hin. Er fuhr weiter und hoffte, auf die mittlere Spur zu kommen.

Er schaute in den Spiegel. Himmel! Es war Vi!

Vi hupte. »Arschloch! Du scheiß Arschloch! Er wird denken, ich hätte dich dazu angestiftet, mit Connor zu sprechen – ihm zu sagen, wer du bist. Er wird den scheiß Vertrag zerreißen!«

Es war ihr selbst nicht klar, warum sie auf dem Rastplatz auf ihn gewartet hatte. Als er vorbeigefahren war, hatte sie eine heiße Welle des Zorns gespürt und wollte, dass er wusste, dass sie wütend war. Also war sie ihm auf die Autobahn gefolgt, sein vorsichtiges Fahren hatte sie immer noch weiter aufgebracht, es passte so zu ihm. Dann war er, *ganz vorsichtig,* auf die äußere Spur gefahren, und sie war, drei Autos hinter ihm, hinausgerauscht, um ihm zu zeigen, wie das geht. Um ihm zu zeigen, dass er das nicht mit ihr machen konnte. Um es ihm zu *zeigen …*

Sie blendete auf und hupte.

»Scheiße!« Frasers Hand zuckte auf dem Lenkrad, eine winzige Bewegung, aber bei dieser Geschwindigkeit ausreichend, um ihn auf den Mittelstreifen ausscheren zu lassen. Splitter von scharfem, rotem Licht brachen wie eine heiße Dusche aus der Seite des Autos, und er hörte den gequälten Klang von Metall auf Metall. Er riss das Lenkrad zur anderen Seite, ohne sich darüber bewusst zu sein, dass die Autos hinter ihm bremsten und auszuweichen versuchten. Er kämpfte verzweifelt, um das Auto, das wild vorschoss, unter Kontrolle zu bringen, aber es brach nach links aus, drehte sich dabei um 180 Grad in den herannahenden Verkehr hinein und überquerte zwei – drei – Spuren. Er sah die Panik auf den Gesichtern der herankommenden Autofahrer, die ihm nicht ausweichen konnten.

»Der Name des Ehemanns ist Ligat«, sagte Sallis. »Carl Ligat.«

Mike sah von seinem Papierkram auf. »Einwohnermeldeamt – oder über den Computer?«

»Beides.«

»Er hat also eine Akte.« Mike war überzeugt gewesen, dass Mrs Fournier gelogen hatte, jetzt war er über seine falsche Einschätzung der Situation enttäuscht.

Sallis' Augen leuchteten. »*Sie* hat eine.«

»*Was?*«

Sallis gab ihm einen Computerausdruck. »Es gab da nichts über ihn, also habe ich ihren Namen eingegeben, nur um sicherzugehen. Alkohol am Steuer, Körperverletzung. Das hier«, er zeigte auf einen Bericht wegen Körperverletzung mit dem Datum 25. 12. 96, »war besonders krass. Sie hat Ligat mit einem Messer angegriffen. Schnitte auf beiden Armen und Händen.«

Mike erinnerte sich an die Schnitte auf Jeanne-Louises Armen. »Und das wurde nicht weiterverfolgt?«

»Die Nachbarn hatten die Polizei gerufen, als sie den Lärm gehört hatten. Mitten beim Weihnachtsessen. Aber er weigerte sich, Anzeige zu erstatten: Er sagte, es wäre ein Unfall gewesen. Er hätte zu ihr hinübergegriffen, während sie Gemüse schnitt.«

»Zu viel Sherry«, sagte Mike. »Er kann so etwas verursachen. Haben wir seine Adresse?«

»Er hat vor einem halben Jahr sein Haus verkauft, aber für die Post und Ähnliches hat er die Adresse seiner Mutter hinterlassen.«

Sallis war erst kurz nach Neujahr von dem Revier in der Admiral Street hierher versetzt worden. Zuerst war er Mike etwas suspekt gewesen. Er war zu gut gekleidet, und er gab zu viele coole Antworten, aber während der letzten paar Monate hatte er Ron Sallis zu respektieren gelernt: Sallis arbeitete genau, er schien sich an der langweiligen Rumlauferei, die neunzig Prozent der Arbeit ausmachte, nicht zu stören, und er hatte einen Blick für Details.

»Du wirst es noch weit bringen«, sagte Mike. Dann, als er zu Inspector Cranks Büro ging, rief er über die Schulter: »Hast du für heute Abend schon was geplant, Ron?«

»Lass mich raten – eine Fahrt nach Surrey?«

»Ich muss es natürlich erst noch mit dem Chef abklären. Warum nimmst du nicht Douglas mit? Als Gesellschaft.«

32. Kapitel

Max überlegte, wie er bei dem Treffen vorgehen sollte: Falls Yvonne Recht hatte – und er hatte keinen Grund, ihr nicht zu glauben –, brauchte Shona dringend Hilfe; das Problem war, dass sie diese Tatsache wahrscheinlich nicht akzeptieren und, schlimmer noch, sein Eingreifen als bösartig werten würde.

Er plante, mit ihr zu reden, sie zu überzeugen, dass er ihre Angst, ihre Verwirrung verstand. Jenny hatte bestätigt, dass Shona zu einer Therapeutin ging, einer Verfechterin der Theorie der wiederentdeckten Erinnerungen. Er musste sie von diesen Leuten wegbringen. Er würde vorschlagen, sie könnte mit einem Kollegen sprechen, falls sie sich bei ihm nicht wohl fühlte. Ein Freund hatte bereits zugestimmt, sie als Patientin zu übernehmen – manchmal war ein Wechsel des Therapeuten einfach notwendig.

Er betrachtete das Zimmer. Seine Bilder waren zum Neurahmen gebracht worden und die meisten Blutstropfen von den Möbeln und dem Boden weggeputzt. Die Bücher, die man noch reparieren konnte, waren eingepackt und zu einem Experten nach Chester geschickt worden, den Rest hatte er spät in der vorherigen Nacht verbrannt, er wollte sie nicht dem Zerkleinerer der Müllabfuhr aussetzen. Es war eine düstere Zeremonie gewesen, und die Anstrengung, die zerfetzten Überreste der Bücher zu verbrennen, hatte ihn erschöpft, ohne dass er danach schlafen konnte. Das Zimmer sah kahl, leer aus. Hier gab es nichts, was sie aufregen könnte.

Grandmère und Grandpère hatten so steif und still dagesessen, als ob sie für ein Foto posierten. Er hatte zu Grandmère gehen wollen, als sie die Arme nach ihm ausgestreckt hatte, aber er hatte sich so geschämt – was sollte er ihr sagen? Sie hatten immer betont, dass Tante Lou ihr liebes Mädchen wäre, und sie war so nett zu ihm gewesen. Aber jetzt hatten sie ihre belle Louise nicht mehr, und wie sollte er es ihnen erklären? Wie sollten sie es verstehen? Ihr Schmerz schien ihn anzuschreien, zu fragen warum? Er war zu jung, um die Ängste der Kindheit zu verstehen, die Macht der Erwachsenen über Kinder, die magische Kraft der Worte. Er wusste nur, dass er etwas Schlimmes getan hatte, und er verdiente es, bestraft zu werden; aber er hatte Angst, ihre Strafe anzunehmen, weil er schon stärker bestraft worden war, als er ertragen konnte.

Und Maman. Sie hatte Englisch mit ihm gesprochen. Er

schloss die Augen und sah, wie sie ihre Hand ausstreckte und sagte: »Komm zu Mami«. Sie wollte kein Französisch sprechen, ihre bevorzugte Sprache. Ihre Augen waren leer, ausdruckslos, ihr Fuß klopfte auf den Boden, so wie sie es manchmal tat, wenn sie böse auf ihn war. Er hatte Angst, zu ihr zu gehen.

Alain hob die Hände und ließ sie wieder sinken. Natürlich sind sie böse auf mich. Es ist alles meine Schuld. Wenn ich nicht gewesen wäre, wäre Jeanne-Louise nicht …

Ein Blitz zuckt, scharf wie ein Messer, er bringt roten Regen. Roten Regen. Ein Tropfen fällt auf seine Haut, heiß und brennend.

Ein Schrei rutschte ihm heraus, und er sprang auf und versuchte das Bild loszuwerden. Er hatte die Eule und neben ihr das schwarz-weiße, weiche Hündchen als Wache ans Fenster gestellt. Er würde selbst ans Fenster gehen, wenn er ein bisschen mutiger wäre, und in den Garten hinuntersehen.

Ein Geräusch im Flur. Er drehte sich zur Tür. Ein Halbkreis aufmerksamer Tiere bewachte sie unverwandt. Er horchte, bereit anzugreifen, und stellte sich auf die Fußballen. Die Toilettenspülung, eine Pause und dann ein sanftes, fast schüchternes Klopfen.

Er hielt die Luft an und wartete, das Rauschen des Blutes in seinen Ohren machte ihn schwindlig, dann hörte er sie seufzen und langsam die Treppe hinuntergehen. Er tappte zum Schrank. *Wenn ich ganz stark blinzle, so dass die Augen fast geschlossen sind, muss ich nicht zusehen –*

»Kleines Dreckschwein! Cochon! Wälzt du dich gerne im Dreck? Wie ein stinkendes Tier im Stall? Sollen wir es noch etwas echter machen? Damit du dich zu Hause fühlst! Du ekelhaftes, kleines …«

Alain hielt beide Hände über seine Augen. »Hilf mir«, flüsterte er. Er fing an, ein Gebet zu murmeln. »Je vous salue, Marie. Pleine de grace.«

»SCHWEIN!«

»Le Seigneur est avec vous. Vous êtes bénie, entre toutes les femmes …«

Die Stimme wurde dünner, als ob jemand die Lautstärke leiser gestellt hätte, er griff in den Schrank und betete »Gegrüßet seist du Maria«, als ob es die Kraft des Exorzismus hätte. Er drehte sich weg – nicht hinsehen! – und fühlte die Dunkelheit mit prickelnden Fingerspitzen, beim Kontakt mit dem weichen, rosa Schweinefleisch zuckte er zurück. »Priez pour nous pauvres pécheurs …« Beim zweiten Versuch stießen seine Fingerknöchel an etwas beruhigend Festes. Er nahm einen Baseballschläger heraus und kontrollierte sein Gewicht, er hielt ihn in beiden Händen und führte ein paar Probeschläge aus. Er war einfacher zu handhaben als der Cricketschläger und schwerer. Er hob ihn über seinen Kopf und hieb mit einem dumpfen Schlag auf sein Kopfkissen.

Jenny hielt inne, runzelte die Stirne in Richtung Decke und schaute auf die Uhr. Sie musste um Viertel nach acht in der Arbeit sein, es war schon nach sechs, und Fraser war immer noch nicht zu Hause. Wie konnte sie es auch erwarten? Sie hatte ein Ultimatum gestellt, und Fraser wusste, dass sie so etwas nicht leichtfertig sagte. Aber sie wollte ihn dahaben. Sie wollte es ganz verzweifelt. Sie brauchte eine Erklärung, und sie musste ihm etwas von dem Schmerz, den er ihr zugefügt hatte, abgeben, um ihm zu sagen, wie weh es tat, vielleicht sogar, damit er es auch ein bisschen spürte.

Fraser hatte eine Affäre – er hatte es zugegeben, auch wenn

er behauptete, sie wäre vorbei, zu Ende. Falls sie vorbei war, warum dann die Eile? Warum wollte er zu seiner Geliebten (Ex-Geliebten?) hetzen, einer Frau, mit der er angeblich vor acht Jahren Schluss gemacht hatte?

Vor acht Jahren hatten sie ihr erstes Pflegekind angenommen – nachdem sie die Entscheidung getroffen hatten, dass Adoption für sie nicht in Frage käme. Das hatte sie wenigstens gedacht. Außer, dass es jetzt so aussah, als ob Fraser doch eine Adoption gewollt hätte. Warum wollte sie nicht? Es war schwer, sich an das Durcheinander, den Aufruhr der Gefühle nach der Fehlgeburt zu erinnern. Sie hatte das Kind einer anderen Frau nicht als ihr eigenes annehmen wollen – war es das? Aber hatte sie nicht jedem einzelnen ihrer Pflegekinder die Liebe, Energie und Zuwendung gegeben, die sie ihrem eigenen Kind entgegengebracht hätte?

Sie hatten es während der Beurteilungsphase immer wieder diskutiert. Sie konnten mit der Pflege so vielen Kindern helfen; mit ihrer pädiatrischen Ausbildung und seinen pädagogischen Fähigkeiten waren sie daran gewöhnt, mit Kindern umzugehen, sie verstanden ihre Bedürfnisse, ihre Entwicklung.

Wegen ihrer Arbeitszeiten hatte Roz ihnen empfohlen, Schulkinder in Pflege zu nehmen. Es hatte außergewöhnlich gut geklappt. Manchmal war es schwer gewesen, ein Kind wieder herzugeben, und manchmal war es eine große Erleichterung, aber sie waren glücklich, einem Kind in einer Krise geholfen zu haben, etwas verändert zu haben.

Dann war Luke gekommen. Er war jünger als ihre üblichen Pflegekinder, aber er ging ganztags in einen Kindergarten, so dass es zeitlich möglich war, und wie immer suchten die Sozialarbeiter verzweifelt nach einem dauerhaften Platz für ihn. Die Entscheidung über Lukes Zukunft war immer wieder verschoben worden, nachdem das Gericht eingeschaltet worden war, und er war ihnen mehr und mehr ans Herz gewachsen.

Sie starrte aus dem Fenster. Wenn sie es sich damals erlaubt hätte, darüber nachzudenken, hätte sie feststellen müssen, dass Adoption der richtige – der beste – Weg für Luke gewesen wäre. Wie haben sie ihn nur einfach so gehen lassen können? Weil sie dem Thema Adoption so lange ausgewichen war, weil es bedeutete, sich ihre Kinderlosigkeit einzugestehen. Sie hatte nicht gewusst, wie sie das Thema hätte ansprechen können, nicht einmal vor sich selbst. Fraser hätte ihr helfen – hätte mit ihr reden sollen. Direkt zu Anfang, als sie das Thema Pflegekinder angesprochen hatte, hätte er ihr sagen müssen, wie er sich dabei fühlte. Sie hätte widersprochen, sie hätten einen Kompromiss geschlossen, aber schlussendlich hätte er sie überzeugt. Stattdessen war Fraser eine Affäre mit dieser Frau eingegangen.

Falls sie ein Kind von ihm hatte, müsste er jetzt ungefähr in Alains Alter sein. Jenny spürte, wie sich die Haare an ihren Armen hochstellten, und plötzlich lief ihr ein Schauer über den Rücken. Die Art und Weise, wie Fraser Alain immer angesehen hatte, die seltsame Reaktion des Jungen gegenüber Fraser, sogar die Tatsache, dass Mrs Fournier sich geweigert hatte, den Namen von Alains Vater preiszugeben – könnte es sein, dass Alain Frasers Sohn war? Alain war ihm sehr ähnlich – sie hatte das Foto in ihrem Schlafzimmer gefunden; Fraser hatte es im Schrank versteckt, in einem leeren Koffer, und die Ähnlichkeit zwischen den beiden war auffallend. Aber Mrs Fournier hatte behauptet, Alains Verletzungen – an seinen Händen – stammten von seinem Vater. Sie wusste, dass Fraser so etwas nicht getan haben konnte, und das nicht nur, weil er nie die Hand gegen eines ihrer Pflegekinder erhoben hatte. Alain hätte auch nicht eine Woche lang bei seinem Vater sein können, als Mrs Fournier nicht zu Hause war – sie und Fraser waren nie mehr als ein paar Tage getrennt gewesen. Mrs Fournier log, was bedeutete, dass sie es gewesen sein könnte, die Alain verletzt hatte – schließlich schien er im Krankenhaus Angst vor ihr gehabt zu haben. Aber Fraser hatte auch gelogen.

Widersprüchliche Gefühle und Loyalitäten kämpften in ihr, und sie wusste, dass sie sich, wenn er jetzt durch die Tür käme, nur wünschte, er nähme sie in die Arme und sagte ihr, dass sie alles in den Griff bekämen – dass alles wieder gut sein würde. Sie würde ihm widersprechen, wenn er das versuchte, aber sie wollte, dass er es versuchte.

Nachdem sie ein paar Minuten nachgedacht und dabei alle dreißig Sekunden auf ihre Uhr geschaut hatte, rief sie Max an.

»O. K.«, sagte Max. »Am besten rufst du an und sagst, dass du dieses Wochenende nicht arbeitest, Anordnung des Arztes. Alain sollte jetzt bei jemandem sein, dem er vertraut.«

»Danke«, sagte Jenny. Sie legte auf, wählte dann die Nummer des Krankenhauses und wartete. Nach dem dritten Klingeln antwortete jemand.

»Hi, hier ist Jenny –«

»Jenny! Wie geht's dem Kleinen? Ich habe von dem Treffen gehört«, fuhr Shona fort, ohne auf eine Antwort zu warten. Das Flüstern seiner Stimme war nicht mehr so deutlich zu hören, seit sie Max angerufen und ein Treffen vereinbart hatte. Jetzt fühlte sie sich sicherer.

»Dir entgeht wohl nichts, was, Shona?« Jenny war nicht in der Stimmung, auf sie einzugehen.

»Weißt du, was ich glaube, was mit ihm los ist?« Shona sah auf ihre Hände, auf die sorgfältig geklebten Pflaster, auf den Verband an ihrem Handgelenk. Zwischen ihr und dem Jungen gab es eine Verbindung seit dem Tag, an dem er eingeliefert worden war. Sie hatte das Gefühl, ihn zu kennen, zu wissen, wovor er Angst hatte. Die Wunden an ihren Fingern pochten vor Schmerz, wenn sie nur an ihn dachte. »Na ja, egal, was ich denke. Ich werde dir nicht sagen, wie du deinen Job zu machen hast.«

»Nein, tu das nicht«, sagte Jenny müde.

Shona hörte, wie eine Metallschublade zufiel, fühlte den Schlag und schnappte nach Luft, so dass sie nicht hörte, was Jenny als Nächstes sagte.

»Wegen Alain …«

Shona schwieg.

»Ich muss mit dem Chef von Station C 4 sprechen«, sagte Jenny etwas nachdrücklicher.

»Willst du ihn einweisen lassen? Sind es seine Hände?« Ihre Stimme klang atemlos, erwartungsvoll.

Seine Hände? Einen Moment lang war Jenny von der Frage verwirrt. Aber sie war müde, und sie hatte genügend eigene Sorgen, ohne auch noch Shonas als zusätzliche Last auf sich zu nehmen. »Ich muss eine Vertretung finden«, sagte sie, »ich will ihn heute Abend nicht allein lassen.«

»Wenn du einen Babysitter brauchst, mach ich das.« Shona versuchte, vor der Furcht erregenden Aussicht, *ihn* zu treffen, mit *ihm* zu reden, *ihrem Dämon zu begegnen,* zu entfliehen. »Ich habe sowieso bald Feierabend.« *Ihn* treffen zu müssen. »Es wäre kein Problem –«

»Danke für das Angebot, Shona«, sagte Jenny bestimmt. »Danke, aber es gibt Regeln …«

Es folgte eine Stille, die Jenny gerne gebrochen hätte, denn auch wenn Shona sich einmischte und ziemlich unsensibel war, so meinte sie es doch gut, und sie wusste, dass ihre Ablehnung sie verletzte. Aber wenn Jenny als Erste sprechen würde, war sie sich sicher, dass Shona sie nicht in Ruhe lassen würde, bis sie zu Alain käme, und das wäre eine Katastrophe für den Jungen, das wusste Jenny sowohl instinktiv als auch verstandesmäßig.

Shona weinte still: um den Jungen und um sich selbst. Wegen des Unglücks, das Max ihr bereitet hatte. In den Stunden nach dem Anruf wegen des Treffens, als sie die Zeit und die Reihenfolge der Ereignisse durcheinander gebracht hatte, hatte sie sich selbst eingeredet, die Überdosis genommen zu haben, *nachdem* sie zu Max überwiesen worden war, sie hatte beschlossen, dass es Max war, der sie bis zu dem Punkt getrieben hatte, an dem das Leben unerträglich schien.

»Ich werde dich verbinden«, sagte Shona, die Förmlichkeit sollte das Peinliche der Situation überspielen.

Jenny zuckte zusammen, als sie die Tränen in Shonas Stimme hörte, aber sie schluckte eine Entschuldigung hinunter. Sie erreichte schließlich die Station und den Stationschef. Es war Jarmon Willis. Jenny entspannte sich ein bisschen, weil sie wusste, dass sie mit Verständnis rechnen konnte. Sie erklärte die Situation. »Wir kommen schon klar«, sagte Jarmon. »Kümmer du dich nur um den Jungen.«

»Danke, Jarmon. Ich mache mir wirklich Sorgen um ihn. Es ist eine Erleichterung, mit dir zu sprechen. Ich dachte, O'Flynn, die Streberin, hätte heute Dienst.«

Jarmon lachte, und seine beruhigende Gutmütigkeit erschien ihr wie eine Welle von Sommerwärme.

»Sie ist erkältet«, sagte er. »Sie war wirklich entrüstet, weil die fiesen Bazillen keinen Antrag ausgefüllt hatten – in dreifacher Ausführung –, um das Privileg zu erhalten, den heiligen Bezirk ihrer oberen Atemorgane zu infizieren.«

»Ich hatte mich schon gewundert, warum du auf C 4 bist.« Sie kicherte. »Wird die Streberin jemals über die Schande hinwegkommen, tatsächlich einen Tag gefehlt zu haben?«

Jarmon lachte noch einmal. Im Hintergrund hörte Jenny, wie jemand mit ihm sprach. »Ich komme sofort«, sagte er. »Hör mal, Jen, ich würde liebend gerne noch weiter mit dir tratschen, aber ich muss los.«

»Tut mir Leid, Jarmon.«

»Ich hab doch gesagt, mach dir keine Sorgen.«

»O. K.« Sie legte auf.

Hielt Alain jetzt am Fenster Wache? Wieso? Er hatte weder mit seiner Mutter gesprochen noch mit seinen Großeltern. Jenny fühlte, wie sie an den Handflächen zu schwitzen begann, als sie sich an den gestelzten Gruß seiner Mutter erinnerte und an den erschreckten Ausdruck auf Alains Gesicht.

Mrs Fournier hatte ordentliches Englisch mit ihrem Sohn gesprochen, die Polizei und die Verantwortlichen im Krankenhaus hatten ihr gesagt, dass nur Englisch gesprochen werden durfte. Sie schien förmlich, steif. Und ihre Eltern, die nebeneinander saßen, mit geradem Rücken, bleichen Lippen und ihren Enkel betrachteten – waren sie um Alain besorgt? Schwer zu sagen.

»Gott«, flüsterte Jenny. Sie stand auf, entschlossen, mit Alain zu sprechen, zu versuchen, herauszufinden, was er vorhin gemeint hatte, als er gesagt hatte: »Ich habe es nicht gewollt.«

Mrs Ligat bat Sallis und Douglas in ihr Wohnzimmer und bot ihnen Platz an, während sie sich in einen altmodischen Sessel mit Armlehnen aus Holz setzte; sie faltete ihre Hände ruhig in ihrem Schoß, bevor sie Sallis mit einem wachen, intelligenten Blick fixierte. Sallis fand ihre Gelassenheit beeindruckend.

»Wir versuchen, Ihren Sohn ausfindig zu machen, Mrs Ligat«, sagte er.

»Aus welchem Grund?«, fragte sie.

»Ich befürchte, darüber können wir im Moment noch nicht sprechen.«

»Falls es um das Verschwinden von meinem Enkel geht, denke ich, dass ich das Recht habe, es zu erfahren.« Sie hatte anscheinend entschieden, dass Sallis derjenige war, mit dem man reden sollte, und wartete auf seine Antwort, richtete ihren Blick auf ihn und ignorierte Douglas' Anwesenheit. Die goldene Uhr auf dem Kaminsims schlug zur Viertelstunde, und Sallis war von dem Frieden und der Ruhe in diesem Haus angetan. Es war mit Antiquitäten eingerichtet, wie z. B. der Uhr – schöne Dinge, die wie sie selbst leuchteten und die von guter Pflege und, wie Sallis etwas zynisch dachte, von Geld zeugten.

»Verschwinden?«, wiederholte Sallis, entschlossen, so viel wie möglich aus ihr herauszubekommen, bevor sie den Grund ihres Besuchs erläuterten, aber Mrs Ligat war nicht der Typ, der die Stille mit nervösem Geplapper füllte; sie nickte einfach nur, eine würdevolle Bewegung des Kopfes. Ihre schlohweißen Haare glänzten vor Gesundheit.

»Wann ist er verschwunden, Mrs Ligat?«

»Am zehnten April 1997.«

»Das ist sehr genau.«

»Wenn der eigene Enkel verschwindet, erinnert man sich an das Datum.«

»Sie haben ihn nicht als vermisst gemeldet.«

»Nein.«

Sie machte es ihnen nicht leicht. »Warum nicht?«

»Weil Carl mich darum gebeten hatte.«

Sallis war ein geduldiger, methodisch vorgehender Mann, aber Mrs Ligats Antworten grenzten an Beschränktheit. »Sie möchten das nicht vielleicht etwas genauer erklären?«, fragte er und erwartete mehr oder weniger ein einfaches »Ja« oder »Nein« und dass sie dann auf die nächste Frage wartete. Sie überraschte ihn.

»Mein Sohn lebte – lebt – für seine Familie, trotz der Exzesse seiner Frau. Sie ist launisch, oberflächlich und gewalttätig, aber als sie verschwand, war er verzweifelt. Sehen Sie, er wollte keinen der beiden verlieren. Er hatte Angst, dass Angeline etwas Extremes tun könnte, wenn sie wüsste, dass die Polizei nach ihr sucht. Sie ist eine sehr labile Frau, Constable.«

»Eigentlich nur ein Grund mehr, es der Polizei zu melden, oder?«

Sie setzte sich auf und sah Sallis in die Augen. »Carl weiß, was er tut. Er geht mit den Dingen auf seine eigene Weise um. Er bekommt normalerweise, was er will.«

»Was war der Auslöser? Ich meine, dass sie einfach so davongelaufen ist.«

»Sie war die Woche, bevor sie wegging, fort gewesen. Sie nannte es eine Geschäftsreise, aber sie hatte eine Affäre – mit irgendjemandem, den sie auf ihren Frankreich-Touren getroffen hatte. Als sie gegangen war, dachte Carl, sie wäre mit ihm durchgebrannt – ich kann mich nicht mehr an seinen Namen erinnern –, aber als Carl ihn gefunden und mit ihm gesprochen hatte, behauptete er, sie seit ihrer Rückkehr nach England nicht mehr gesehen zu haben. Seitdem hat er nach ihnen gesucht.«

»Er hat sein Haus verkauft.«

Der Blick, den sie Douglas zuwarf, schien zu sagen, dass die implizierte Frage unverschämt war. Sie antwortete nicht, sondern wandte sich wieder Sallis zu. »Warum sind Sie hier?«, fragte sie. »Ist Alain etwas passiert?«

Sallis überlegte und beschloss, dass es Zeit war, die Katze aus dem Sack zu lassen. »Das wissen wir nicht sicher. Man hat ihn gefunden, als er mitten in der Nacht in seinem Schlafanzug durch die Straßen Liverpools irrte. Er spricht mit niemandem über das, was passiert ist.«

Sie nickte, als ob es genau das war, was sie erwartet hatte. »Falls Sie meinen Rat wollen, lassen Sie seine Mutter nicht zu ihm«, sagte sie.

»Wo ist Mr Ligat?« Sallis bemerkte, dass sie nicht anbot, mitzukommen, um ihren Enkel selbst zu besuchen.

»Mein Sohn ist im Augenblick weg.«

»Haben Sie mit ihm gesprochen?«

»Er ruft mich jeden Tag an, ohne Ausnahme.« Ihre Genugtuung war offensichtlich. »Er bringt mir jede Woche Blumen.«

»Also, wo können wir ihn finden?« Douglas ließ sich dieses

Mal nicht ignorieren. »Eine Adresse – oder eine Telefonnummer würden genügen.«

»Carl reist sehr viel. Er ist Finanzberater. Er hat eine Halbtagssekretärin, die ihm bei den Verwaltungsaufgaben hilft. Sie könnten es bei ihr versuchen.« Als sie aufstand, deutete nichts auf arthritische Versteifungen hin. Sie nahm das Adressbuch von seinem Platz neben dem Telefon und schrieb die Nummer für sie auf. »Sie können mein Telefon benutzen, falls Sie möchten.«

Es klingelte an der Tür, als Jenny die erste Treppenstufe erreicht hatte.

»Mike?«

Der große Mann schien nervös. »Kann ich reinkommen, Jen?«

Sie ging zur Seite, und er trat in den Flur.

»Ist alles in Ordnung?«, fragte Jenny. Er sah blass aus, seiner selbst unsicher, wie sie ihn noch nie vorher gesehen hatte. »Mike?«

»Hör mal ...« Er schaute an ihr vorbei zur Treppe, dann berührte er leicht ihren Ellbogen und sagte: »Hier rein.«

Jenny verstand: etwas, das Alain nicht hören sollte. »Sicher.« Sie ging vor ins Wohnzimmer. Der Nachrichtensprecher teilte die Nummer einer Hotline mit – eine Massenkarambolage auf der M 62. Im Hintergrund ging das Drama in einem rechteckigen Rahmen weiter: Blaulicht und Autowracks und ätzendgelbe Reflektorjacken.

Jenny nahm die Fernbedienung. Mike starrte sie an. Sie schaltete den Fernseher aus, und die Stille im Zimmer wurde zu einem Tosen. Sie schaute auf die Fernbedienung in ihrer Hand und dann hoch in sein Gesicht, immer noch, ohne zu verstehen.

»Es gab einen Unfall«, sagte Mike.

Die Fernbedienung rutschte ihr aus den Fingern, fiel auf den

Teppich und zerbrach beim Aufprall. Mike sah, dass sie schwankte, er fasste sie an beiden Ellbogen und setzte sie in einen Stuhl.

»Er ist im Royal«, sagte er.

Jenny versuchte aufzustehen, aber Mike hielt sie fest. »Warte einen Augenblick.«

»Ich muss zu ihm, Mike!«

»Ich bring dich hin. Warte nur, bis du dich etwas sicherer auf den Beinen fühlst.«

Sie sah ihn mit so großer Angst an, dass er angesichts der schieren emotionalen Stärke zusammenzuckte.

»Er ist bewusstlos«, sagte Mike. Er sprach langsam, er wusste, dass sie die Details wissen wollte, aber auch, dass sie nicht in der Lage war, etwas von dem, was er sagte, aufzunehmen, solange ihr Verstand durch alle möglichen schweren Verletzungen raste, durch die Ereignisse, die dazu geführt hatten, dass Fraser so eine übereilte Entscheidung getroffen hatte, durch die Schuld und durch die Wenn-nur und Was-wenn.

»Schädelbruch«, sagte er.

Jenny hörte es wie ein Echo und schüttelte den Kopf mit weitausholenden, übertriebenen Bewegungen von links nach rechts, um ihn freizubekommen und um die furchtbare Wahrheit zu leugnen. Wenn Mike sie losgelassen hätte, hätte sie sich die Ohren zugehalten. Sie wehrte sich halbherzig.

»Er ist auf der Intensivstation.«

Sie sah wieder hoch und zog vergeblich an seinen Händen, die sie festhielten; sie hatte einen verwirrten Ausdruck auf ihrem Gesicht, als ob sie nicht verstehen könnte, warum sie sich nicht bewegen konnte.

»Jen.« Er wartete, bis sie Augenkontakt hatten. »Sie wissen nicht, wie schlimm die Verletzungen sind.«

»Nein!« Sie wand sich, riss sich fast von ihm los, aber er drückte sie fest an sich, und schließlich gab sie nach, legte ihren

Kopf an seine Schulter und schluchzte unkontrolliert. Sie ließ die Angst und die Trauer heraus, die Frustrationen, das Gefühl des Betrugs und des Verlustes – und, auch das, die Verbitterung der letzten Woche.

33. Kapitel

Es klingelte. Sie ist also gekommen. Bei ihrem hektischen Gemütszustand hatte Max halbwegs erwartet, dass sie absagen oder einfach nicht erscheinen würde. Er unterdrückte aufkommende Aufregung, vielleicht sogar Nervosität. Das war keine Vorahnung von dem, was folgen würde, sondern nur eine normale Reaktion auf eine potentiell schwierige Situation. Er spürte diesen Schauer der Aufregung oft vor einer Sitzung; es deutete auf eine neue Phase hin, manchmal auf den Durchbruch.

Er glättete sein Haar vor dem Spiegel im Flur. Er musste es schneiden lassen. *Noch etwas länger, und du siehst aus, als ob du deine kahlen Stellen verstecken wolltest,* sagte er zu sich selbst. Max war kein eitler Mann, und nur in sehr seltenen gesellschaftlichen Situationen überlegte er, wie er auf andere wirkte. Im Behandlungszimmer passte ihm die Rolle des Therapeuten normalerweise gut: Er benutzte die üblichen, manchmal leicht abgewandelten Tricks, um seine Patienten vom einzigartigen Interesse an ihren Geschichten zu überzeugen, war auf seine Körpersprache bedacht und wählte seine Worte sorgfältig.

Während dieser Sitzung würde er Shonas geistigen Zustand einschätzen und sie, falls notwendig, davon überzeugen, Medikamente oder sogar eine freiwillige Krankenhauseinweisung zu akzeptieren, bis sie wieder besser klarkam.

Sie hatte sich komplett abgeschminkt; ohne Make-up erschien ihr Gesicht seltsam flach, wie ein Gemälde ohne Schatten und Tiefen, das auf die wenigen Pinselstriche wartete, die ihm Leben geben würden, Charakter und Perspektive, die Illusion und Realität.

»Ich hoffe, es macht dir nichts aus, hierher zu kommen«, sagte er. »Aber es wäre wohl nicht gut, dich im Krankenhaus zu treffen.« Es war schon schwer genug für sie, ihn überhaupt zu treffen, auch ohne das Risiko, von Freunden oder Kollegen gesehen zu werden. Sie starrte ihn schweigend an. »Ich dachte«, sagte er und wies zur halb geöffneten Tür, »wir könnten im Wohnzimmer etwas lockerer reden.«

Sie starrte ihn von der Schwelle aus an, ein ängstlicher und doch bestimmter Ausdruck erschien auf ihrem Gesicht, als ob sie sich für etwas Anstrengendes wappnen würde, dann kam sie ins Haus und hielt ihre große, schmuddelige Tasche wie einen Schild vor sich.

Er ging vor, in der Mitte des Zimmers drehte er sich zu ihr um und machte eine unbestimmte Handbewegung – *Siehst du, ich bin harmlos.* Er hatte das in seiner Vorstellung geübt, so wie er das, was er sagte, geübt hatte. Er würde zum Fenster gehen, so weit weg von der Tür wie möglich, und sich auf die Fensterbank hocken. Dann würde er sie fragen, wo sie sitzen möchte, so dass sie sich nicht bedroht oder unter Druck fühlte, weder physisch noch psychisch. Er würde sich klein machen, um ihr die Möglichkeit zu nehmen, seine Anwesenheit als einschüchternd zu interpretieren. Wenn sie sich sicher fühlte, würde er sie zum Reden bringen. Als er sich lächelnd zu ihr umdrehte, hatte er bereits seine Knie gebeugt, um sich auf der breiten Holzbank niederzulassen.

Er sah es nicht einmal, er spürte nur den Schmerz, wie einen Blitz, dann eine brennende Hitze in seiner Schulter. Der Schwung ließ ihn nach vorne fallen, auf den Boden, er schob den Teppich zusammen, und zwei Tropfen Blut spritzten auf das frisch gewachste Parkett, wo sie geronnen.

Shona ging einen Schritt zurück, spreizte ihre Finger und drehte ihre Hände von ihrem Körper weg, als ob sie sich von etwas Klebrigem, Ekelhaftem befreien wollte. Sie schrie.

»In den Nachrichten hieß es Massenkarambolage«, sagte Jenny.

Mike sah in seinen Rückspiegel. Sie saß auf dem Rücksitz und hielt einen Arm um Alain. Er drückte den großen, weißen Eisbären fest an seine Brust.

»Mike?«

Er seufzte. »Zwanzig Verletzte. Die meisten leicht.«

»Was, zum Teufel, hat er gemacht?«, fragte Jenny mit Tränen in der Stimme.

Alain sah zu ihr hoch, seine Augen waren voller Angst und Schmerz. Sie hielt ihn fester, sagte ihm, dass alles in Ordnung käme, auch wenn sie es selbst nicht glaubte.

»Wir sind nicht sicher, Jen.« Mike hatte das Bedürfnis, sich zu entschuldigen, ihr irgendwie sein Mitgefühl zu zeigen, aber eine Entschuldigung wäre absurd, und was er bisher über die Hintergründe wusste, waren nur Vermutungen, also sagte er nichts. Vi Harvey war bei dem Unfall verletzt worden. Beteiligte hatten der Autobahnpolizei berichtet, dass ihr Sportwagen Frasers Volvo mit hoher Geschwindigkeit auf der äußeren Spur verfolgt hatte. Zum Glück hatten viele Fahrer ein potentielles Desaster erahnt und deshalb Abstand gehalten, sonst hätte es mehr Verletzte gegeben. Es war sinnlos, Jenny mit Spekulationen zu belasten; bevor sie nicht mit Vi oder Fraser sprechen konnten, konnten sie sich über nichts sicher sein.

Er fuhr zum Parkplatz hinter dem Krankenhaus; er wollte nicht das Risiko eingehen, eine Parkkralle zu bekommen, wenn er gegenüber der Krankenwageneinfahrt parkte, und er wollte nicht, dass Jenny alleine hineinging. Er zeigte an der Einfahrt seine Dienstmarke und parkte nahe der Betonstufen, die zum Hintereingang führten.

Der Aufzug im Gebäude schien eine Ewigkeit zu brauchen, und er konnte sehen, dass Jenny sich kaum unter Kontrolle hatte. Er griff nach ihrer freien Hand, und sie drückte sie voller Angst und Dankbarkeit.

Am Eingang der Intensivstation erwartete sie ein junger, völlig erschöpfter Assistenzarzt. Er bot Jenny seine Hand, und als sie Mikes Hand losließ, sah er, dass sie etwas schwankte, und stützte sie am Ellbogen. Der Assistenzarzt begann mit einer Beschreibung von Frasers Verletzungen.

»Wir glauben, dass sein Schädeltrauma nicht ernst ist«, er fuhr fort und schüttelte den Kopf, als ob er seinen eigenen Worten nicht trauen würde. »Natürlich ist es *ernst*«, sprach er weiter, »aber wir glauben nicht, dass es ähm ...« Ihm fiel kein anderes Wort für tödlich ein. »Es ist nicht – sein Zustand ist *ernst*, aber er ist nicht ... nicht *schlimm*«, sagte er schließlich. »Die ersten Untersuchungsergebnisse sind ...«, er zögerte, »viel versprechend. Wir werden eine weitere Aufnahme machen, sobald sein Zustand stabil ist.«

»Der Beckenbruch könnte der Grund für ...« Er schien für einen Augenblick den Faden zu verlieren und starrte mit einer nachdenklichen Falte zwischen seinen Augenbrauen auf Alain, dann schüttelte er noch einmal den Kopf und fuhr fort: »Er steht unter Schock, wissen Sie. Das ist das Hauptproblem. Möchten Sie – wollen Sie ...« Er drehte sich um und wies auf die gläserne Kabine.

Alains Hand fühlte sich feucht an, und Jenny spürte, wie sich ihr Herz zusammenzog, als sie ihn so ängstlich sah. Er schien fast kleiner geworden zu sein, und er vergrub sein Gesicht im weichen Fell des Eisbären. Jenny sah zu Mike hoch, unsicher, wie es nicht ihre Art war.

Mike nickte. Er hocke sich neben den Jungen. »Alain«, sagte

er und bemühte sich, es richtig auszusprechen. »Jenny möchte zu Fraser gehen. Wie wäre es, wenn wir zwei im Restaurant was essen würden?« Er streckte seine Hand aus, und Alain zuckte zurück, als ob er sie gegen ihn erhoben hätte. Mike sah schnell zu Jenny hoch. »Oder setzen wir uns ins Wartezimmer?«

Der Assistenzarzt starrte einen Moment lang, als ob er eine Fremdsprache entschlüsseln müsste, dann verstand er, dass Mike auf eine Antwort von ihm wartete, und war besonders nett. »Oh, ja! Natürlich.« Er öffnete die Holztür, die in das private Wartezimmer führte. Alain bewegte sich nicht.

Mike verstand. »Wir können einen der Stühle vor die Tür stellen, um sie aufzuhalten«, sagte er.

Alain hielt den Eisbären etwas niedriger, damit er alles beobachten konnte, dann ging er schweigend an Mike und dem verwirrten Arzt vorbei in das Wartezimmer.

Das Zimmer riecht nach Zigaretten und altem Kaffee. Alain ist das egal, weil Maman auch manchmal raucht, wenn sie sich über etwas Sorgen macht. Es macht ihn gleichzeitig ruhiger und nervöser, weil er sich daran gewöhnt hat, auf die Launen seiner Mutter Rücksicht zu nehmen; ihre Sorgen sind seine geworden.

Es stehen vier Stühle im Zimmer und ein glänzender, kleiner Tisch mit einem Goldrand und schwarzen, nach außen stehenden Beinen. Auf ihm sind Kaffeeränder und Spritzer und sogar zwei halbleere Styroporbecher, in denen grauer Schaum schwimmt.

Alain will auf dem Stuhl sitzen, der die Tür aufhält, aber dann müsste er der großen, gefährlichen Leere den Rücken zuwenden, also wählt er stattdessen den Stuhl daneben – den grünen mit Flicken an den dünnen Stellen und Schaumstoff, der gelb und gammelig hervorquillt.

Er sitzt auf der Stuhlkante und umarmt den Bär – er hat ihm keinen Namen gegeben – mit seiner linken Hand, mit der rechten zupft er am Schaumstoff und denkt über das nach, was der Doktor gesagt hat.

Als er mit seinem wie ein Segel wehenden weißen Kittel auf sie zugekommen war, hatte Alain weglaufen wollen.

»Schädeltrauma«, hatte der Doktor gesagt. Maman wollte nicht, dass er *Emergency Room* schaute, aber manchmal, selten, wenn sie einen Babysitter hatten, konnte er die Musik in seinem Schlafzimmer hören und schlich hinunter, um von hinter dem Sofa zuzusehen. Schädeltrauma war etwas, was sie in *Emergency Room* gesagt hatten.

Trauma war ein Wort, das er von früher kannte, damals, als er im Krankenhaus gewesen war. Sie hatten über ihn hinweg gesprochen, als ob er taub wäre oder ein Idiot. Alain weiß, was Trauma bedeutet.

Der Doktor hatte rote Flecken auf seiner Jeans. Alain hat einen nagenden Zweifel, dass Doktoren keine Jeans tragen dürfen und dass er Schwierigkeiten bekommen könnte. Außerdem bringen die roten Flecken die Erinnerung an –

»Renn, Alain!«

– etwas, das er verdrängen wollte.

Der Doktor hatte gestarrt und gestarrt, als ob er wüsste, was Alain getan hat, dass er Fraser geschlagen hat und dass Fraser jetzt an einem Schädeltrauma leidet.

Alain macht unbewusst ein Geräusch in seiner Kehle und erweckt die Aufmerksamkeit des Polizisten. Er hat blaue Augen, leer und klar wie ein Schwimmbecken, aber auch hart, wie die hellblauen Steine in Mamas Ohrringen. Er weiß auch, denkt Alain, dass ich Fraser mit einem Cricketschläger auf den Kopf gehauen habe und dass Fraser jetzt sterben wird.

Alain springt vom Stuhl auf und läuft am Polizisten vorbei in das dunkle Zimmer, in dem Jenny ist.

»Fraser, bitte stirb nicht!«, bittet er. »Ich wollte das nicht!«

Sekunden? Minuten? Stunden – länger? Max stöhnte – er fühlte es in seinem Hals, konnte es aber wegen Shonas Schreien nicht hören. Sekunden also, oder höchstens Minuten, denn viel länger hatte sie nicht schreien können. Die ruhige Logik dieses Gedankens erschien ihm unpassend: Er sollte in Panik sein, und doch war er es nicht. Vielmehr war er in der Lage, vernünftig nachzudenken, zu überlegen, dass die Nachbarn, falls Shona länger als ein paar Sekunden geschrien hätte, rübergekommen wären, um nachzusehen, was los war, oder sie hätten zumindest die Polizei angerufen. Das, sagte er sich, ist die Logik der Sterbenden – der Ertrinkende, der zu müde zum Kämpfen ist.

Diese Einsicht elektrisierte ihn, und er versuchte sich aus der unwürdigen, nach vorne gekippten Stellung, in der er sich befand, zu befreien. Er empfand eine Mischung aus Entrüstung und Überraschung, als er feststellte, dass er sich nicht bewegen konnte. Der Schmerz hatte nun nachgelassen, und ihm war vor allem kalt: eine Kälte, die bis ins Mark ging und ihn wild zittern ließ. Ein zweiter Versuch, sich hinzuknien, ging schief, und sich in das Unausweichliche fügend, rollte er stattdessen auf den Rücken.

Shona würgte und hustete, hatte aber gnädigerweise aufgehört zu schreien. Max kämpfte gegen Brechreiz. *Gott, womit hat sie mich getroffen?* Er hob eine zitternde Hand zu seiner Schulter. Sie war nass, und aus den Augenwinkeln konnte er die dunklen Umrisse eines Messergriffs erkennen. Shona beugte sich über ihn. Er hob eine Hand, um sich zu schützen. Ein Pfeil scharfen, grausamen Schmerzes schoss durch seinen Körper, und dann fühlte er nichts mehr.

Eine in der feuchten Hitze flackernde Kerzenflamme rief sie als erstes wieder zurück. Das Wasser hatte Körpertemperatur, warm wie eine Gebärmutter. Ein dicker Film aus Schaum lag auf der Oberfläche, und neben der Kerze, auf dem Badewannenrand, stand die offene Flasche Schaumbad. Geranien und Rosenblätter: die Farbe Rosa und ein beruhigender Geruch.

Sie sagte das Wort laut: »Elend«, dann runzelte sie die Stirn. Warum hatte sie das gesagt? Sie hatte das nicht sagen wollen. Es war kein Wort, das sie normalerweise benutzte. Sie lag einen Moment lang still, überlegte, wie sie sich fühlte, und stellte fest, dass sie sich tatsächlich elend fühlte. Die gemeinsame Magie des Schaumbades und der Kerze wirkte nicht. Sie schnüffelte versuchsweise und merkte, dass sie den heilenden Balsam von Geranien und Rosen nicht riechen konnte. Ein einzelner Tropfen fiel von ihrer Nase, und die Schaummasse knisterte und zischte, und tausend kleine Bläschen barsten. Ihr Gesicht war nass. Sie weinte, ihr Kopf tat weh, und sie wusste nicht, was sie so aufgeregt hatte. Sie hob ihre Hände, wischte sich über das Gesicht und horchte genüsslich auf das musikalische Klingen und Spritzen der Wassertropfen. Durch die Badezimmertür konnte sie Licht flackern sehen, blaues Licht, das von der Wand zur Decke zuckte, und sie nahm an, dass der Fernseher lief. Das Licht spielte verführerisch, lief über die Wände des schmalen Flurs, bald schwächer, bald blitzte es mit plötzlicher Leuchtkraft durch die Glaswand, die den Flur vom Wohnzimmer trennte. In der Küche brummte die Waschmaschine beständig.

Shona zuckte wild zusammen und ließ das Wasser mit wütender Kraft an die Seiten der Badewanne schlagen. *Das Blut!* Sie sprang aus dem Bad, riss ein Handtuch vom Halter und trocknete sich hastig ab. Sie wartete bis zum letzten Moment, bevor sie den Stöpsel zog, weil sie dem schrecklichen Wirbeln des Wassers nach unten nie zusehen konnte, ohne Angst zu haben, in den hungrigen Schlund mit hineingezogen zu werden.

Sie ging auf Zehenspitzen in die Küche, als ob sie Angst hätte, ein gefährliches Tier, das dort lauerte, zu stören. Ihre Kleider drehten und drehten sich in der Trommel der Waschmaschine und färbten das Wasser rosa. Die Farbe des Elends.

»O Gott!«, stöhnte sie. Sie musste sich anziehen. Als sie an der Tür zum Wohnzimmer vorbeikam, schaute sie hinein und stieß einen atemlosen Schrei aus.

Eine Leiche! Auf dem Sofa! Jeans, ein weites Hemd, ein Arm nach oben geworfen, einer quer über der Brust. Das Bild veränderte seine Form, schien flacher zu werden und an Intensität und Masse zu verlieren und löste sich schließlich auf: ihre eigenen Kleider, sauber, gebügelt, frisch aus dem Trockenschrank – zum Tragen zurechtgelegt.

Angst beschlich sie, und einen Moment lang war sie unfähig, sich zu rühren. Sie konnte sich an all das nicht erinnern: nach Hause fahren, den Fernseher einschalten, ein Bad einlassen, die Kleider waschen, eine neue Garderobe bereitlegen – es war alles weg. Ihre Augen wurden vom Fernseher angezogen, um Bilder zu suchen, die sie so oft beruhigten, aber sie sah nur verschwommen, weil sie ihre Brille im Badezimmer vergessen hatte, und alles, was sie erkennen konnte, waren unscharfe Farben.

Sie ging zum Sofa und schob die Kleider zur Seite, ohne sie anzuschauen, aus Angst, sie könnten sich wieder in die schreckliche Gestalt verwandeln, die sie zuerst in ihnen gesehen hatte. Ihre Haare tropften auf ihren Rücken; zitternd versuchte sie mit einer trockenen Handtuchecke das Wasser aufzusaugen und begann dann, sich anzuziehen.

Der Ton war immer noch ausgestellt; die Fernbedienung lag auf dem Fernseher, doch es schien unmöglich, die Entfernung zu überwinden und sie zu holen. Wenn sie ihre Augen zusammenkniff, konnte sie gerade so das Gesicht eines Nachrichtensprechers erkennen. Ein lokaler Sender, *Granada TV* oder *Look North-West* – sie konnte nicht behalten, welcher. Haben sie ihn gefunden?

Was, wenn er tot ist?

Sie kamen sie holen. Sie konnte nicht ins Gefängnis. O Gott! Eine neue Art Panik überkam sie, und sie fing an, in ihrem Bücherregal zu suchen. »Bitte, lieber Gott, wo ist es?« In ihrer Panik warf sie Bücher, Nippes, Stifte auf den Boden. Es war weg. Sie hatte es im Regal liegen lassen. Jemand hatte … Sie fing an, in den Schubladen des Sideboards zu kramen, und schließlich hielt sie ein faustgroßes, zylindrisches Objekt in der Hand. Sie rannte in die Küche und warf es in den Mülleimer, dann riss sie geschockt den Deckel auf und wühlte im Müll, um es zurückzuholen. »Dumm! Dumm! Da werden sie zuallererst suchen.« Sie ging zurück ins Wohnzimmer und legte den Stimmenverzerrer in ihre große, leinene Schultertasche, mit der Absicht, ihn an einem sicheren Ort wegzuwerfen.

Sie zog ihr Hemd und ihre Jeans an. Auf dem Bildschirm war ein Durcheinander bunter Flächen und dann das Bild eines Kindes – Alain? Sie ging näher an den Fernseher, aber das Bild war schon wieder weg, und etwas Neues wurde berichtet.

Alain. Sie hatte es Jenny versprochen. Oder nicht? Sie hatte Jenny versprochen, Babysitter zu spielen. Sie war sich sicher, dass sie das hatte. Weil Jenny zur Arbeit musste und Shona Alain verstand. Sie konnte ihm helfen. Jenny hatte das erkannt, sie wusste es. Shona brach nie ein Versprechen. Nie … Deswegen musste sie nach Hause gehen. Um sich fertig zu machen. Um zu Alain zu gehen. Um ihm zu zeigen, dass man die Leute, die einem wehtun, davon abhalten kann – es, sie stoppen kann. Sie waren nur Leute. Man konnte ihnen wehtun. Mein Gott! Max!

Man durfte sie hier nicht finden. Wie sollte sie es erklären? Und was, wenn Dr. Greenberg wirklich tot war?

»Jen?«

Jenny schloss für einen Moment ihre Augen. Mikes Unterbrechung kam in einem schlechten Augenblick.

Mike zögerte beschämt. Er schaute zu Alain, der neben Jenny saß. Der Eisbär lag in seinem Schoß, er umklammerte ihn und schluchzte jämmerlich. Jenny umarmte den Jungen und den Bären. Das herzzerreißende Schluchzen ging weiter, aber Mike spürte eine Wachsamkeit, als ob Alain sich für schlechte Nachrichten wappnete.

»Ich muss weg«, sagte Mike ruhig.

Jenny nickte. Sie weinte nicht, aber ihr Gesicht war blass, und die Anspannung zeigte sich in den feinen Falten um Mund und Augen. »Wir gehen auch bald«, sagte sie.

Mike sah auf seine Uhr. »Ich fahr dich nach Hause. Es wird ihnen nichts ausmachen, noch zwanzig Minuten zu warten.« Lee-Anne wollte mit ihm sprechen; sie wollte mit niemand anderem sprechen, und er konnte diese Möglichkeit, sie zu einer Zusammenarbeit zu überreden, nicht verschenken.

Jenny schaffte es zu lächeln. »Geh du nur«, sagte sie. »Wir sind noch nicht soweit.« Mit einer Hand streichelte sie dem Jungen übers Haar. Es war feucht und klebte an seinem Kopf; Mike wunderte sich über die Energie, die Kinder in ihre Tränen legen, über die Leidenschaft, mit der sie sich ihrem Unglück hingeben.

Er zuckte entschuldigend mit den Achseln. »Ich komme später noch einmal vorbei«, schlug er vor.

»Vielleicht ist es am besten, wenn du damit bis morgen wartest«, antwortete Jenny mit einem kurzen Nicken in Richtung von Alain. »Ich rufe Max an, wenn ich nach Hause komme. Ich bin sicher, dass er als Babysitter kommen wird und ich dann etwas bei Fraser sein kann.«

34. Kapitel

Lee-Anne hatte ein Gesicht, das mit einer positiven Einstellung und einem Lächeln hübsch gewesen wäre, aber der hängende Mund, der sich nur allzu leicht zu einem aggressiven Knurren oder einem verachtenden Grinsen wandeln konnte, spiegelte eine allgemein missmutige Haltung an der Grenze zur Bösartigkeit.

Mike hatte während seiner Dienstjahre schon hunderte solcher Mädchen gesehen: Mädchen, deren Leben bitter wurden, bevor sie achtzehn waren; Mädchen, die von Sorgen und Nöten und, nur zu oft, von Alkohol und Drogen zerstört wurden, bevor sie dreißig waren. Noch keine zwanzig, und Lee-Anne hatte bereits die Frische der Jugend verloren. Sie starrte zu Mike hoch, bockig – unfähig, ein so würdevolles Gefühl wie Verachtung zu vermitteln, bediente sie sich stattdessen der Feindseligkeit.

Mike starrte zurück und fragte sich, warum sie ihn zum Hauptquartier gerufen hatte, wenn sie nichts anderes wollte, als ihn missmutig anzusehen und einsilbige Antworten auf seine Fragen zu geben. Deswegen hatte er Jenny im Krankenhaus verlassen müssen, als sie wirklich jemanden bei sich gebraucht hatte. Seit drei Tagen hatte er seine Familie nicht mehr gesehen, von einer betäubten halben Stunde vor dem Fernseher, bevor sie schlafen gingen, einmal abgesehen, und durch Lee-Anne verspätete er sich schon wieder, sie verschwendete seine Zeit und erschöpfte seine Geduld.

»O. K.«, sagte er träge. »Fangen wir mit dem neuen Kram in Ihrer Wohnung an.«

»Hab ich von meiner Schwester.« Sie senkte den Kopf, so dass ihr Kinn fast auf ihrer Brust lag.

»Was ist mit der Jacke?« Lee-Anne hatte das kleine Versace-

Teil ausgezogen und nachlässig über die Stuhllehne gehängt, so dass das Etikett zu sehen war.

Sie fixierte ihn mit einem flachen, farblosen Blick. »Hab' ich aus einem Secondhand-Laden.«

Mike lehnte sich vor. »Wir haben die Kassenbons, Lee-Anne, erinnern Sie sich?« Sie hätten ihr Kreditkartenbetrug vorwerfen können, aber Mike hatte seinen Vorgesetzten davon überzeugt, dass sie beide des Diebstahls der Karten aus dem Fournier-Haus am Tag des Mordes überführen könnten.

Lee-Anne schnaubte und rutschte noch etwas tiefer in ihren Stuhl. Sie hatte geplant, Delaney alles zu erzählen, als sie den Wache habenden Beamten gebeten hatte, ihn zu rufen. Lobo hatte ungefähr alle halbe Stunde von vorne angefangen, und es ging ihr auf die Nerven. Sie begann zu glauben, dass er jetzt völlig ausrastete: zuerst Randy Khan zusammenzutreten und jetzt die Polizei und sogar sie selbst anzuschreien und anzubrüllen. Er gab ihr die Schuld dafür, dass er zu einem letzten Einkaufsbummel losgegangen war – gab ihr die Schuld, dass er ausgeflippt war und den schwarzen Typ mit dem Queue zusammengeschlagen hatte. *Er gab ihr die Schuld!*

Das hatte sie wütend gemacht. Sie hatte gewartet, bis der Beamte auf seiner Runde vorbeikam, und ihm gesagt, dass sie Delaney sehen wollte, um ihm genau zu sagen, was Lobo getan hatte. Jetzt, im Verhörzimmer mit einem laufenden Band und ohne beratenden Anwalt, schien es eine dumme Idee zu sein. Das Band würde als Beweisstück benutzt werden, so dass Lobo genau wüsste, wer ihn verpfiffen hatte. Sie hätte nach einem Anwalt fragen sollen, aber sie hatte gedacht, dass sie in einem inoffiziellen Gespräch alles klären könnten, falls sie den Rechtsbeistand ablehnte. Daraus war nichts geworden, und jetzt würde Lobo hinter ihr her sein. Delaney versuchte sie dazu zu bringen, ihm zu sagen, was sie dieser Frau angetan hatten, und sie wusste nicht, was sie machen sollte.

»Vierzehnhundert für ein neues Bett, die Bettwäsche und die Vorhänge von Lewis. Achthundert und noch was für Teppiche – korrigieren Sie mich ruhig, ich zähle es aus dem Gedächtnis auf –, fünfhundert für Küchenartikel, inklusive einer Waschmaschine von Comet, drei fünfzig für eine Couch von Uno.«

»Sofa.« Lee-Anne spuckte das Wort aus, es klang wie eine Drohung.

»Entschuldigung«, sagte Mike amüsiert. »Sofa.«

»Worüber lachen Sie? Haben Sie gesehen, wo ich wohne? Oh, natürlich, Sie haben Ihre fette Nase in alles gesteckt, auf der Suche nach *Beweisen*, stimmt's?«

Sie saß jetzt aufrecht, ihre Hände flach auf dem Tisch. Sie sah aus, als ob sie jeden Augenblick aufspringen und ihm an die Gurgel gehen würde. Die Polizistin, die als Zeugin dazugerufen worden war, machte eine Bewegung, aber Mike bedeutete ihr, ruhig zu bleiben. Lee-Anne ballte eine Faust.

»Ja, ich nehme an, es ist lustig, fünfzig in der Woche für eine Wohnung ohne Heizung zu bezahlen, mit Lichtschaltern, von denen man einen Schlag kriegt, wenn man sie berührt – ich mach mir jedes Mal fast in die Hose vor Lachen, wenn der Scheißkerl kommt, um die Miete zu kassieren. Der Typ von den Stadtwerken geht nicht mehr in den Keller, um den Strom abzulesen, weil er sich fast den Hals gebrochen hat, als er die verrottete Treppe runtergefallen ist. Die war echt verrottet. Ich wette, er hat den ganzen Weg ins Krankenhaus gelacht. Die Fenster können bei jedem bisschen Wind rausfallen – wahrscheinlich wird das ganze Haus nur noch von dem Plastik und dem Klebeband zusammengehalten, das ich zum Abdichten benutzt hab'.

In meinem Badezimmer leben Silberfische und in meiner Küche Holzwürmer. Was ist also so lustig daran, wenn man versucht, es sich ein bisschen schön, ordentlich zu machen?« Ihre Stimme wurde zu einem Schrei.

»Daran ist nichts verkehrt, Lee-Anne«, sagte Mike ruhig. »Außer, dass Sie die Kreditkarten einer toten Frau für all die Verschönerungen benutzt haben.«

Lee-Anne haute mit der Faust auf den Tisch. »Was soll ich denn machen? Wissen Sie, wie viel Arbeitslosengeld man heutzutage bekommt? *Scheiß wenig*, so viel.« Sie brüllte jetzt. »Fünfzig Pfund pro Woche für zwölf Wohnungen in diesem beschissenen Rattenloch. Zwei Jahre hab ich da gewohnt. Wissen Sie, wie viel er investiert hat?« Mike hob die Augenbrauen, um seine Aufmerksamkeit zu zeigen. »Er hat eine Zeituhr an das Licht im Treppenhaus geschaltet, damit wir keinen Strom verschwenden, wenn wir es anlassen. Er kriegt, alles zusammen, sechshundert in der Woche, und Sie denken, *ich* bin der Verbrecher?«

»Sie waren also verzweifelt, Sie brauchten Geld und …«

»Und …« Sie äffte ihn nach, ihr Gesicht war verzerrt vor Hass und bitterer, bitterer Enttäuschung. »Und wir haben uns genommen, was wir brauchten.«

»Genommen«, sagte Mike sanft, er wagte kaum zu atmen, aus Angst, sie könnte merken, wie viel sie zugab, und kein Wort mehr sagen.

»Sie hätte es wohl kaum noch gebraucht, oder wie?«

»Nicht?«

»Sind Sie bescheuert, oder was?«

Mike wartete.

»Sie war schließlich *tot.*« Lee-Anne warf sich genervt in ihren Stuhl zurück.

»Das wissen wir, Lee-Anne. Wir wissen auch, dass Sie ihre Kreditkarten gestohlen haben. Was wir wissen wollen, ist, wer sie umgebracht hat.«

»Dann sehen Sie nicht mich an! Sie war schon tot, als wir hinkamen. Wir haben's nicht getan.«

Das war der Durchbruch, auf den Mike gewartet hatte: Ein Geständnis, dass sie im Fournier-Haus gewesen waren.

»Haben Sie nicht?«, fragte er. »Ich meine, Sie haben es nicht getan?«

»Sie war tot! Wir sind hinters Haus gegangen. Die Hintertür war offen. Sie war schon tot, als wir reinkamen.«

»War sie das?«

»Da war überall Blut!« Sie hielt inne, als ihr klar wurde, wie es sich anhören musste. »Nein! Nicht, was Sie denken, wir waren es nicht. Wir haben sie nicht angefasst.«

»Was ich mich frage, ist, waren Sie sich sicher, dass sie tot war? Hat es einer von Ihnen überprüft?«

»Das brauchte man nicht.« Etwas von dem Toben war aus ihrer Stimme verschwunden, und sie schien unsicher, unfähig, ihm in die Augen zu sehen. Sie dachte an diesen Traum, diese obszöne, gurgelnde Wunde im Hals dieser Frau, das Wort … *Hilfe …*

»Wie viel Uhr war es, als Sie ankamen?«

»Weiß ich nicht. Elf? Halb zwölf?«

»Haben Sie noch jemanden gesehen?«

»Wen?«

»Sie wissen schon, den kleinen Jungen …«

»Ah, wissen Sie …« Zum ersten Mal während des gesamten Verhörs erschien Lee-Anne nachdenklich. »Wenn ich den kleinen Kerl gesehen hätte, hätte ich –«

»Was, Lee-Anne? Was hätten Sie getan? Die Polizei gerufen?«

»Halt's Maul!« Das Knurren, die coole Maske primitiver Aggression war wieder da. »Ich habe sie nicht angefasst und Lobo auch nicht. Alles, was Sie uns anhängen können, ist Kreditkartenbetrug.«

»Ich glaube, wir können etwas mehr tun, Lee-Anne«, sagte Mike. Er warf ihr Kreditkartenbetrug vor und dass sie es unterlassen hatten, den Mord an Jeanne-Louise Fournier zu melden, schloss dann das Verhör und bemühte sich, sie zu warnen und noch einmal auf ihr Recht auf einen Anwalt hinzuweisen. Er würde ihr die Möglichkeit geben, vor dem nächsten Verhör mit einem Anwalt zu sprechen: Falls sie etwas mit dem Mord an Jeanne-Louise Fournier zu tun hatte, wollte er, dass alles wasserdicht war.

Als er mit den versiegelten Bändern des Verhörs in der Hand an der Tür stand, sprach Lee-Anne ihn an. Er drehte sich um, hoffte auf ein weiteres Eingeständnis: Lobo hätte die Kontrolle verloren, sie hätte nichts damit zu tun.

»Ja?«

»Glauben Sie, dass wir das Zeug, das wir gekauft haben, behalten können?«

35. Kapitel

Sallis rief Mike auf seinem Handy an, als er gerade das Krankenhaus verließ. »Wir haben Ligats Adresse.«

»Wurde auch Zeit.«

»Es ist schließlich Wochenende, Sarge. Wir mussten uns die Adresse seiner Sekretärin besorgen und dann bei ihr zu Hause vorbeigehen.«

»Habt ihr schon mit ihm gesprochen?«

»Du bist näher dran. Er hat eine Wohnung in Sefton Park.«

»Was? Hier in Liverpool?«

»Das hat seine Mutter auch gesagt.«

»Wieso hat er sich dann nicht gemeldet, als wir überall das Bild von seinem Sohn gezeigt haben?«

»Seine Mutter sagt, dass er geschäftlich zwischen Süd Devon und Nord York unterwegs ist. Die Fernsehberichte wurden nur im Nordwesten gesendet.«

»Und falls Mr Ligat am Tag der Ausstrahlung einem Heringsräucherer in Whitby was andrehen wollte ...«

»Genau.«

»O. K.«, sagte Mike. »Am besten, du gibst mir die Adresse.« Er wollte auf dem Weg zu Jenny vorbeischauen – obwohl sie gesagt hatte, er könnte seinen Besuch auf morgen verschieben, wollte er noch zu ihr, bevor er für heute Feierabend machte. Er schaute auf seine Uhr: Mit ein wenig Glück war er zum Abendessen bei seiner Familie.

Es hatte noch zwanzig Minuten gedauert, Alain zu beruhigen, danach war er erschöpft und schläfrig. Jenny lieh sich vom Stationschef eine Decke und trug Alain zum wartenden Taxi.

Auf dem Weg nach Hause murmelte sie Beruhigendes, aber Alain hörte nicht zu. Obwohl er passiv in ihren Armen lag, scheinbar dösend, war er wach und nahm jedes Holpern des Taxis wahr; das Brummen des Dieselmotors und das Quietschen der Bremsen erschienen ihm unerträglich laut. Seine übersensiblen Sinne hatten etwas bemerkt, das seine Nerven vibrieren ließ. Ein Geruch vielleicht oder ein Geräusch – ja, er glaubte, es war ein Geräusch, als sie das Gebäude verlassen hatten. Er war in diesem angenehmen Stadium zwischen Wachsein und Schlaf gewesen, als sich die Geräusche der Umgebung in seine Träume einschlichen, so dass sie fast wie Visionen oder Halluzinationen wirkten. Dann war er plötzlich hellwach und wachsam, er wusste eigentlich nicht genau, warum, aber er kannte das Gefühl von früher, und es bedeutete Gefahr.

Weder Jenny noch Alain sahen das Auto, das ihnen mit zwei Autos Abstand von der Prescot Street an folgte. Es beschleunigte, als die Ampel in der Upper Parliament Street sie zu trennen drohte, und fiel etwas zurück, als sie in der langen, geraden und vierspurigen Smithdown Road mit den rußgeschwärzten Reihenhäusern, den vielen geschlossenen Geschäften, den warm beleuchteten Restaurants und dem schmalen Streifen Himmel fuhren.

Jetzt war es nicht mehr notwendig, sie zu verfolgen. Die Adresse der Campbells war in der Karte auf dem Beifahrersitz rot eingekreist. Das hier war nur für den Kick. Wenn sie sich umgedreht, nur einmal nach hinten geschaut hätte, hätte sie es gesehen. Wenn sie es nicht tat, dann sollte alles, was nun folgen würde, auch so geschehen; es war vorherbestimmt. Das Auto war direkt hinter ihnen, als sie in die Ullett Road fuhren. Hier bogen sie in den Aigburth Drive, der immer wieder mit einem plötzlich auftauchenden grünen und offenen Panorama überraschte, Sefton Park zur einen Seite und die viktorianischen Häuser auf der anderen. Das Auto, das sie verfolgt hatte, hielt ein paar hundert Meter weiter unten und wartete.

Shona beobachtete ihr Kommen. Sie war am Haus gewesen und hatte geklopft, aber niemand hatte geantwortet. Sie hatte die schreckliche Idee, Jenny hätte Alain drinnen allein gelassen und wäre zur Arbeit gegangen, aber dann hatte sie überlegt, dass Fraser sich um den Jungen kümmern müsste. Warum wollte Jenny dann aber die Nacht frei haben? Sie war sich dessen ganz sicher, denn sie hatte ihr Gespräch mit Jarmon Willis belauscht. Die Erinnerung daran verwirrte sie noch mehr, da ihr jetzt einfiel, dass sie gar nicht fürs Babysitten gebraucht wurde. Jenny hatte ihre Hilfe abgelehnt. »Ich habe geweint«, sagte sie laut bei dem Versuch, die Ereignisse des Abends sinnvoll zu ordnen – wobei sie allerdings völlig versagte.

Sie bemerkte die Schwäche des Jungen, die Krankenhausdecke und dachte, dass sie jeden umbringen könnte, der einem Kind absichtlich wehtat, dabei verdrängte sie vollkommen, was sie erst vor einer Stunde selbst getan hatte. Was war nur in Jenny gefahren, den Jungen aus der Sicherheit des Hauses wegzubringen?

Es war nach acht Uhr abends, die Wolken, die sich den ganzen Tag über in dunklen Bänken gesammelt hatten, schienen durch ihr eigenes Gewicht zu sinken, bereit für ein Gewitter.

Jenny briet ein Käseomelett für Alain und war erleichtert, als er es mit Brot und einer Tasse Tee hinunterschlang. Sie erklärte vorsichtig, dass sie zurück ins Krankenhaus musste. Obwohl ihm die Aussicht, den Abend mit Max verbringen zu müssen, nicht zu gefallen schien, blieb er bei der Nachricht ruhig.

Alain war unter der Dusche, als die ersten Blitze den Himmel in der Ferne lila und violett aufleuchten ließen. Donnerschläge folgten, zuerst langsam, aber dann immer lauter und immer schneller nach den Blitzen. Als Jenny seine Haare föhnte, ließ ihn ein heftiger Donner über ihm aufschreien, und er drehte sein Gesicht an ihre Schulter.

»Du hast doch nicht etwa Angst vor ein bisschen Blitz und Donner, oder?«, fragte sie und wühlte in seinen Haaren. »Hör mal.« In der Ferne grummelte ein Echo des Donners. »Die Engel kegeln. Hörst du, wie die Kugel die Bahn entlangrollt?« Das Grummeln endete in einem dumpfen Knall. »Was glaubst du, wie viele Kegel hat er da umgeworfen?«

Alain überlegte einen Augenblick, dann sah er zu ihr hoch. »Einen«, sagte er. »Höchstens zwei.«

»Du zählst die Nächsten. Bei den lautesten sind alle Kegel umgefallen. Weißt du, wie viele Kegel das sind?«

»'türlich«, sagte Alain mit einer Unbekümmertheit, die sie noch nie vorher bei ihm gesehen hatte. Sie hätte sich vor Freude fast selbst umarmt angesichts dieses Beweises für sein Selbstvertrauen, für einen Grad an Normalität, den jemals zu sehen sie schon fast die Hoffnung aufgegeben hatte. »Neun Stück.«

Den schlimmsten Teil des Gewitters überwanden sie, indem sie bei jedem Donner diskutierten, wie viele Kegel gefallen waren, und dann brachte Jenny ihn ins Bett und küsste seine Stirn, die nun kühler war. Alain schien furchtbar müde und war jetzt uhig. Sie dämpfte das Licht der Nachttischlampe und klopfte in letztes Mal auf die Bettdecke.

»Jenny …«

»Hmmm?«

»Es tut mir Leid wegen Fraser –«

Sie legte einen Finger auf seine Lippen. »Du kannst dich nicht um alle Sorgen der Welt kümmern, Alain. Es macht dich nur unglücklich.«

»Jenny …« Ein bisschen umständlich steckte er den Eisbären und den Löwen unter die Decke. Jenny half ihm.

»Nun?«, fragte sie.

»Glaubst du –« Auf seinen Wangenknochen erschienen zwei leuchtend rote Streifen. Jenny nahm seine Hand, und nachdem er einige Male tief Luft geholt hatte, fragte er: »Glaubst du, Oma hasst mich, wegen Tante Jeanne-Louise?«

Jenny war bestürzt, als sie sah, wie sich seine dunklen Augen mit Tränen füllten: Sein kleiner Körper war schon so vom Weinen geplagt worden, dass sie Angst hatte, er könnte krank werden. Trotzdem fühlte sie, dass es wichtig war – sogar absolut notwendig –, Alain eine ehrliche Antwort zu geben.

Sie dachte an die steife Förmlichkeit der Familie im Krankenhaus: die Reserviertheit seiner Mutter, als sie mit ihm sprach, der Versuch seiner Großmutter, ihn anzulächeln, wie sie ihn zu sich rief und es dann mit einem Seufzen aufgab.

»Nein«, sagte sie. »Ich glaube nicht, dass sie dich hasst.« Er hatte diese Frage nicht über seine Mutter gestellt, und Jenny musste daran denken, wie er vor ihr zurückgescheut war, den Kontakt verweigert hatte. Woher rührte Alains Schmerz? Schuld, sicher, aber das war nicht alles – und Schuld weswegen? Was hatte er getan oder unterlassen, dass er sich so verantwortlich für den Tod seiner Tante fühlte?

Alain nickte, er schluchzte ein bisschen, akzeptierte aber anscheinend, was sie gesagt hatte, und Jenny ging nach unten, um

Max anzurufen. Das Telefon klingelte fünf oder sechs Mal, dann legte Jenny auf und dachte nach, wen sie von ihren Freunden mit Pflegekindern am besten um diesen Gefallen bitten könnte. Es musste jemand sein, der bereit war, zu ihr zu kommen – Alain sollte hier bleiben, er hatte genug Aufregung für einen Tag gehabt. Schließlich musste sie es noch mit dem Sozialdienst abklären, wenn sie jemanden gefunden hatte, der Lust und Zeit hatte. Sie seufzte und fing an, in ihrem Adressbuch zu blättern.

Der Junge beobachtete alles feierlich und blass von den Esszimmerfenstern aus. Er war im Haus eingeschlossen, während sein Vater mit rasender Energie im Garten arbeitete. Die Kirschbäume öffneten gerade ihre Blüten, ihr rotbrauner Stamm glänzte seidig in der Morgensonne. Er spürte einen Schmerz direkt unter seinem Herzen. Jedes Jahr brachten er und seine Mutter die Zweige voller weißer und rosa Blüten zur Dekoration ins Haus. Er zuckte zusammen und erzitterte bei jedem Axthieb, der den Stamm traf und einen Schneefall weißer Blütenblätter regnen ließ. Plötzlich hielt er es nicht mehr länger aus, der Junge rannte durch den Flur die Treppe hinauf in sein Schlafzimmer. Er zog und zerrte an der klemmenden Schublade der Kommode, bis sie aufging, dann griff er tief hinein, unter seine Pullover. Einen Moment lang dachte er, er wäre weg, und er wimmerte vor Angst – wenn sein Vater es wusste und ihn genommen hatte –, aber dann stießen seine Finger an etwas Hartes aus Plastik, er schluchzte vor Erleichterung und griff fest nach dem Schraubenzieher.

Er ging auf dem rot-blauen Muster des Teppichs bis zum Wohnzimmer, ohne auf die geschwungenen Linien zu treten, die wie Schlangen aussahen, er summte vor sich hin, um sich Mut zu machen. Er strich mit den Fingern über den Rand der Wandvertäfelung und schob Dreck zusammen: grauen Staub, den seine Mutter niemals hätte entstehen lassen. Aber Mami war nicht da, und irgendwas war mit Daddy nicht in Ordnung. Er ging weiter, der Schraubenzieher in seiner Tasche wurde mit jedem Schritt schwerer. An der Tür zum Wohnzimmer musste er stehen bleiben, weil sein Herz so stark in seinem Hals schlug, dass er dachte, er müsste ersticken. Das Sofa war ans Fenster geschoben worden, und er kletterte darauf, um an das Schloss zu kommen. Sein Vater hatte das Fenster genau in der Mitte an den Rahmen festgeschraubt.

Er steckte den Schraubenzieher in den Schlitz der Schraube, aber seine Hände zitterten so, dass er wieder abrutschte. Zuerst bewegte sich die Schraube nicht, aber dann gab sie etwas nach, und er arbeitete daran, immer eine Vierteldrehung, bis er einen Krampf in seine Hände bekam und sich den Schweiß aus den Augen wischen musste. Er hatte keine genaue Vorstellung, was er tun würde, wenn er einmal draußen war; er wusste nur, dass er von seinem Vater weg musste, weg von dem furchtbaren Geräusch der Axt. Schließlich konnte er die Schraube mit den Fingern bewegen, und er drehte sie hinaus. Der Riegel ging leicht auf, aber das Fenster hob sich nur ein paar Zentimeter, egal, wie fest er auch daran zog. Er musste das Sofa wegrücken und es von unten versuchen. Er sprang also hinunter, froh, dass er immer noch alleine war, und legte seine Schulter an die verblichene Seide des Sofas. Die Rollen quietschten, als ob sie sich beschweren wollten, und schoben den Teppich in der Mitte des Zimmers zusammen. Aber langsam bewegte es sich vom Fenster weg und hinterließ dunkle Spuren auf dem Holzboden. Er drückte noch stärker, bis die Lücke groß genug war, dass er sich hindurchquetschen konnte. Dann steckte er seine Finger in die Öffnung zwischen dem Fenster und dem Fensterrahmen und zog und zerrte, bis sich das Fenster noch ein paar Zentimeter öffnete.

»Wie konntest du –?«

Sein Herz zuckte beim Klang der Stimme seines Vaters zusammen, und er hatte das starke Gefühl zu fallen – sehr tief und sehr schnell zu fallen.

»Von allen verlogenen –« Sein Vater hatte den gestohlenen Schraubenzieher, den er auf dem Sofa abgelegt hatte, entdeckt.

Der Junge zerrte wild an dem Fenster, versuchte verzweifelt zu fliehen. Sein Vater war mit zwei großen Schritten neben ihm. »Du verdammter kleiner Dieb!« Er knallte das Fenster zu, und für einen unwirklichen Augenblick fühlte der Junge gar nichts. Dann fing er an zu schreien und konnte nicht mehr aufhören. Er schrie vor Schmerz und Panik. Sein Vater schob das Sofa mit einer Hand weg und fasste mit der anderen Hand den Jungen am Gürtel. Seine Schreie wurden lauter und stärker, als seine eingeklemmten Finger geschüttelt wurden und der Schmerz in jeden einzelnen Knochen und jedes Gelenk seiner Hände schoss. Dann öffnete sein Vater das Fenster, nahm ihn weg und trug ihn zur Kellertür.

»NeinDaddybitteDaddyIchversprecheichbinbravIchversprechees.«

DaddyDaddyDaD! Bitte! Er schrie immer weiter. Selbst nachdem die Tür verriegelt worden und er im Dunkeln war, versprach er, brav zu sein, ruhig zu sein –

»Jenny!«

Alain stand oben auf der Treppe mit dem Baseballschläger in einer Hand. Er sah schrecklich aus. Jenny rannte auf ihn zu, sie hatte Angst, er könnte fallen. Es klingelte an der Tür.

»Mach nicht auf!«

Jenny drehte sich halb zur Haustür, dann zurück zu Alain. Erschöpfung und Sorge hatten sie verwirrt.

»Er ist zurückgekommen.« Alains Stimme zitterte vor Panik

und Unglaube. Er war dabei einzuschlafen, als das, was ihn auf dem Weg vom Krankenhaus so aufgeregt hatte, wieder da war. Es war ein Husten – ganz leicht, nur ein Räuspern –, und doch hatte er es im Unterbewusstsein wahrgenommen, hatte es vom Telefonklingeln, den Schritten und den Stimmen in der Eingangshalle, vom Martinshorn und dem Verkehrslärm trennen können. Er hatte es sofort wieder erkannt und es ganz tief vergraben, weil er nicht glauben wollte, dass er den schrecklichen Ereignissen letzter Woche so nah war – dem Tod so nah war.

Plötzlich war er hellwach gewesen und zum Fenster gegangen, um seine Tiere als Nachtwache aufzustellen, und da hatte er ihn kommen sehen.

Seine Angst war stärker als sein Elend und seine Müdigkeit, und Jenny spürte, wie ihr ein Schauer den Rücken hinunterlief. »Wer ist es, Alain?«

Alains Stimme war nicht lauter als ein Hauch. »*Daddy.*«

Die Klinge blitzt auf, als Licht auf sie fällt.

»*Renn Alain!*«

»*Daddy Nein!*« Tante Lou geht zwischen sie. Er sieht, wie das Messer einmal, zweimal zusticht und Tante Lou hinfällt. Wieder und wieder stösst Daddy zu. Ihre Arme sind kein Schutz, und er hört das furchtbare Schlitzen und Schneiden der Klinge, bis er fortläuft, sonst würde er verrückt werden.

»Ein Reihenhaus in Toxteth ist nicht ganz dasselbe wie eine Wohnung in Sefton Park«, sagte Mike.

Gerry Parker hatte ihn begleitet. Er grinste Mike an. »Ja, aber es muss sich viel besser angehört haben als ein Einzimmerapartment in Toxteth, als er seiner Sekretärin die Adresse gegeben hat.«

Parker hatte Recht. Seit den Unruhen in den Achtzigern hatten alle von Toxteth gehört, und es erinnerte nicht im selben Maß an einen grünen Vorort wie Sefton Park. Das Haus roch nach Feuchtigkeit, Curry und Kohl. Der Flurteppich war ein schmutziger, ausgetretener Läufer, der wohl mal rot gewesen war.

Der Vermieter ließ sie in Ligats Wohnung.

»Ich hab ihn ein paar Tage nicht gesehen«, sagte er und öffnete die Tür, um sie vorzulassen.

Mike wich vor dem Gestank zurück, dann riss er sich zusammen und trat ins Zimmer. Auf dem Putz wuchs ein Pilz, der sich wie eine riesige Wolke über die Zimmerdecke ausgebreitet hatte und an den Rändern grüne Sporen auswarf. Mike starrte um sich auf die lose Tapete, den Blasen werfenden Putz, den pelzigen Schimmel an den Wänden und der Decke und den lange angesammelten schwarzen, klebrigen Dreck auf dem Teppichboden.

»Wegen Leuten wie Ihnen haben Vermieter einen schlechten Ruf«, sagte er.

Der Vermieter lächelte. Er war ein kleiner, dünner Mann, knapp über dreißig, mit dunklem Haar und einem Ziegenbärtchen. »Er hat sich nie beschwert.« Er hob das Kinn herausfordernd. »Sehen Sie selbst, wie er lebt.«

Die Spüle in der Ecke war voller Teller, Becher und Töpfe. Was nicht hineinpasste, stand auf dem Boden. Die alte Doppelherdplatte war durch mehrere Lagen Fett und Dreck verkrustet. In der Mitte des ungemachten Betts war ein riesiges Etwas, das die Farbe und die Form eines Kokons hatte. Das Zimmer roch nach feuchter, schmutziger Wäsche und Zigaretten, aber irgendetwas, das Mikes Magen umdrehte, überlagerte alles. Verrottetes Fleisch? Oder vielleicht ein totes Tier, das hinter der Fußleiste lag – hier musste es von Würmern wimmeln.

Mike hatte mal jemanden im Radio gehört, der fragte: »Was ist schlimm an Schmutz?« Der Mann, der das gesagt hatte, onnte noch nie in der Nähe von Schmutz gewesen sein. Was chlimm an Schmutz ist?, dachte er und sah noch mal auf die röckelnden Wände: Er erniedrigt und entmenschlicht. Er ringt Leute hervor, die der Gesellschaft so entfremdet sind, lass sie vergessen, dass das nicht die Norm ist.

»Wo ist er?«, fragte Mike und biss die Zähne zusammen, um len Brechreiz zu unterdrücken.

»Woher soll ich das wissen?«

Mike unterdrückte den Wunsch, dem Vermieter an die Gurgel zu gehen, und fragte: »Wann haben Sie ihn das letzte Mal gesehen?«

»Als ich die Miete kassiert habe. Donnerstagabend.«

»Und Sie sind sicher, dass es dieser Mann ist?« Er zeigte dem Vermieter das Foto von Ligat, das Ron Sallis von dessen Mutter geliehen und von Surrey zum Merseyside Polizeipräsidium gefaxt hatte.

»Das ist er. Er ist ein bisschen dünner. Sieht vielleicht ein bisschen verrückter aus, aber er ist es schon.«

Mike steckte das Foto wieder in seine Tasche und sah hinüber zu Parker, der angeekelt einen schwarzen Wäschesack in einer Ecke des Zimmers untersuchte. »Wenn er zurückkommt, rufen Sie mich an«, sagte er und gab dem Vermieter seine Karte.

»Sarge.« Parker hob ein Hemd aus dem Haufen hoch, er benutzte die Spitze eines Kugelschreibers, um es nicht anfassen zu müssen.

»O Gott«, stieß Mike hervor. Das Hemd war steif vor braunem, getrocknetem Blut. »Er muss voll davon gewesen sein.«

Es klopfte plötzlich heftig an der Tür, und Alain sprang auf. Hinter ihr hörte Jenny, wie sich jemand umdrehte und die Treppen hinunterging.

»Er hat sie getötet, Jenny«, flüsterte er. »*Er hat Tante Lou getötet.*«

Jenny nahm den Telefonhörer in die Hand und wählte. De Anschluss war tot. Alain rannte die Treppe hinunter zu ih »Wir müssen raus«, sagte er. In diesem Moment hörten sie hinter ihnen in der Küche Glas splittern. »Er kommt!« Seine Stimme war nur noch ein atemloses Piepsen.

Jenny schob ihn zur Haustür. »Geh nach nebenan. Sag M Lucas, er soll die Polizei rufen«, flüsterte sie ihm zu.

Alain griff ihren Arm mit beiden Händen, er stieß mit den Schläger an ihren Ellbogen und hängte sich an sie. »Nicht ohn dich.« Er hatte Jeanne-Louise allein gelassen, und jetzt war si tot. Er würde Jenny nicht allein lassen.

Jenny hörte, wie Ligat das Glas in der Hintertür aus den Weg räumte; er würde in wenigen Sekunden im Haus sein »O. K.«, sagte sie. »Wir gehen zusammen.« Sie öffnete die Haustür, und eine Gischt von eisigen Tropfen blies ihnen entgegen. Sie nahm Alain den Baseballschläger aus der Hand und packte ihn in seinen Mantel, dann zog sie ihre eigene wasserdichte Jacke an. »Schuhe«, sagte sie. Während Alain die Füße in seine Turnschuhe steckte, nahm sie die Haustürschlüssel von der Garderobe.

Jenny legte leise den Sicherheitsriegel vor und schloss zweimal ab: Wenn Alains Vater denselben Weg aus dem Haus gehen musste, den er hineingekommen war, gab ihnen das ein bisschen mehr Zeit.

Sie liefen zum Nachbarhaus, aber niemand antwortete. Das nächste Haus war in einzelne Wohnungen aufgeteilt, aber wenn sie bis zum Eckhaus rannten –

Glas schien in der Haustür zu explodieren. Alain kroch näher an Jennys Seite, und zum ersten Mal hörte sie die Stimme seines Vaters.

»Komm hierher, du kleines Arschloch, oder ich reiß dir dein verdammtes Herz raus!«

Jenny griff Alains Hand und lief zum Straßenrand. Es war

die Zeit der Dämmerung, und die schweren Gewitterwolken verstärkten die Düsternis noch. Es regnete stark. Wenn sie an noch ein paar Türen klopften, würden sie vielleicht jemanden finden, der zu Hause war, aber Ligat könnte sie vorher erwischen. Bis zur nächsten Telefonzelle war es eine halbe Meile, falls sie nicht zerstört worden war.

»Wir müssen irgendwohin, wo viele Leute sind, Alain«, sagte sie. »Aber wir müssen uns verstecken.«

Die Straße war überschwemmt. Auf ihr floss Wasser, das Zweige und Müll mitführte, es spritzte an ihre Fußgelenke. Sie schlich mit Alain zu der niedrigen Mauer am Rand des Kieswegs rund um den Park und von da durch die Ilexhecke in den Park selbst. Sie wollte sich verstecken, neben der Hecke bleiben, um dann draufloszurennen, sobald sie die Lark Lane erreicht hatten.

Ligat ging instinktiv direkt zum Park. Sie waren erst fünfzig Meter weit gekommen, als er sie entdeckte. An dieser Stelle war die Hecke dicht, und sie konnten nicht zurück zur Straße, so dass Jenny keine Wahl hatte, als in einem kleinen Wäldchen ein bisschen weiter vorn in Deckung zu gehen.

»Keine Antwort«, sagte Parker.

»Schick ein paar Leute zu dem Haus.« Mike fuhr schnell, die Sirene war eingeschaltet, und das Blaulicht leuchtete, während die Blitze zuckten.

Parker sprach kurz über sein Handy. »In Kensington gibt es einen Stromausfall«, sagte er. »Ein paar Verletzte. Keine Verstärkung zu bekommen.«

Mike fuhr über die Ampeln, als er mit Lichthupe die Tunnel Road und die Lodge Lane von der Parliament Street her zur Smithdown Road überquerte. Ein Lkw kam schleudernd direkt vor ihm zum Stehen, und fluchend fuhr Mike um ihn herum.

»Versuch weiter sie anzurufen«, sagte er. »Wir müssen sie warnen.«

Shona versuchte sich darüber klar zu werden, was während des Telefonats passiert war. Hatte Jenny ihre Hilfe abgelehnt? Sie war nicht in der Arbeit, also brauchte sie keinen Babysitter, aber Shona wurde die Idee nicht los, dass Jenny sie brauchte – nein, das war nicht ganz das, was sie fühlte – es war Alain, der sie brauchte. Es hatte irgendetwas mit seinen Händen zu tun und den Verletzungen an ihren Händen. Irgendetwas mit Max …

Sie griff nach vorn, schaltete das Radio ein und drehte es laut auf. Sie würde nicht, sie *würde nicht* an Max denken. Es war nicht ihre Schuld …

Sie fing an, mit der Band mitzusingen und hin und her zu wippen, dann starrte sie in den Regen und weinte.

Zwei Leute rannten über die Straße. Shona schnappte nach Luft, sie war sofort alarmiert und spähte durch die Windschutzscheibe. Sie bewegte den Scheibenwischerhebel, aber nichts passierte. Nervös drehte sie den Zündschlüssel ein Stück und versuchte es noch einmal, aber die zwei waren schon durch ein Loch in der Hecke verschwunden. »Nein«, sagte sie, ihre Stimme war über dem Dröhnen der Stereoanlage nicht zu hören. »Das kann nicht sein.«

Eine oder zwei Minuten später sah sie einen Mann, der aus Jennys Ausfahrt lief. War er nicht kurz nach Jenny angekommen? Aber er war zu einem Haus weiter unten in der Straße gegangen. Sie hatte gesehen, wie er die Einfahrt hochgelaufen war. Was machte er in Jennys Haus? Er blickte auf der Straße nach oben und unten und rannte dann zum Park hinüber. Im Licht eines Blitzes erkannte sie, dass er etwas Metallenes mit einem übel aussehenden Haken an einem Ende in der Hand hielt.

»Himmel hilf«, murmelte sie. »Jenny. Er ist hinter ihr her!« Sie streckte die Hand nach dem Türgriff aus, änderte dann aber ihre Meinung und drehte den Zündschlüssel ganz, bis der Motor ansprang. Sie gab Gas und fuhr in Richtung des Mannes, aber er schlüpfte durch die Hecke, ohne sie zu bemerken.

Shona wendete das Auto in einem Zug, wobei sie in hohem Bogen Wasser auf der überfluteten Straße aufspritzte. Ein bisschen weiter die Straße entlang gab es einen Eingang zum Park, und genau dahin wollte sie.

Die großen, alten Torpfosten waren alles, was von den Parktoren übrig geblieben war. Sie fuhr hindurch zum Parkplatz. *Welche Richtung?* Links von ihr gab es zwei breite Wege, ein oberer und ein unterer, die zum Parkcafé führten, rechts einen schmaleren Pfad. Sie lenkte nach rechts, schaltete das Fernlicht an und erwischte den Mann im vollen Lichtkegel. Er hob eine Hand, um seine Augen zu schützen. Sie überlegte nicht lange, sondern beschleunigte geradewegs auf ihn zu. Er blieb einen Moment unbeweglich stehen, dann lief er nach rechts einen Grashang hinunter. Shona hielt an, der Wagen schleuderte etwas. Der Mann rannte den Weg entlang in dieselbe Richtung, in die Jenny und Alain gelaufen waren: zum See mit den Booten.

Shona wendete und folgte ihm. Die Blitze gaben dem Ganzen einen Strobelight-Effekt: Die flüchtenden Figuren von Jenny und dem Jungen und ihrem Verfolger erstarrten wie in einem grotesken Bild. Mit jedem blendenden Aufleuchten schien er ihnen näher zu kommen.

Der Wagen rutschte und holperte über das unebene Gras, Shona hupte im Stakkato und fuhr unnachgiebig auf den Mann zu. Sie hatte ihn fast erreicht, als er sich plötzlich umdrehte und den Metallstab warf. Die Windschutzscheibe zerbrach, und Shona hob einen Arm, um ihr Gesicht zu schützen. Das Auto drehte sich rutschend, das Heck traf den Mann und warf ihn zu Boden, die Frontpartie schleuderte in eine Eiche, dabei gingen die Seite und die Fahrertür kaputt, und Shona war hinter dem Lenkrad eingeklemmt. Die Hupe klang weiter.

Ligat rappelte sich auf, er war durchnässt und zuckte wegen des Schmerzes in seiner rechten Hüfte zusammen. Das Brecheisen war von der Windschutzscheibe abgeprallt und ein paar

Meter weiter weg im Licht der Scheinwerfer gelandet. Er nahm es wieder an sich, stand einen Moment lang außerhalb der Autolichter und blinzelte in die Dunkelheit: Er wartete auf einen Blitz, der sie verraten würde.

»Hier runter«, sagte Jenny. »Zu der Steintreppe.« Der Teich, der in den See floss, war über die Ufer getreten, und sie mussten durch den Pfad waten, bevor sie die Steintreppe erreichten. In der Ferne hupte ein Auto zuerst ein paar Mal kurz und dann durchgehend.

»Nach links«, rief Jenny und versuchte den Regen, das Gewitter und das Wasser, das über die flachen Steine floss, zu übertönen. »Halt dich am Geländer fest«, warnte sie. »Hier ist es uneben.« Alain griff nach dem Geländer, aber die Strömung des Wassers ließ ihn rutschen, und er fiel mit einem Schmerzensschrei hin. Jenny hob ihn auf, und sie gingen weiter. Sie führte Alain die Steinstufen hinauf zu der Statue auf dem Hügel, wobei sie ihn die Hälfte des Weges trug. Von der Kuppe aus könnten sie sehen, wo Ligat war.

»Bleib unten«, warnte sie. »Siehst du etwas?«

Alain hockte sich neben sie. Seine Zähne klapperten, und sie legte ihren Arm um ihn. Hinter ihnen leuchtete im Licht der Blitze das Eisenskelett des Palmenhauses weiß mit Rostflecken, es war offen für die unermüdlich fallenden Regenmassen.

»Da!«, zeigte Alain. »Da hinten!« Sein Vater war auf dem Weg zu ihnen, er hinkte und benutzte das Brecheisen wie einen Gehstock. Jenny überlegte, was sie tun sollten. Wenn sie hier blieben und sich im Gebüsch am Hang versteckten, könnte er sie finden, aber wenn sie weitergingen, erwischte er sie vielleicht auf dem offenen Feld.

»Er hinkt«, sagte sie und redete gegen ihre eigene Ängstlichkeit an. »Lass uns gehen.« Sie griff Alains Hand. Er stand auf und fiel dann mit einem Schrei hin.

»Mein Fuß!«

Jenny saß neben ihm unter der Statue. Sein Fuß war geschwollen. »Ich trage dich«, sagte sie.

»Jenny, er wird uns kriegen.«

»Nein«, sagte Jenny, sie nahm sein Gesicht in beide Hände und sah ihm in die Augen. »Das werde ich nicht zulassen.« Sie suchte im Unterholz am Hang und fand einen Stein. »Halt das für mich. Und benutze ihn, wenn du musst. O. K.?«

Alain nahm den glatten, eiförmigen Stein in die Hand und nickte stumm.

»Jetzt spring auf«, sagte Jenny. »Ich nehme dich huckepack.«

Sie lief los, wurde aber bald langsamer und atmete stockend. »Jenny, er kommt«, sagte Alain, seine Stimme wurde vor Panik lauter.

»Hörst du das?«, fragte Jenny. Ein Martinshorn heulte durch die Nacht. »Jemand muss die Polizei gerufen haben. Sie suchen nach uns! Siehst du die Lichter?«

Von ihrem Platz aus konnten sie Blaulicht sehen und wackelnde Scheinwerfer von unsichtbaren Autos, die von Bäumen versteckt über die Felder fuhren.

»Sie sind unten beim See!«, rief Alain. »Aber Jenny, *er* ist da unten! Wie kommen wir an ihm vorbei?«

Jenny strich mit einer Hand über ihr Gesicht, um das Regenwasser loszuwerden. »Wir müssen uns einfach nur verstecken, bis sie ihn gefunden haben«, sagte Jenny. Sie machte einen Satz in Richtung einer Anpflanzung mit Mahonia, Birke und Hundsrosen und ließ Alain sanft zu Boden. Zehn Minuten warteten sie im Dunkeln, konzentrierten sich auf das Blaulicht des Krankenwagens und des Feuerwehrautos, sie sahen zu, wie sie die Fahrertür aufschnitten und eine Frau aus dem Auto trugen, sie warteten darauf, dass jemand den Hügel hinaufkam, um sie zu suchen.

Die Sanitäter warteten im Krankenwagen, bis die Feuerwehrmänner mit dem Aufschneiden fertig waren. Es gab keinen Grund, nass zu werden oder sich zu beeilen. Eine Voruntersuchung der Frau hatte ergeben, dass die Lenksäule schwere innere Blutungen verursacht hatte: Sie war tot.

»Jenny!« Alain griff nach ihrem Arm. »Sie fahren weg!« Die Lichter schienen sich zu entfernen: Der Feuerwehrwagen und der Krankenwagen fuhren über das Feld weg. Sie fuhren langsam, ihr Blaulicht war ausgeschaltet, und Jenny verstand, dass sie nicht gekommen waren, um sie zu suchen. Niemand wusste, dass sie da waren, niemand suchte nach ihnen. Nur Ligat.

Jenny sprang auf und winkte wild. »Nein!«, schrie sie. »Kommt zurück!«

Eine kleine Bewegung rechts von ihr warnte sie, und sie duckte sich gerade, als Ligat in das Gebüsch platzte, er schwang das Brecheisen. Der messerscharfe Haken flog knapp an ihrem Hals vorbei und landete in einem Birkenstamm. Jenny nahm Alain unter einen Arm und rannte los, den Hügel hinunter. Den größten Teil des Weges rutschte sie auf ihrem Hintern, zerkratzte ihre Hände und Füße an den Dornen der Hundsrosen und der Mahonia, die nach ihr schnappten, als sie vorbeischlitterte.

Unten angekommen, rannte sie zu der Steintreppe und versuchte verzweifelt die Aufmerksamkeit des Krankenwagens, der nur langsam durch den Schlamm und das Wasser vorankam, zu wecken, aber Ligat war vor ihr da. Er drehte sich zu ihr um und hob das Brecheisen, dabei verlor er jedoch das Gleichgewicht, stolperte nach hinten und klemmte sich einen Fuß zwischen zwei Steinen ein. Jenny lief an ihm vorbei und fühlte, wie Alains Arme von ihrer Schulter rutschten, sie sprang in großen Sätzen über die Steine und den Hügel hinauf und stockte, als sie Shonas Auto erkannte. Es stand jetzt ruhig da, sein Dach war aufgeschnitten, die Beifahrertür lag nachlässig daneben auf dem Gras.

Sie setzte Alain auf ihre linke Hüfte und lief weiter, aber Ligat kam näher. Er schlug von der Seite mit dem Brecheisen, und Jenny fiel hin. Instinktiv rollte sie Alain weg und sah den brutalen Haken des Brecheisens auf sie zukommen.

Dann wurde Ligat von irgendetwas zwischen den Augen getroffen. Er stand noch ein oder zwei Sekunden, während sein Griff um das Brecheisen lockerer wurde, dann ließ er es fallen und hielt seinen Kopf mit beiden Händen.

»Du verdammtes kleines Arschloch!«, schrie er.

Jenny griff nach dem Metallstab, aber Ligat riss sie an den Haaren und zog sie zu sich.

»Was wollen Sie von uns?«, schrie sie. »Warum können Sie ihn nicht in Ruhe lassen?«

Er fasste sie am Hals und drückte zu. »Ich will meinen Sohn«, sagte er. »Meinen *Sohn*!«

Jenny versuchte seinen Griff aufzubrechen, aber er war zu stark. Sie wühlte im Schlamm, spürte, wie ihre Kraft sie verließ, und sah, wie der Himmel, sogar die Blitze, dunkler wurden und verschwanden. Dann fand sie den glatten Stein, den Alain auf seinen Vater geworfen hatte, und hieb ihn mit einem kurzen Stoß auf seine Schläfe. Er knurrte, aber sein Griff ließ nicht nach. Der Stein fiel ihr aus der Hand, und Jenny fühlte einen furchtbaren Druck in ihrem Kopf. Kurz bevor sie das Bewusstsein verlor, glaubte sie eine Autohupe zu hören.

36. Kapitel

Jenny wachte auf und begann sofort, sich zu wehren.

Irgendetwas bedeckte ihr Gesicht, und sie kämpfte damit, schlug die Hände, die es hielten, weg.

»Jenny! Jenny, alles in Ordnung. Sie sind in Sicherheit. Sie sollten ruhig liegen bleiben.« Die Stimme war autoritär, und es war die Stimme einer Frau.

Jenny versuchte sich zu beruhigen und sich über ihre Lage klar zu werden. Sie war in einem Wagen. *Krankenwagen?* Das Ding auf ihrem Gesicht war eine Sauerstoffmaske. Ihr Hals tat furchtbar weh. Ihre Augen wurden größer. »Alain?« Sie konnte sich nicht verständlich machen und versuchte deshalb noch einmal, sich aufzusetzen. Wieder hielten sie die Hände zurück. Sie versuchte es noch einmal, schrie nun: »Alain!«

Der Name kam nur wie ein Krächzen heraus. Die Sanitäterin sagte etwas. Sie sprach laut, sie wollte, dass Jenny sie verstand.

»Er ist hier, Jenny. Es geht ihm gut.«

Jenny schluchzte und wollte die Sanitäterin zur Seite stoßen.

»Sehen Sie.« Die Frau wandte sich an jemanden hinter ihr, und Jenny bemühte sich hinzusehen.

Alain. Sie fiel auf die Liege zurück, schluchzend, versuchte aber damit aufzuhören, weil ihr Hals so wehtat. Alain stand neben ihr, er runzelte die Stirn und biss sich auf die Lippe. Er war klatschnass, und eine Decke lag auf seinen Schultern. Er hielt ihr seine Hand hin, als ob er Angst hätte, sie würde sie zurückweisen. Jenny nahm sie, lachend und weinend. Die Sanitäterin gab ihr ein Taschentuch und erlaubte ihr, die Maske so lange abzunehmen, bis sie sich die Nase geputzt hatte, und dann gab Jenny nach, ihr Atem wurde schwerer.

»Ich dachte, du wärst tot«, sagte Alain.

Jenny sah ihn reuevoll an. »Das dachte ich auch.«

»Dieser junge Mann hat Ihnen das Leben gerettet«, sagte die Sanitäterin. »Er hat gehupt – wir kehrten um, um zu sehen, was los ist.« Sie hielt inne, um Jennys Stirn zu wischen. »Wir kamen gerade noch rechtzeitig.«

»Wo ist ...?« Weiter kam sie nicht.

Die Sanitäterin warf einen Blick auf Alain, dann entschied sie, dass es in Ordnung war, es ihr zu erzählen, und sagte: »Er wurde verhaftet. Er wurde wegen seiner Verletzungen ins Krankenhaus gebracht.«

»Er wird die ganze Zeit unter polizeilicher Überwachung sein«, meldete sich eine zweite Stimme.

»Mike?«

Mike lehnte sich vor, so dass Jenny ihn sehen konnte. »Und in einem anderen Krankenhaus«, fügte er hinzu. »Du musst dir also keine Sorgen machen.« Er legte eine Hand auf Alains Schulter, da er ihn genauso wie Jenny beruhigen wollte.

»Wie bist du …?«

»Hierher gekommen?«, beendete er ihren Satz, um ihre Stimme zu schonen. »Ich war auf meinem Weg nach Hause, als ich all das Blaulicht im Park sah.« Er wechselte einen Blick mit der Sanitäterin. Die Details konnten bis später warten.

»Als wir ankamen«, sagte Mike und nickte Alain zu, »schlug er wie verrückt auf Ligat ein.«

Alain fuhr zusammen, als über seinen Vater gesprochen wurde, aber er setzte sich auf und sagte: »Ich habe ihn hereingelassen, Jenny. Als Tante Lou auf mich aufgepasst hat. Mami war weg und …« Er zuckte niedergeschlagen mit den Schultern. »Ich dachte, er käme zu Besuch. Ich *musste* die Tür öffnen, sonst wäre er wütend auf mich geworden …« Ein Ausdruck des Schmerzes erschien auf seinem Gesicht, und er legte seine Hände vor sich sanft ineinander, als ob er sich an die schrecklichen Verletzungen, die sein Vater ihm früher zugefügt hatte, erinnerte. »Ich hätte es nicht tun dürfen, aber ich hatte Angst, nein zu sagen …« Er fing an zu weinen.

Jenny legte ihre Hand auf seine. »Es ist nicht deine Schuld, Alain. Daddy hat etwas ganz, ganz Furchtbares getan. Du hast nur getan, was jeder kleine Junge getan hätte; du hast getan, was dein Daddy dir gesagt hat.«

Einen Moment lang sah Alain sie mit einem gehetzten, gequälten Ausdruck an, der ihn viel älter als seine acht Jahre aussehen ließ, dann fiel er neben ihr auf die Knie und weinte.

Epilog

Mike schloss die Tür des Verhörraumes. Angeline Fournier saß auf der anderen Seite des Schreibtisches, vollkommen ruhig.

»Madame Fournier –«

»Bevor Sie irgendetwas sagen. Ich möchte mich entschuldigen«, sagte sie. »Ich dachte, ich würde Alain beschützen. Ich wusste es nicht besser.« Ihre Stirn verzog sich vor Schmerz. »Ich dachte, ich würde ihn vor seinem Vater schützen.«

Mike nickte. »Was ist mit den Angriffen auf Ihren Ehemann?«

»Notwehr.« Sie zuckte mit den Schultern. »Warum sollten Sie mir glauben? Ich habe vorher schon gelogen. Aber es ist wahr. Jede Mal«, sie runzelte die Stirn, dann korrigierte sie sich, »jedes Mal habe ich Alain oder mich selbst geschützt.«

»Und die Anzeige wegen Trunkenheit am Steuer?«

Sie starrte auf ihre Hände. »Sie kommen irgendwann an einen Punkt, an dem Sie alles tun würden, nur damit er aufhört. Ich hätte ihn umbringen sollen, aber ich hatte nicht die Nerven dazu. Manchmal, wenn ich genug getrunken hatte, verschwand alles für eine Weile: der Schmerz, die Angst, die ... Abscheulichkeit des Ganzen. Jeanne-Louise verstand das. Sie hat mich nie verurteilt; meine Eltern ...« Sie zuckte noch einmal mit den Schultern. »Sie verstehen es nicht. Er war so unberechenbar. Er konnte so charmant sein, zu seinen Klienten, seiner Mutter, sogar zu Alain und mir, dass ich mir nach dem ersten Mal fast einredete, ich hätte es mir eingebildet.« Sie schwieg und eine Zeit lang saß sie völlig ruhig da und beobachtete eine Zigarette, die im Aschenbecher auf dem Tisch abbrannte.

Die Polizistin hustete, und Mrs Fournier bewegte sich seufzend. »Schließlich war es, als ob Carl zwei verschiedene Menschen wäre: die öffentliche Person, die charmant, witzig, humorvoll und fröhlich war, und hinter verschlossenen Türen ein pedantischer, depressiver, gewalttätiger, paranoider Tyrann.« Sie sah zum ersten Mal zu Mike auf. »Er hat uns keine Sekunde in Frieden gelassen. Wir wussten nie, was ihn explodieren lassen würde. Er stellte einem eine Frage, und man wusste, es war ein Trick. Egal, was man antwortete, es war falsch. ›Wie sehe ich heute Abend aus?‹ Wenn ich ›gut‹ sagte, würde er schreien: ›Du verdammte kleine Lügnerin! Ich weiß, wie ich aussehe. Wenn ich meiner eigenen Frau nicht trauen kann, wem dann?‹ Wenn ich sagte: ›Du siehst ein bisschen müde aus‹, würde er sagen, dass ich ihn immer fertig machen würde, dass ich ihn nie geliebt hätte, und dann würde er mich schlagen und schlagen und schlagen und –« Sie ballte ihre Hand zur Faust und schlug fest auf den Tisch.

Mike lehnte sich vor und legte seine Hand auf ihre. »Ich hatte panische Angst, dass Carl nach uns suchen würde, wenn Sie ihn kontaktieren würden.«

»Er war Ihnen schon auf der Spur«, erzählte ihr Mike. »Er hat Sie über Ihre Geschäftskonten ausfindig gemacht.« Sie nickte resigniert. So etwas hatte sie von ihrem Ehemann erwartet. »Wir glauben, dass er eine Woche lang jeden Tag vor dem Kinder-Krankenhaus gewartet hat, bis er gesehen hat, wie Jenny Alain nach einer Therapiesitzung nach Hause gebracht hat. Er verfolgte sie dann.«

Sie zog ihre Hand zurück und legte sie in den Schoß. »Ich war in Frankreich in Urlaub«, sie bewegte sich leicht, ein entschuldigendes Achselzucken, »mit einem Geliebten, als die letzte Attacke auf Alain passierte.« Sie wurde ein bisschen rot und sah ihn kurz verlegen an. »Lou konnte sich meistens um ihn kümmern, wenn ich fortfuhr – sie war freie Journalistin –, aber zu dem Zeitpunkt ... Es war sehr kurzfristig. Sie konnte nicht ...«

Sie schüttelte den Kopf, starrte vor sich, sah etwas auf dem Tisch mit den Kaffeeflecken, erlebte alles noch einmal. »Ich hätte nie fahren dürfen. Aber ich war nicht – ich konnte nicht klar denken. Ich wusste nur, dass ich von Carl wegmusste. Ich ging das Risiko ein. Er – Carl –« Sie wurde still, es fiel ihr schwer, einen Sinn in dem, was passiert war, zu sehen. »Carl hatte es sich in den Kopf gesetzt, die Kirschbäume im Garten untergrüben das Haus. Alain beobachtete ihn, wie er sie fällte. Alle. Wie ein Wahnsinniger. Alain hatte solche Angst. Er hatte einen Schraubenzieher gestohlen ... Carl hatte alle Fenster zugeschraubt. Er versuchte zu entkommen. Carl erwischte ihn. Er –« Sie schloss die Augen für einen Moment. »Alain hatte es geschafft, ein Fenster zu öffnen. Carl schlug es ihm auf die Hände.«

Mike erwartete, dass sie weinen würde, aber sie hatte sich fest unter Kontrolle, obwohl ihre Haut leichenblass war und ihre fest ineinander gefalteten Hände vor Erregung zitterten.

»Er behielt Alain zu Hause, im Fieberwahn und mit schrecklichen Schmerzen, drei Tage lang, bis ich nach Hause kam. Er ging zur Arbeit, als ob nichts passiert wäre. ›Alain hat eine leichte Erkältung‹, sagte er. Er hatte meinen kleinen Jungen in seinem eigenen Schmutz liegen gelassen, halbtot vor Angst und Fieber. Er erkannte mich nicht einmal. Er wiederholte nur ständig: ›Es tut mir Leid. Ich werde brav sein.‹ Er bat: ›Bitte, bitte, bitte.‹« Dieses Mal brach sie zusammen. Mike schob ihr eine Packung Kleenex hin und wartete. Schließlich fuhr sie fort. »Wir flohen vor ihm, verließen das Haus und rannten einfach. Ich war mir damals sicher, dass er zu allem fähig wäre.«

Jenny saß in einem Sessel neben Frasers Bett. Er war von der Intensivstation auf die Innere verlegt worden und nicht länger an eine Beatmungsmaschine angeschlossen, aber immer noch an einen Herzmonitor. Obwohl er in der Nacht zweimal aufgewacht war, hatte er noch nicht gesprochen. Sie spürte eine Bewegung hinter sich und drehte sich um.

»Wie geht es ihm?«

»Max!« Jenny zuckte zusammen, legte eine Hand an ihren Hals und sagte: »Autsch!«

Die Krankenschwester, die ihn hergefahren hatte, stellte seinen Rollstuhl neben Jenny.

»Du solltest im Bett bleiben«, flüsterte sie.

»Versuchen Sie ruhig mal, ihm das beizubringen«, grummelte die Krankenschwester. »Fünf Minuten max … Max.«

Max blickte sie mit schmalen Augen an, und sie schlenderte lächelnd hinaus.

Jenny berührte leicht seinen Arm. Seine linke Schulter war verbunden, und sein Arm lag in einer Schlinge.

»Es ist nicht so schlimm, wie sie zuerst dachten«, sagte Max. »Die Klinge ist an meinem Schlüsselbein abgeprallt. Gibt meiner Mutter nach all den Jahren Recht.«

»Wie das?«

»Sie hat immer gesagt, ich wäre ziemlich blutleer.«

Jenny lächelte, aber es war nur ein halbherziger Versuch, und nach einem Moment Stille sagte sie: »Shona …«

»Ich weiß, man hat es mir gesagt.« Er war einen Moment lang ruhig. »Sie hat einen Krankenwagen gerufen, bevor sie mich verlassen hat.« Er schüttelte den Kopf. »Ich hätte schneller handeln sollen. Ich hätte es sehen müssen –«

»Sie hat unser Leben gerettet, Max. Wenn Shona nicht gewesen wäre …« Sie schauderte und legte ihre Hände schützend an ihren Hals.

»Wo ist der kleine Alain?«, fragte Max.

Jenny rief sich aus einem morbiden Wiedererleben des vorigen Abends zurück.

»Er ist nach Hause gegangen. Zu sich nach Hause.«

Max nickte. »Wurde auch Zeit.«

Er saß einige Minuten neben Jenny, ohne etwas zu sagen. Sie beobachteten beide den Monitor, der Frasers Herzschläge aufzeichnete.

»Er wird wieder«, sagte Max und legte seine freie Hand auf Jennys.

Jenny sah Fraser an. Sein Gesicht zeigte eine Unbeweglichkeit, die auf eine gewisse Weise tiefgründig und unberührbar schien. »Ich erkenne ihn kaum wieder«, sagte sie. Sie fühlte, wie ihr eine Träne aus dem Auge quoll und über die Wange floss, und ihr wurde klar, dass sie nicht nur die körperlichen Veränderungen meinte.

Max betrachtete sie für einen Moment schweigend und fragte dann: »Was wirst du tun?«

Jenny seufzte. »Ich hasse, was er getan hat – seinen Betrug –, aber ich bringe es nicht über mich, *ihn* zu hassen. Du musst mich für furchtbar schwach halten.«

»Fraser hat dir fünfzehn Jahre lang beigestanden, hat dein Glück und deine Traurigkeit geteilt«, sagte er. »Ihr habt eure Kinderlosigkeit akzeptiert und etwas Positives daraus gemacht. Ihr habt dutzenden Kindern ein Zuhause, Liebe und einen Halt gegeben – vielleicht die wärmste und engste Familienerfahrung in deren Leben –, und ihr habt es nie bedauert, habt nie etwas zurückgehalten, habt euch nie über die Ansprüche dieser Kinder an euch geärgert. Natürlich bist du nicht schwach.«

Jenny nickte. Es war beruhigend, diese Versicherung zu erfahren. Sie war überrascht, dass Ligats Angriff ihr Selbstvertrauen so stark beeinträchtigt hatte; das Zentrum ihrer inneren Ruhe schien sich in der Hitze der Attacke verflüchtigt zu haben. Sie fühlte sich verletzlich und allein.

Max hatte mit Gina Vance gesprochen, bevor er zu Jenny und Fraser gekommen war. Lukes Adoptiveltern hatten widerwillig darum gebeten, ihn wieder in Pflege zu geben – sie wurden einfach nicht mehr mit ihm fertig. Jenny hatte ihm einmal gesagt, dass sie sich für die Pflegekinder entschieden hatte, weil sie sich nicht vorstellen konnte, ein adoptiertes Kind wirklich als ihr eigenes annehmen zu können. Er sah das anders. Dadurch, dass sie keine Adoption wollte, war sie der Notwendigkeit ausgewichen, diese besondere Hingabe für das Kind einer anderen Frau aufzubringen, und hatte so ihre Unfruchtbarkeit weiterhin geleugnet. Die Ironie war jedoch, dass sie diese Hingabe für Luke sehr wohl aufgebracht hatte, aber ihre verzerrte Wahrnehmung hatte es zugelassen, dass er aus ihrem Leben verschwand. Er seufzte. »Es ist eine Schande wegen Luke.«

Jenny fühlte, wie sie blass wurde, und hielt seine Hand ganz fest. »Was stimmt nicht mit ihm?«, flüsterte sie und hatte Angst, ihm ins Gesicht zu sehen.

»Eigentlich nichts. Er lebt sich nur nicht ein. Ich habe ihn noch nie so unverschämt erlebt. Du würdest nicht glauben, dass das derselbe kleine Junge war, der alle verzaubert hat, als er bei euch war.«

Jenny versuchte, keine Befriedigung darüber zu empfinden.

»Wir müssen andere Pflegeeltern für ihn suchen, aber was er wirklich braucht, ist die Gegenwart von Menschen, denen er vertraut.« Er schaute sie verschmitzt an, aber Jenny sah in die Ferne, tief in Gedanken versunken.

Fraser bewegte sich und stöhnte. In diesem Augenblick kam die Krankenschwester zurück. Max klopfte auf Jennys Hand, bevor er hinausgefahren wurde.

Jenny befeuchtete Frasers Lippen mit einem Schwamm, und er leckte sie gierig ab. Sie nahm frische Wattestäbchen und wischte sanft über seine Augenlider.

Er war eine Zeit lang ruhig, dann öffnete er langsam, versuchsweise seine Augen. Eine ganze Weile sagte er nichts, und

Jenny hatte Angst, dass seine Verletzungen schlimmer waren, als die Ärzte vermutet hatten. Dann schluckte er und schaffte es, »Tut mir Leid« zu krächzen.

»Mir auch.« Sie wollte gerne »Es ist in Ordnung« sagen, aber es war nicht in Ordnung, und es tat ihr Leid. Es tat ihr Leid, dass sie nie wieder dahin zurückkehren konnten, wo sie einmal gewesen waren – was sie einmal gewesen waren – vor ihrer verlorenen Unschuld. Sie trauerte um ihren Verlust. Sie verstand vollkommen, was Alain verloren hatte, und wusste, dass Unschuld, genau wie Vertrauen, wenn sie einmal verloren war, unwiederbringlich ist.

Fraser verlor wieder das Bewusstsein, und Jenny lehnte sich in ihrem Stuhl zurück und ruhte ein paar Minuten, nickte immer wieder kurz ein und erwachte sofort wieder, so wie sie es tat, wenn sie ein neues Kind im Hause hatten, so wie sie es die ersten drei Monate, die Luke bei ihnen gewesen war, getan hatte. Als sie das nächste Mal die Augen öffnete, sah Fraser sie an.

»Vergib mir«, sagte er. Es klang wie eine Frage.

»Das versuche ich.« Nach dem, was ihr letzten Abend passiert war, schien es leichter. Im Gesamtzusammenhang dessen, was ihr zugestoßen war – ihnen beiden –, erschien Frasers Bitte nicht unvernünftig.

Sie sah Frasers Ausdruck der Dankbarkeit, und das tat ihr weh.

»Was wirst du tun?«, fragte er, und Jenny blickte ihn scharf an und fragte sich, ob er ihre Antwort gehört hatte, als Max ihr vorhin dieselbe Frage gestellt hatte.

»Einen Schritt nach dem anderen gehen.« Sie zuckte mit den Schultern. »Das ist alles, was ich tun kann.«

Er nickte, und sie fühlte noch einmal einen Stich des Bedauerns angesichts seines demütigen Akzeptierens. Sie wollte, dass er schrie, dass er ihr einen Teil der Schuld gab, aber er nahm es geduldig auf. Zu geduldig.

»Was ist mit dir passiert?« Er zeigte auf ihren Hals.

»Nichts«, sagte sie. »Ein Unfall. Ich erzähle es dir, wenn es dir besser geht.« Um das Thema zu wechseln, sagte sie etwas, das sie eigentlich gar nicht sagen wollte, einfach nur, weil es sie im Moment am meisten beschäftigte.

»Luke geht es schlecht bei seinen Adoptiveltern.«

Sie brauchte seine Reaktion gar nicht zu interpretieren: Die systolische Anzeige auf dem Monitor zeigte eine höhere Frequenz, und er wurde bereits rot.

»Wir haben ihn für andere verdorben, weißt du.«

Fraser runzelte die Stirn und nickte. Sie hatte Recht. Er wandte seinen Kopf ab, eine Träne floss aus seinem geschlossenen Auge.

»Ich sollte vielleicht mal mit Max reden«, schlug sie vor.

»Um ihn in Pflege zu nehmen. Ja.«

»Max würde das nicht gutheißen – es würde ihn nur noch mehr durcheinander bringen, zu uns zurückzukommen, nur um ein paar Monate später wieder verpflanzt zu werden.«

»Oh«, sagte er. »Natürlich, du hast Recht.«

»Vielleicht sollten wir eine dauerhafte Pflege daraus machen.« Sie versuchte beiläufig zu klingen, aber ihre Stimme zitterte, als sie es sagte.

»Adoption?«

»So was in der Art.«

»Was, zum Teufel, ist hier los?« Die Stationschefin kam ins Zimmer gestürzt und hatte erwartet, dass Jenny, von der sie wusste, dass sie Krankenpflegerin war, Fraser wiederzubeleben versuchte: Frasers Herzmonitor hatte in ihrem Büro den Alarm ausgelöst.

»Gute Neuigkeiten«, sagte Fraser.

»Na, Sie beruhigen sich besser, oder ich muss Ihnen ein Beruhigungsmittel geben«, sagte sie, dann zu Jenny: »Sie sollten vernünftiger sein.«

»Ich weiß«, sagte Jenny. »Das sollte ich wirklich.« Sie sah zu Fraser, und er lächelte.

Vielleicht würde alles wieder gut, dachte er – nicht jetzt, die Gegenwart war zu roh und wund, zu schmerzhaft, um darüber nachzudenken, aber irgendwann in der Zukunft. In der Gegenwart musste man sich um Praktisches kümmern: gesund zu werden und zu akzeptieren, dass sein Sohn glücklicher bei einem Mann war, der nicht sein leiblicher Vater war. War seine Beziehung zu Luke so anders? Vielleicht nicht, aber es würde schwierig werden, Connor gehen zu lassen. Die Zukunft mit ihren verschwommenen Umrissen, dem unscharfen Versprechen einer Fata Morgana, enthielt Hoffnung, und Hoffnung, so schien es, war widerstandsfähiger als Vertrauen.

Danksagung

Ich möchte Joe und Gill Murphy für ihre Ratschläge zu Sozialdiensten und Pflegeeltern danken; Rinty Rogers, Trish Bates und Mike Mannion für ihre Hintergrundinformationen über Pflegekinder und Derek Bradshaw für Einblicke in die Polizeiarbeit.

Meine Forschung über falsche Erinnerungen wurde durch Nicholas P. Spanos' Buch *Multiple Identities and False Memories* sehr erleichtert; seine Arbeit war und ist inspirierend. Ich möchte ebenfalls dem ausführlichen und informativen Band *Return of the Furies: An Investigation Into Recovered Memory Therapy* von Hollida Wakefield und Ralph Underwager Tribut zollen.

Als ich das erste Mal über »wiederentdeckte Erinnerungen« gelesen habe, war ich davon überzeugt, dass die Menschen solche furchtbaren Szenarios des Missbrauchs und des Leidens nicht hätten erfinden können; aber wissenschaftliche Forschungen haben gezeigt, dass wir in unserem Eifer, unser Unglücklichsein erklären zu wollen, Opfer unserer eigenen Vorstellungskraft werden.